孤独之心电影院

THE
LONELY
HEARTS

电影院

CINEMA CLUB

【英】戴维·M.巴尼特 —— 著　　　　赵莹 —— 译
（David M.Barnett）

湖南文艺出版社
HUNAN LITERATURE AND ART PUBLISHING HOUSE

博集天卷
CS-BOOKY

谨以此书献给妈妈。

感谢您所做的一切，感谢您帮助我成为今天的我。

目 录

Contents

THE LONELY
HEARTS
CINEMA CLUB

第一幕

孤独之心电影院

THE LONELY
HEARTS
CINEMA CLUB

1

《绿窗艳影》

（1944年，导演：弗里茨·朗）

她的造型是奔着劳伦·白考尔[1]去的。

至少，原本的计划是这样的。烈焰红唇，如丝媚眼，加上足以让任何男人双腿发软的波浪秀发。然而，在拥挤不堪的火车上颠簸了四个小时，再加上在倾盆大雨中站立了半个小时之后，珍妮·埃伯特最终的形象，却应该用落汤鸡来形容。她身上这件午夜蓝丝绸裙子是她从家附近的慈善商店以超低价买来的，她费了半天劲才把自己塞进了裙子里，可现在这裙子似乎往上爬了些，而且到处歪歪扭扭的，她确信这裙子已经被雨淋得缩水了，这就意味着她身上某些部位随时有从裙子里被挤出来的危险。脚上这双极致美鞋正在缓慢而残忍地折磨着她。为了让发型保

---

1 美国著名女演员，影坛常青树，以低沉的嗓音和犀利又撩人的丹凤大眼闻名。——译者注

持一丝不乱，并且展现出希区柯克最爱的那抹金色，她在头发上喷了大量发胶，现在这些化学药剂变成了一道道溪流顺着她的额头流进了眼睛里，眼睛刺痛不已，视线也变得模糊了。

珍妮低头看看她的袋子，考虑着是否要伸手进去翻找她的雨伞或是雨衣。白考尔会这样做吗？不，她不会。她应该会有一群男人争抢着给她撑伞吧。在莫克姆火车站前面的水泥地上，她环顾四周，却没有看到亨弗莱·鲍嘉[1]的影子。只见一小群即将开始新生活的学生带着几个行李箱和一些装着水壶、吐司机、书本的纸箱子正在等车。看样子是那些享受不到被父母开车直接送进宿舍这种奢侈待遇的人，也有可能是些二、三年级的学生，要在这个湿冷的十月早晨返回已有的宿舍。

她在想，这些人之中有谁会成为她的新朋友呢？她环顾着这些各自聚集的群体，有哥特和情绪硬核拥趸，也有独行侠和"极客"一族。她在脑子里给这每一伙人都画了一个叉，并四处寻找着她的同类。应该说是现在这个她的同类，就是那些很酷的人，那些夜行动物，那些带着与生俱来的格调与优雅的人。噢，这倒是提醒了她。她打开挂在肩上的那只黑色小皮包，拿出一包高卢香烟和一个之宝打火机。注重细节，这是关键。她其实根本不抽烟，至少是不太会抽，不过她一直在练习，水平也刚刚到不至于第一口就被呛到的程度。珍妮尽力摆出一副若无其事的姿态，从香烟包装里抽出一支，松垮地叼在两瓣红唇之间，然后轻轻弹开了打火机的盖子。

广告上宣传这款打火机防风又防雨，它的确一下子就点燃了火焰，那冷艳的蓝，正如她一样。可这支烟已经湿透了，点不燃，一辆出租车

---

1 美国著名男演员，曾获奥斯卡最佳男主角奖，并被美国电影学会评为电影诞生一百年来最伟大的男演员，是劳伦·白考尔的第一任丈夫。——译者注

猛地刹停在她面前，车轮轧在车站站房前的碎石路面上，地上水坑里溅起的雨水把烟打得更湿了。珍妮从容不迫地再试着点了一次烟，烟勉强燃了起来，她用力嘬了一口，立刻被呛得连声咳嗽。

司机侧身靠过来，摇下副驾驶座的车窗，上下打量着她。"你那么站在那儿，会得重感冒的。"

"是啊。"珍妮大口喘着气，从水坑溅起来的水顺着她的鼻尖往下滴。她又咳嗽了一声，咳得太厉害她都以为自己要吐了。"拜你所赐呢。"

"是去大学吗，亲爱的？"司机是个四十多岁的大块头男人，他一边打量着珍妮，一边从他那快把衬衫纽扣给绷掉的大肚皮上拂去刚沾上去的馅饼碎屑。"我这么说等于是在砸自己的生意，不过一分钟后会有一辆中巴直达大学校园。学生免费。"

"我不住校。"说着，珍妮伸手从打开的车窗递给他一张小纸片，上面写有她新家的地址。"暂时还不住那儿。宿舍楼正在修建。建好之前我住这儿。"

她意识到自己说得太多了。性感而神秘，珍妮·埃伯特，要记住，性感而神秘。

他看看那张纸片，然后耸了耸肩。"好吧。"他伸手到仪表盘下方拉动了一根控制杆，后备厢盖弹开了。"我们先把你的东西放后面吧。"

珍妮看着他把她的箱子都塞进了后备厢，但她一直紧紧抓着一个绿色运动包，包里叮咣直响。"这个我自己拿着吧。"她说。

"传家宝是吧？"司机笑了，"好了，我们出发吧。"

珍妮钻进了后排座，因为白考尔也会这样做。即便是一辆破旧的沃克斯豪尔·阿斯特拉，她也不会坐前排座位，因为她很优雅。司机坐上驾驶座，按了按仪表盘上的计价器按钮。"这该死的天气可真糟糕！"他的出租车运营执照就挨在仪表盘上的计价器旁边，上头有一张褪色的照片，照片上的他看上去就像被警方追捕的逃犯，再有就是他的名字：凯文·奥唐奈。

珍妮看着车窗外一群乱哄哄的女孩，她们身穿条纹紧身裤，脸上打了许多洞，蓝粉相间的头发垂在她们黑色制服T恤衫的肩部。凯文开车驶离站前广场，他说道："你今晚会去酒吧喝点蛇吻和黑天鹅绒[1]吧？学生们都喝这个，是吧？喝蛇吻和黑天鹅绒？你是一年级的学生吗？我没上过大学。"

意识到自己没法一言不发地挨过这趟车程，珍妮叹了口气。趁凯文换挡的时候，她瞥了一眼他肉乎乎的左臂，看到上面有个褪色的文身，是一颗滴血的心，上面缠着一道条幅，写着"莫伊拉"三个字。她很好奇，他是爱莫伊拉还是恨她，因为她吸干了他心里的血。她回头透过车窗看到一群吵闹的海鸥，正从一家破败的酒店的黑色石板屋顶上腾空而起。"我二年级了，但我刚来北兰开夏大学。我在拉夫伯勒上了一年，不过我转学了。"

"我从来没去过拉夫伯勒。"凯文吸吸鼻子，他们转弯来到了海滨区域。"在中英格兰东部，对吧？从来没去过。印象中一直觉得中部地区挺没意思的。不管哪方面都没什么特色。你就是因为这个才离开的吗？觉得太无聊了？"

"是离家太近了。"沿着海岸线有一排蓝色金属栏杆，上面点缀着一个个鲜红色的救生圈，海离得太远，除了栏杆外面那一片宽阔而潮湿的深色沙滩，珍妮根本看不见大海。

---

1 两款经典啤酒鸡尾酒。——译者注

司机点点头。"是要远离老爸老妈啊！他们哪儿把你给惹着了？"

"他们话太多了。"珍妮说道，这就是一位蛇蝎美人会说的话。

这话看样子起了作用，因为凯文好一阵子没再说话，可紧接着，他指了指副驾驶座的窗外。"看见那座雕像了吗？是埃里克·莫克姆[1]。"他不成调地唱起来："带给我阳光，嗒嘀嗒，带给我阳光，嘟嘀嗒……话说回来，你学什么的啊？"

珍妮探出脖子去看那座黑色雕像，雕像上这位演员右手举到耳后，左腿向后弯曲起来，背后衬着灰色的天空，她一直看着，直到雕像消失在视野里。"学电影研究。我希望可以专攻黑色电影。"

"黑色电影啊！"司机钦佩地说，可珍妮拿不准他是不是在嘲笑她。"听起来很不错呢。刚才也说了，我从没上过大学。没那个脑子啊！不过，到底什么是黑色电影啊，是那种很艺术的法国玩意儿吗？"

"就是四五十年代的犯罪片，也有些三十年代的。主要都是美国电影，也有少数英国片子。"珍妮略微有些警觉，她意识到他们正行驶在一条荒无人烟的道路上，她不记得上次来的时候走过这样一条路。"我们这是要去哪儿？"

"得走老海滨公路。自从绕城公路建好以后，都没人再走那条路了。不过上个月发生了滑坡，去你新家的那条支路有他妈一半都掉海里去了。你得从前面绕一下才能到那栋房子去。再有十分钟就到了。犯罪片啊？你这么个姑娘研究这些，还真有点意思。"

左侧车外的海滩绵延不绝，直到被一片狭窄的海水给截断。其实，

---

1 英国著名喜剧演员约翰·埃里克·巴塞洛缪的艺名，他与厄尼·怀斯曾共同出演英国著名双人喜剧节目《莫克姆与怀斯秀》。文中司机所唱的是该节目的主题歌。——译者注

倒也算不上真正的海滩，更像是一片无边无际的泥地。她夏天来查看这个地方的时候，听人说有一趟公共汽车可以沿着海滨公路开进城直达大学。她不知还有谁会跟她住在同一个地方，很好奇他们会不会跟她是一类人。

"这儿没什么让你们年轻人消遣的。最近的酒吧都有足足两英里[1]远，前提是十字钥匙还开着。"他伸手从仪表盘上拿了张卡片递给她。"矶鹬出租车"。把卡片递给后座的人之后，他在车门上那塞满了用过的纸巾和巧克力包装纸的储物箱里翻了翻，然后丢给她一支笔头被咬变形了的圆珠笔。"那是我们公司。把我名字写在背面。你跟你的朋友要是想晚上进城玩玩，就打电话给我们公司，直接点名找我。我一定给你打特价，而且负责把你们平安送回来。"

出租车减了速，停靠在人行道旁，这条长长的公路上空无一人。"抱歉，"凯文说，"我只能到这儿了。"

凯文和珍妮把她的包从后备厢里拿了出来，她站在狭窄的人行道上，路面龟裂且凹凸不平，遍布小沙坑，从爱尔兰海吹来的咸咸的水雾掠过这辆破旧的沃克斯豪尔·阿斯特拉的车顶迎面拂来，刺得她的脸颊和嘴唇直疼。她很好奇盐水到底是会使人衰老还是有保养效果。如果她站在这里足够久，一直面对着这汹涌的海浪，她是会早早地变成个老人家，还是会永远停留在十九岁呢？她感受着身后高耸的山坡和坐落在坡顶上的那栋老房子所带来的压迫感。十月的太阳从雨云之间缓缓现身，它微弱的光线照在房子上投下的影子，如同具有重量和触感一般。一缕缕潮湿的金发被风吹起不停抽打在她脸上，她狡黠地说："是因为那栋老房子

---

1 英美制长度单位，1 英里合 1.6093 公里。——译者注

里有见不得人的勾当吗，还是发生过什么人们不敢高声妄言的事呢？我敢打赌，要是换了晚上，你根本不敢把我送得这么近。"

凯文把她给的钞票塞进短袖衬衣胸前的口袋里，找给她一把零钱，然后皱了皱眉。"不是的，亲爱的。我是说，我可不这么觉得。这只是个寻常地方。我的意思是，那条支路没了，我开车最多只能送你到这儿。我帮你把包送上台阶去吧。"

珍妮把运动包紧抓在胸前。他咧嘴笑了。"当然，除了你那些金银细软。我打赌，里面一定是成捆的现金吧？这年头上大学要花不少钱呢！我们那个时候还给提供助学金呢，当然了，我是从没上过大学的。"他用粗大的食指点了点太阳穴，"我啊，这儿不够用。"

爬到台阶顶部，珍妮停下来喘了口气，她抬头看着这栋房子。房子是哥特复兴式风格，兴许曾经是某个富有的维多利亚时代的磨坊主或者煤炭业巨头的家，他把房子建在这里眺望着风暴肆虐的大海。房子是用坚硬的石头建成的，在自然风化作用之下颜色已经变深，房子背风的地方看上去就像是黑色的。一道已经风化的双扇门内有一条柱廊，透过上方又高又窄的窗户，可以看到一道楼梯顺着四层楼高的房子蜿蜒而上。房子的左侧是一面高耸的山形墙，上头歪歪斜斜地装着一座四米高的、已经失去光泽的屋顶装饰物；房子的右侧有一扇宽大的转角凸窗，窗上打着一个个小小的方形窗格，窗户上方是一座圆形的角楼。

透过其中一扇窗户，珍妮看见了那个女人。

她被半遮在厚厚的窗帘后面，不过珍妮看见她苍白的头发如同一道光圈围绕着她瘦削的脸，她身穿一件黑色高领裙子，领子上装饰着一连串的珍珠。她俯视着珍妮，看得珍妮很不自在，不自觉地抬起一只手去抚平被风吹乱的头发。当她再次向上看去时，那女人已经不见了。

凯文把她的包放在了大门口的门廊。"你刚才说，只是暂时住这里，是吗？"

珍妮点点头。"只等他们把新的宿舍楼建好投用。"

他晃了晃还拿在她手里的那张卡片。"好吧，记住啊，我随时可以为你服务。凯文值得你信赖。"他后退几步仰头看看这栋房子，然后摇了摇头。"你会在这儿过得非常愉快的。可以交到新朋友，好好享受享受。真是不错。我可从来没有……"

"你从来没有上过大学。"珍妮说，"是，你刚才说过了。"

他点点头。"是啊！好吧，回见了！"

珍妮看着凯文走下石阶，在这条荒凉的公路上掉转车头，公路笔直而空旷，一侧是宽阔无边的沙滩，遍布着油光闪闪的海水坑，另一侧则是长满高耸草丛的起伏的沙丘，凯文的车渐渐远去，最后缩成了一个小黑点。公路的一头是莫克姆，另一头连着锡尔弗代尔，而中间什么也没有。

这座房子盘踞在一处陡峭高地的顶部，俯瞰着公路和海滩，如同一群栖息在一起的乌鸦。从房子前方铺着石板的露台到海滨公路，有一串曲折的台阶，不多不少刚好三十九级，除此之外周围什么也没有。一扇生锈的门悬挂在门柱上，旁边是一块木质的标牌，在长年累月的风雨侵蚀下已经风化变形，牌子上的字由于阳光偶尔的烘烤，也变脆剥落，如今已经难以辨认。

珍妮深吸一口气，把她的包托起来，让它能更稳地挂在肩上，然后拖着她的箱子走过了脚下的碎石路。左边远处有一堆乱糟糟的橙色临时围栏，把一条刚从这座大房子里延伸出来没几米的路给生生截断了。围栏外面是一道黑黑的深坑，三四米宽，深坑对面是一条公路，顺着山坡后面延伸下去。她在想，在她正式住进城里的宿舍楼之前，这条路能不能修好。

珍妮把剩下的行李包拖到门口宽阔的石阶上，跟之前凯文搁在那里的包放在一起，然后从口袋里掏出了她的手机。没有 4G 信号，甚至连普通的通信讯号也没有。她把手机又放回外套里，凝视着门边那根古老的门铃拉绳和一张褪色的卡片。卡片被缠在透明胶带里钉在了油漆已经剥落的木头上，她勉强认出上面写的是"摊贩禁入，谢绝推销"。如果哪个上门推销员肯不辞辛苦跑这么远，不管有没有谈成一笔马桶刷的订单，都值得嘉奖。珍妮啃了会儿大拇指的指甲，然后重重地在门上敲了一下。

她的指关节敲击在门上，发出了一声闷闷的几乎难以察觉的响声，门却立刻打开了，眼前是一片凉爽的铺着瓷砖的接待区，她夏天来的时候看到过，还有些印象。她面前这张宽大的红木办公桌无人照看。左右侧两扇漆黑的门都关闭着，接待处背后有扇打开的门用门楔子固定住了，门后是一条狭窄的走廊。桌子旁边的一道楼梯蜿蜒而上拐了个弯通向左边。

这里没人。珍妮皱了皱眉。她还以为至少会有个人在这里迎接她。她不知其他人是不是已经到了。珍妮回头看了一眼大门，然后把门关上了。门应该就那样放着不锁吗？珍妮不知该往哪里走，这时她听到右边的门里传来一声重击和一阵叫喊声。她把行李箱和包靠在桌旁，仔细听了一阵，然后转动了门把手。她听到屋里有说话声，她小心翼翼地推开门，直到门缝足够让她把头探进去悄悄地窥视一眼。这些是她的新舍友吗？

珍妮深吸了一口气。所有的痛苦，所有的重大决定，所有精心的自我重塑，都是为了这一刻。一个全新的开始，结识全新的面孔，一个崭新的珍妮·埃伯特。她把头伸进屋里，刚刚能够看到他们。

他们全都很老了，年龄从六十岁到一百岁不等。每一个人都是。

她来对地方了。

2

《在人间》

（1941年，导演：斯图尔特·海斯勒）

"长沙发下面有块奶油苏打饼干！"

这个长着一头浓密黑色鬈发的年轻小伙子一脸痛苦地伸出双手。"没有饼干！我今天早上才用吸尘器吸过！"

埃德娜·格雷叹了口气。弗洛林，他是个好小伙，可他特别爱激动，而且极其容易紧张。埃德娜刚走进休息室在沙发上坐下来，就看到斯莱斯韦特太太指着另一张沙发声称看见了一块并不存在的饼干。

埃德娜温和地说："她只是跟你开个玩笑，弗洛林。"

弗洛林伸出双手向埃德娜求助。"可我吸过地板了呀，格雷太太！我每天都会用吸尘器清扫地板啊！"

"长沙发下面有块奶油苏打饼干！"斯莱斯韦特太太又重复着，她坐在壁炉边上她常用的那把椅子上，两只肥大的胳膊交叠着放在一条变形的棉质长裙上，红润的脑袋上是稀疏的白发。

弗洛林朝格雷太太做了个鬼脸，然后在长沙发前面跪了下去。鲁宾逊先生和坎特尔太太正坐在那张沙发上，弗洛林从坎特尔太太穿着长袜的两条腿之间往沙发底下看了看。坎特尔太太咯咯直笑。"哎呀，你太坏了，弗洛林。"沙发面向装饰壁炉，地毯上面还盖着一张色彩柔和的中式小地毯。弗洛林伸出手臂在沙发下面扫了扫。"斯莱斯韦特太太，没有奶油苏打饼干。这下面干干净净的。"

斯莱斯韦特太太哼了一声，把注意力转移到了电视机上，电视机就放在那扇宽阔的凸窗下方的木柜上。埃德娜回头看着弗洛林说："她总说这句话，是从一档老电视节目里学来的，是你来这里之前的事了。她只是跟你逗着玩罢了。"

埃德娜注视着坐在长沙发上的两个人。鲁宾逊先生留着一个马桶盖式的发型，他灰白的头发涂了润发油平整地盖在头顶，鹰钩鼻下方是一撮稀疏的唇须，他身穿一件绿色针织背心，里面是一件扣得严严实实的衬衫和一条带有军队徽章的领带；坎特尔太太身穿一件浅蓝色羊毛衫，瘦得像只小鸟，正心不在焉地盯着握在她那关节扭曲的手里的三张揉成团的纸手帕；而乔（他喜欢人家叫他伊维萨·乔）是个戴眼镜的男人，他锃亮的头顶寸草不生，脑袋两侧和后脑勺却有一缕缕头发垂在一件粗糙的彩色斗篷上。

"放屁，吸了尘才怪呢。"鲁宾逊先生说道。听到这个，埃德娜意识到他又开始习惯性地粗鲁无礼了。"那家伙，就是个懒猪。"

"不是！"弗洛林生气地说，"鲁宾逊先生，那样说太不礼貌了。"

"年轻人，你该称呼我鲁宾逊少尉。"他皱着眉头瞪着弗洛林，用手指着他说，"懒猪。"

乔的目光转向了鲁宾逊先生。"差不多就行了，罗伯，"他说，"这小伙子吸过尘。我亲眼看见的。"

"有人看见我的宝石了吗？"坎特尔太太说。埃德娜暗自发笑。"干得好，玛格丽特。"她想着。"我这儿只剩三颗了，之前明明有四颗的。有人拿了我一颗宝石。"

鲁宾逊先生不屑地哼了一声。"什么该死的宝石，就是些干掉的鼻涕纸。"他伸出下巴，"少跟我说他吸过尘，乔，你个该死的嬉皮士。那些家伙，他们全都一个样。"他又转眼盯着弗洛林，"懒猪。"

弗洛林没有理会他，而是在那位看着手里那些纸巾团直摇头的老太太面前蹲了下来。"坎特尔太太，这些不是宝石，它们是纸巾。"

"该死的疯子！"鲁宾逊先生吼道，"亲爱的，那是纸巾，纸——巾——！你就听这小伙子的吧。不过就算这些真他妈是宝石，他多半也会从你手里抢走的。宁愿扔掉也不能相信'他'那种人！"

"鲁宾逊先生！"弗洛林说道。

"是少尉！"对方还击道。

"鲁宾逊先生，这样说太没礼貌了。这是种族歧视。"弗洛林双臂交叉在胸前站在他面前，"还有，不要让自己太激动，别忘了你的心绞痛。你今早吃过药了吗？"

"罗伯，"另一个男人乔一边用他那件斗篷的边角擦拭眼镜片，一边说道，"你有点太过分了。"

"他妈的如今这世道。"鲁宾逊先生嘟哝着，看了看四周，"该死的心绞痛药片。《每日邮报》在哪儿呢？还有，别叫我罗伯，只有团里的那些弟兄才这么叫我。"他用手指着乔，"那些才是真正的男人，不像你这种反战分子。"

"有人能帮我把这些椅子推回去吗？"弗洛林说，"瑜伽老师就快到了。"

"哎哟，我的老天！"鲁宾逊先生说，"又是那个该死的瑜伽老师。"

坎特尔太太停止数数，抬起一只手捂住嘴巴。"哎呀！瑜伽老师要在这里待多久？我儿子今天会来看我。"

弗洛林再次在她面前蹲下来，握住了坎特尔太太那双瘦骨嶙峋的小手。"很抱歉，日志上说今天没有访客。会不会是明天？"

"我很确定就是今天。"坎特尔太太摇着头说。

鲁宾逊先生鼓起腮帮子大声地呼出一口气。"他不会来的。他妈的，他从来就没来过吧？我们都不知道是不是真的有他这么个人。兴许他跟你那些该死的宝石一样，都是瞎编出来的呢。"

坎特尔太太瞪着他。"他会来的！他不会把我送到这里来却不来看我！"

鲁宾逊先生两只胳膊交叉在胸前。"得了吧，亲爱的。我们全都是被扔在这儿的。从来没有人来看望过我们之中的任何一个。我们都被送到了世界的尽头，然后被抛弃在了这里。你，我，还有那边该死的伊维萨·乔，我们所有人都一样。没有人愿意要我们，我们都是孤家寡人。我们越快接受这一点，就能越早各自去忙手上的事情。"

"你所说的事情是指什么，罗伯？"乔说道，"你手上有什么事？"

鲁宾逊先生耸耸肩，"就是苟延残喘，孤独地等死啊！还能有什么？"

一阵漫长的沉默突然被一声碎裂声给打破了，所有人都朝电视机望去，只见一个黑色的塑料遥控器从屏幕上弹了回来。"斯莱斯韦特太太！"弗洛林尖声喊道，"你差点砸坏了电视机！"

斯莱斯韦特太太动动嘴唇做了个鬼脸，然后双臂交叉抱在她丰满的胸前。"反正又没什么值得看的。"她迎上弗洛林的目光，大脑袋点了点，示意沙发那边，"话说回来，长沙发下面有块奶油苏打饼干。"

　　弗洛林发出了一声大象般的哀鸣，闭上眼睛做了个深呼吸，然后他把遥控器捡了回来。"有人想在瑜伽老师来之前看看《林德尔法官》吗？"

　　"去他妈的《林德尔法官》。"说着，鲁宾逊先生终于在坎特尔太太的屁股底下找到了《每日邮报》，并用力地把它拽了出来。"真不敢相信，我们打了他妈一场仗居然就为了这些。"

　　赶在此起彼伏的吵闹声将屋子变得一团混乱之前，埃德娜对众人说道："今天学生们也会到。我刚才从楼上还看见一个，是个小姑娘。可以说打扮得非常讲究，不像如今大多数年轻人那样。"

　　鲁宾逊先生抖了抖报纸。"我的天，是今天吗？真不知道格兰奇兄弟是怎么想的。真是个他妈的蠢主意。想让这地方挤满小孩吗？这可是个休养院啊！关键词不就是'休养'吗？等那些学生来把这地方搅得天翻地覆，我们还怎么'休养'？"

　　"我倒是很期待呢！"乔说道，他的态度在埃德娜的意料之中。她虽然来到日落长廊才刚两个星期，但已经对这里的房客有了一定的了解。鲁宾逊先生是个保守派老家伙，他觉得这世界和世上的一切纯粹是专门跟他作对的。斯莱斯韦特太太是个坏脾气的老太婆，以给他人制造痛苦为乐。而乔是一个被困在老人身体里的少年，总想着重温他的光辉岁月。还有坎特尔太太……埃德娜朝坎特尔太太看了一眼，她正专心致志地数着她那些纸巾球。

　　埃德娜眼角的余光注意到通往休息室的门被推开了一点，有人一直在静静地看着他们。是那个女孩，就是她从窗户看见的那个。对一个年轻姑娘来说，她的衣着有些奇怪。那是件漂亮的裙子，不过穿在她身上不怎么好看，就好像她穿着它睡过觉一样。她的头发就像鸟窝似的。也不知是谁跟她说她可以穿着那样的高跟鞋走路的……

"据我所知，他们之中至少有两个是中国人。"鲁宾逊先生说道。他摇摇头，"我的意思是……"

"我觉得这对你们大家都会有好处。"弗洛林说道。埃德娜想着，对于这个小伙子，至少有一点是值得肯定的，那就是他干起活来像头牛。他是日落长廊的主要护理人员，做饭和打扫都由他负责，而这里的主人格兰奇兄弟似乎大部分时间都把自己关在他们小小的办公室里，据埃德娜所知，他们多半都是在里面争吵。大概是为了钱。

她环顾休息室内，看了看壁炉上方那面大镜子，又看看那扇宽阔的凸窗上悬挂着的窗帘，再看看地板上四处铺着的互不搭配的小地毯。这房子很大，房客却不多。埃德娜不知道这地方经济上是怎么运作下去的。当然，答案很简单，这里其实已经难以维持了，这也是他们要把空房间租给学生的原因。不过，这里的状况很奇怪。首先，这里向房客收取的费用并不高，跟大多数地方的收费相比还不到四分之一。他们也不会逼得你卖掉房子来支付护理费用，前提是你有房子。从她过去两个星期所了解的情况来看，除她之外，其他人都没有自己的房子。他们都是些命运坎坷的人，就像是被格兰奇兄弟一个个挑选出来的，而他们俩好像也心甘情愿。这地方整体上有一种非常杂乱无章、萎靡不振的感觉。就日落长廊的房间数量而言，如果他们接收本地社会福利部门转院过来的人员，那么他们挣的钱会多很多，可他们似乎并没有这样做。埃德娜望向窗外，看到连片的乌云正越过爱尔兰海翻涌而来。这地方虽说有些偏远，但所在的这块地应该还能值一笔钱。

然而，她觉得格兰奇兄弟应该知道自己在做什么。埃德娜没有立场去质疑他们的行事方式，只是为他们能让她来这里住而感到高兴。如果他们没有欣然接受她，她根本不知道自己该怎么办，真的一点主意也没有。其他几个人，鲁宾逊先生、乔和斯莱斯韦特太太，他们都说她能进来很走运，格兰奇兄弟对于要接纳什么人入住可是很挑剔的。

胡说八道，她当时说。世上没有运气这回事。

只有精心的策划。

埃德娜挨个看了看其他人。她很好奇他们是否都知道自己看上去有多老，不过据她判断他们并不知道。她的视线范围内并没有镜子，连她自己也忘了她已经快八十八岁了。没人觉得自己老，至少当他们所有人像这样坐在一起的时候并不会有这种感觉。他们没有觉得自己老。只有当你看到镜中的影像，或是当你试图挪动身子时，才会意识到你已经青春不再了。人们都是这么说的，对吧？"我已经不年轻了。"没人会说"我比从前老了"。

鲁宾逊先生拍了拍沙发，轻轻推了下坎特尔太太瘦骨嶙峋的后背，看了看她身后。"有人看到我的放大镜了吗？"他说，"你们也知道，没有它我没法看报纸。"

"你不会想读那些废纸的。"乔说道。他在沙发上往前挪了挪，靠在椅子扶手上伸手去够他的拐杖。"哎呀，弗洛林，孩子，扶我起来一下。"

弗洛林赶紧帮忙，小心地扶着乔站了起来。老人站在那儿，挂着拐杖歇了一会儿，一边喘气一边摇着头。

"在那儿呢，乔，你个该死的嬉皮士！"鲁宾逊先生大喊一声，粗鲁地越过坎特尔太太去抓刚才被乔坐在屁股下面的放大镜。就在这时，斯莱斯韦特太太打了个响亮的嗝。

"你们早餐供应的那些香肠不适合我。"她怒视着弗洛林。

"我儿子做的香肠很好吃。"坎特尔太太怅然说道，说完就小声哭了起来。"我确定他今天会来看我。话说回来，我们这是在哪儿？是科孚岛还是埃及？"

"是他妈的地狱，"鲁宾逊先生一边用放大镜看着报纸，一边嘟囔着，"去他妈的埃及。"

他们所有人都在这儿了，埃德娜想着。我们所有人都在这儿了。乔缓缓往前挪着步子，拐杖一下一下杵在地板上；鲁宾逊先生眯着眼睛辨认着报纸上的字，即使有放大镜镜片的帮助仍然十分艰难；斯莱斯韦特太太用她胖胖的拳头捶打着胸口；坎特尔太太还在数着她空想出来的宝石，为一个永远不会来的儿子哭泣着。

"好了，"埃德娜站起来说道，"如果各位不介意，我要回房间休息一会儿了。"

然而，谁也没有说话，就像鲁宾逊先生之前简洁概括的那样，他们全都忙着自己手头上的事情呢。

3

《双重赔偿》

（1944年，导演：比利·怀尔德）

　　珍妮尽可能放轻手脚退出房间并关上了门。这些就是她的舍友。她不知自己将如何适应这一切。接待处还是没人，她晃悠到桌子里侧，想看看有没有什么电铃可以按。桌子旁边的墙上用图钉钉着从《北兰开夏新闻》网站上打印出来的一页纸。上面有她的照片，图片有些模糊，画面中的她站在房子外面，如同被意外抓拍到一样扫了一眼镜头。她想起来，自己那时候的确是被意外拍到的。真希望他们当时能先跟她说一声，告诉她他们想把这照片交给本地报纸。那样一来她就可以拒绝了。她把这一页钉在墙上的纸取下来仔细看了看。

北兰开夏养老院开拓创举，接纳学生与退休人员同住

《北兰开夏新闻》记者报道

位于莫克姆附近的日落长廊休养院正实施一项新计划，将从十月新学年开学起，为北兰开夏大学新生提供住宿。

该计划沿用一种荷兰模式，该模式自投入运用以来已大获成功，虽然这一模式已被欧洲其他护理团队采用过，但在英国尚属首例。

私营日落长廊休养院的经营者巴里·格兰奇与加里·格兰奇兄弟二人从多家欧洲社会服务基金会获取了资助，用以支持该计划的首年运作。

巴里·格兰奇告诉《北兰开夏新闻》的记者，日落长廊向学生收取的费用将大大低于住校或租赁私人住房所需的数额。

他说道："作为回报，他们将花些时间与我们的房客们相处，老少之间的互动对双方都是有益的。这将增加学生们对于老年人生活的了解，他们的存在也会帮这里的房客们增添新的活力。"

已报名参与该计划的学生们包括今年由拉夫伯勒大学转学到北兰开夏大学的珍妮·希伯特（见上图），和第一年曾住校的约翰－保罗·乔治，以及就读于该校商学院的两名中国留学生。

他们把她的名字写错了，把埃伯特写成了希伯特，这个错误珍妮从小到大已经习惯了。反正，这样倒是会使她的行踪更难以追查。她琢磨了一下这位约翰－保罗·乔治，不知他会不会跟她是一类人。还有那两个中国留学生也是。他们会被要求跟那些老人在那房间里进行多少互动呢？今年夏天，当听说了这个计划之后，她曾经来这里看了看，还跟巴里·格兰奇见了面。当时他有些含糊其词。珍妮又把纸张重新钉回了原位，决定去找格兰奇先生。她转身刚要走，发现有某个女人就站在她旁边。不，不是某个女人，而是那个女人，窗里的那个女人。珍妮偷偷往休息室里面窥视的时候，她还坐在里面，她一定是在珍妮看剪报的时候出来的。她差不多跟珍妮一样高，身材苗条，但不像攥着纸巾的坎特尔太太那样骨瘦如柴。她冰蓝色的眼睛闪烁着睿智的光芒，白色的长发编成了精致的发辫，在脑后绾起一个发髻。珍妮现在看清楚了，她的黑色长裙其实是剪裁巧妙的半裙和上衣。她凝视着珍妮，同时手指拨弄着衣领处的珍珠，然后说道："需要帮忙吗？"

珍妮长出一口气。"那门，那大门是开着的，我就自己进来了。我以为应该会有人在这里接我呢。发现门没锁我还挺意外的。"她意识到自己太啰唆，赶紧停了下来，"对了，我的名字叫珍妮，珍妮·埃伯特。我是要住进这里的学生之一。"

那女人微笑说："我是埃德娜·格雷。"

埃德娜仍旧一直看着她。珍妮说："我想，应该有人知道我今天要来吧？"

"有可能。"埃德娜说道。她转身走向接待桌，鞋跟踩在地砖上嗒嗒响。她停下脚步，用审视的目光看着珍妮的箱子。"也许有人知道你要来。我去休息室找弗洛林。"她的目光又回到珍妮身上，"他是波兰人，或者是某个东欧国家的。他英语说得很好，应该能帮到你。"

珍妮朝着她刚才探头进去窥视的那扇门摆摆手。"你住在这里吗？"

埃德娜笑了笑。珍妮这才注意到她的嘴唇是鲜红色的。事实上，她的妆容可以说精致无瑕。她说："据我了解，我和你一样。"

"我只是暂时的，"珍妮一边回答，一边想把皱得不成样的裙子给抚平，"等到学校的宿舍建好就会搬走。说实话，我不太确定……不太确定自己是否适合这里……"

埃德娜好奇地看着她说道："你读过《爱丽丝漫游仙境》吗？你记得爱丽丝说她不想与疯人为伍的时候，柴郡猫是怎么说的吗？他说他们都疯了，包括爱丽丝在内。然后她说，既然是这样，那你怎么知道我疯了呢？"

珍妮盯着她。她究竟在说什么啊？埃德娜朝着铺了地毯的楼梯走去，站在第一级台阶上清了清喉咙。她双手交握在略低于胸骨的位置，字正腔圆地说："'你一定是疯了，'那只猫说道，'否则你不会在这里。'"

珍妮看着埃德娜带着一种近乎帝王般的气度登上楼梯，当她消失在转角处时，大门猛地开了，一大堆像是卷起来的垫子一样的东西掉在了瓷砖地板上。一个女人在垫子后面跌跌撞撞地走进来，把 CD 盒子散落得遍地都是。她顶着一头醒目的红发，丰满的身体挤在一件亮绿色的紧身衣里。珍妮转过身，把掉在她脚边的一张 CD 捡了起来，上面写着《情绪舒缓排箫第三辑》。

"你好！"那女人打了个招呼，弯腰去捡那些垫子，她的声音沉稳有力，如她的发色和服装一样明亮。"我是莫莉。他们都叫我疯狂莫莉，哈哈哈，我也不知道为什么。再多个人一起练瑜伽是吗？我还有一套多余的紧身衣可以借给你。"

天啊，珍妮想着，这就是他们所说的"互动"吗？她有些怀疑自己是不是太草率地接受了这个安排，心想也许她该再多努力在城里找找，看有没有在学校宿舍楼建好之前可以落脚的住处。可是这地方收费很低，而且她似乎对这里的地理位置较为满意，这风雨肆虐的偏远之地……然而，这种好感有些短暂。

可是，要练瑜伽啊！还是跟老人家们一起……

小小的接待桌后面那扇门突然开了，她总算是得救了，一个身穿绿色羊毛背心，戴着蓝色领结的矮个子男人走了出来，拿起那副用银链子挂在脖子上的眼镜，放到眼前凝视着珍妮。

"啊！希伯特小姐！"

"是埃伯特。"珍妮说道。这个人是巴里·格兰奇，她之前来日落长廊参观时跟他见过面。

他眨眨眼咧开嘴微笑着。"埃伯特，没错。欢迎来到日落长廊！你是第一个到的。"巴里看看珍妮脚下那一堆行李包和箱子，然后看了看终于把垫子和 CD 都收拾好了的莫莉。

"我想她可以一起参加瑜伽练习！"莫莉说。

巴里笑了笑。"也许下个星期吧，莫莉。我想我们还是先让霍巴特小姐……"

"是埃伯特。不过，叫我'珍妮'就可以了。"

巴里又透过眼镜看看她，然后点点头。"我想，我们还是让珍妮和其他几位先安顿下来吧！"

"好吧！"说着，莫莉像阵风一样穿过房门进入了休息室，珍妮听到屋里齐齐发出一阵哀号，沙发上那个男人，是叫鲁宾逊先生吧？他大声说道："哎呀，老天，又是该死的瑜伽老师……"

巴里·格兰奇拍了拍手。"好了！进办公室来见见我弟弟加里吧。他跟我一起经营这里。今年夏天你过来的时候他有事外出了。我们可以在里面给你沏上一杯好茶。亲爱的，我这么说希望你别介意，不过你看上去就像只落汤鸡。"

巴里·格兰奇和加里·格兰奇兄弟两人不太像是双胞胎，倒更像是彼此的镜像，珍妮想着。加里眉毛微皱，双眼眯起，偶尔鼻翼翕动。她捧着一杯茶，坐在狭窄的办公室里的一张餐椅上，暗暗想着，兴许这样也挺好。如果不是这样，你又怎么能区分他们两个呢？两人的头发都已花白，但十分茂盛，在他们这个年龄来说很少有，珍妮猜测他们大概五十五岁，浓黑的眉毛在他们皱眉的时候会竖起来，有些吓人，加里比巴里更爱皱眉头。两人都有点双下巴，肚子也微微有些发福，脖子上都用亮闪闪的链子挂着一副眼镜，戴眼镜时两人都习惯先挥一下手再弹弹小拇指。最吸引珍妮的一点是，两个人的衣着居然也一模一样。她太专注于这一点，以至于当巴里·格兰奇像个过度热情的童子军领袖在欢迎一群第一次参加夏令营的小男孩那样慷慨发言时，她根本没法专心听他在说什么。从下往上，他们脚上穿着锃亮的黑色粗革皮鞋，棕色羊毛裤子前方的折痕笔直锋利得都能给腿剃毛了，再往上是一件土黄色格子牛津布衬衫，扣子扣得严严实实的，外面套着一件绿色背心，那板型就好像是专门为了凸显双胞胎兄弟的肚子而设计的。然而，仿佛是为了不把其他人给逼疯而勉强做了个让步，两人佩戴了不同颜色的领结：巴里的是蓝色的，加里的是绿色的。她紧抓住这个细节，就像在重重迷雾中航行的水手丝毫不敢让灯塔的微光逃脱视线一样。

"这一切也令我们感到非常兴奋。"巴里双手紧扣在胸前，这句话他已经重复了无数遍。他站在这张旧红木桌前面，加里则坐在桌后，手指捏着下巴，手肘支在一张宽大的吸墨垫上，仔细端详着这个新来的。

"我想我应该简单给你介绍一下日落长廊。"巴里说道，"我们这儿是一家你们所说的休养院，或者说养老院。我们并不是疗养院。我们这里有五位房客。他们都是老年人，但都没有急性医疗需求，我们并没有这方面的设施。这里更像是一间……一间长租酒店。"

加里在他身后哼了哼鼻子。巴里结巴了一下，然后缓过来接着说：

"的确，我们的客户群体具有一定的……一定的独特性，我们这么说吧，这一点与他们总体年龄较大有关，这就意味着会带来一些具体的……挑战，不过，总体来说，我们日落长廊是个愉快的大家庭。"

他身后的人又哼了一声。

珍妮正准备说她不打算在这里长住，这时办公室门上响起一阵疯狂的敲门声。巴里冲过去打开门，是那位瑜伽老师疯狂莫莉，她跌跌撞撞地走了进来。她拨开脸上的红头发说道："啊，格兰奇先生！还有，另一位格兰奇先生！"

"在我们的办公室里你还打算找到谁？"加里皱着眉头说道，"布奇·卡西迪和圣丹斯小子[1]吗？"

"哈哈！"莫莉干笑两声，"是这样，我一直在找弗洛林那小子，我想他一定是烹制他的美味佳肴去了。"她脸上飘过一层阴云，"休息室出了点小状况，是伊维萨·乔。"她的语气沉下来，用一种心照不宣的口吻说道，"我刚刚正带着他们做拜日式，我想这惹得他又发作了……"

这时，突然响起一阵低沉而响亮的敲门声，珍妮吓了一跳，把茶水洒在了裙子上。看这裙子的样子，也不值得再洗了。加里叹了口气。

"应该是又有学生到了。"他对巴里说，"你去接他们进来吧，我去跟乔聊聊，把他从那些乱七八糟的回忆中解救出来。"

巴里点点头，然后眉开眼笑地看着珍妮。"好了，跟我来吧，是时候见见你的新舍友们了。"

---

1 电影《虎豹小霸王》中的两个角色，两人都是罪犯。——译者注

4

《房中客》

（1944年，导演：约翰·布拉姆）

珍妮打量了一圈餐厅里的其他学生。包括她在内，一共有四个。有两个中国留学生，其中一个瘦瘦的很漂亮，皮肤很光滑，正在专心致志地听巴里说话，无论巴里说什么她都跟着点头，脑后闪亮的马尾也跟着上下摆动。她身上的黑色紧身裤和黑色衬衣被她穿出了超模的感觉，这让珍妮一时间有些嫉妒。另一个是个腰身粗壮的矮个子男生，戴着圆框眼镜，留着锅盖头，时不时羞涩地偷偷朝那个女孩瞄一眼。坐在一排人中最边上的是个个子瘦高的白人男生，他坐在椅子边缘，紧身黑色破洞牛仔裤露出膝盖，两只手肘从他的披头士 T 恤衫的袖口戳出来，像蜘蛛腿一样晃荡着。他不停地拨开盖在脸上的长发，露出一个棱角分明的大鼻子和一个黑头密布的额头。他发现珍妮看了他一眼，于是咧嘴一笑，戏剧化地翻了翻眼珠。

"也许我应该解释一下各位为什么会来到这里。"巴里说道。珍妮使劲把下巴朝胸口收紧，好藏起她脸上的笑容。这一幕就像是她所喜欢的那些老电影中的情节：在一座偏僻的豪宅里，一个个迥然不同却都心怀鬼胎的人坐在一间镶着木板的书房中，打量着彼此，屋外电闪雷鸣，而很快就要死掉的阴险狡诈的主人对着众人宣布说："各位可能都很好奇我为什么会在今晚将你们聚集在此……"她眨眨眼，专心听巴里说话。"就像我们在申请阶段所告知你们的那样，我们的灵感来自在荷兰实施过的一个类似计划。在日落长廊，我们目前有一些空置的房间。"加里哼了一声，声音大到珍妮都担心他会呛着。"所以我们就想，何不一颗石头打死两只鸟呢？"

那个中国男生犹豫地举起手。他穿着一件带有黄色标志的绿色足球衫，衣服下摆缩上去露出了他的肚子。巴里朝他灿烂一笑："刘，还是说应该叫你博。抱歉，我还不太习惯到底哪个字在前面。"

博刘，还是刘博，珍妮也不太清楚中文的姓名规则，那男生没有应巴里的要求做出解释，锅盖头下面的脸拧成一团。"巴里先生，我们为什么要拿石头把鸟打死？"

珍妮忍不住想偷笑，于是移开了视线，而另一个女孩往前探出身子，生气地瞪了那男生一眼。她骂了句什么，听起来像是"bái chī"，然后用无可挑剔的英语说道："这是个比喻，意思是一次解决两个问题。"

她靠在椅背上，双臂交叉抱在胸前。博垂头丧气的，厚厚的镜片后面的两只眼睛眨了眨。巴里咧嘴笑了笑，说道："谢谢你，玲刘，刘玲。"

那女孩叹了口气，又往前探出身子。"在中国，我们有名和姓，我的名字是玲，而我们两个人的姓都是刘。正确的读法是刘玲。不过我们知道这对英国人来说有些麻烦，所以如果你们先称我的名再称我的姓，也就是玲刘，也是可以的。"

记着笔记的巴里抬起头，"所以我就叫你玲？"

她往后一靠。"你叫我刘小姐。"

加里忍不住笑了出来，而巴里的笑容就有些勉强了。"刘小姐，当然了。好吧，既然我们开始做介绍了，那么……"他低头看看他的本子，然后抬起头，"珍妮，或者我应该称你……埃伯特小姐？"

"叫珍妮就行了。"说着，她张开手轻轻摆了摆。博羞涩地给了她一个微笑，玲则面无表情看了她一眼。那个瘦长的男生撩开脸上的头发也朝她招了招手。

"还有乔治先生。"巴里介绍完了最后一个人。

"我叫约翰－保罗。"他用悦耳的利物浦口音说道。他咧开嘴一笑："不过大家都叫我林戈。"

博皱起眉头。"为什么？"

"约翰－保罗·乔治。"林戈说道。他耸耸肩，瘦骨嶙峋的肩膀像地壳板块一样上下起伏。"太利物浦了，对吧？"

"我不明白。"博说道。

玲攥紧拳头，尖锐刺耳地说了句什么，珍妮很肯定那一定是骂人的话。"他的名字叫约翰－保罗·乔治，就像披头士乐队成员的名字。所以他们才叫他林戈[1]。"

博的表情一下子亮了起来，就好像玲打开了他后脑勺上的某个开关一样。他脸上带着大大的笑容，用嘶哑的嗓音唱道："你所有的爱，嘟嘀

---

1 披头士乐队四个成员的名字分别是约翰·列侬、林戈·斯塔尔、保罗·麦卡特尼和乔治·哈里森，文中约翰－保罗·乔治的名字已经涵盖了其中三个成员的名字，他的朋友便用第四个成员的名字来作为他的昵称。——译者注

嘟嘀嘟嘟！"

"是我所有的爱。"林戈善意地纠正说。

而玲就没那么和善了。"Bái chī。"她骂道。

"这是什么意思？"林戈挪了挪腿说道。在珍妮看来，他的四肢似乎有太多关节。

博皱着眉头，自言自语地轻声重复了一遍这句话，想找对应的英文，接着表情又亮了起来。"是蠢货，"他说，"她骂我是蠢货呢。"

巴里拍拍手。"好了。现在我们都已经认识了……我们带你们看看你们的房间吧？等你们安顿好，就可以跟房客们见面了。"

正当他们一个接一个走出办公室时，桌上的电话响了起来。巴里从他们身边挤回去接电话，接着他捂住话筒，对他弟弟打了个手势，用口型朝他说了些什么，珍妮没看出来。加里叹了叹气，然后从巴里手中抢过电话。巴里说道："各位……你们大家能自己沿走廊出去，然后上主楼梯去一楼的平台吗？我们有些事情要处理，不过用不了多久。就在那里等我们吧。"

"这太棒了，是吧？"林戈说道。

珍妮看了他一眼。"是吗？"

他一手握拳捶进另一只手的手掌里，眼里发着光。"是啊！来到这里，远离一切，跟各种各样的人打交道，跟普通的大学体验完全不同。"

她停下脚步，转身面对着他。"正因如此，我才宁愿自己从没来过这里。"

林戈眨眨眼。"那你为什么会来这里？"

"我是从拉夫伯勒转学过来的。新的宿舍楼还没建好。"

"为什么要转到莫克姆呢？"

"你总是问这么多问题吗？"

林戈认真思考了一下这个问题。"对。你总是回避这些问题吗？"还没等珍妮反驳，他上下打量了她一番，说道："对了，我喜欢你的打扮。四十年代的蛇蝎美人风格。"

她忍不住露出了微笑。谢天谢地，总算有人看出她想要追求的风格了。"是吗？谢谢你。"她说道。

"很棒的造型。"他点点头，"不过说真的，那裙子没法要了。话说回来，你为什么会转学？发生什么事了吗？"

性感而神秘，珍妮告诉自己，要性感而神秘。"这是女孩子的秘密。"说完，她便继续朝前通过接待区去跟等在那里的其他人会合了。

珍妮·埃伯特并不是一直都走劳伦·白考尔的路线。事实远非如此。实际上，她之所以决定离开拉夫伯勒，直接原因并不是要成为劳伦·白考尔，而是因为在拉夫伯勒的时候，珍妮·埃伯特是个无趣的人。

高中时代在珍妮眼中已经糟糕到了极点，毕业后，她产生了重塑自我的想法，想要化茧成蝶去高等教育的新世界闯荡一番。各种狂野派对夹杂着荷尔蒙气息和性焦躁如同一阵旋风，但这些派对从未邀请过她，她永远都只能被排斥在外，远远地观望。在这样的旋风中，她只能孜孜不倦地专心于自己的学业。而从今以后，她将不再是那个坐在教室后面，整日用头发遮住自己的无趣的女孩。她将彻底摆脱那个在中学时代一直苦苦挣扎、无趣而又不受欢迎的旧的珍妮，她将甩开过去的束缚，成为一个新的珍妮，一个无人认识的自由、独立的女性。她会结交新朋友，会跟男孩子上床，会被邀请去参加那些狂野派对。

可大学里那些受欢迎的风云人物似乎都对她避之不及，就像中学时一样，仿佛她的乏味是一种传染病，他们都害怕沾染上。相反，她吸引到了那些跟她一样的女孩的注意，更准确地说，是那种跟她急于摆脱的形象相同的女孩，也就是那种单调无趣，缺乏社交技巧，以为探讨《简·爱》就称得上狂野之夜的女孩。她身上这条崭新的、巧妙地做了破洞的黑色牛仔裤，和带着某个不知名乐队标志的 T 恤衫，以及紫色的眼妆，并没能像盔甲一样把那些女孩阻挡在外。她们一眼就看穿了她的伪装，认出了真正的她：她是她们中的一员。

她当时学的是经济学，她对这个专业怀着强烈的憎恨，她甚至怀疑是这门学科加重了她身上那如同廉价香水的气味一般挥之不去的无趣感。为了拯救自己的理智与灵魂，她孤注一掷，决定要把她那些从未有过任何出格之举的无趣的朋友拖出去喝个烂醉。

事实上，事情就发生在那一晚。那是五月的一天，学生会为某件事办了个派对。当她提出这个想法时，她的朋友们的反对声此起彼伏，如同一支希腊大合唱。她威逼利诱加上苦口婆心的劝说，最终还是把她们弄出去了。那天下午，她逃了课，把她所有的衣服都放到学生洗衣房去洗了。

当装满她全部衣物的洗衣机坏掉时，珍妮如果是个迷信的人，兴许就会把这看作某种不祥的征兆。一个修理工急切地想把这个装满水和她所有衣物的洗衣机修好，可时间紧迫，她的衣服根本没法赶在晚上外出之前烘干。当时她穿着晨衣和睡衣，站在洗衣房里号啕大哭，差点就要放弃了。然而，她没有放弃。她不允许自己失败。在连一条能穿的内裤都没有的情况下，她去求她的朋友们并借来了一整套行头。

她从夏洛特那里弄到了一件相当漂亮的夏装裙子，浅蓝的底色上印着白色的波点，尺码却大了三个号，她在后背上别了一整排安全别针，巧妙地解决了这个问题，不仅把衣服尺寸缩小了，还增添了一种很朋克的感觉（珍妮乐观地想着）。她连一套能穿的内衣裤都没有，只好从另一个同楼层的舍友伊莫金那里借了一件尺码过小的胸罩，还找第三个女孩米娅借了一条内裤，裤腰把她的肚脐都给盖住了，上面还装饰着一个羞答答的泰迪熊图案，头上冒出一个对话泡泡，表明这是星期六穿的内裤。借给她这条内裤的前提是，她必须严格保证穿过之后会手洗，然后彻底烘干，并且第二天一早及时归还，让真正的主人能够在合适的那天穿上它。珍妮想知道她能不能改借星期日或是星期一的内裤，可听到这个提议，对方惊恐的反应就好像她说要穿着内裤去参加泥地摔跤锦标赛一样。

于是，珍妮穿上了这身虽然算不上十分满意，但也勉强够用的服装。还剩几分钟这个重要的夜晚就要开始了，珍妮·埃伯特已经准备好恣意狂欢一番了。

当然，那一晚最后成了一场彻彻底底的灾难。

5

《派对女郎》

（1958年，导演：尼古拉斯·雷）

大厅里，就在珍妮第一次见到那个奇怪女人的那段楼梯的底部，她的绿色运动包摆在其他箱子上面，拉链敞开着。她飞快冲过去，心脏怦怦直跳。

"那是什么啊？"林戈站在她旁边，看着包里露出的宽大的金属盘问道，"是老胶片盒子吗？"

珍妮数了数，一共四个，然后拉上拉链，愤怒地转身对着正在一旁不耐烦地等待的玲。"你看见是谁干的了吗？"

玲抬了抬眉毛。"如果你是在暗指是我干的，我只能告诉你不是我。"

"我没说是你！"珍妮反驳道。她的双手在颤抖。"我只是问你有没有看见是谁干的。"

玲耸耸肩，又回头看着办公室。"我们来的时候就已经是这样了。说实话，我并没太注意这个包。格兰奇兄弟去哪儿了？到底还有没有人带我们去房间了？"

"哎，你还好吗？"林戈说道，"那些是电影胶片吗？"

"是的，三十五毫米的胶片。"珍妮心不在焉地说。她深吸一口气。"也许是拉链自己开了吧。"她说。她不能随便指责别人乱动她的东西。要想有个好的开始，这样做可不行。可要是这些东西出了什么事……

"上面是什么内容？"林戈追问道。

珍妮揉了揉脸。她感觉浑身湿淋淋、乱糟糟的，只想赶紧把这条裙子脱掉然后冲个澡，要是能泡个澡就更好了。她的头有些疼，而此时的她可以说宁愿去任何地方也不愿待在日落长廊。"只是我上课的一些东西。"她说道，希望能就此堵住他源源不断的提问。"他的问题就没个完吗？"

通往房客们所在的那个大屋子的门关闭着，隔着门，她听到了微弱的响铃和长笛声。她很好奇那个疯狂莫莉在哄那些老人家做着怎样七歪八扭的姿势。

"糟糕，我把我的帆布包给忘了。"林戈说道，"在一楼等等我，我回办公室去拿一下。"

玲已经走到了楼梯的转弯处，健壮的博气喘吁吁地紧跟在她身后往上爬。林戈又消失在了走廊尽头，暂时只剩下了珍妮一个人。她大致猜了猜其他人对她有什么看法。这地方真的可以破开无聊的珍妮·埃伯特身上的茧，让真正的她破茧而出吗？她突然觉得自己同意来这里是犯了个可怕的错误。她不该耳根子软被说服；她应该再等等看学校里会不会有房间腾出来，或者可以在城里跟人合租。一个蛇蝎美人会住在一栋远眺爱尔兰海的孤零零的宅子里，跟一群老年人为伴吗？劳伦·白考尔会容忍林戈这样的人对着她没完没了地唠叨吗？

珍妮明天就要去报名选课了，她决定问问看能否转出日落长廊。她相信格兰奇兄弟可以为她在这里的房间找到其他房客。

珍妮爬上了铺着厚厚的地毯的楼梯，来到顶部，楼梯连接着一处宽阔的铺着木地板的平台，平台上有许多扇门，她推测应该都是通向各个卧室的。抛光过的木地板上铺着一张宽大的地毯，窗户下面有一张破旧不堪的躺椅，需要好好清洁一下了。透过窗户，她看到海上灰暗的波浪在翻滚。

玲和博不知去向。珍妮正想挪到躺椅上坐下来等巴里和加里，这时，一扇打开的门里传来的动静吸引了她的目光。她停下脚步朝里面看了看，发现是她在楼下见过的那个老太太，就是那个身穿浅蓝色羊毛衫，留着一头粗硬白发的老太太。她像只小麻雀一般坐在床边，正盯着床头柜上一只打开的抽屉。她猛地抬起头，然后笑了笑。

"你好啊，亲爱的。"她温暖高亢的声音说道，"你是学生之一吗？"

"是的，我是学生中的一个。我叫珍妮。您不去练瑜伽吗？"

"我的髋关节做不了那个。"老太太抽了抽鼻子。

"您是坎特尔太太，对吧？"

老太太皱起眉头。"是的。我应该是，对吧？反正我觉得应该是。"

珍妮的心又往下沉了沉，只是一点点。她原以为这里是所休养院，以为这里的房客们应该心智还算健全。坎特尔太太表情亮了起来，说道："你想看看我的宝石吗？"

啊，对了，那些宝石。珍妮记得坎特尔太太给那个老人看她手里那些团成球的纸手帕时，他骂她来着。她也不确定在这种情况下究竟应该怎么做：是纠正他们的错误，还是顺着他们的话说？她得问问巴里先生正确的做法是什么。坎特尔太太朝她招招手。

"过来，看看我的宝石。"

珍妮勉强地笑笑，走进了房间。屋子相当大，里面有一张盖着厚厚的床罩的双人床、一个深红木色的衣柜和几扇挂着厚重窗帘的窗户。这个房间位于房子的后方，面向密布灰色雨云的山丘。莫克姆就在那个方向，还有北兰开夏大学，以及珍妮精心为自己打造的人生。她决定要告诉坎特尔太太她的宝石非常不错，然后迅速出来。

"来吧，亲爱的。"坎特尔太太说道。她把床头柜的抽屉又拉出来了一点。"看看我的宝石吧。我去把台灯打开，好让你看得清楚些。"

珍妮踩着厚厚的地毯走过去，低头朝抽屉里看了一眼。"是啊，"她说道，"它们挺不错……"

她的话哽在了嗓子里。坎特尔太太得意地笑了。

那个抽屉当真装满了珠宝。戒指、胸针，还有吊坠。床头灯刺眼的光线照得它们闪闪发亮，让这些红色、绿色和蓝色的宝石顿时活了过来。珍妮并不是这方面的专家，可她非常确定这些都是真家伙。钻石、红宝石、祖母绿、蓝宝石……它们一定价值不菲。

"还好吗，珍妮？"她吓了一跳，然后迅速关上了抽屉，转身对着林戈，他正在门口往里探着身子。"在结识大家吗？"

"这是你的男朋友吗？"坎特尔太太问道。

"不是的！"珍妮说道，这话的力度比她预想的大了些。她对着坎特尔太太笑了笑。"很高兴见到您。晚些时候我们肯定会有机会正式认识一下。"

"再见，亲爱的。"

她跟林戈一起走出房间回到平台，坎特尔太太朝她挥了挥手，这时，巴里和加里也上楼来了。珍妮摇了摇头。"真不敢相信，全是宝石啊！"

巴里笑了笑。"啊，看样子你已经见过咱们的坎特尔太太了？"他对着那位仍然坐在床边的老太太咧开嘴，露出一个大大的笑脸，然后催促着他们走过了她敞开的房门。他压低声音悄悄说道："她有时候啊，会有一点……有一点糊涂。"

"半数时间连自己的名字都记不住。"加里讥讽地说。

"可那些宝石……"珍妮张嘴说道。她打算说那些宝石应该存进保险箱，而不是放在抽屉里，可她的话被加里打断了。

"我知道。一天到晚都在说那些宝石，不过是些纸巾和纸手帕而已。"他摇着头说。

"不过，她倒也没有影响到别人。"巴里说，"对了，另外两个人去哪里了？"

珍妮张了张嘴，又闭上了。她没有立场去多说什么。如果她希望其他人都不要多管她的闲事，那么她自己也得学会这一点。

一开始，一切都进行得很顺利。她和夏洛特、伊莫金、米娅坐在学生会角落里的一张桌子旁，还点了一轮苹果酒和小杯龙舌兰。其他三人都小口抿着苹果酒，只有伊莫金尝了尝龙舌兰，然后做了个鬼脸。珍妮仰头喝下了她那杯龙舌兰，然后又把其他三杯也一饮而尽，接着又去点了一轮酒。

"我想回家。"夏洛特说道。她不喜欢人群密集的地方。伊莫金双手捂住耳朵前后晃动着身体，她不喜欢嘈杂的音乐。米娅说："别忘了，明天一早我就要用我的星期六内裤。"

"去他妈的，"珍妮说，"我去跳支舞。"

她挤进大汗淋漓的人群，双手高举在空中，随着音乐舞动着，心想，这才像那回事嘛！伊莫金的胸罩勒得她直疼，可她尽力不去在意，米娅的内裤在她的皮肤上摩擦如同米纸一般。这也许是米娅的星期六内裤在星期五的夜晚过得最快活的一次了。当它被放回抽屉里以后，跟星期日内裤之间可有故事讲了。

珍妮迷迷糊糊地想着，兴许故事还可以再多些。她感觉到一个身体贴在了她的身上，在她身后挪动着。她往后靠在那个人身上，享受着一个真正的男性跟她一起有节奏地舞动带来的感觉。

"你叫什么名字？"一个声音在她耳边喊道。

"珍妮！"她喊着回答，然后挪得近些，使劲贴在他的身上。"那你叫什么？"

"布伦丹！你学什么专业的？"

"经济学！"她喊道。进展实在太顺利了。"你呢？"

"运动新闻学！"布伦丹喊道。

说完这些，她不知该说什么了，所以很是松了口气。接着，布伦丹开始亲吻她裸露的背部，夏洛特这条裙子的背后被她用安全别针给别了起来，感受到他的亲吻，珍妮略有些激动。当他的嘴唇缓缓下移到她的肩胛骨之间时，珍妮颤抖起来。她一只手伸到身后，抚摩着他的大腿。原来就这么简单！

这时，他停了下来。珍妮鼓励地拍了拍他的腿。他说了句什么，可她没太听清楚。

"什么？"她微微转过头，喊道。

"吾呃啊到噶在呃耶唉呃哦噎嗯昂呃……"

"什么啊？"她又喊了一遍，试着转身面对着他。

"哎哟！别，别动！我的牙套卡在这些该死的别针上了……"

可珍妮已经转身了，随着她身体的转动，她感觉到一只别针嘣地弹开来跟裙子分了家。

"我的妈呀！"布伦丹说道。这时候，她才第一次好好地看了看他，他疼得直流泪，亮闪闪的别针卡在了他的金属牙套上。他长得并不怎么好看，而且一脸的恼怒。

夏洛特的裙子的胸部鼓了起来，珍妮感觉到一阵凉风。她感觉到又有一只别针弹开了，没有了别针的固定，裙子正慢慢还原到它原本就大三个号的尺寸，而珍妮纤瘦的身板根本挂不住那裙子。她无助而又惊恐地看着裙子从她的肩上滑落，径直滑到了她的腰部，最后落在了她脚边。那一刻，正好赶上 DJ 更换曲目，音乐声停了下来。就好像不满意让她有喘息的机会，同时又要填补此刻的安静似的，伊莫金的胸罩带子突然响亮地啪的一声绷断了，然后整个从珍妮身上远远地弹开来。她赶紧用手捂住胸部，惊恐地瞪大双眼，而此时人群渐渐在她周围围成了一圈。突然间，十几部拍照手机的闪光灯齐刷刷地亮起来，晃得她什么也看不见了，刺耳的嘲笑声淹没了她的耳朵。

"我流血了！"布伦丹哭喊着，事实也的确如此，血不断从他嘴里涌出来。这简直就像是恐怖电影中的画面。

"我还光着身子呢！"珍妮对着他吼了回去。

他用手背擦了擦嘴，眼睛在她身上上下扫动。他微笑着，露出了满嘴血红的牙齿，那只别针还别在他的牙套上。"我在想，你愿意回我住的地方去吗？"他口齿不清地说，"我那儿有冻比萨。"

珍妮闭上了眼睛，可这并没有驱散那些嘲笑声和手机的闪光灯，她脑中还有一个画面挥之不去，那是一只邪恶的露着猥亵笑容的泰迪熊，头上还有一个对话泡泡说着"他妈的"。

6

《被遗忘的人们》

（1950年，导演：路易斯·布努埃尔）

"你知道如今年轻人的问题在哪儿吗？"鲁宾逊先生说道。

那位瑜伽老师疯狂莫莉让他们放慢节奏，然后就不见了，如同一阵莱卡旋风。学生们应该被带去看他们的房间了吧，而且一定被巴里·格兰奇弄得无聊透顶，埃德娜想着。鲁宾逊正凝视着他们，用他的放大镜一个一个地看他们。

"你不是有眼镜吗，鲁宾逊先生？"埃德娜问道。

他用放大镜对着她。"我有，不过眼镜弄得我耳朵疼。那些镜片就像该死的果酱瓶底子一样。太重了。"

"我喜欢你的放大镜。"坎特尔太太咯咯地笑着说，"它让你看上去像夏洛克·福尔摩斯。"

鲁宾逊先生咂了咂嘴，接着说道："如今年轻人的问题啊……"

"呼——"乔说道。他在壁炉前的地毯上艰难地来回走动着，身体重重地倚着他的拐杖，一直揉着后腰。"我可能得暂时停止练瑜伽了。我的身体吃不消。"

鲁宾逊先生皱着眉头看着他。"乔，我每天早饭之前都会抻抻筋骨。男人得好好保持身材。军旅生涯至少教会了我这一点。没理由因为年纪大了就不能保持身材和健康。话又说回来，如今的年轻人啊……"

"我见过其中一个。"坎特尔太太说，"我给她看我的宝石了。"

"是吗，玛格丽特？"埃德娜说，"那她喜欢吗？"

斯莱斯韦特太太先前一直盯着开了静音的电视机，她眨眨眼看着埃德娜。"真不明白你们为什么要惯着她。"

这位斯莱斯韦特太太可真是个怪人，埃德娜想着。事实上，他们都是怪人。各有各的怪法。不过她想，兴许活的日子长了多少都会这样。每个人都已经赢得了保留自己那点小怪癖的权利。人就像树木一样，年纪越大，树干上的年轮就越多，经验也就越丰富。当你攒够了人生的阅历，也就获得了保留小癖好的资格。

"他们的人生阅历还不够，"她大声说道，"这就是如今年轻人的问题所在。"

乔停下脚步看着她。"是啊，他们的阅历当然不够，因为他们还年轻。"

可鲁宾逊先生拿放大镜冲她摆了摆。"不！她说得对！非常正确，格雷太太！他们活得还不够长。乔，我的意思是，来这里的这些孩子……他们有多大，十九？二十？你在那个年纪都干什么了？"

乔噘起下嘴唇想了想。"我十五岁就辍学了，然后去了大公司上班，修高速公路。每天早上六点就起床，去挖道沟，风雨无阻。"

"没错！"鲁宾逊先生得意地把放大镜拍在大腿上，"我们都埋头专心做自己的事情，从来不会没事闲晃。我敢打赌这些孩子连他妈自己的鞋带都不会系。"

"他们成天忙着摆弄手机。"斯莱斯韦特太太双臂交叉抱在胸前说道，"我就算是脱光了衣服在他们面前跳肚皮舞，他们都不会让眼睛离开手机抬起头看一眼。"

埃德娜做了个鬼脸。鲁宾逊先生嘟囔道："悠着点，斯莱斯韦特太太。我的早饭都要吐出来了。"

"厚脸皮的家伙。"说着，她用力戳着遥控器上的按钮，打开了电视机的声音。画面中，一排人在一个舞台上坐成一排。一个女人在哭，而另一个在打着手势，一个戴着棒球帽、身穿运动裤的年轻人正一脸无聊地坐在他们中间。

"唉，我不喜欢这个节目，"坎特尔太太说，"所有人都在一直嚷嚷。"

"事实就是，他不负责任。"鲁宾逊先生说，他指着电视机，"我都不用看就知道他是块扶不上墙的烂泥，光看他的衣着打扮就知道。估计是他把那个女的肚子搞大了，而他本来跟另一个女的是一对。"他摇摇头，"早就在这个节目上看过这些了。年轻人啊，一点责任心也没有，事实就是这样。"

"鲁宾逊先生，我们这辈人也有没负起责任的啊。"埃德娜温和地说。老年人也并非一辈子都能做得像道德模范一般，这一点她非常确定。

"那你说在一场该死的世界大战中英勇战斗算什么？"鲁宾逊先生喊道，"那难道不是责任？如果不是有像我父亲那样的人，这些人根本不会有机会把眼睛粘在该死的推特和'书脸'上自由地移动。话说回来，这些东西究竟算怎么回事？给你那该死的饭菜拍照，然后放到网络上让所有人都来看？

每次某个流行明星说了句什么抖机灵的话，他们就激动得尿裤子？还告诉所有人你刚才在一座该死的公共电梯上'打卡'了？这就是如今这些年轻人的毛病。他们以为全世界都围着他们和他们的脱脂'拉贴'转呢。"

"什么？"乔看着他说，"拉贴？"

"我猜你是想说'拿铁'吧？"埃德娜说，"脱脂拿铁，就是加了牛奶的咖啡。"

鲁宾逊先生眨眨眼。"我以为是'拉贴'呢。我以为就像某种……某种派。"

坎特尔太太咯咯直笑。"哎哟，你真有趣，鲁宾逊先生。不过，我倒真想吃点派了。真好奇弗洛林那小子今天午餐做了什么吃的。"

"反正不是什么你想拍照贴到'书脸'上去的东西。"鲁宾逊先生嘟囔着。他摇摇头。"拿铁，破咖啡。喝一勺醇香鸟怎么了？所有东西都得弄得又精致又有外国特色，否则他们连碰都不会碰。"他拍了下膝盖，"都是为了展现身份权利，就是这样。去他妈的权利。"

虽然鲁宾逊先生有些爱嚷嚷，不过他的话的确有些道理，埃德娜心想。年青一辈人的那种自我中心意识总让她感到很绝望。他们总是关注着自身，从不会放眼看看宽广的世界，当然，除非世界就在他们的手机屏幕上。她对他选用"权利"这个词觉得非常佩服。

"有道理，我同意。"她说，"他们很多人都觉得这世界欠他们一个美好的生活。"

"这世界什么也不欠他们的，"鲁宾逊先生斩钉截铁地回应道，"我们都很清楚这一点，而正因为如此我们才会沦落到这里。人生中的运势都是自己创造的，不能依赖其他任何人。"

这一点同样没错，埃德娜想着，非常正确。依赖他人，相信他人……好吧。要不是她太轻信他人，也许她还能有更好的生活。至少，是更快乐的生活。

"不过，我们都很依赖善良的格兰奇兄弟。"坎特尔太太指出，"他们给了我们容身之所，而弗洛林那小子还给我们提供一日三餐。"

"他们又不是发善心，"鲁宾逊先生说，"我们他妈的是付了钱的。"

就在这时，加里·格兰奇走进了休息室。这时机还真是非常具有戏剧性呢，埃德娜心想。他环顾四周，最后怒视着鲁宾逊先生。

"我只是进来告诉你们，巴里正带着学生们去他们的房间，然后我们会带他们过来跟你们见面。"他说道。他看着鲁宾逊先生，"我并不想太苛刻，不过鲁宾逊先生，如果你觉得不喜欢在日落长廊的生活，当然随时可以换个住处。你们谁也不是这里的囚犯。"

"我并没有说我不喜欢。"鲁宾逊先生怯怯地说。

加里挨个看了看他们每个人。"你们都知道你们能在这里生活是很幸运的吗？就你们付的那点钱？我要是你们，我就会谢天谢地而不是抱怨。我还要提醒各位，十月底我们会接受一次检查，看我们是否能保留营业执照。他们可能会想找你们中的一些人问问你们在日落长廊的生活。如果你们清楚利害关系，最好是多想想就我们收取的费用来说，这里经营得有多么好。"

价格是极其合理的，埃德娜心想。她和坎特尔太太是两个星期前才来的，而加里·格兰奇说得没错，她从没听过哪一家休养院是像这里一样经营的。他们不接收社会福利机构转院过来的人员，而是像巴里·格兰奇告诉她的那样，听从"本能"。如果他们认为某个人非常适合日落长廊，就会给他提供一个名额。收取的费用只能勉强支付房客的一日三餐，哪里还能负担得了他们住在这里的全部支出？所幸的是，她在这里待不了多久，尤其是现在计划已经开始实施了。

"你们要怎么把这里维持下去？"她问道，"这里一共就我们五个人，而玛格丽特和我是最近才来的。"

"我哥哥认为那四个学生能帮上忙。"加里叹了口气，在她旁边那张沙发上坐了下来，"可他根本是在异想天开。"

"是靠那些补助金之类的，"乔说道，"就是靠这些维持下去的，对吧？"

加里点点头。"说实话，这是巴里负责的范畴。也不怕跟你们坦白，我可懒得管这些。"他的语气中仿佛透着一丝吝啬，"他努力开发资源，获得了各种补助金和基金，一天到晚都在填申请表，写邮件。如果是我说了算的话……"

如果你说了算，那我们就都得睡大街了，埃德娜心想。加里一向没什么耐心经营日落长廊，对于这个事实他从未想过要掩饰。仅仅是过去这两个星期，她就已经多次听到从办公室里传出的争吵声。对加里·格兰奇来说，这所休养院只是生意而已；而对巴里而言，却是一项使命。她很好奇他们最初是怎么进入这一行的。

"可这些大笔补助金是从哪里来的呢，亲爱的？"坎特尔太太问道。

加里又叹了口气。他总是在叹气。"大多数来自欧洲。你们也能想象到，这在目前来说是有些令人担忧的。"

鲁宾逊先生使劲摇摇头。"太他妈不出意料了。我打赌这些资金会渐渐枯竭的，对吧？该死的欧洲人就这副德行。他们会纯粹出于恶意撤回资金。"

"我想就是因为这个我们才会接收这些年轻人吧。"埃德娜说，"我说得对吗，格兰奇先生？"

他点点头。"是的。为了增加额外的资金来源，还要让不同年代的人融合到一起之类的。"他摇摇头，表示他认为这纯粹是浪费时间。"我们只有六个月的时间来证明我们可以做到，不过就算失败了我也不会觉得太意外。我只能说，到了复活节情况可能不会太乐观。"

乔一屁股坐到沙发上，重重地哼了一声，然后往前靠在他的拐杖上。"格兰奇先生，你的意思是资金很有可能会枯竭吗？"

加里做了个鬼脸。"我希望你们谁也不要跟那些年轻人讨论这个。我们可不想把他们给吓跑了，他们连行李都还没拆开呢，房租也没交。"他停下来，若有所思地环顾了休息室一圈，凝望着墙壁，然后是天花板。"这地方位置很好，这老房子也很结实。我无法想象将来有一天这日落长廊会不再是所休养院。"他站起身来，"我去看看我哥哥跟那些学生进展如何了。我们过会儿就带他们下来。我想弗洛林正在准备一顿自助餐呢。"

埃德娜目送着他离开。她心想，那个人，说话用词总是很谨慎。"我无法想象将来有一天这日落长廊会不再是所休养院。"意思是不一定是这所休养院，不一定是这样的经营方式，也许……

鲁宾逊先生拿起他的放大镜，透过它看着电视上正在爆发的一场战斗。身穿黑夹克的男人正在把参战各方拉开，有人朝节目主持人扔了把椅子。

"别跟学生们说这里出了状况，"他学着加里的声音说道，"得他妈的一直惯着他们。这就是如今年轻人身上的毛病……"

7

《低语之城》

（1947年，导演：费奥多尔·奥采普）

珍妮站在浴室里，仰面迎着花洒喷出的热水。她心想，如今老年人身上的毛病就是，他们觉得自己什么都知道。

的确，她的判断依据仅仅是与她父母的相处经验，可她认为这里这些人，包括二三十年后她自己的爸妈在内，都不会变得更谦虚或者更令人兴奋。

她想象中升级版的珍妮·埃伯特的全新开始并不是这个样子的。好在，她只需要在这里待到新的宿舍楼建好为止。明天她就要去学校报到了，到那时她就能将计划付诸实践。而在这期间，至少她还有个大房间，自带的卫生间还配有舒适的淋浴设施。

珍妮的房间在三楼，位于房子的前部，远眺着公路、沙丘和无边无际的大海。房间里有一张双人床，一个深红木色的衣柜背靠着令人眼花缭乱的花纹墙纸，窗户下方有一张结实的旧书桌，布满划痕和磨损痕迹的桌面上放了张那种吸墨的垫子。珍妮四处看了看，想找个地方把手机插上充电，结果发现插座只有两个，其中一个正好被挡在了衣柜后面。滚滚涌入的孤独感在不断加剧，正如海水蒙蒙的雾气在轻轻地推挤着那扇垂直推窗一般。此时，手机的信号强度在一格和"无信号"之间徘徊着，令这孤独感变得越发强烈。

珍妮套上松软的浴袍，上面还有独角兽图案呢。她得买件更得体的，也许可以换件丝绸的。珍妮一边用浴巾擦着头发，一边看了看行李箱里叠着的衣服，不知道衣柜里有没有足够的衣架可以把它们都挂起来。就在这时，她的房门一下向内打开来，林戈大步跑进来面朝下扑到了床上，然后翻过身来看着她。

"你在干什么？"她问道，同时把浴袍的领子抓紧了些。

林戈耸耸肩，他的肩膀如同波浪一样上下起伏着。"我想说你或许想找人陪陪呢。"他用手托起一把华丽的小钥匙，"你把这个忘在门外的锁眼里了。你应该会想把它放到一个安全的地方。"

地上那个小箱子里装着她的内裤，此时正露在外面，珍妮用脚钩起盖子把它关上，然后转过身瞪着他。"床还舒服吗？只不过连我自己都还没在上面坐过呢。"

林戈用手肘支起上身，然后用手掌按了按床垫。"跟我的差不多，应该还可以吧。"

"我是在挖苦你呢。"珍妮小声嘀咕着，从他手里拿过房门钥匙，然后扭头去数衣柜里的衣架了。

林戈沿着床边挪了挪，去查看那一摞胶片盒子，那些盒子靠在一台小电视机旁边，珍妮正打算把它们放到书桌上。他用瘦长的手指拿起一个盒子，看了看上面手写的标签。"这是什么？我从来没听说过。"

"没什么。"说着，珍妮从他手中夺过盒子，又放回那一摞盒子上。

"你学什么的？我学的创意写作。"

"学电影。听我说，我……"

"我们晚一会儿去干吗呢？"林戈打断她说，"这附近有酒吧吗？你觉得博和玲喝酒吗？还是说我们应该先吃饭？这儿会给我们提供茶水吗？你感觉跟老家伙们见面什么时候能结束啊？我们要不……"

"够了！"珍妮一只手捂住眼睛说道。她转过身，做了个深呼吸。"林戈，你待在这儿干什么？"

他耸耸肩，一脸惊讶。"我只是想……你懂的啊，跟舍友联络下感情什么的呗！"

她捧起双手捂住嘴巴，闭上眼睛听了一会儿自己的呼吸声。"听我说，"终于，她开口说道，"我知道你是好意。可是被困在这里本身就已经够糟糕了，我不想刚到这里五分钟就感觉……感觉受到了严重的骚扰。"

"抱歉。"他说着，又翻身躺了下来，丝毫没有要离开的意思。"那这么说，你是不想来这儿吗？不想来日落长廊？"

"我转学过来，可校园里又没地方住。他们让我来这里，说可以给我一个比较便宜的价格，让我住到找到新住处为止。"珍妮停了一下，"这些我们已经说过了。你是特意来这儿的吗？"

"当然了，"林戈说道，"我觉得这个主意有意思极了。你瞧啊，我想成为一名作家。这可是非常好的体验。对了，你是从哪儿来的？我不太熟悉你的口音。"

珍妮含糊地嘟囔了一句。林戈连气都不喘又接着问："你为什么转学啊？"

"转了就是转了。你不介意的话……"

林戈盯着天花板。"是发生什么事了，对吧？我打赌一定是发生了什么事。"

宿舍的洗衣机还是没修好，所以当半英里以外的那间自助洗衣店八点一开门，珍妮就直接去了。这个时间对她来说一点问题也没有，因为她整晚都没睡，一直裹着她的被单在床上啜泣。她清洗了夏洛特的裙子、伊莫金的胸罩和米娅的内裤，尽力不去回想昨夜的事。她本希望昨夜能够像一部电影那样完美，而昨夜也的确像一部电影，却是某种《辣身舞》和《春满夏令营》的大杂烩。

回宿舍的路上，有三个人在她经过的时候多看了她一眼。宿舍楼外有一伙学生在清晨的阳光下休息，全都盯着她窃窃私语。一个男生开始吹起口哨，是脱衣舞女登台演出时播放的那种调子。珍妮的脸如同火烧一般，她飞快地跑上楼，去了米娅的房间。

"你的星期六内裤，"她说，"洗干净也烘干了。"

"终于还回来了！这下我可以穿衣服了。"米娅说，"你用熨斗熨过吗？"

珍妮正要离开，米娅的手机铃声响了起来，她看了一眼手机，然后看看珍妮，忍不住咯咯笑了起来。

"怎么了？"珍妮生气地说着，从她手里夺过了手机。屏幕上是一张她站在舞池地板上的照片，她双手捂着胸，裙子落到了脚踝边。"我的天啊！是谁发给你的？"

"这已经是我第三次收到这照片了。"米娅狡黠地说，"我想很多人都拍下了照片。"

夏洛特和伊莫金两人也看到了这照片。珍妮打开她的手机，把它关闭，然后再打开来重新查看。没人把照片发给她。人们拍下了她人生最灰暗的那一刻，然后在整个校园内散布，而大家竟然觉得值得与无趣的米娅、夏洛特和伊莫金一起分享这些照片，她却被排除在外，珍妮实在不知这两者之间究竟哪一个更令她震惊。

我已经浪费了一整年的时间，珍妮心想，她坐在自己的床上，收起双腿，膝盖顶在下巴下面。我已经在那些女孩身上浪费了一年，而如今我成了整个拉夫伯勒的笑柄。他们在我背后窃窃私语，指指点点，而这种情况将会一直持续下去。我永远只会是那个裙子掉下来的女孩。接下来的两年，这将是贴在我身上的标签。

她打开电视机，里面正在播放一部老电影——《逃狱雪冤》。主演是亨弗莱·鲍嘉和劳伦·白考尔。这是她最爱的电影之一。

"你一个人在这里不会觉得孤独吗？"鲍嘉问。

"我想，我生来就是孤独的。"白考尔和珍妮同时说道。

珍妮把脸埋进手掌中。也许她可以投诉。散播那样的照片，差不多算得上报复性地传播色情图像了吧。这难道不是违法的吗？要是她能更像劳伦·白考尔一些就好了。这样的事情绝对不会发生在她身上。

她缓缓抬起头，凝视着小电视屏幕上的白考尔。谁说她不能成为劳伦·白考尔呢？她可以成为任何她想成为的人。重塑自我，去上大学的最终目的不就在于这一点吗？

她可以成为劳伦·白考尔。她一定会成为劳伦·白考尔。

但不是在这里。

"什么也没有发生。"珍妮说,"有时候人做事情没有什么原因,只是因为想要那么做而已。"

"每个好角色都有他的动机。"林戈说道,"至少,最成功的小说里都是如此。"

珍妮凝望着镜子中的自己。她需要用电吹风把头发吹干。她需要找些衣服穿。她需要化妆。

"好吧,这部小说目前而言相当无趣。"

"我不相信。"林戈说,"在某个时间,你身上一定发生过什么激动人心的事。"

珍妮在她的箱子里翻找着电吹风和发卷。她不确定有没有时间赶在跟那些老年人见面之前把头发做出波浪。接着她又想,有必要这样吗?只是为了跟一群老人家坐一坐?然后她摇了摇头。劳伦·白考尔会说这样的话吗?她会以不够美艳动人的状态示人吗?不,她不会。而珍妮·埃伯特也将竭尽全力不落人后。

她看着林戈。"我得收拾准备一下了。我们楼下见,好吗?"

他躺在床上点点头,展开四肢。"就告诉我一件有关你的事,一件你到这里以来从未告诉过任何人的事。"

珍妮叹了口气。"好吧。"她看着他。神秘而性感,是吧?就满足一下他吧,让他感受一下谜一样的珍妮·埃伯特的味道。她低头看着自己的双手,然后看着林戈。

"我父母都死了。"

8

《旋涡之外》

（1974年，导演：雅克·特纳）

林戈坐起来，瞪大了眼睛。"不可能。"

"这也没什么稀奇的。"珍妮说着，被他盯得有些不自在。

"完全正确。"林戈说道，"我父母也死了！是怎么回事呢？我妈妈得了一种罕见疾病，大概过了六个月，就去世了。我爸爸一年后突发了心脏病。所有人都说他是心碎而死的。我想的确是这样，真的。"

珍妮暗暗叹息。这不是她想要的反应。"是车祸，不过我不想说这个。"

"他们是同时去世的吗？你还记得他们跟你说过的最后的话吗？我记得，记得一清二楚。我记得我最后对他们说的话。"

珍妮摇摇头。她可不打算再继续下去。她闭上眼睛轻轻揉了揉太阳穴，然后硬挤出一个微笑。"林戈，听我说。我并不想显得……只是……"她做了个深呼吸，"我并不想加入什么孤儿俱乐部，好吗？我来这里是为了抛开过去。我真的不想聊这个。"

"聊聊会有帮助的。"他说道。珍妮不知他是不是永远停不下来。"全都憋在心里不好。"

"你现在可以离开了吗？"珍妮静静地说。她的腿在颤抖，她需要坐下来。

林戈终于站起身走向门口。"行，当然了。一会儿在见面会上再见，行吗？"

她点点头，一直等到他走出去关上门，才放松双腿，不拘小节地倒在床沿上，羽绒被都被林戈给压皱了。她忍不住想起了她最后一次和父母的对话。

"你们他妈的为什么这么无聊？"珍妮高声叫喊着。她感觉自己的脑袋快要爆炸了。她想要捶东西，想要砸东西，想要毁灭一切。她发疯似的环顾四周，打量着目标。擦得亮闪闪的餐桌上有个花瓶。墙上有面华丽得吓人的镜子。还有个陶瓷人像，是个男人坐在柳条筐上，脚下摆着钓鱼竿。

"注意你的用语，小姐。"她父亲悲伤而冷峻地摇摇头，哑着嘴说道。

"珍妮。"她母亲身穿夹棉家居服，攥紧双手说道。

"她要是像这样就别跟她多说了。"她父亲说道。他身穿一件羊毛衫，里面是一件带有乳白色格子的白衬衣，头发整齐地分成两片，用发乳梳得很光滑。她母亲一只手扶着前额。她又开始头疼了。珍妮大声笑了起来，那丑陋的笑声毫无笑意。他们就像一部老情景喜剧里面的人物。

"无聊！"珍妮喊道，"真他妈无聊！"

"我们只是觉得你行事太仓促了。"她父亲通情达理地说，"我们只是希望你能先跟我们说一声再告诉拉夫伯勒那边你要转学，也许我们可以解决这个问题。"

"没什么可解决的。"珍妮说着，怒气渐渐消散了，"我讨厌这里。我已经从拉夫伯勒退学了。新学期一开始我就去北兰开夏。"

"去学电影啊。"她父亲说着，仔细咂摸着这几个字，就如同它们是别国的语言一般。他又一次以他特有的悲伤而冷峻的方式摇了摇头，珍妮心中的怒火又死灰复燃了。她又想要把这个无趣的小房间中的一切都给摔碎，毁灭掉。"学那个有什么好的？经济学学位至少还能给你个未来，帮你找个好工作。可电影研究呢？"

强烈的怒火让珍妮心中的理性荡然无存。"我不想要什么好工作！我不想像你一样找个无聊的工作！你怎么想的，想要我追随你的脚步进入会计学的精彩世界，进入这个你浪费了过去四十年的行业吗？你们怎么就不能支持我一下呢，哪怕一辈子就这么一次！"

"我可不会说那是浪费，"她母亲轻轻说道，"你父亲的职业让我们过上了好生活。你要什么有什么。你怎么能说我们没有支持过你呢？"

珍妮握紧拳头咆哮道："我说的'支持'不是这个。我指的是鼓励我，让我去追求自己的梦想。"

她父亲哼了哼。"梦想？谁是靠梦想过上好生活的？"

"我不想要好生活，"珍妮强压住怒火，"我要的是一个好的人生。你们居然还说我要什么有什么？这么多年来你们一直对我隐瞒这些东西，居然还说我要什么有什么？"

珍妮解开电视机的电源延长线，从书桌背后沿着墙角引出来，把插头插进了床边的插座。她调整电视的角度让它对着床，然后她往后靠在床头板上，看着黑乎乎的屏幕，然后看向电视后面那溅了雨水的窗户。这里的天气总是这么糟糕吗？她眯眼看着那一行行雨水顺着窗格争先恐后地向下流。巴里已经跟他们说过绵延的海岸线所潜藏的各种危险，说海水会蛇行一般曲折推进，趁人不备将其包围，斩断去路，将他们逼近一片片流沙之中。"这里的人们都说，潮水来势汹汹甚至快过马蹄。"他警告说。

珍妮觉得这些听起来相当刺激。

她用遥控器对着电视按了按，电视猛地响起了静电噪声。她需要一根天线。她伸手去书桌背后的踢脚线边上摸了摸，想找找有没有天线。她在想，是年龄让她的父母如此无趣，还是说他们天生就是那样。那个时候，在夏天的尾声，她最后一次跟他们说话时，她父亲已经快六十一岁了，她母亲则是五十九岁。他们很晚才有了珍妮，她母亲怀孕时已经四十岁了。她经常想，他们为什么等了那么久才要小孩，可他们从未谈论过这个话题。珍妮一直渴望能聊聊这件事，渴望他们能够坦白，能够给出一些解释。也许他们备孕了很多年却一直没能成功，也许他们之前有过妊娠失败的经历。对一对从未打算过要孩子的夫妇而言，一个孩子的降临会不会完全是个意外？有十多种可能性，有成百上千个机会可以让他们更有趣，给他们的人生增添一些深度和质感。可他们从未主动透露过任何信息，而等到珍妮长大开始对这个感到好奇时，她已经和他们太过疏远了，即便得知他们是在桑葚树下捡到她的，也已经太晚、太无足轻重了，她已经不在乎了。

门口传来了敲门声，珍妮的心沉了沉，担心是林戈又带来新一轮的连珠炮似的提问，不过打开门却是巴里来询问房间里的一切是否满意。

之所以确定是巴里，是因为他从门口探头进来时，她快速看了一眼他脖子上的领结（蓝色的是巴里，绿色的是加里，小菜一碟！）。

"你好啊！"他眉开眼笑地说，"希望你已经安顿下来了。你知道吗？我得说，这一切让我们非常兴奋。这对日落长廊而言是一场大胆的新冒险。"

"我想问问有没有办法把电视机连接上。"

好像迫切地想要帮上忙一样，巴里以惊人的速度连蹦带跳地来到衣柜前，从柜子背后拉出一卷用一根细扎线绑起来的棕色的电线。"给你！"他扫视了一眼 DVD 播放器和那一摞盒子，有的是空白的，有的上面印着骇人的标题和图片，这些东西很奇怪地竟让珍妮觉得十分安心。"你是学电影研究的，没错吧？"

珍妮点点头，从巴里手中接过天线并解开扎线。他拿起几张 DVD，像扇子一样在手中摊开。"《夜阑人未静》！还有《夜长梦多》。看样子，你喜欢老电影啊？"

巴里眯起一只眼睛，手指做成枪的样子指着她。"啪！啪！里面的男的都是真正的男人，女的都是美人，对吧？挺刺激的东西。"

珍妮接好了天线，然后望向被雨打湿的窗外。"我关注的是里面模糊的道德界限、自我毁灭性的异化和存在主义危机。"她心不在焉地说。过了一会儿，她意识到巴里没有说话，便将注意力从那无情的大雨中收回来，转身发现他正略显忧郁地看着她。她硬挤出一个笑容，也用手比了个手枪的姿势对着巴里。"当然，还为了看片中的蛇蝎美人和俊美男子。啪！啪！"

巴里明朗的笑容又回到了脸上，他把 DVD 放回了原处。"好了，"他双手一拍，说道，"还有半个小时的时间来整理，之后你们或许愿意跟房客们见个面？我们还是在主楼梯下面集合……"巴里看了看手表，"过一刻钟？很好。哦，我跟你提过停电的事吗？我也不知道是因为我们离主电线太远还是离镇上太远，或者是因为大风和大海，我们这里经常会停电，主要集中在天气恶劣的时候。"

珍妮看着窗外直言不讳地说："这里的天气有好的时候吗？"

巴里笑了。"哦，夏天天气很好的。"他停下来思索了片刻，"尤其是不下雨的时候。总之，我只是想说……就算停电了也不用担心，毕竟我们还有台备用发电机可以立即启用，靠这个一直支撑到来电为止。每隔一两个星期就会来这么一次。"他又咧开嘴笑着点了点他的手表，"就这样了！一刻钟之后啊！别迟到！"

他走后，珍妮忙着把电视机和DVD按照她满意的方式安装好，把笔记本电脑也充上了电，然后她把自己的衣服挂在了衣柜里那些塑料衣架上，衣架上面印有干洗店和高街商店的标志，不过她不太认识，只知道它们卖的是老太太的衣服。就在这时，门上响起一阵清脆的敲门声，林戈探头进来。"穿着衣服呢吧？"他说。

珍妮想象着用一把装满热铅弹的手指枪对着他"啪啪"几枪。"幸好我穿着呢。"

"这次我可是敲了门的啊！"他申辩说。

"不过，还是应该等到我的邀请你冉进来比较合适吧？"

他徘徊在门口，从他的紧身牛仔裤裤兜里掏出了手机。"一刻钟快到了。我们去跟老人们见面吧？"

珍妮关上衣柜门。"也好。也许见完面我能安静会儿。"

站在门口等她的时候，林戈说道："你知道吗？我感觉这地方遇到麻烦了，就是这个日落长廊。你记得我之前把包忘在了办公室然后回去取吧？当时他们俩正在吵架。"

"谁啊？巴里和加里吗？"

林戈点点头，扭动着臀部把手机塞回裤兜里。"他们在让我们离开前不是接过一通电话吗？就是跟那个有关。根据我的了解，这地方没怎么挣到钱，所以他们才会接收我们，接收学生。某个大公司想把这儿买下来。我想加里应该很愿意，可巴里不想卖。"

"哇，"珍妮一边说，一边寻找着她的手机、钱包和房间钥匙，"你回去取趟包就了解到这么多的信息。"

他勾起嘴角笑了笑。"我是在门口听了一会儿。"

"偷偷摸摸的。"说着，珍妮把他送出门去并关上了房门。她想起了《马耳他之鹰》中那个两面派乔尔·卡伊罗，然后她又想，在这部电影里，林戈的角色是不是应该由彼得·洛尔来扮演，他会不会是那种会在门口偷听，会不请自入，看到很多听到很多却又不露声色的角色呢？这样的人不到结局揭晓的一刻，你永远不知道自己是否可以相信他。

9

《三楼的陌生人》

（1940年，导演：鲍里斯·安格斯泰）

　　"……还有这位是珍妮·希伯特，"巴里·格兰奇说道，"她在学习电影研究。"

　　"是埃伯特。"那女孩说。她相当漂亮呢，埃德娜·格雷心想。她身上有种复古的味道。长长的金发用吹风机吹出了波浪。一张完美对称的脸。对一个年轻人来说，她的打扮很美又很少见：一条铅笔裙，带有笔直的接缝的尼龙长袜，一双十五厘米高的黑色高跟皮鞋，配上一件漂亮的紧身翻领毛衣。如果把脸上的粉洗干净好好化个妆的话，或许都够得上好莱坞的水准了。

　　"是的，是的，"巴里用力揉搓着双手，说道，"是埃伯特。对不起，抱歉，抱歉。"

　　埃德娜不知他的兄弟去了哪里。她知道，他讨厌他们所有人，讨厌所有的老年人。她很好奇，不知他是在他们身上看到了自己的死亡阴影，还是在担心他最终会沦落得像他们中的哪一个。她看了看她那一排的舍友们。也许加里会变得像鲁宾逊先生一样保守又顽固；也可能会像斯莱斯韦特太太那般头脑迟钝却又易怒；也许他会成为另一个伊维萨·乔，情绪时而高涨如同高飞的风筝，时而又跌落至谷底；更大的可能性是他会走上坎特尔太太的老路，变成一个极其脆弱的存在，哪怕是用敲太妃糖的小锤子轻轻一碰，都会让现实的外壳崩塌。

至少可以确定的是，他不会落得我这般田地，埃德娜·格雷心想。因为我甚至都不应该在这里。说曹操曹操到，加里冲进了休息室，手里抱着一摞资料，还左右摇着脑袋。他的兄弟朝他招了招手。

"啊，我弟弟来了。"巴里说道，"加里，我们已经做完介绍了……"

正看着资料的加里抬起头来眨了眨眼，就像刚从睡梦中醒来，还没搞清楚自己在哪儿一样。"啊，"他说，"是吧。"他把报纸折起来朝巴里挥了挥，"这是刚送来的。该死的邮差越来越晚了。你得找时间看看这个，是有关那笔补助金的。"

"有我儿子寄来的东西吗？"坎特尔太太问道，"他可能给我寄了张明信片说他什么时候到。"

"坎特尔太太，今天没有人来探视。"弗洛林说道。他真好，埃德娜心想。他的声音非常令人舒心。埃德娜很想知道，如果所有外国人都回了国，而新的异国来客又被挡在国门外，那么住在这种地方的人将会如何。她在大街上看到的半数土生土长的年轻人都是不中用的，别说照顾别人的饮食，就连给自己做顿饭都不会，更不用说有朝一日帮别人擦屁股了。上帝保佑不会有那么一天。

巴里双手一拍："好了，所有人都介绍到了！"埃德娜暗自好奇地看着他，目光在两兄弟之间来回移动着。巴里是个再明显不过的同性恋，而加里显然结过婚但现在已经离婚了。埃德娜想不出是为什么，他这么阳光开朗、充满活力，怎么会这样呢？她为自己的小笑话暗暗发笑。然而，这对双胞胎的衣着打扮一模一样，除了那颜色不同的领结。挺奇怪的，就好像是他们想要告诉全世界他们有多么相似，最终表现出的却是他们有多么厌恶彼此。

加里不怀好意地注视着在壁炉前的地毯上站成一排的房客们，就如同战俘营的指挥官在检查犯人一般。埃德娜有种强烈的冲动想要用口哨吹出《大逃亡》的主题曲，不过，她还是小心地轻声说道："反正，你估计会死在前头。"

加里瞪了她一眼。"什么？怎么了？你是在跟我说话吗？"

埃德娜接着说："我刚刚在想，你估计在想等你老了之后最终会变成我们之中的哪一个，可接着我又想，你可能还没到那一步就先死了。男人通常先死，对吧？而且你还抽烟，再加上你还很胖。"

加里瞪大了双眼，埃德娜看到那个女孩，珍妮，她用手捂着嘴巴偷笑。弗洛林挡在埃德娜和加里之间，低声说："格雷太太，这么说可不太好……"

埃德娜甜甜一笑："抱歉，亲爱的。我有时候会有点忘形。"她朝珍妮眨眨眼。这正是我所需要的，要得到这个女孩的支持。

巴里又拍了下手。他经常做这个动作，就好像他是个舞台魔术师，要把观众的注意力从他的诡秘窍门上转移开，也就是他们所说的障眼法。而目前情况的诡秘之处就是埃德娜自从到日落长廊以来，留意到了一股紧张的暗流，就好像是桃乐茜掉进了矮人国一样。周围的一切都充满快乐和欢歌，一片五彩斑斓，然而宅子之下却埋藏着一具尸体。

鲁宾逊先生理了理他的领带，轻轻地咳嗽了几声，埃德娜认出了这个咳嗽声，不禁略有些担心，因为这意味着他要开口讲话了。他滔滔不绝地说着。他可是个笨蛋。他坚持要大家都称他为少尉，没完没了地唠叨那场战争的事，可是埃德娜已经算过了，他绝对不可能参加过第二次世界大战，而福克兰群岛海战的时候，他年纪太大也不可能。越南战争和朝鲜战争她也大致考虑过，可她很确定，如果他参与的是这两场战争，那么他会更多地提到它们。

"我代表日落长廊的房客们，对所有的新成员表示热烈的欢迎。"鲁宾逊先生说道。我可不用你来代表，埃德娜心想。鲁宾逊先生还没说完。"我相信格兰奇先生已经……或者说将会，跟你们面对面地交代这休养院的规则和制度，我只想说，我们都很希望你们能严格遵守十点准时熄灯的规定，并且保证不会制造出嘈杂的音乐或者电视噪声来打扰房客们，也不酗酒、吸毒或是通奸……"

巴里紧张地笑了笑，然后拍了拍手，像是在说"看着我！不要看他！"。"哈哈，谢谢你，鲁宾逊先生。显然，我们都需要好好相处，而且我们当然也希望能有点节制措施，尤其是涉及……涉及酒类，当然，绝对禁止吸毒……"

"切！"伊维萨·乔发出不满的嘘声，他竖起两根大拇指朝下，朝着四个学生夸张地眨了眨眼。

"禁止吸毒，"巴里语气更加坚决地说，"还有禁止……禁止……"

"通——奸——！"鲁宾逊用军队特有的短促精准的节奏喊道。

巴里摘下眼镜，用拇指和食指捏了捏鼻梁。他发出一声叹息，然后说："我想这些都是常识性的判断了。"鲁宾逊先生噘起薄薄的嘴唇失望地呼了口气，悲哀地摇了摇头。

玲清了清喉咙："除了刻苦学习之外，我并不打算沉溺于任何事，当然，我只能代表我自己。"

"我也是！"林戈说着，也夸张地朝珍妮眨了眨眼。有意思，埃德娜心想。这两人之间是不是有恋情正在萌芽？她得密切关注一下这件事。这可能会造成问题，又或许可以成为一个机会……她把这个想法暂存起来以备后用。

休息室里出现了一阵沉默，四个学生站在一侧，五个房客站在另一侧，格兰奇兄弟站在其中一端，弗洛林则站在另一端。最终，还是弗洛林开了口："巴里先生？那些三明治和蛋糕……"

又是一个拍手。"当然了！年轻的弗洛林大师可是位厨艺奇才，他一早上都在拼命忙着准备欢迎宴会。"他豪爽地朝房间角落挥了挥手，那里被许多食物占据着，有很多盘用食品保鲜膜蒙得严严实实的三明治，还有一个顶部装饰着草莓的巧克力蛋糕。埃德娜心想，在这个时节，这些草莓一定是进口的。所有人都开始朝桌子的方向移动，屋子里突然产生了一种轻松感，只有那个中国男生犹豫地举起了一只手。

"怎么了，博？"巴里说道。

"请问……什么是通奸？"

那个中国女孩突然停下脚步转身看着博。"眼刀"这个词埃德娜自然是听过许多次了，可这是她头一回亲眼看到有人将这个动作演绎得如此到位。她心想，如果这个女孩能在银幕上再现那个眼神，她会成为一个非常了不起的女演员。

"Bái chī。"那女孩说道。当然，埃德娜并不知道那是什么意思，不过，看到博像只被踢了一脚的小狗一样垂头丧气的，她也能猜出这不是什么好话。

"也许我们大家可以多聊聊,一边吃三明治和蛋糕一边相互认识一下!"巴里喊道,"我们还有茶水、咖啡和一些果汁,对吧,弗洛林?"

"没有杜松子酒?"斯莱斯韦特太太问道。

"没有。"弗洛林坚决地说。

"没有杜松子酒,没有毒品,没有通奸。"伊维萨·乔闷闷不乐地说,"欢迎来到日落长廊。"

手拿着三明治,房客们和学生们确实开始聊天了。埃德娜看到坎特尔太太朝那个叫珍妮的女孩挪了过去,可她迅速插到了她们中间。伊维萨·乔已经瞄准了那个瘦高个男孩,他无疑是在想,那男孩一头长发,面色蜡黄,兴许可以经常帮他重温青春岁月……至少是他希望自己曾经拥有过的青春岁月。鲁宾逊先生跟另两个学生说着话,甚至连埃德娜都因此有了轻微的恐慌感。

"这么说,你们是亲戚?"鲁宾逊先生问道。

那男孩张开嘴准备说话,可玲抢在了前头,每个字都如同一把冰刀:"鲁宾逊先生,在中国,刘是第四大常见的姓氏。"

"是鲁宾逊少尉。"鲁宾逊先生理了理他稀疏的胡须边角,骄傲地说。他伸手从口袋里掏出一只皮夹,打开后露出一块系在彩色丝带上的亮闪闪的奖章。埃德娜来这里的第一天他就已经给她看过。"你们认得出这是什么吗?我猜你们在中国没见过这种东西吧?话说回来,你们来这儿是干什么来了?"

"我们都在国际商学院学习。"玲答道,她一脸鄙夷地看着博,"不过我不知道学这个对他能有什么用。"她重复了一遍之前的那句话。博明朗地一笑,对着明显正在竖起耳朵听的埃德娜说道:"这个词的意思是蠢货。"

埃德娜将注意力转回珍妮身上，她正一脸怀疑地闻着一块鸡蛋芹菜三明治。她看着埃德娜说道："你就是我之前在楼梯上遇到的那个人，那位《爱丽丝漫游仙境》女士。"

"我叫埃德娜·格雷，"埃德娜伸出手去，说道，"你是珍妮……埃伯特？"

"是的，很高兴跟你正式认识。"说着，珍妮将果汁杯子和装着三明治的纸盘挪到手肘处，好腾出手来握住埃德娜的手，"是埃伯特没错。人们经常弄错，但我已经懒得去纠正了。"

"他们把你安排在三楼了，是吗？你觉得上面怎么样？"

"还行吧。"珍妮耸耸肩，"我的房间在房子前部。如果这雨能停下来，应该能看到不错的海景。"

埃德娜看着她喝了口果汁，冒险咬了一小口三明治，然后说："你是研究电影的，对吧？我估计，如今的电影都是些电脑特效和飞碟之类的有的没的了吧。"

珍妮摇摇头，咽下了嘴里的三明治。埃德娜心想，要是交到一位好化妆师手里，她真的可以变得相当漂亮。"不是，我学习的不是电影制作，是电影研究。虽然我们也会学习电影技术之类的，但也要研究电影的重要性，还有它在我们文化之中的地位、意义等。我专攻黑色电影，那是……"

"噢，就是那些老的犯罪影片！"埃德娜说道。珍妮露出佩服的表情，这让埃德娜有些气恼。年轻人怎么总觉得老年人什么也不懂呢？

"是的。"珍妮说道，"抱歉，我不是有意显得傲慢的，只是我经常都得跟人解释黑色电影是什么意思。"

"我以前经常去电影院看这些电影。当然，我们当年可不会用'黑色电影'这么花哨的词来称呼它们。对我们来说它们都只是电影而已。我还记得《吉尔达》，还有维克多·迈彻演的那部《龙争虎斗》。噢，还有《十字交锋》。我曾经喜欢过伯特·兰开斯特。"

珍妮凝视着她。"哇，你很懂嘛！"

埃德娜耸耸肩膀。"我只是对自己喜欢的东西记性很好罢了。"

可珍妮接下来的话让她变了脸色。"《吉尔达》是一九四六年的片子，《龙争虎斗》是一九四七年的，而《十字交锋》是……一九四九年的吧？你看上去年龄没那么大啊，应该没在电影院看过它们吧？"

埃德娜将一只干瘦的、长着老年斑的手放在她的手臂上。"老天保佑你，亲爱的。我年轻的时候的确看上去比实际年龄大些，而那时候电影院也不像现在这样严格。不过我马上就要满八十八岁了，所以我足可以在电影院看过那些电影。"

珍妮欣赏地端详着她的脸和身材。"希望我到了八十八岁也能有你这么好的状态。"

"你真是个善良的姑娘。"埃德娜微笑着说，"是真的，我想我的确一直在好好保养自己。合理的饮食、规律的锻炼……都有所帮助。"

她顺着珍妮的目光看向了斯莱斯韦特太太，这个头发蓬乱、面色红润的胖女人，显然正因某种难以察觉的原因对着巧克力蛋糕生起怒火，而坎特尔太太正弯腰驼背地坐在沙发上，将她那些团成球的纸手帕堆到一起。

"你看上去光彩照人，"珍妮小声说，"说真的，你的秘诀是什么？你是运动员什么的吗？"

"不是，"埃德娜微笑着说，"不是那样的，我只是个……秘书。"

突然，坎特尔太太双臂高举到空中，用她尖细虚弱的声音喊道："警察！警察！有人偷了我的宝石！"

弗洛林冲过去安抚她，这时，埃德娜看到伊维萨·乔从林戈身边走开，然后来到窗前，肩膀开始抖动。他又哭了。前一分钟还情绪高涨，这一刻又跌落到了谷底。

"看在老天的分上啊！"鲁宾逊先生愤怒地整理好自己的领带，低沉有力地说，"看看你们几个都给这些年轻人留下了些什么印象啊？"

珍妮和埃德娜的目光锁定在巴里身上，他原本坐在角落里读着加里拿进来的报纸，突然间意识到发生了什么事，站在地毯上犹豫不决，不知道是该去看看伊维萨·乔怎么样，还是去安抚正气得脸色发紫的鲁宾逊先生。

"这会把我逼疯的。"珍妮嘟囔着。她们都转头看着依然怒火中烧地站在桌旁的斯莱斯韦特太太。那一刻闸门被冲破，斯莱斯韦特太太举起一只苍白无力的手，高声叫道："我他妈讨厌巧克力！"然后用力地砸下她的拳头，正正落在蛋糕中央。

弗洛林正忙着捡起被丢弃在地上的纸杯，见状跪倒在地板上，甩开双手抱住头，尖叫道："不！"与此同时，一大块巧克力酱飞溅到他的额头上，上面还粘着一颗草莓，凸在那里如同第三只眼睛。

"该死的，"伊维萨·乔突然幸灾乐祸地大笑起来，"她精神错乱了！"

斯莱斯韦特太太的爆发让珍妮惊诧不已。埃德娜见她跟林戈交换了一个眼色，然后便朝他们那边挪近了些。

"她疯了。"林戈摇着头说道。

珍妮迎上了埃德娜的目光，淡淡一笑："我们都疯了，对吧，格雷太太？"

　　"你肯定是疯了，"这个令人好奇的女人说道，"否则你也不会来到这里。"埃德娜面带着微笑，"很高兴认识你，珍妮·埃伯特，不过我想眼前这状况意味着，派对到此为止了。"

10

《深闺疑云》

（1941年，导演：艾尔弗雷德·希区柯克）

　　早餐是在餐厅里进行的，长桌的中间放着一口大银锅，里面是热气腾腾的粥，一辆手推车上整齐地摆放着烤面包片，还有一碗碗西梅干和水果。

　　"粥！"乔开心地说着，拿着一把长柄勺子大口吃起来，"这东西啊，会粘在你的肋骨上！"

　　珍妮在餐桌上远离乔、格雷太太和坎特尔太太的一端找了个位子。斯莱斯韦特太太还没出来吃早餐，乔声称这是常态："等所有食物刚一吃完她就下来了，然后要求可怜的弗洛林给她端点烟熏鲱鱼上来。"

　　林戈正懒洋洋地坐在珍妮所在那一端的一张椅子上，手臂耷拉在椅背上，一点点啃着一片烤面包片，而玲和博挨着坐在一起，各自用勺子搅着一碗水果。餐桌两端的两组人之间有着一道明显的鸿沟。

珍妮接过了一碗粥，可立刻就后悔了。她把勺子竖在粥里，看着它向一侧倾斜，如同一艘失事船只的桅杆，然后她决定，兴许还是喝点咖啡算了。见她放弃了早餐，坎特尔太太喊道："要来点西梅干吗，亲爱的？这可是帮你保持规律排便的最佳食物。为什么呢？因为我已经吃了很多年西梅干了，每天早上九点我都准时……"

"嘘，玛格丽特，"埃德娜温和地说，"我想这就是如今的年轻人所说的'信息过量'。"

"不过，我倒是很意外罗伯没在这儿，"乔说道，"他通常都是第一个上桌的。"

就像得到了信号一样，鲁宾逊先生大步走进了餐厅。"好了，"他说，"在谁那儿呢？"

"什么东西，鲁宾逊先生？"坎特尔太太说，"粥吗？就在这儿呢。"

"我的奖章。"鲁宾逊先生强压着怒火。他攥紧拳头放在臀部，注视着房间。"昨天都还在我这儿呢。我还给这几位看了。"他朝博和玲的方向摆了摆手，"现在它不见了。"

珍妮不自在地抿了口咖啡。他究竟在暗示什么？意思是他们中有人把它拿走了？接着她想起了自己的行李包，之前也是拉链开着，胶片盒散落出来。也许确实有人把它拿走了。她朝林戈、玲和博看了一眼。

"罗伯，它会自己冒出来的。"乔说道，"你问过弗洛林了吗？"

"也许就是他偷走了。"鲁宾逊先生吸了吸鼻子，"你也知道，他可信不过。"

"这么说真是无礼。"林戈嘟囔着，更像是在自言自语。

可这话没有逃过鲁宾逊先生的耳朵，他瞪着林戈："坐直了！别那么懒洋洋的！你知道自己在跟谁说话吗？"

林戈耸耸肩膀，又咬了一口他的面包片。"我只是想说，你不能到处针对别人说那种话，尤其是不能以偏概全下这种判断。"

鲁宾逊先生交叉双臂抱在胸前。"反正，我只知道我的奖章不见了。不是弗洛林就是你们之中的一个。"

珍妮皱起了眉头。通常，她会很乐意让林戈那样的人来处理这种争执。可劳伦·白考尔是不会默不作声地站在一旁任由他人诽谤自己的。她清了清嗓子，说道："为什么是我们中的一个？我不是在说笑，请问怎么就不能是你们之中的一个呢？"

坎特尔太太用胳膊推了推格雷太太。"她是说是我们偷了那奖章吗，埃德娜？"

"我也不太确定她在说什么。"埃德娜目光尖锐地看着珍妮说道。

"拜托！"玲终于开口说道，"我可对你的奖章没有丝毫兴趣，而且我也绝对不是小偷，当然，我只能代表我自己。那不过是块金属罢了，我怎么会想要它啊？"

鲁宾逊先生带着莫名的愤怒瞪着她。"只是一块金属？你知道那代表着什么吗，小姐？你知道那块奖章背后意味着多少牺牲吗？"他摇了摇头，"果不其然。这他妈就是你们一贯的态度，一点历史感、成就感和自豪感都没有。"

鲁宾逊先生怒气冲冲地回到门口，指着几个学生说："我不会就这么算了的。账迟早会算的，记住我的话。"

他离开后，乔温和地说："你们得原谅他如此生气。你们年轻人啊……你们不懂。"

"我懂他是在指责我们是小偷，"林戈说道，"不是我们就是弗洛林。好像老年人就没有能力做出这种事似的。"

埃德娜眉头紧锁。"这个嘛，也许确实如此，对那样的东西，我们的确怀有更多的……更多的敬意。"

乔点点头。"你们这个年纪还不太会怀旧，对吧？这也是理所当然的。旧物对你们来说都不重要。"

珍妮搅动着她的粥，眼睛看着乔。他根本就不懂。

两个纸箱里的东西散落在埃伯特家的厨房案桌上，纸箱已经太旧，靠着磨损的封箱胶带把脆弱的纸板固定成一个立方体，才能勉强被叫作箱子。

"我要的是一个好的人生。"珍妮说，"你们居然还说我要什么有什么？这么多年来你们一直对我隐瞒这些东西，居然还说我要什么有什么？"

"这些东西"被散在案桌上，摊在珍妮和她父母之间。用打字机打出来的剧本打着卷，被生锈的粗订书钉装订在一起。一个细长的黑色皮质取景器，就像一副小望远镜的一半。一摞胶片松散地缠绕在锈迹斑斑的金属卷轴上，掉出一条条三十五毫米的小尾巴。一块破旧褪色的场记板上，灰蒙蒙地布满了粉笔的痕迹。还有一个棕色的笔记本，上面斑驳的金字印着 W.J. 德雷克这个名字。

"W.J. 德雷克是谁？"珍妮说着，声音有些嘶哑。

"应该说曾经是谁。"她母亲说，"他曾经是我的父亲，也就是你的外祖父——威廉·J. 德雷克。"

"那这……？"

"他是拍电影的。"

"也不是很成功的电影，"她父亲说，"你一部也没听说过。他差不多把自己和一家人都折腾得破产了。"

珍妮用力地揉着太阳穴。她不敢相信这是真的。"这么多年以来……我自己的外祖父居然是个电影制作人。这么多年来你们一直把这个锁在阁楼里。"她指责着她的父亲说，"我想申请拉夫伯勒大学的电影研究专业时，你还劝我放弃。"

"我依然认为经济学相比之下有着无可估量的……"

"是你劝我放弃的！可一直以来这些东西就在楼上，一直被尘封着。我的亲外祖父制作过电影啊！可甚至都没人想过要跟我提起这件事！"

突然，她母亲也生起气来。珍妮很少见到芭芭拉·埃伯特发脾气。然而现在她消瘦的脸颊变得通红，鼻翼呼呼地翕动着，她闪烁的绿色眼睛转过来看着她女儿。

"而这给他带来了多少好处啊！"芭芭拉怒喊道，"你父亲是对的。电影给他带来的只有麻烦。他一生都在追逐一个从未实现的梦想，这期间整个家庭都受到了他的拖累。你根本就不明白，珍妮。你来告诉她吧，西蒙。"

西蒙·埃伯特深深地叹了口气。"威廉·J. 德雷克一直是硬着头皮自己在摸索，他似乎认为自己跟周遭的人们相比，注定要成就更大的事业。他毫不顾忌地挥霍着自己和别人的金钱。而到最后，他仍然是个失败者。"

芭芭拉·埃伯特的怒气已经散去，她静静地待在自己被松木包裹的厨房里。珍妮看看她，又看看自己身穿褐红色套头衫和蓝色便裤的父亲，突然间对他们的平庸心生厌恶，尤其在威廉·J. 德雷克的光辉历史的对照下，更凸显了他们的平庸。

"也许他是个失败者，"珍妮压着嗓子说，"但至少他努力尝试过了。"

"他谁也不在乎！"她父亲突然吼道，"就跟你一样！看样子他最糟糕的一面隔代遗传了！"

"西蒙……"芭芭拉一只手放在他胳膊上，说道。

"很好！"珍妮冲他吼了回去，"我很高兴！就你们那种无聊的人生，即便遗传给了你们也是浪费！"她开始把卷轴和剧本捡回箱子里，"我要把这些拿到我房间去。等我在北兰开夏大学开始我的电影研究课程，我想它们会派上用场的。在那之前，就算你们跟我一句话都不说我也没意见。"

珍妮留下她母亲在厨房里静静哭泣，重重地踏着楼梯上了楼，去认识威廉·J. 德雷克失落的世界，并把她的宝藏拍下来分享到推特上，哪怕这世上并没有人会在乎。

"你还认为这是件有趣又刺激的事吗？"当小型公共汽车隆隆地驶入北兰开夏大学主校区前的转弯处时，珍妮问道。每两小时都会有一趟公共汽车沿着旧海滨公路开过来，晚上六点就会收班。她把出租车司机凯文的名片放在了钱包里。她有种感觉，如果她不想在太阳下山后被困在那所休养院里，她就会经常需要他。

"你是指住在日落长廊吗？"说着，林戈跳进了雨里。这一次，珍妮记着带上了她的雨伞，把它撑起来保护住自己的头发。林戈没等她发出邀请就自己钻到了伞下。"是啊，干吗不呢？"

玲和博在她后面下了车。玲这一路上一个字也没说，只在博想挨着她坐的时候厉声呵斥了他一声，被拒绝的博垂头丧气地去了汽车尾部。玲大步朝着校门走去，博则小心谨慎地走在她身后。珍妮怀疑她可能永远也理解不了这两个人。

"这个嘛，首先，因为他们认为我们是一群骗子。"珍妮在宽阔的校园入口道路上停了下来，看了看错落有致的低矮建筑和高楼。在靠后的位置，她看到了还搭着脚手架的新宿舍楼，它们现在本该已经建成，可进度滞后了。要是它们按期建好了，她就根本不用踏足日落长廊，更不用像现在这样略带愠怒。

"对啊，那样说的确有点太绝对了。"林戈说着，顺着她的目光看了出去，"哎，你这样想啊，如果不是建设进度滞后了，我们根本不会认识。"

她斜着眼睛瞟了他一眼。"对啊，我想也是。你今天没课吗？"

"没有，下个星期才开始。说实话，创意写作的课程比较轻松。我今天根本不需要来。我是想着来带你到处逛逛。"

珍妮用空着的那只手将裙子前面抚平。"你真是太好了，不过我想我自己可以的。"她看了看四周在雨中行色匆匆的学生们，很好奇哪些会是她的"同类"。那些受欢迎的学生都在什么地方玩呢？那些有品有型、乐趣十足的人都在哪里呢？她不会再犯在拉夫伯勒时犯的错误，她不会再跟错误的人绑在一起。她又快速地瞥了林戈一眼。"说真的，我觉得我还是自己去查探一番比较好，好熟悉一下这地方。"

林戈耸耸肩膀，从伞下退了出去。"也好，那晚些见了。我看到弗洛林为晚餐准备了某种炖菜。"

珍妮做了个鬼脸。"这附近有 Nando's 餐厅[1]吗？"

林戈笑了起来。"回农场见了。"

珍妮看着他离开，然后给自己点了一根高卢香烟。他脚步轻快地跑

---

1 英国著名连锁特色烤鸡店。——译者注

过学校操场，跟一个身穿长大衣的男生击了个掌，然后转过身一边倒退着走，一边跟一群躲在防风帽底下的女孩聊天，长腿从碎石路上的一个水坑上跳了过去。她吸了一口烟，让烟雾从唇间逸出，想象着自己身处黑白电影之中。

报到的地方位于主楼的中庭，只需要在一些表格上签字，并用她的助学贷款处理好课程费用。在这个明亮通风的地方，有一个新生集市，她虽然是作为二年级学生正式转学来的，但还是浏览了一下各个摊位和告示牌，她在电影俱乐部的台子前徘徊着。一个蓄着胡须、身穿《终结者》T恤衫的大个子男生递给她一张传单。

"你们不看点像样的电影吗？"她仔细看了看上面所列的排片表，说道。

他不以为然。"我敢打赌你是学电影研究的，对吧？这些电影完全没毛病啊！"他用一根手指戳着传单上那一连串科幻大片和超级英雄电影，"大家就喜欢这些。"

珍妮决定还是不参加电影俱乐部了，然后加入了缓缓朝着桌子挪动的队伍去登记选课。

她签完了所有资料，留下了她的完整地址，还特意强调"这地址只会用到新的宿舍楼开放为止"。这时，她注意到还有两个女孩也跟她选了一样的课。珍妮用批判的眼光对她们进行了一番评价，她们的衣着很随意但价格不菲，浑身都散发着格调和品位。她做了个深呼吸，上前介绍了自己。

两个女孩分别叫安珀和萨伊玛，她们上下打量了珍妮一阵。"裙子不错。"安珀说道。

"我们打算去餐厅喝杯咖啡，你要不要一起来？"萨伊玛补充说。

珍妮点了一杯浓缩咖啡和一杯水，并不是因为她喜欢，而是因为她觉得这是一个蛇蝎美人应该喝的东西。她们在一扇宽大的玻璃窗前找了张桌子。萨伊玛用手指托起珍妮的一缕头发，说道："这一定花费了你很多时间吧？我喜欢，很复古。"

"导师是个什么样的人？"珍妮问道，她抿了一口咖啡，练习着她的白考尔造型，下巴收向胸口，眼睛朝上看。这姿势比在银幕上看起来更别扭。

"弗兰吗？"安珀说，"他还行吧，我感觉。很年轻，样子有点像那个家伙。"她打了个响指，转身对着萨伊玛问道："他叫什么名字来着？"

"伊德里斯·艾尔巴。"萨伊玛点点头，"他相当随和。"

"但愿我没有错过太多一年级的课程。"珍妮说，"我想直接作为二年级转学生，不想从头开始这门课程。"

萨伊玛做了个鬼脸。"很多的法国玩意儿，还有叙事结构什么的。很多东西我甚至都不记得了。"

"弗兰喜欢那些老电影。"安珀说，"真的很老的那种，像是黑白片之类的。"

伊德里斯·艾尔巴和老电影啊，珍妮心想。也许事情总算是有了起色。

"哎，你认识那个男的吗？"萨伊玛问道。

珍妮抬头看向窗外。林戈站在湿漉漉的草坪上，浑身被雨淋透了，双手正疯狂地朝她挥舞着。

"我想我认识他。他是个怪胎。"安珀大笑着。

珍妮低下头，盯着她那只小咖啡杯里的沉淀物。"不，"她小声地说，

"我不认识他。"

说出这话为什么让她感觉这么糟糕呢？她几乎不认识林戈啊！从眼角看去，只见他变换着各种姿势，伸开双臂，打着某种奇怪的旗语。

"我的天啊，"萨伊玛说，"他在干什么啊？真是个白痴。"

珍妮微微转动身子背对着窗户，等她再也看不见林戈之后，她干笑了两声。"真是个白痴。"

11

《愤怒之声》

（1950年，导演：赛·恩菲尔德）

"二十二。"弗洛林喊道。聚集在休息室里的人集体发出一声叹息。

"不是这样的，亲爱的。"坎特尔太太说道，她的记号笔停在了她的宾果卡上方，"你得说'两只小鸭'。"

"嘎，嘎！"伊维萨·乔和斯莱斯韦特太太，甚至连鲁宾逊先生都异口同声地说道。

珍妮在沙发上被埃德娜和坎特尔太太像夹三明治一样夹在中间，对面沙发上的林戈则被伊维萨·乔和鲁宾逊先生给挤扁了，两人交换了一个眼神。他们同时看向了博和玲，等待着接下来不可避免的一个环节。

博犹豫地举起一只手，可玲鼻翼翕动，闭上双眼，伸出手掌挡开了他。"是因为两个阿拉伯数字'2'看起来就像两只鸭子。"她毫不克制自己的怒气。

博思索了片刻，然后咧嘴笑起来，喊道："嘎，嘎！宾果！"

玲挥舞着手臂。"你没有完成宾果！只有当你把整张卡片填满了才能喊宾果！你连二十二都还没有！"

坐在电视机前一张凳子上的弗洛林转动了塑料宾果笼上的把手，里面的球转动起来。他停下来，打开笼盖，又拿出一颗球。"两只小鸭……八十八！"

"哎呀，老天啊！"鲁宾逊先生把他的记号笔狠狠地掷在地毯上，说道，"那不是两个胖夫人吗？八十八怎么会是两只小鸭？我们刚刚才获得了两只小鸭啊！"

弗洛林的脸愤怒地扭曲着，他说："我还在学呢！给我个机会啊！"

"打起精神来！"斯莱斯韦特太太喊道，"我都出汗了。"

珍妮感觉到坎特尔太太骨瘦如柴的手肘推了推她的胳膊。"亲爱的，你有个八十八了。"她指着珍妮的卡片说道。珍妮立刻用她的红色记号笔在卡片上涂了一下。

"好，"弗洛林说着，又把手伸到了宾果笼里，"十号……玛吉[1] 的书房。"

"切！"伊维萨·乔喊道。

"住口，"鲁宾逊先生呵斥道，"她可是自丘吉尔之后，我们国家最好的一位领导人。"

珍妮看了林戈一眼，他耸耸肩做了个鬼脸。两人的目光不约而同地转向了博。

"玛吉是谁？"

"撒切尔啊！"鲁宾逊先生低沉地说，"真是个不错的女人。"

---

1 指英国前首相撒切尔夫人，她的全名为玛格丽特·希尔达·撒切尔。——译者注

"她把这个国家都给毁了。"伊维萨·乔说道。

"要是她还在，我们才不会陷入如今这种混乱的局面呢！"鲁宾逊先生满怀敬意地反驳道。

"是的，"玲说道，"作为通过谈判决定归还香港主权的领导人，她将永远被中国人民铭记在心。"

鲁宾逊先生拽了拽胡子盯着她。"这个嘛，我从没说过她是完美无缺的，对吧？"他拿着捡回来的记号笔用力戳在他的卡片上，"话说回来，你们两个对我们有什么企图？"

"有点咄咄逼人了啊，罗伯。"伊维萨·乔低声说。

玲双臂交叉抱在胸前，也盯着鲁宾逊先生。珍妮心想，她真优雅，几乎有种与生俱来的气质。她身穿一件黑色连衣裙，系着一条白色宽腰带，白色的衣领是一种类似花瓣的形状。珍妮估计要是她自己穿上这样一身，看上去会像是万圣节派对上打扮成修女的人。玲看上去则像是奥黛丽·赫本。玲把笔帽盖在了记号笔上，发出一声响亮而带有挑战性的咔嗒声。"你想知道刘博和我为什么来这里？就只是刘博和我？"

鲁宾逊先生耸耸肩，拿出自己的记号笔，也用夸张的动作盖上了笔帽。这是在下战书了，珍妮心想。"是的，就你们两个。"鲁宾逊先生点点头。

"而你所说的'这里'，是指这所宅子，还是北兰开夏大学，还是你们的国家？"

"都是。"

弗洛林试着转动了一下宾果笼，可所有人都瞪了他一眼，于是他停住了。玲说："很好。我们来这所宅子是因为北兰开夏大学的新宿舍楼建设未能及时完工，这种敷衍了事的方式在中国是不会发生的；我们来北兰开夏大学就读，是因为它提供一套国际知名的针对外国留学生的商业管理课程，我父亲对这套课程印象不错；而我们之所以来到你们的国家，是因为你们的愚蠢给了我们赚钱的机会。"

众人一致惊讶地深吸了一口气，屋子里的空气一下被吸走了许多，珍妮在想象中感觉自己一时有些眩晕。她看着玲，眼神既惊讶又崇拜。

"她说谁蠢呢？"斯莱斯韦特太太大声问道。

"真他妈放肆。"鲁宾逊先生小声嘀咕着。

伊维萨·乔皱起了眉头。"小姐，你这么说究竟什么意思？"

"她的意思是你真蠢，她刚刚不是都说了吗？"鲁宾逊先生嘲笑说，"这就是他们对我们的看法，是吧？现在总算都说出来了。"

玲对博说了些什么，然后他对她说了一连串的中文。她若有所思地点点头，然后用英语说道："就是说你们英国'脱欧'的事。在中国，对于你们会采取这样的做法我们很震惊，在我们看来你们根本没有准备好合理的规划和应对之策。中国在英国做了大量的投资，这对我们来说是个意外，而中国人并不太喜欢这样的意外。"

鲁宾逊先生不屑一顾地摆了摆手。"哎，你知道什么呀？我都说了好多年了，我们还是退出欧盟比较好。我们才不需要他们那些有关人权的废话来干涉我们，不需要他们什么事都来指手画脚，连他妈香蕉是直是弯都要管。"

"我们才不需要该死的德国人或是法国人什么的！"斯莱斯韦特太太喊道，一阵红晕爬上了她软绵绵的脖子，"我们大不列颠的名号可不是白叫的！"

"没错！"鲁宾逊先生指着斯莱斯韦特太太喊道。他的血压也上来了。他用记号笔指着弗洛林，像拿着魔法棒一样挥舞着，要让他在一团红白蓝三色的烟雾中消失不见。"该担心的是你们这些人。不会再有赚钱的美差给你这样的人了。"

"冷静点，罗伯。"伊维萨·乔说道。他看着弗洛林。"孩子，他不是那个意思。"

突然，林戈像跳跳虎一样从沙发上弹了起来，吓了珍妮一跳。他对着鲁宾逊先生责骂道："你连自己投的是什么票都不知道！这甚至都影响不了你多久！需要承受后果的人是我们，可我们因为没满十八岁连投票的资格都没有！"

伊维萨·乔也站了起来，伸出双手想调停。"林戈，孩子，你得明白……加入欧洲共同体的事我们都被蒙骗了。一九七五年我还投票支持加入来着。"

"我也是，"坎特尔太太说，"当时听起来可美好了。"

"事实却不像他们说的那样。"乔接着说，"我们以为自己加入了一个大型俱乐部，大家都是兄弟，可接着所有的钱都进了欧盟的口袋，而且该做什么都由他们来发号施令……"

"可是到了投票要退出的时候，你们也没想过我们啊！"林戈恼怒地说，"你们忘了自己曾经享受过多少好处……你们能买得起房子，如果愿意还可以免费上大学，你们还都有养老金。我们根本就没有这些，因为你们把国家都给榨干了，现在你们又剥夺了我们所有参与决策的权利。"

"我们不需要那些家伙！"鲁宾逊先生讥讽说，"他们一个个都排着队要跟我们做买卖。美国、印度、俄罗斯、中国……"

随着他的话音渐渐落下，所有人都看向了玲。她点点头："没错。我们的确都排着队要跟英国做生意，而我们已经占据了上风。你们需要我们多过我们需要你们。"她靠在椅背上，脸上带着满意的微笑，"正如我刚才所说，你们的愚蠢给了我们赚钱的机会。"

房间里出现了一阵漫长的沉默，接着，斯莱斯韦特太太叹了口气，说道："反正，这些都是废话。等事情都解决完的时候，我们不是已经死了就是已经疯了。"

"问题就在这儿，"林戈说着，用他的指关节敲打着额头，又坐了下来，"我们还没有呢。"

埃德娜靠上前，说道："但这也是你们有所作为的机会，对吧？我得说，我的确发现在年青一代人的身上有种……有种精神上的欠缺。这种局面是你们无法改变的，但你们可以最大限度地利用它。"

"你的口气跟我父母一模一样。"珍妮终于打破沉默，说道。屋子对面的林戈朝她投来小狗般的眼神，她瞪了他一眼。她才不想要他的同情。"他们想要我在一所我讨厌的大学读一个我讨厌的学位。他们想让我就这么一直坚持下去。"

"就像温斯顿·丘吉尔说的，"鲁宾逊先生面带满意的微笑点了点头，"永不懈怠。"

"可要是我们不想呢？"珍妮愤怒地说，"要是我们不想最大限度地利用这个使我们被动卷入的局面呢？"

"在战争中我们也不是自己要求被轰炸的，可我们别无选择。"坎特尔太太说，"但我们并没有打个滚就这样死掉。"

"要是我们一蹬腿死了，哪里还会有你们？"鲁宾逊先生得意扬扬地说，"你们这代人最需要的就是一点坚韧不拔的精神。咬紧牙关，迎头而上，这才是你们最需要的。"

珍妮抱着胳膊靠在椅背上。老年人为什么这么让人火大呢？他们怎么就认为他们的方法才是唯一的方法呢？从他们年轻时到现在，这世界已经发生了这么大的变化，这世界已经全然不同了，游戏规则也已经改变了，他们怎么就不能好好看看呢？

"这样绝对行不通。"她嘟囔着。

埃德娜看着她。"可现在为时已晚了，对吧？一切都在进行中了。这就是我们想要表达的意思，珍妮。你们现在已经走在这条路上了。虽然可能看起来很不公平，但如果这没有效果，那就看你们的了。"

珍妮挨个看了看他们所有人，看了看这间休息室，看了看日落长廊。"我指的不是英国脱欧。"她低声说，伸出手臂在头顶挥了挥，"我说的是这一切，我们和你们。我们在同一个屋檐下，这绝对行不通。"

房间里静悄悄的，当弗洛林又转动起宾果笼时，里面的球嘎嘎作响，这才打破了沉默。所有人都转过来看着他，他把手伸进塑料桶里，拿出了一颗球。他琢磨了半天，犹豫地说道："呃……一和一……十一条腿？"

"我赢了！"鲁宾逊先生咆哮着，动作夸张地在他的卡片上戳了一下。他挥舞着卡片满屋子炫耀，还朝着珍妮的方向拍了拍。"哈哈！接受现实认输吧！"

珍妮站了起来，林戈也跟着起来了。她看着弗洛林，"你要是不介意的话，今天的晚餐我就不吃了。"

"我也是。"林戈说道。

"可我都做好炖菜了！"受到打击的弗洛林说。

玲也站起身来，博紧随其后。她说："我也不来吃炖菜了。"

她随着其他人一起离开了，博匆匆跟了上去，然后转身对着备感失落的弗洛林说："能给我留点炖菜吗？一碗？不，两碗，行吗？"

珍妮气冲冲地穿过门口时，听到鲁宾逊先生咯咯笑着。"这回算是给了他们点颜色看看！这些孩子，他们可有点输不起啊，是吧？好了，弗洛林，小伙子，把那些球放进笼子里，我们再来一盘。我运气正旺呢！"

12

《阴阳镜》

（1946年，导演：罗伯特·西奥德马克）

弗兰的确长得很像伊德里斯·艾尔巴，珍妮心想，不过要年轻些，像二十多岁时的他，外表要整洁得多。他穿着斜纹棉布裤子，裤腿卷起来露出脚踝，没穿袜子的脚塞在一双破旧的阿迪达斯运动鞋里，一件无领衬衫包裹着他苗条而健壮的身体，衬衫的袖子卷到了手肘处。他用力地敲击着面前的键盘，一枚素面的金质婚戒在台灯的照射下闪闪发光。一个念头不知从哪儿冒了出来，珍妮很好奇自己会不会是他喜欢的类型。雨水敲打着他办公室里的唯一一扇窗户，各种电影理论丛书和那些经典又晦涩的电影剧本把一层层书架都压得下沉了，再加上一面文件柜，办公室显得十分局促。

"好了。"弗兰说道。他拿起一支铅笔，用笔头上的橡皮擦敲打着木质桌面。

珍妮不知该怎么回应，于是只好保持微笑。终于，他说道："从经济学转到电影研究这可相当少见。"然后他皱起眉头，"对吧？"

"我想是的。"珍妮说，"我选择经济学真的是被我父母逼迫的。我讨厌经济学，还有拉夫伯勒大学，而且我听到了许多关于你们的课程的不错评价。"

弗兰接受了她的赞扬，满面笑容。"是的，我们算得上数一数二的。在二年级的时候开始一门新的课程同样也很少见。我得承认，一开始我是有些怀疑的。你已经耽误很多课了。不过……"他拉长话音，心不在焉地用铅笔在桌上敲打出一段轻快的节奏。"第三学期末的考核项目其实相当轻松。你这个夏天成功地完成了作业，这是接收你的条件之一。"

"你觉得怎么样？"珍妮说道。她的确已经利用一个夏天的时间完成了作业，是一篇五千字的小论文。说实话，她觉得这简直是小菜一碟。她怀疑自己是不是该再多花些时间在上面。显然，她已经被录取了，可如果弗兰愿意，他完全有权力让她从第一学年从头开始学这门课程。

他靠在椅背上，从显示器的方向转过来。"你的专长似乎是黑色电影。为什么选择这个？"

珍妮做了个深呼吸。"因为……一切都是不确定的，是混乱的。感觉我们现在所做的一切都是在令彼此疏远，包括我们的各种科技和社交媒体。因为我们这也不是，那也不对，根本没办法回避。因为好人并不总是能笑到最后，犯罪也不一定会付出代价，而通往地狱的路往往是由善意铺就的。如同在四十年代时一样，这些黑色主题与我们如今这一辈人也仍然紧密相关。"

弗兰露出钦佩的表情。"当然，任何时代的电影都是反映我们现代生活的一面阴阳镜。可是珍妮……为什么你这么年轻，却如此愤世嫉俗呢？"

珍妮回应了他的质疑，却担心自己的语气像是在讥讽。"你是说，我这样一个好姑娘怎么会研究这样一个类型？"

"慢着，我并不是这个意思。"他谨慎地说，"好吧，没错，我想我的确是这个意思。这又回到了我最开始的问题：为什么选择黑色电影？为什么这么多的……这么多存在主义焦虑？"

"我是个青少年。我本来就该有存在主义焦虑啊！"

弗兰噘起嘴唇吹了口气。"好吧，说得不错。在我那个年代，的确如此。而如今嘛……这么说吧，很高兴能看到一个学生对一个冷漠的世界中所存在的道德暧昧之处加以谴责，而不是抱怨校园里的无线网信号不好。"

"这就是人生。无论你去向何方，命运总会伸出脚来绊你一跤。"珍妮说着，突然间化身成了一个话语强硬的美国佬。弗兰扬起了一边的眉毛。珍妮微微有些脸红，低声说道："这是一九四五年的《绕道》里，汤姆·尼尔说的。"

"我相信你说的了。你的功课做得不错。你最喜欢的导演是谁？"

珍妮弯腰上前。"你听说过威廉·J.德雷克吗？"

弗兰靠在椅背上，好奇地看着她。"你刚刚抛出的可是个顶级大名啊！已经是行家级的了。我可能会忍不住觉得你是选了个最不为人知的导演好引起我的注意，不过我想你应该不止这种水平。接着说吧，看看你是否能打动我。"

珍妮深吸了一口气。"他只拍过四部电影，是在二十世纪四十年代末期。电影的反响都不错，但还是没能真正成为经典。主要是由于制片厂破产了，清算人把一切都封存了，包括全部的胶片和所有的设备。"她停顿了一下，"他原本正要开始第五部电影的拍摄，结果只好放弃。"

弗兰耸了耸肩。"这些在维基百科上都说了很多了，再来点更能吸引我的。你最喜欢他的哪一部电影？"

珍妮笑了笑。"你现在根本就是想戳我的漏洞啊。如果你跟我看的是相同的维基百科词条，就会知道他发布的四部电影分别是《冰封的心》、《孑然一身》、《萤火虫》和《斩魔头》。它们的票房成绩都很不错，而他在英国电影界也获得了一片赞誉，甚至还引起了好莱坞的关注。不过除非你在四十年代生活过，否则不可能看过它们……它们从未在电视上播映过，也没有发行过录像带。这些电影的所有副本都在他关闭他的制片厂时被毁掉了。"

弗兰点点头。"很好。我很希望曾经看过这些电影。我读过影评，当然，是当年的影评，这一类型的有关书籍也描述过它们。它们听上去非常不错。"

"的确。"

弗兰扬起一边眉毛。珍妮接着说："我手里有全部四部电影的三十五毫米胶片副本，也许是仅存的一套了。今年夏天我已把它们转刻成DVD了。"

看到他瞪大了双眼，她很是满意。"可是……你怎么会有？你在哪里找到的？对懂行的收藏家来说它们可是价值连城啊！见鬼，我要是有钱，我都愿意花大价钱买下来。"

"威廉·J. 德雷克是我的外祖父。"

弗兰往后一靠吹起了口哨。"这样啊！听上去你的期末作业都已经搞定了呢。"

珍妮眨眨眼。"这么说，我被录取了？我可以从第二学年开始学习？"

他咧嘴笑了。"可以这么说。"他盯着他的显示器，"啊，你住在那个老人家住的地方啊，日落长廊，对吧？我在校园通讯上读到过。来，我把课程讲义和单元手册打印给你。"

珍妮的心怦怦直跳。他问这个做什么呢？他为什么会对她住哪里感兴趣？她再次对他进行了一番品评。他长得非常好看，她心想，也许这就是一个崭新的改进版的珍妮·埃伯特会做，而事实上也应该做的事，那就是跟她的讲师来场风流韵事。这可非常符合蛇蝎美人的行事风格。这个大胆的想法令她心里一阵小鹿乱撞。

"是的，"她说，"就是日落长廊。那里比较……比较特别。我本想着能住进校园里的宿舍，可是新的宿舍楼还没有建好……"她扫了一眼他的婚戒。兴许他已经离婚了，但出于习惯仍然戴着它？他又开始说话了，她眨了眨眼回过神来。

"好吧，很高兴认识你，珍妮。能够结识一位在电影上已经有如此渊博知识的人，真是让人耳目一新。"他把打印出来的纸张叠在一起，将边缘在桌上轻轻叩了叩对整齐。他在最上面一张纸上匆匆写下一串号码。"给你。我把我的手机号码写在上面了，开课前有什么问题你可以随时问我。我办公室的号码在手册上有，不过说实话，我并不经常在这儿。"

珍妮接过这一沓纸，然后盯着上面的号码，几乎是无意识地立刻将它记在了脑子里。当她站起来把这些纸张塞进包里时，弗兰把手伸进他挂在椅背上的夹克的口袋里，拿出了一包有着破损的蓝色包装的高卢牌香烟。他耸耸肩朝她笑了笑。"我们都有自己的弱点。"

在搭公共汽车返回日落长廊之前，珍妮决定走路去趟城里，在莫克姆大致探索一番。她还得去趟她所用的银行在当地的支行，把所有的账户都转来这里。她沿着马林路漫步而上，经过了第一天来这里时凯文带她看过的埃里克·莫克姆的雕像，大雨几乎横着从海上扑来。她躲进一条遍布各种寻常店铺的小巷，经过一家普通的炸鸡专卖店，正当她朝着谷歌地图上显示的银行的方向匆匆前行时，她看到了巴里·格兰奇，他蜷缩在一件雨衣里，就走在她前面。

珍妮尾随他走在人行道上，感觉自己像是她所喜爱的某部电影中的侦探，接着她意识到他跟她要去的是同一个地方。他走进银行前停下脚步四下张望了一番，她低下头，但纯粹是为了好玩，然后在门厅处甩了甩雨伞，就跟在他后面走了进去。

这是家小型支行，存款机的旁边有两个开放的柜台，只有一个柜台在接待顾客。柜台前排了一小队人，珍妮在一个放着贷款和按揭宣传资料的架子旁边闲逛，看着巴里站在其中一张空闲的柜台前脱下他的雨衣。一个西装革履的男人穿过玻璃门，直接喊着巴里的名字跟他打了个招呼。

"格兰奇先生，请坐。这天气真是糟糕。"

巴里看上去有些烦躁。"科斯蒂根先生不在吗？"

"你不知道吗？"那男人说，"他已经提前退休了，是身体的原因。我是马克·刘易斯，现在由我来负责企业账户了。"那男人坐下来，登录进了桌上那台电脑。他看了一阵电脑上的内容，眉头一直紧锁着，接着他说："你是想借款？"

巴里看看四周，叹了口气并坐了下来。珍妮把一张有关个人储蓄账户的宣传册举到面前，然后小心地从上方偷偷地看着他。巴里已经转回头面对着那位银行经理了。"是的，只是短期的。我们刚刚有了一个新的收入来源，但我们需要一点……一点过渡资金。"

"哦，对啊，"刘易斯先生说，"是那些学生吧？你上次跟科斯蒂根先生提起过。你的资料上面有个备注。"他敲打着键盘。"嗯，格兰奇先生，麻烦再跟我说一下……您目前的资金来源是……"

"我们早些年曾经经营得很不错，这个科斯蒂根先生可以证明，"巴里快速说道，"我们的资金主要来自各种补助金和几家社会基金会的援助。我们就是靠这些一直维持着给房客们的低价。但这些钱大多数都来自欧洲，现在欧盟这档子事一出来，我们一直很担心这些资金后续会如何……"巴里停顿了一会儿，"有家大公司跟我们接洽过，就是关爱网络。他们想收购我们，接手日落长廊。我们将在十月底迎接一次检查，我想我们一定会高分通过，这将使我们成为十分具有吸引力的收购对象。"

"是吗，在这种大气候下这可是个好兆头，对吧？"刘易斯先生鼓励地说。

巴里摇摇头。"对加里和我来说也许是这样，但对日落长廊和房客们就未必了。没人会像我们一样去经营它，它将会失去它的……它的灵魂。可我们要是不卖掉它，就只能指望补助金不会断流。过去这几个月里，我们也跟各种基金会进行了大量的沟通，但没有一家承诺在今年年底之后会再为我们补充投资。"

"噢。"

珍妮慢慢挪近了些，假装在使用那台存款机。这情况听起来相当糟糕呢。

"正因如此我们才接收了这些学生，这让我们得以获取新的资金来源。你也知道，一切都必须围绕着互动、创新和社会责任。这能够帮我们支撑一阵子，可现在已经是十月中旬了，圣诞节已经临近了……"巴里悲伤地耸耸肩。"除非我们能够证明自己的盈利能力，否则我们就无法更新我们的执照，不能作为一家休养院继续经营了。或许我们得在出售和关门之间做出抉择了。"

刘易斯先生敲了一阵键盘，巴里陷入了沉默。最后，这位银行经理说道："好了，我很高兴有如此有利……"

"是吗？"巴里说着，表情一下子亮了起来。

"……很高兴你们的休养院目前有如此有利的潜在买家。"刘易斯先生完整地说道，"是这样，虽然科斯蒂根先生之前可能一直对你们的借款需求有些……有些慷慨大方，但我恐怕在目前的大气候下，你们的后续资金流又无法落实……"刘易斯先生伸出双手，手掌摊开朝上，抱歉地说道。

"电脑说不行，对吧。"巴里茫然地说。

刘易斯先生笑了笑，"完全不行。"

巴里站起身开始钻进他的雨衣里，珍妮低下头匆匆走向门口，处理自己账户的事完全被她忘到了脑后。她走进大雨中，穿过马路，假装在盯着一家商店的橱窗，她透过玻璃的反射看着巴里·格兰奇耷拉着肩膀缓缓走出银行来到街上。

这是她不知第多少次问自己，来到日落长廊，自己究竟闯进了一个什么样的世界。

13

《兰闺艳血》

（1950年，导演：尼古拉斯·雷）

电视机里传来一段带着不祥气氛的配乐，黑底白字从屏幕底部滚动上来。

"一五三九年，马耳他圣殿骑士团为向西班牙国王查理五世致敬，将一只从头到脚都镶嵌着珍稀珠宝的黄金猎鹰献给了他，然而存放这一无价之宝的画廊被海盗所占领，这只马耳他之鹰的下落至今仍是个未解之谜……"

接着屏幕渐渐变黑，金门大桥的画面渐渐显现，上面写着"旧金山"几个大字，人们的争执声戛然而止。珍妮挨个看了看这些房客，他们的目光全都锁定在电视上，音乐渐渐转换成了欢快的曲调。

"看看，这才叫电影。"鲁宾逊先生靠在椅背上，双臂交叉抱在胸前，好像这电影不知怎么就证明了他所有的观点似的。

"现在都没人拍得出这样的电影了。"斯莱斯韦特太太也表示赞同。

"哎哟，他可真帅。"坎特尔太太用手肘推推珍妮，说道，"他叫亨弗莱·鲍嘉。他是个著名的……"

"我知道他是谁。"珍妮说道，语气听上去比她预期的更尖锐。

"她当然知道了。"珍妮感觉到身旁的埃德娜的眼神。"我是说，谁都认识亨弗莱·鲍嘉。"

"话说回来，这是什么电影啊？"林戈往前探出身子去看了看电视机。

"《马耳他之鹰》！"众人异口同声地喊道，林戈举起双手假装投降。

鲁宾逊先生摇摇头，虽然皱着眉头但很开心。"看见了吧？这些孩子什么都不懂。一天到晚都是什么该死的优兔和超人还有……"

"《马耳他之鹰》是约翰·休斯顿的导演处女作。"珍妮说着，声音不大，但强有力的语气足以打断鲁宾逊先生的话，"它一九四一年十月三号在纽约首次公映，获得了三项奥斯卡奖提名。这部电影由达希尔·哈米特于一九二九年创作的小说改编而成，这位作家曾在平克顿侦探社担任私家侦探。"她看着坎特尔太太，"亨弗莱·鲍嘉并不是饰演萨姆·斯佩德的第一人选。制片人想找的是乔治·拉夫特。"

坎特尔太太表情扭曲。"我想我曾经见过他一次。"她探出身子越过珍妮看着埃德娜，"我见到的是乔治·拉夫特，还是……"

"亲爱的，我可不知道。"埃德娜冷冰冰地说着，眼睛一直盯在屏幕上，画面中萨姆·斯佩德双手插在风衣口袋里，正看着那把杀死了他的搭档迈尔斯·阿彻的枪。她嘟囔着说："现在已经没人再拍这样的电影了。"

"他说的没错，就像斯莱斯韦特太太所说，已经没人拍了，"伊维萨·乔说道，"没人拍这样的电影了，这是好电影。"他的目光穿过房间看向珍妮，"不过，你倒是很懂啊。你喜欢这些老电影？"

珍妮点点头，她的注意力已经被这部电影吸引过去，虽然她已经看过不知多少次了。"它们算是我的专业领域吧。"尤其是这一部，她心想。

在她八岁那年，珍妮对她妈妈说："你为什么不像其他妈妈那么年轻呢？"

"你只是来到我们身边的时间比较晚，那时候我们已经比你班里其他孩子的妈妈和爸爸的年龄要稍微大一些了。"芭芭拉一边说着，一边奋力把珍妮塞进那件她很讨厌的长及膝盖的紫色夹棉外套里。珍妮依然记得，那是临近圣诞节的一天，天气很冷，到了黄昏放学回家的时候，天色已经灰暗下来，转眼已经进入了隆冬时节。

"你看着都快跟莉萨的外祖母一样老了。"珍妮言之凿凿。她也许看到了她妈妈脸上惊诧的表情，但并没有表现出来。

"莉萨·霍姆弗斯的外祖母比我至少大十岁呢，"芭芭拉生硬地说，"再说了，她很年轻的时候就生下了莉萨的妈妈，而莉萨的妈妈也是很早就生了她……"

"生小孩是年轻的时候好还是老点好？"她们手牵手沿着人行道走着，珍妮一边问，一边蹦跳着跨过一块块开裂的铺路石。一个星期前，贾丝明告诉她，站在开裂的铺路石上是不吉利的，从那以后珍妮就一直努力避开它们。

等她们到家的时候，珍妮已经忘了自己问过这个问题，也忘了自己还没得到答案。她妈妈把她带到客厅的电视机前坐下来，然后打开了CBBC（英国广播公司儿童频道）。她给珍妮端来一杯果汁和一根虽然营养丰富但不大好吃的燕麦棒当作加餐，然后说她会在一小时内准备好晚餐。她走开后，珍妮抿了一口果汁，把燕麦棒塞到了皮沙发坐垫的缝隙里，让它去跟昨天和前天的燕麦棒做伴，然后盯着电视看了一会儿。电视上播放的内容，是有关孩子们一起住在一栋大房子里的，珍妮很好奇那会是什么样的感觉。那些孩子看起来全都不太开心。珍妮觉得这节目十分乏味，于是伸手拿起遥控器不停地更换频道，直到在一阵炫目的色彩之后屏幕变成了灰色。珍妮停止了调台，听了一会儿电视里的乐曲。就她的年龄来说，她的阅读能力算是相当强的，她看着屏幕上出现的一长串陌生的名字，最后是这部电影的标题。

《马耳他之鹰》。

珍妮靠在沙发上，慢慢小口喝着果汁，目不转睛地看着电视。

一小时后，当芭芭拉回到房间时，她看看电视，又看看珍妮，接着又看着电视里播放的电影。"你到底在看什么啊？"

珍妮看着她。"梦想由此构成。"她记住了影片中那个面容棱角分明、头戴帽子的男人所说的这句台词。

芭芭拉拿起遥控器对着电视。"你应该看 CBBC 才对。"

"那太无聊了！"珍妮说，"我要看这个！里面有人被杀，还有人打来打去，还有一座所有人都想得到的雕像。"

她妈妈看着她眉头紧锁。"小姐，我让你看什么你就看什么。"

珍妮噘着嘴巴抱起胳膊。"你就这么一天到晚管着我，迟早有一天你会变成铁做的。"

"珍妮·埃伯特！立刻回你的房间去！"

珍妮滑下沙发，气冲冲地从她妈妈面前走过，毫不回避她的目光。芭芭拉双臂交叉抱在胸前，扬起了一边眉毛。"你没什么话要跟我说吗？"

珍妮眼睛看向一旁，继续朝着门口走去。"*最好的告别是简短的。别了。*"说完，她跑上楼去了她的房间。

"你想你妈妈爸爸吗？"林戈问道。他扭曲着身子在窗边的地板上坐了下来，仰头看着珍妮。她都不知道他为什么会在她的房间。看完《马耳他之鹰》后，他就这么跟着她上了楼。

"这算什么问题？"她说，"那你呢？"

"我当然想了。该死的。你瞧这个。"林戈的 T 恤衫的下摆有一道长长的深色污渍，他揉了揉，但也无济于事。"是弗洛林的晚餐沾上去了。话说回来，那砂锅菜里面到底是些什么啊？味道怪怪的。"

珍妮扭动着从床上下来，然后来到她的衣柜前，从里面挑出一件崭新的 T 恤衫。衣服的正面印着"雷蒙斯"几个字，这个乐队的音乐她根本没听过，但她觉得这种适度复古的感觉挺酷的。衣服的标签依然挂在衣领上，她偷偷把它拽了下来，然后才扔给了屋子对面的林戈。"穿这个，"她说，"你身上都有味了。"

"谢了。"说完，林戈脱下了自己的 T 恤衫。珍妮先是转过脸去，然后又回过头来看着林戈。他身上真是一丝肥肉都没有，想到这里她甚至有些嫉妒。有些超级模特不惜一切也想要拥有这样的身材。他套上这件雷蒙斯 T 恤衫，可恨的是，这衣服挂在他身上绝对比在她身上好看。他低头看了看，然后欣赏地伸了下舌头。"这衣服不错。"然后他把脏 T 恤衫团成球，闲聊似的问了一句，让珍妮很是意外。"你孤单吗？"

这是某种性暗示吗？她该担心吗？没有人看到他们上楼，也没有人知道他们一起待在楼上。而她意识到，自己刚刚还叫他脱掉 T 恤衫。这会被看作某种邀请吗？那让他试了衣服又算什么呢？珍妮很肯定朝裤裆狠狠踢一脚会让林戈裂成两半，可别人会不会觉得是她引诱了他呢？接着她开始感到生气，既气他也气自己。她并没有邀请他进来。无论他做了什么，都不是她的错，而是他的。

"你现在可以离开了。"她说。

"什么？"

"你现在可以离开了。"

他垂头丧气的样子让她有些对他感到抱歉了，可他伸开双腿站起身来，抄起了他的 T 恤衫。林戈大步走到门口，离开前，转过身说道："你知道吗？失去父母，我知道那是什么样的感觉。有很多人你都可以跟他们聊聊，并不非得是我。就是因为这个我才问你是否记得你最后一次跟父母的对话。这是我去做心理咨询的时候，他们所问的问题之一。这能帮你明白，一切都不是你的错。"

珍妮没有说话，林戈点点头笑了笑，然后开门出去了。

一切都是她的错。

"珍妮！"芭芭拉·埃伯特喊道，"我们要出门，想让你也一起去。"

珍妮坐在她的卧室里，脑袋歪向一边，思考着她妈妈从楼下传上来的话。她正坐在书桌前专心致志地阅读着她外祖父其中一部电影的剧本。纸张的边角已经打了卷，磨损严重，左上角被一枚巨大的开口销钉在了一起。最上面的一页上有个棕色的圈，是咖啡杯留下的印记。剧本微微散发着烟草味。珍妮一直抱着这些文件，闭着眼睛贪婪地嗅着它们的味道，想象着自己回到了从前，回到了刚打印出来的新剧本被某个投资人或者演员或者制作人拿在手中的时候。她真希望自己能去到那个年代，

能永远停留在那里，停留在一九四六年。如果过去是另一个国度，那就给她一张单程票，此刻就在她的签证上盖上印章。她没有理会她妈妈，而是用指尖拂过页面，感受着锤子在纸上留下的几乎已经难以察觉的凹痕，想象着他，她的外祖父威廉·J.德雷克本人，正伏身在打字机前奋力敲击着键盘。

"珍妮。"她妈妈已经自行进入了她的房间，就站在门口。珍妮没理她，自从一个星期前在阁楼里发现了她外祖父所有的东西之后，她就一直这样。

"我们有个惊喜要给你。"芭芭拉坐在珍妮的床沿上说道，"我和你爸爸一起准备的，不过你得跟我们一起去取。"

半小时后，珍妮坐在车子后座上，还是一言不发，一直看着窗外陌生的乡间道路。她爸爸开着车，她妈妈则一直不停地念叨着一些无关紧要的事。接着，她爸爸把车开进了一片小型工业区，在一栋单层单元楼前面停了下来。

"马上就好。"爸爸说完，就走进去消失不见了。

珍妮看了一眼钉在轻型砖墙上的标志，"艾伦和史密西视听服务"。她有些惊讶，却假装对她妈妈隔着座椅后背投来的期待眼神无动于衷。就是些收买她的烂招，她根本不应该觉得意外。这些毫无意义的空洞姿态离她真正想要的差了十万八千里，这再一次证明了她的父母对她多么缺乏了解。

当她父亲拿着一个纸箱走出来时，珍妮拿出她的手机开始翻看她的社交媒体账号，虽然那上面几乎没有她的粉丝或是朋友。西蒙·埃伯特坐到他的位子上，把纸箱递给她妈妈，然后传给了后座。珍妮叹了口气接了过来，然后翻开了纸箱盖。

"我们想着你应该会喜欢……"

"我的天啊！"珍妮惊叫着拿起了第一个塑料盒子，"你们把外祖父的电影转录成了DVD！"

"是啊，"芭芭拉说，"我们本来打算找一台胶片放映机，我们也还是可以买一台，不过我们想着也许还是保护好原版胶片，就看这些比较好……"

"谢谢你们！"珍妮满脸笑容。她心想，这是他们第一次为她做了件真正让她开心的事。爸爸发动了车子，又驶入了那条乡村道路。

他们已经行驶了一刻钟，珍妮查看着这些DVD，拿起三十五毫米的原版胶片对着车窗外的光线，这时，她意识到，他们并不是在原路返回。

"我们现在是要去哪儿？"她说。

她妈妈在座位上转过身笑了笑。珍妮一下子怔住了，她认识那个笑容。"好吧，既然你对这些DVD如此满意，我们心想你应该不介意也为我们做点什么。"

"为你们做什么？"

"其实，也不是为我们，是为你。"她爸爸强装亲切地说道。

"我们要去哪儿？"珍妮把胶片和DVD放回纸箱里，追问道。

"没人说你不能研究电影这些东西，可以作为……作为一项爱好。"芭芭拉说道，她一直保持着灿烂的笑脸，就好像她是某种机器人似的，"不过作为一项……一项潜在职业嘛……"

"是这样。"西蒙·埃伯特透过后视镜看了珍妮一眼。先前假装的友好都已经消失不见了。"我们已经联系过你在拉夫伯勒大学的导师了。他们同意撤销你退出经济学课程的申请。我是说啊，告诉你吧，我们可是费尽了周折，不过他们已经同意保留你的学籍了。"他露出一个自我满足的微笑，"我想啊，一定是我在本地工商界的地位创造了一些有利条件，敲开了几扇门。你只需要进去签一些文件，说明你改变主意了就行。"

"我们就是要去那儿，"芭芭拉说着，脸上是石刻一般的笑容，"之后我们就直接回家，然后你可以看看你外祖父的电影。"

珍妮发现自己的拳头一直攥得紧紧的，指关节都发白了，指甲也嵌进了手掌里。"你们，他妈的，竟敢，这么做。"她低沉着嗓子说。

"珍妮！"她爸爸发火了，"不准在你妈妈面前这样说话！"

"掉头，"珍妮平静地说，"我才不去拉夫伯勒。"

"小姐，让你去你就去。你要做对自己有益的事。"

"珍妮，"芭芭拉说，"我们全都是为你好……"

"掉头！"珍妮大叫着扑向前排座椅间的空隙，却被安全带牢牢绑住了。她父亲想用左手臂把她推开，可手臂被她抓住了，她大喊着："掉头！掉头！掉头！"

"西蒙！"芭芭拉尖叫道，珍妮的父亲用力甩开她，把她推回到后座上，他的右手却向下拉动了方向盘，车子打着转离开马路，冲上了路边种着一排行道树的草坪。之后的事情，除了一声尖锐的刹车声、一股发热的橡胶味和一种突然的金属挤压感，珍妮·埃伯特就什么都不记得了。

14

《警网重重》

（1954年，导演：安德烈·德托特）

埃德娜站在休息室的凸窗旁边，低头看着空无一人的海滩。她很好奇人们是怎么做到长期应付这样的生活的。她都快无聊得想要翻墙而出了。也许她已经独来独往太久了，习惯了跟自己的影子做伴。此时四周一个人也没有，这样的时刻，是值得加倍珍惜的。

可紧接着……门开了，她转过身，看到伊维萨·乔重重地拄着拐杖，拖着步子进来了。也许人真的是可以习惯有伴的，又或许……当你跟周围的其他人相处一些时日后，会更难以重回那个孑然一身的自己。她想着要问问乔他独自一人已经有多久了，可看到他的状态后她打消了这个念头。他一脸苍白，甚至可以用面如死灰来形容。他的头发稀疏且缺乏生气。当他抬头看着她时，他的眼眶有些泛红。他刚才哭过了。

"乔？"她说，"你还好……"

"它不见了，"他用嘶哑的声音低声说道，"被拿走了。"

她用一只手扶着他的手肘，把他带到沙发前坐下来，自己也挨着他坐下。"拿走了？什么东西被拿走了？"

"当时罗伯不停念叨他的奖章，我还只想着他是随手把它放到什么地方，然后自己忘记了。"他说道，"可现在同样的事情也发生在我身上了。"他抬头看着埃德娜，"就是我放在床头柜上的我儿子的照片。那是我拥有的最好的一张，我最喜欢的一张。有人进了我的房间把它拿走了。"

埃德娜拍了拍乔的肩膀。她知道他曾经有一段悲伤的过去，可谁没有呢？她知道他曾有妻子和孩子，但并不清楚他现在为何是孤身一人，也不明白他为什么在晚年生活中一直像个青少年一样纵情狂欢。可话又说回来，毕竟她来日落长廊的时间还不长。她转过身，见房门开了，鲁宾逊先生大步走进来，把放大镜举在脸上搜寻着报纸。他注意到了沙发上的两人，于是不悦地看着他们。

"他怎么了？毛病又发作了？"

她知道，乔从前那段过度放纵于声色犬马之中的日子，导致了他情绪的飘忽不定，她认为，他如今之所以孤身一人又需要看护，其中也有这个原因。但他此时的状况看上去并不像是一次普通的发病。她对着鲁宾逊先生摇摇头，轻声说道："乔有东西丢了。"

"不是丢了，"他抬头看着鲁宾逊先生，说道，"是被偷了。是我家儿子的照片，它不见了，就像你的奖章一样。"

鲁宾逊先生怒不可遏地一把将放大镜拍在手掌中。"我们之中出了贼了！我们得让警方介入。我这就去把格兰奇兄弟找来。"

埃德娜举起一只手。"我觉得我们先不要轻举妄动，鲁宾逊先生。"

他皱眉看着她。"为什么？我想你肯定没什么好遮掩的吧，格雷太太……"

埃德娜亲切地微笑着。"这个嘛，我当然没有了，而且我相信你一定不是在暗指我跟你的奖章或是乔的照片有什么瓜葛。"

"这个嘛，那是自然了。"鲁宾逊先生不满地说。他在对面的沙发上坐下来。"可为什么不能通知有关部门呢？"

"只是我的感觉而已。"埃德娜说，"显然，你们在这儿待的时间比我和坎特尔太太都要长，可我总有种感觉，日落长廊并不是我们所看到的那样一片平静祥和。我总是听到格兰奇兄弟在争吵，我怀疑是跟钱有关。"

"你这话倒是没错，"乔忧郁地说，"尤其是最近。我知道他们不想让我们知道，可的确是发生了什么事。"

鲁宾逊先生捋了捋胡须，用力地点点头。"格雷太太，我明白你的用意了。如果有什么问题牵扯到了警方……你觉得这有可能会对他们的管理水平造成负面影响，对吧？还可能造成资金方面的不良后果，是吗？"

埃德娜耸耸肩。"这很有可能，你们不这么认为吗？"

"那该怎么办呢？"乔说道，"那我儿子的照片，还有罗伯的奖章怎么办呢？"

鲁宾逊先生打了个响指。"我们自己来解决。我们把大家都叫到这里来，先给那个坏蛋一个坦白的机会。"

埃德娜拍了拍手。"真是个绝妙的主意，鲁宾逊先生。我就知道你一定能想出办法来。"

他谦虚地笑了笑。"这个嘛，格雷太太，说得不错……我可是公认的解决问题的专家。"

这时，门开了，他们齐刷刷地转过身看着门口，只见珍妮和林戈走了进来。鲁宾逊先生搓了搓双手。"咱们的头两位嫌疑人这就登场了。"

一切都按照埃德娜的预期进行着，但她感觉到情况跟鲁宾逊预想的大相径庭。听说他们之中有一人被怀疑跟丢失的物品有关，更甚至如同鲁宾逊先生强烈暗示的那样，是两人合谋的，这两个年轻人反应很激烈。

"你们把我们想成什么人了，雌雄大盗吗？"林戈生气地说，"我们要你的奖章和乔的照片做什么？"

"这得你来告诉我啊。"鲁宾逊先生得意扬扬地说。埃德娜看得出来，他觉得自己已经把他们绳之以法了。珍妮的沉默被他看作了悔恨。埃德娜看出那姑娘只是积压着怒火在等待最后的爆发。鲁宾逊先生接着说："有意思的是，被偷窃的对象只有我们这些房客，而这都是从你们来了之后才开始的。"

"我第一天来就有人翻动过我的包，里面装着非常贵重的物品。"珍妮咬牙切齿地说，"照这么说，是仍然要把我放在嫌疑人之列，还是应该将我视为受害者？"

"亲爱的，每个人都有嫌疑。"鲁宾逊先生说，"当然，除了我和乔。但除此之外的每一个人……格雷太太和坎特尔太太是在你们来的前两个星期刚来的。还有斯莱斯韦特太太。他们之中的任何人都有可能。"

他瞥见埃德娜在瞪着他后不由得结巴起来："当……当然了，很可能是你们这伙人中的一个。"

"为什么？"珍妮追问道。

"什么为什么？"坎特尔太太说着径自走了进来，身后跟着斯莱斯韦特太太，"噢，我们在玩什么游戏吗？"

"最好别花太长时间，一会儿《倒计时》就要开演了。"斯莱斯韦特太太说。

"哦，这可不是游戏。"鲁宾逊先生说道。他可真是乐在其中呢，埃德娜心想。"这是件极其严重的事。"他用手指指着珍妮和林戈，"他们其中一个……或是那些中国人……"鲁宾逊先生瞪大眼睛打了个响指，"或者是那个弗洛林！他一个星期也就挣个两三块钱而已！我打赌他一盯上你就会立刻把你洗劫一空！"

"我受够了，"说着，林戈站了起来，"我要去见巴里。"

"不，别去，孩子，"乔说道，"我们说好了要自己解决这件事，是担心给休养院带来麻烦什么的。"

"'我们'可没说好过什么，"林戈说，"走，珍妮。"

"等等。"珍妮说道。她用一只手拉住林戈的胳膊，他又坐了下来。"关于是否要牵扯到格兰奇兄弟，他说得倒是有些道理。"

有意思，埃德娜心想。显然这女孩知道一些关于这地方的事，她怀疑是不是那两兄弟中的一人跟她透露过什么，又或许是她偶然听到了他们的谈话。日落长廊的财务经营状况岌岌可危，这已经不算什么秘密了。埃德娜很想知道情况究竟有多么危急。她对珍妮说："不过，亲爱的，你的包是怎么回事？里面有什么？"

"胶片盒子。"珍妮说，"相当珍贵的三十五毫米胶片。"

"胶片盒，"鲁宾逊先生嗤笑着，"谁会想要胶片盒子啊？"

"谁会想要你的奖章啊？"林戈反击道，"谁又会要乔的照片呢？"

"好吧，话先说在前头，不是我干的。"说完，斯莱斯韦特太太在她的椅子上落了座，四处寻找起遥控器来。"我觉得不会是我们这些老家伙中的人干的。"

"对极了，"坎特尔太太点点头，"知道吗？我们从前可是夜不闭户的。你们如今可没办法这样。"

"是啊，是啊，克雷孪生兄弟[1]还很爱他们的妈妈呢，"林戈说道，"你们以为诚实是你们独有的？你们以为我们就不懂得什么叫失去？"

"我只是担心我的宝石。"坎特尔太太拧绞着双手说道。

"哎呀，我的老天，"鲁宾逊先生说，"你瞧，亲爱的，我们在这儿处理真正的盗窃案呢，可不是什么被你当成钻石的纸团。"

珍妮看上去好像要开口说什么，埃德娜心想。她仔细观察着这个女孩，可珍妮最终只是轻轻摇了摇头，显然是改变了注意。这就有趣了。这女孩有秘密……她是不是跟坎特尔太太交换了一个眼神？真是非常有趣呢！

"这样下去不是办法。"鲁宾逊先生说。

"我同意。"林戈说着，又站了起来。这一次珍妮没有阻止他。"事实是，如果有东西不见了，那有可能是我们之中的任何一个人干的，又或许谁也不是，可能只是你们弄丢了而已。人老了免不了发生这种事。"

埃德娜看着他走向门口，珍妮也跟了上去，嘴里半是自言自语地说："是啊，我们都会时不时地弄丢东西，就算还没那么老也一样在所难免。"

---

1 电影《克雷孪生兄弟》中的角色，双胞胎兄弟二人由其母亲抚养长大，后来变成了罪犯。——译者注

15

《香笺泪》

（1940年，导演：威廉·惠勒）

弗兰今天穿了一条深色斜纹布裤子，上身配了一件粉色的马球衫。他坐在教室前面的桌子上，双腿荡来荡去，没穿袜子的脚直接塞在一双蓝色板鞋里。这身打扮很不错，珍妮坐在前排座位上，心中暗自评判着。

这堂课只有八个人来上课，而其中只有珍妮看着大屏幕上的演示文稿，勤奋地做着手写笔记。弗兰已经说过笔记将会放到课程内联网的网页上，但是珍妮更喜欢通过书写来使信息得以渗透吸收的感觉，而不是等课后去快速浏览一些在线文件。

"'典型'，"弗兰正说着，"就是指那些一次又一次反复出现的基本角色。"他故意夸张地眯起眼睛看向光线昏暗的教室，最后目光落在了珍妮身上。她感到微微有些兴奋。他亲切地笑了笑。"珍妮，我们来看看你的专长吧——黑色电影。在经典的黑色电影中都有哪些典型角色呢？"

珍妮吞了吞口水，扫视了一圈课堂上的其他成员。安珀和萨伊玛不停地摆弄着手机给朋友发信息，又或许像珍妮想象的那样，在忙着兼顾她们忙碌的社交生活和应付各种没完没了的令人激动的邀请。还有个男孩，身穿黑衣，皮肤苍白，一脸忧心忡忡的表情。另有一个肥胖而又精力充沛的爱尔兰男生，顶着一头大致漂染过的头发，总是穿着滑板裤，一条小腿上刺着文身，写着"骄傲"两个字。甚至连那两个每堂课都在笔记本电脑上做着在线体育问答题的小伙子，此刻也都满怀期待地看着她。她深吸一口气。你的机会来了，她心想，这是你的机会，要给他们留下好印象，要让他们喜欢你。

　　"好的，其中有，呃……有硬汉侦探，这是自然的了。"她说道，"他很强硬，总是用拳头来解决问题，顽强而又坚决。他是个独行侠，为了钱卖命……"她的声音弱了下去，她在犹豫自己应该说多少。她又看了一圈周围的人。那两个男生已经转回头继续做他们的体育问答题了。

　　"接着还有咱们的蛇蝎美人。"萨伊玛窃笑了两声。珍妮接着说："她很性感却不懂得爱，她很神秘但不值得信任。她身上汇集了在二十世纪四十年代人们眼中女性身上所有的不良特质。"

　　"这简直就是你嘛！"萨伊玛对安珀说。

　　珍妮皱起眉头。不！应该说那简直就是我。

　　"而她的反面就是那个好女人。"珍妮说。弗兰给了她一个鼓励的微笑。"她并不像那个蛇蝎美人那样令人兴奋，她所代表的就是安稳、家庭生活和美国梦等等。她将跟男主角相爱，但他会意识到自己永远无法拥有那些东西……"

　　弗兰举起一只手。"很好，非常棒。不过，我得打断你了，因为我们现在要来看看某个类型中的典型角色是如何推动影片主题的。那我们现在有了一个三角关系……这位硬汉侦探和两个女人，两个女人完全就是截然不同的两个对立面。一方面，他渴望那个好女人给他带来的安稳，但另一方面又总是被那个蛇蝎美人所吸引，即使他内心深处很清楚她一定会以某种方式背叛他。这是为什么呢？我们将这称为什么呢？"

这个问题是抛给大家的。安珀放下她的手机，隔了好一阵，才耸了耸肩膀，说道："因为那个蛇蝎美人更令人兴奋，我是说，谁会想要个好女人啊！"

大家都纷纷议论起来，弗兰再次举起一只手。"黑色电影中有一个方面、一个主题非常常见，而且很好地反映了这个问题。珍妮，你知道它叫作什么吗？"

"是'宿命论'，"她答道，"无论我们怎样做都无法改变自己的宿命。我们就是我们，我们都是受生活摆布的，而生活又总是和我们对立。"

教室里一阵寂静，接着安珀小声嘀咕道："天啊！听起来可真够搞笑的。"

弗兰听了却在点头。"好的，珍妮，很好，就是宿命论。黑色电影的核心就是存在主义。在一个像机器一般运转的庞大世界里，个体的抗争是徒劳的。这个硬汉男主角身上具有两面性：他一方面通过在社会之外或是社会边缘的行动来打破这个循环，但另一方面，与此同时，他也接受自己的命运……接受他永远无法成为自己内心深处想要成为的人，无法成为社会的中心这样一个事实。"

弗兰拍拍手。"好了，要布置下堂课的作业了。"教室里哀鸣四起。"去看看你们最喜欢的类型，找出其中的典型角色，以及它们是如何影响影片的主旨或者诸多主题的。要多拿学分的话，也可以写写你的朋友或者家人，谈谈你觉得他们能对应哪个典型角色。"

正当大家都开始收拾书包时，安珀举起了手。"我们要不要去喝一杯？我们全部一起？"她环顾着教室，"就这个星期吧？去城里怎么样？"

那个怪胎用力地点着头。外乡人则耸了耸肩。两个运动爱好者也发出了赞同的声音。弗兰考虑了一下，然后咧嘴一笑："好啊！有点像联谊会啊！去斯玛格勒酒吧怎么样？"

就是这么简单，珍妮心想。普通人就是这样交朋友、组织活动的，就是这样进行正常的社交生活的。他们就是直接说出来然后把事情搞定。教室里渐渐变空了，她留下来坐了一阵，心想，事情一定是在往好的方向发展。

珍妮是学生中最先回到日落长廊的。接待桌上放着四封信，整齐地铺开来，上面盖着北兰开夏大学的邮戳，是分别寄给他们四个人的。她刚拿起自己的那封，身后的门就开了，林戈走进了门厅。

"喂。"他说。

"你究竟去没去学校啊？"珍妮说，"我都开始觉得你根本就是什么课都懒得上了。"

他把包扔在接待桌旁，越过她的肩膀弯腰查看那些信。"创意写作，不是吗？你总不能把作家们塞到一个屋子里，指望他们听什么人一直唠叨吧。我们要是想成为好作家，就得多体验生活。"

"体验生活就是指每天一觉睡到中午？"

林戈耸耸肩膀，绕过她去拿他的那封信。"那是思考时间。哎，这倒提醒了我，我还欠着你呢。我的课程里有个单元要让我们就一个主题对一些人进行采访。我打算采访这里的房客们，问问他们最喜欢的电影之类的。这主意还是从你那儿来的呢。"

"祝你好运吧，"珍妮说，"昨天的事情之后，就算永远不再跟他们说话，我也不会介意。"

林戈往自己的信封里瞥了一眼。"对了，这些是什么啊？"

珍妮挥了挥她尚未打开的信封。"还不知道呢。我又不会读心术。"

林戈和珍妮都开始动手撕开各自的信封，两人都突然紧张起来。林戈先拿出了里面的信，大致扫了一眼之后说："哇！"

"先别告诉我！"珍妮说着，掏出了那张抬头上印着"北兰开夏大学"字样的信纸，从头到尾读了一遍。她转过身看着他，"哦，他们给我们安排出房间来了。"

"经分包商的艰苦努力，我校在建的四栋新宿舍楼中现已有一栋即将具备入住条件。"林戈读道，"因你原已申请住校，目前暂时被安置在日落长廊作为过渡，我们很荣幸地为你提供新宿舍房间的优先选择权。"

"你知道吧，我认识字。"珍妮愣愣地看着信纸，说道。房间，在校园内。她好像突然看见自己在教室里的画面，但她并不是独自一人坐在那里，旁边还有安珀和萨伊玛在翻看着手机，说着她们自己才懂的笑话，安排着她们的社交生活。她也跟她们在一起。

林戈把信塞进了衣兜。"我晚点给他们打个电话去，跟他们说谢谢但是不必了。用不用我帮你跟他们说你也要留下来？"

珍妮瞪大眼睛看着他。"你要留下来？留在这里？留在日落长廊？"

林戈耸耸肩。"嗯，是啊，当然了！你不留下来吗？"

她再看了看信。"我……我为什么要留下来啊？就之前发生的那些事……而且这本来就是暂时的啊！"紧接着，就连她自己也不明白她为什么会说出下面的话。"这个星期我要出去喝一杯，跟我班里的人一起。"

林戈奇怪地看着她，那表情珍妮有点琢磨不透。"很好啊！"他爽快地说着，然后把他的帆布背包举到了肩上。"好了，我要去躺会儿了。"他眨了眨眼，"思考时间到。"

正在林戈上楼的时候，博和玲从前门进来了，一如既往地争吵着。珍妮已经无数次地怀疑，这两人究竟是怎么回事。博整天跟在玲身后，像只哈巴狗一样，他显然是为她而痴迷，而她很明显也已经明确告诉过他，她对他没兴趣。珍妮很好奇，他是如何做到面对这样渺茫的概率仍然保持这般顽强的决心的，不是蠢到家了，就是有着强大的信心认为自己最终一定能取得胜利。

玲对博说了句什么尖刻的话，然后迈着大步穿过了大厅，丝毫没有理会珍妮。博停了一下，思考了片刻，就又赶紧追她去了。这决不放弃的精神简直是教科书级别的，珍妮心想，或者应该算是在执着和跟踪狂之间游移。她对他们说道："哎，你们知道格雷太太和坎特尔太太只比我们早两个星期来吗？"

玲看着她。"有我们的信。"

玲和博朝接待桌走去，然后拿起了他们的信封。珍妮在楼梯底部徘徊着，玲用她长长的大拇指指甲划开了信封，博则徒劳无功地撕扯着他的，却不小心撕破了信封，里面的信也从中间被撕成了两半。他面带愧色地看着玲。"抱歉。"

玲叹了口气，开始默读自己的信，然后停了停，转而对着博念了出来。他盯着她看了一阵，接着说道："我们可以离开这里了？"

珍妮清了清嗓子，说："玲，你打算怎么办？你呢，博？"

玲的脸上露出了难得一见的微笑。她笑起来更漂亮了，珍妮心想。这时玲伸开双臂环绕住了博，紧紧地抱着他，那封信被攥在她的手里，她的双眼也紧闭着。

"啊，博！太好了！我们可以离开这疯狂的地方了！我们可以走了！"

"我们可以在一起吗？"博说道。

"当然可以！"玲开心地说。她亲了亲他的脸颊。"我们会永远在一起！"

珍妮发现自己正盯着他们看，于是赶紧上了楼梯。也许她真的无法理解人们，可能永远也理解不了。当她爬到楼梯顶部时，她再次看了看那封信。她也可以离开这个疯狂的地方了。终于，珍妮·埃伯特可以成为她大老远来到这里所想要成为的那个人了。不用再吃西梅干当早餐，不用再玩宾果，也不必再跟老人家争吵了。她终于可以摆脱拉夫伯勒给她留下的阴影，继续过她想要的生活，过她该有的生活了。珍妮走向自己的房间，要去想象一下从今以后一切都将多么美好，就连脚下的步子都不由得轻快起来。

16

《盗血英魂》

（1952年，导演：威廉·迪特尔）

晚餐后，巴里问珍妮可否把其他学生都叫到他的办公室去。当他们成群结队地走进房间时，他正坐在办公桌前，弗洛林站在他身后。他抬头看着他们，然后摇了摇头。

"进展不太顺利，是吧？"

珍妮和林戈互相看了一眼。弗洛林不自在地挪动着双脚。玲还是一贯的冷漠态度，而博看上去是真的不太明白眼前的状况。巴里接着说："到目前为止我已经听到了三次不同的争吵。三次！天知道我没听到的还有多少次。你们就庆幸是我来处理这事而不是我弟弟吧。要不是他今晚出去了……"他摇摇头，"你们知道吗？他一直在想办法把你们弄走，我可不是在开玩笑。"

巴里恳求地看着珍妮，"我们之前谈过这事的，本来就只是个'交火'而已，也不能……也不能弄成全面开战啊。"

弗洛林说："格兰奇先生，其实也算不上开战，更像是一次……一次探讨。第一次我们也是玩的宾果，可情况后来就……就失控了……"

"你们的房客都是些心胸狭窄的老顽固。"玲双臂交叉抱在胸前，厉声说道。

"天哪，"巴里说，"天哪，天哪！"

"那个当兵的种族歧视非常严重。"博也说道。

巴里揉着太阳穴。"天哪，天哪！"

巴里用一只手的手掌从额头一直揉到下巴，就好像要把他看到和听到的一切都抹掉似的。"鲁宾逊先生……好吧，算上他们所有人，真的……你们一定要明白……他们来自一个不同的年代……你们是没办法真正理解他们从前的日子的……"

是，我们当然不理解，珍妮心想。除了老年人，没人能够理解悲伤和孤独为何物。这个念头让她比在休息室里大吵一架的时候更加愤怒了。凭什么老年人就能在悲剧的市场里占据垄断地位？

巴里摘下他的眼镜，揉捏着眼睛。"这个地方，日落长廊……它的存在从来都不仅仅是为了一种表达善意的渴望。"他说，"这是一项使命，一种遗赠。"他重新戴上眼镜看着他们，"你们知道加里和我，我们为什么要做这件事吗？"

珍妮摇摇头。巴里说："我们在还是小孩的时候，就是在这里长大的。"他伤感地说，"这是个适合生活的好地方。也许你们会觉得这里对两个孩子来说太过偏远，可是啊，在沙丘上，在海滩边，我们在这里经历了那么多的奇幻冒险。每一天都是全然不同的，每到游戏时间，我们不是去了西部荒野的大草原，就是到了某个遥远的星球，又或者是喜马拉雅山的脚下。我们认为自己非常幸运。"

巴里向后推开椅子站起身来，目光穿过办公室窗户看向了日落长廊背后的庭院。"可是我们的妈妈在临近她生命的尽头时，很孤单。我们的爸爸在我们很小的时候就去世了，她的晚年生活大多是独自度过的。加里和我都有各自的生活，我们有工作，也有自己的圈子。加里结了婚，但没能维持太久。我们发现自己兜兜转转最后总是会回到日落长廊。"

他挨个看了看几个学生。"妈妈没多少朋友，总是把自己封闭在这里。临终前，她对我们说，这地方不应该空荡荡的，不应该变成那种没人愿意来的家，成为镇上孩子们讲鬼故事的对象，不该让房间里只剩下空洞的回音。她说这里应该充满生气。而她知道外面还有许多人没有她那么好的机会，可以住在一个如此美好的地方。所以她问我们能否找到这些人，把他们接进来，给那些在漫长的人生中过得并不太幸福的人一个机会，让他们在我们的家里度过余生。"

巴里趴在桌上，拿起一沓纸张对着他们挥了挥。"这些都是补助金申请单、资金申请表、求援信。"说完他又把它们扔回了桌上。上面的数字和表格似乎在挑战他，让他继续用一位去世多年的老太太的感情和愿望，战胜现实生活中的务实主义和实用主义。"于是我们就照她的愿望做了。我们在本地进行了宣传，也有很多人跟我们取得了联系，有的是本人直接联系我们的，也有的是通过他们的子女。我们接纳了那些孤独的、迷路的人，还有那些身无长物的人。我们看着来到这里时还素不相识的一个个陌生人，在离去时成为至交好友。当他们咽下最后一口气时，他们知道自己并不是孤身一人，身边还有很多人跟他们一样，他们也知道无论是谁，无论感到多么孤独，都真的可以拥有他人的陪伴。"

一阵漫长的沉默最终被玲打破了。"我们要走，"她突兀地说，"我们收到学校的来信了。其中一栋宿舍楼快可以入住了，我们可能一两个星期之后就能搬过去了。"

巴里悲伤地笑了笑，然后点点头。"是啊！也对，我就知道会有这么一天。虽然没料到会这么快，但我知道，无论如何，这一天总会来的。不是资金枯竭就是你们待不下去。"他重重地叹了口气，"这项伟大的实验失败了。看来加里一直都是对的。"

"我们不是全都要走。"林戈说。他看着珍妮。"至少，我不走。"

巴里挑起一边眉毛。"什么？可为什么呢？"

林戈耸了耸肩。"我也不知道。我是自己想来这里的。对，这里算不上完美，而且我们还大吵了几架，就像你所说的那样，可是……"他环视一圈其他人，"但也不是全都那么糟糕，对吧？记得我们一起在电视上看那部老电影吗？叫什么来着，珍妮？"

"《马耳他之鹰》。"

"没错，《马耳他之鹰》。我们当时全都相处得很融洽，不是吗？总体来说，对吧？"

巴里若有所思地看着珍妮。"那是你的包，对吧？那些老电影？我在你房间里看到那些 DVD 了。"他闭上一只眼睛用一根手指对准她，"啪！啪！"

"那几乎像是一种纽带，"林戈说，"连接起他们和我们，或者至少是连接了他们和珍妮。"

她怒视着他。他究竟想干什么？

巴里又坐了下来。"我们目前的款项是专门针对减轻老年人的孤独感，鼓励不同年代的人互相交流的。为了持续获得这些资金，我们得证明我们在努力将年轻人和老年人融合到一起。我在想……"他摇摇头，

"可这又有什么意义呢？你们都要走了。"

"只有玲和博说他们肯定要走。"林戈说，"你刚才想说什么，格兰奇先生？"

巴里眼神一亮："好吧，我刚才是在想……珍妮手里有那么多精彩的老电影……要是我们能把它们放映给房客们看，那岂不是太棒了？我们可以把这变成一个特色，一个活动，每个星期都举行。一个电影之夜！"

"可是，就像你说的，我们都要走了……"珍妮说道。

"或许每部电影之后还能组织一场讨论，"弗洛林提议，"就像个电影俱乐部！"

"讨论，对，不过不能又变成全面开战。"巴里皱着眉头。

"可是，"珍妮重复道，"我们要走了。"

"我可以烤个蛋糕！"弗洛林开心地说。

"不要巧克力。"博提醒说，"上次那个老太太为这个都发狂了。"

玲瞪了他一眼，接着又对巴里说："我和博要两个星期后才离开。我想至少第一次活动我们还是可以表示一下支持的。"

"但是……"珍妮又一次说道。

"'孤独之心电影院'，"林戈咧嘴一笑，说道，"听起来简直绝妙。"

巴里瞪大双眼，"这名字太完美了！'孤独之心电影院'，我喜欢！那我们这里就是孤独之心电影院了！"

珍妮站了起来，"但是……我们……要走了。"她瞪着林戈，接着转头对巴里说，"对不起。这主意听上去很不错，可是……我已经决定了，我要走，抱歉。"

"刚才那一出究竟算怎么回事？"坐上去学校的公共汽车，珍妮恼怒地对林戈说。

他耸耸肩膀，"我觉得这主意非常棒。"

她拿着信在他面前挥了挥，"可我们要走了！"

"我不走。玲和博都已经跟宿舍管理办公室说他们需要房间了。我想你应该也已经说了吧？"

公共汽车沿着海滨公路行驶着，珍妮凝视着那封信，然后望向窗外。不出所料，又下雨了。"没有，"她说，"还没说。我打算今天去办。如果你知道为自己好，那你也应该去。你不会想自己一个人被封闭在那地方的。"

"你说得就像恐怖片似的。"

"难道不是吗？垂死之人的觉醒，再加上那么大的脾气。况且，那里几乎有一股犯罪浪潮正在肆虐。有人动了我的包，乔和鲁宾逊先生的东西也被拿走了。在那里待久了会让我心力交瘁。"

林戈用衣袖擦去了玻璃上的雾气。"那就解开这个谜团啊！"

她看着他。"什么？"

"解开这个谜团，抓住那个小偷。像是你的老电影中的一部一样，我们所有人被锁在一栋巨大的、孤零零的房子里，雨一刻不停地下着，电也随时可能会断掉，而有个坏蛋正逍遥法外！"

公共汽车驶入了学校外面的掉头处，珍妮看着他摇摇头，抓起了自己的包。林戈没有动身，而是在手机上翻看着信息。珍妮看着他，"走啊，我们到了。"

"晚点见吧，"他说，"我要搭这辆车回去。"

她笑了起来。"怎么了，你忘了什么东西吗？"

林戈耸耸肩。"我只是喜欢坐公共汽车，因为这能给我带来灵感。尤其是沿着海滨公路行驶的这一辆。你不觉得这妙极了，很有戏剧性吗？我一直很喜欢雨，我以为你也喜欢呢。就像我刚才说的，你的那些老电影里不是也总下雨吗？"

珍妮不得不承认，他说得的确有点道理。黑色电影里确实总会下雨。她很好奇那些蛇蝎美人是怎么在大雨中还保持完美形象的。公共汽车的司机按了按喇叭，转头从驾驶室看过来，"你们两个到底下不下车？"

"我要下。"说着，珍妮急忙沿着通道往前走。她转头对林戈说："你真不下车？"

他点点头。"我花了钱要值回票价啊！况且，我今天早上要采访伊维萨·乔，这是我的课题。我在考虑要不要称之为'林戈之星'呢！你觉得怎么样？因为我要进行采访，那些老年人就是主角，而他们也会谈论电影，电影里也有主角明星。你懂我的意思吗？"

"我明白了。"珍妮皱起鼻子，"我觉得这名字糟透了。"

"我想我还是会去做的。"他朝她挥挥手，"回见。别忘了去宿舍管理办公室。新宿舍楼里的房间很快就会被抢光的。"

珍妮拿着信对他挥挥手，然后下了车。

"这主意听上去棒极了。"课后，弗兰说道。

珍妮怒视着他。"你们是不是合起伙来针对我？"

"我不觉得有什么问题啊！"弗兰一边说，一边从讲台上收拾起他的资料，把它们塞进他的棕色皮质公文包里，"你既有能播放的电影，还懂专业。这可以作为你这学期的课题，把它写出来。"他看着她，"你甚至可以给他们看看你外祖父的电影。你已经把它们转录成 DVD 了，对吧？这可以作为你的期末论文。"

"嗯……"珍妮还没想过这个，"但是还有一个问题，我就要离开日落长廊了。新宿舍楼已经建成，我得到了一个房间。"

弗兰耸耸肩。"我想你在校园里的确更能全身心地投入大学生活。不过，住在一所休养院，这听上去很有趣，这是不错的体验。我是最赞成去获得新体验的。"

珍妮微微有些兴奋。他想说什么？她又一次摆出白考尔的姿态，下巴收向胸口，抬眼看着他。"太迟了，我已经决定了。"

离开教室后，她径直去了宿舍管理办公室，她手里握着那封信，站在门外思索着。当萨伊玛和安珀抓住她的手臂时，她被吓了一跳，这才看到她们俩。

"嘿，"安珀说，"我们要去餐厅喝杯咖啡，你想一起来吗？"

珍妮看着那封信，"我正要……"

"我刚才好像看到你跟那个瘦高个男生一起在那辆公共汽车上，是吧？"萨伊玛插话说，"就是那个头发卷卷的，叫林戈，对吧？学创意写作还是什么的？他可是个怪人。"

"太古怪了，"安珀点点头，"他去年还约我出去过。"她咯咯直笑。

珍妮沉下脸来。林戈约安珀出去过？"你去了吗？"她问道。

安珀大笑起来。"少来了。他太古怪了，一天到晚都在读书。"

"怪胎。"萨伊玛也附和说。

他还好吧，珍妮很想维护他，嘴里却低低吐出一句："是啊，他可古怪了。"

"去喝咖啡吧？"安珀说，"或者我们一会儿在餐厅见？"

珍妮考虑了一下，然后把信塞进了包里。"好啊！去喝咖啡。一会儿我再来办这个。"

林戈之星

伊维萨·乔

你在录吗？录到你的手机上？哈哈！好极了！那……你想让我做什么呢？就说出我的名字，然后谈论一部电影？随便什么电影吗？好吧。一部对我有着某种意义的电影，好的。那么，我的名字是乔·霍姆斯，大家都叫我伊维萨·乔。从前啊，在我那个年代，我比较喜欢派对，就是八十年代左右。我是说啊，即便在当时要玩派对，我的年龄也大了些，这我得承认。镇上最老的爱赶时髦的人就是我了。不过啊，你的心态多少岁，人就多少岁，对吧？什么？令人难堪的爸爸？哈哈！嗯，不，不会，并不是，我的意思是……

不，没关系，我没事。只是刚才你说到那个，令人难堪的爸爸。这让我忍不住想了想。老实说，我并不愿意多想这个。我想就是因为这个我才沉迷于各种派对，扮演着伊维萨这个角色，等等。这样我就不用总对一些事耿耿于怀了。你知道吧，我才六十九岁。我知道自己看上去更老一些，这都是当年那些派对狂欢的日子造成的，还有药物。他们称之为认知功能障碍。这个病让我经常出现短期失忆的情况，另外还有一些抑郁。我知道！你看我的样子绝对猜不到，对吧？我啊，就是派对的生命和灵魂。

是啊，我想在当时那的确是个问题。不过，你刚才说的……令人难堪的爸爸……那天有一部电影正在播放，在电视上。过去他们经常在下午播放那些老电影。他们曾经称之为星期一午后场。你肯定不记得，你太年轻了。不过，那一天我可是记得清清楚楚。那天我休息，而我的妻子雪莉，她根本就不上班。自从我们的儿子出生后，她就没再工作了。孩子叫布赖恩。什么？哦，这应该是一九七七年的事。在这之前的一个月他已经满七岁了。我记得当时我们吃过饭，雪莉正在厨房里清洗碗盘。我们去薯条店买了点好吃的，可一回到家布赖恩就不饿了。当时的星期一午后场在播放一部电影，是《杰逊王子战群妖》，非常不错的电影。我们家布赖恩开心极了。他特别喜欢那一类东西，希腊神话、天神和恶魔什么的。他的眼睛一直盯着屏幕，一刻也不肯挪开。雪莉走进前厅的时候正演到坏人在散播龙牙，那些骷髅一个个从土里钻出来。你看过？精彩极了！我们家布赖恩的脸就好像……他的下巴都掉到地上了。如今你们这些人可能会觉得那有点无聊，比不上现在电影里那些电脑制作的东西，可布赖恩的脸色有趣极了。雪莉就说了："别看了，乔，他会做噩梦的！他不应该看这个！"我却说："别吵了，雪莉，看看他啊！他觉得这是他从吃过切片霍维斯蛋糕以来见过的最好的东西！"

什么？不，当时不是暑假，是三月份。布赖恩身体一直不太好，骨头和关节总是疼。我说那只是生长痛而已，可雪莉坚持要带他去看医生。你也知道当妈妈的都那样。我记得那天，我们在沙发上看着电视里那些骷髅，布赖恩就横躺在我身上。我泡了一杯茶，大大的一杯，放了四块糖——建筑工人的茶。我的钱都是在高速公路上挣回来的，这经常让我没法回家。我小时候看着他们修了普雷斯顿支路。你知道那是英国第一条高速公路吗？现在是 M6 收费公路的一部分了。我从学校一毕业就报名去高速公路上工作了。我修的第一条是 M1 公路。在十年的美好时光里，从伦敦到利兹，那条路上的每一寸都有我的血汗。

不知道是不是因为看了电影里那么多的骷髅，布赖恩对我说："爸爸，我的骨头疼。你觉得医生能不能让我不疼呢？"当时的情形我记得清清楚楚。我对他说："听我说，孩子，你不会想就这样不再长大，对吧？你才七岁呢，你还有的长呢！"

不，不，没关系，我没事。你瞧，我当时正处在暂时失业的状态，我们之所以全部都在家，是因为要带布赖恩去医院找医生看看他骨头疼的问题。雪莉带他去看了医生之后，他已经做了各种血液检测之类的项目。说真的，我只想着这样能让她安静下来。看上去也算是采取了一些措施。可你能拿生长痛怎么着呢？除非等你长大成人，在这之前也没多少办法。

我记得当我们走进普雷斯顿的医院时，雪莉一直很沉默。布赖恩当时已经忘了骨头疼的事，在走廊地板上滑来滑去地玩。那个年头地板总是擦得锃亮。所有医院都非常干净，比现在的医院干净。我们在医院专供孩子玩耍的区域等着，他们在墙上画得到处都是。布赖恩很会画画，我还记得他看着那些图画的样子。我记得，应该是白雪公主和七个小矮人。他的脑袋歪向一边，好像在什么画廊里似的。他朝我跑过来，说："爸爸，等我长大了，我想当个画家。"

这话我一直记得。

终于轮到我们的时候，医生叫我们在办公桌旁边坐下来。他问布赖恩感觉怎么样，布赖恩说："还好，之前我的骨头很疼，不过我们看了一部很棒的电影，叫《杰逊王子战群妖》。"

医生说，好孩子，然后给了他一个玩具卡车玩，还说如果他愿意，可以在诊室的地板上开。

我开始跟医生道歉，我也不知道是为什么。我说我们很抱歉为了生长痛搞得这么大惊小怪的，我们都知道他要忙着诊治真正的病人。雪莉叫我闭嘴。我有点意外，因为她很少那样跟我说话，只有在我们喝了点酒，她脾气变得有些暴躁的时候才会这样。我看着医生，然后注意到了他脸上的表情。

他说："我们已经看了血液检测的结果，所有检测的结果我们都一一看过了。霍姆斯先生和太太，我很抱歉，布赖恩患了晚期儿童白血病。"

我发誓，我想我当时说了骂人的话。我问他我能不能抽烟，医生点了点头，但雪莉瞪了我一眼，我只好把我的忍冬牌香烟放回了口袋里。"对不起，"我对她和医生说，"你们是对的，我们不想让孩子的病加重。"

我得夸夸那个医生，他认真地看着我们的眼睛，对我们说了这样的话："霍姆斯先生和太太，我恐怕这病已经不可能更重了。"

我对他说："你这话是什么意思？"

这一次换雪莉骂人了。当我看着她时，她哭了起来。说实话，我真的不太明白发生了什么事。她对我说："乔，这是癌症。布赖恩得了癌症。"

那一刻，我唯一能想到的就是那个坏蛋把龙牙种在地上，一具具骷髅钻了出来。然后我看着布赖恩，他正在角落里衣帽架下的地板上嗖嗖地玩着那辆玩具卡车，那感觉就像……我也不知道。有人把龙牙种在了我儿子身上。我七岁的小儿子啊！现在魔鬼从他身体里钻出来了。我试着念了几遍这个词，癌症……癌症……每念一遍都感觉这个词变得更加丑陋，变得更像一个魔鬼的名字。

接着雪莉对医生说："他还有多长时间？"

"别这样。"我说。但我的话听上去有那么一些……空洞，你明白吗？这样说你能理解吗？就好像它们虽然是正确的话，却不合时宜。我说："不是那样的，亲爱的。如今他们有的是治疗的办法。"

医生看着一个文件夹里的一摞笔记，我这才注意到这一摞有多厚，他们写下了那么多关于我家布赖恩的笔记，都是关于他身体里的问题的。关于他血液里的那些魔鬼。

医生说："霍姆斯先生和太太。"接着他叹了口气，从衬衣口袋里拿出一包公园大道牌香烟。他递了一支给雪莉，她摇了摇头，他又给了我一支，我接了过来。我的口袋里有一盒天鹅牌火柴，我擦燃了一根，点燃了医生的烟，然后是我自己的。

接着他又说："霍姆斯先生和太太，我们估计大概六个月吧。"

对不起。不，这不是你的错。你怎么会知道呢？你说要给我录像的时候，我也没想到我会说起这个。我试着不去想起这个，都是当时播的那部电影——《杰逊王子战群妖》——的原因。

我想我这会儿还是先停了吧，如果可以的话。

再见，白考尔

THE LONELY
HEARTS
CINEMA CLUB

17

《冰封的心》

（1947年，导演：威廉·J. 德雷克）

"你听到了，对吧？"巴里·格兰奇说。

珍妮在餐厅里，正扒拉着从厨房里拿出来的一盘冷掉的鸡肉和沙拉，巴里进来折腾着那辆装着碟子和上菜盘的推车，不过她看得出他忍不住有话要跟她说。

"抱歉，你说什么？"

"你当时在银行，"巴里说，"我看看你走的，然后你站在马路对面从窗户里看着我，像个间谍一样。"他闭起一只眼睛，手指做出一把枪的样子对着她，然后说："啪！啪！"

珍妮想过要撒谎，然后叹了口气。"是的，抱歉。我本该打个招呼的，可是你看上去有点……有点忙。"

"所以你听到了。"巴里点点头，"你知道我们有多大的麻烦了。"

珍妮深吸一口气。自从收到那些信之后，她一直在等着这一刻。她一直在脑中排演要怎么说。比如："我很抱歉，你们能敞开家门接纳我们真的很好，但我们总归只是暂时住在这里。我相信你们一定会很轻松地把这些房间填满的。"

"我不打算劝你留下来。"巴里说，"不过我想知道……你知道我们目前的资金是基于他们所谓的代际沟通的吧？"

珍妮点点头。"我知道你认为孤独之心电影院的主意很完美，如果我要留下来，这也的确会很棒，可是……"

巴里抬起一只手打断了她。"听我说完。你不是说那些房间还要等两三个星期才能入住吗？如果你只办两三次电影之夜怎么样呢？哪怕一次？这样能给资助人看看……真的能有所帮助。我们马上要迎接一次非常重要的检查，这样一来也许有助于显示出我们真的很重视年轻人和老年人之间的交流……"

珍妮咬着下嘴唇，然后她露出了微笑。一次电影之夜，能有什么坏处呢？

孤独之心电影院的活动就定在第二天晚上举行，这是第一次也是唯一一次，珍妮心想。当所有的房客都在餐厅里吃饭的时候，珍妮趁机去休息室里检查了 DVD 播放器，然后在地毯上整理着她那一摞 DVD，正在选择要给他们看哪一部。她坐在那儿，一心埋在各种电影 DVD 封面中，完全没有听到伊维萨·乔走进来坐在了沙发上。

"今晚可是重要的电影之夜啊，是吧？"他一说话吓了珍妮一跳。

"是啊，正在决定到底要放哪一部呢。"

"那咱们来看看你都有哪些吧。"他说道，然后珍妮递给了他一沓

DVD。在他一一翻看它们的时候，珍妮在一旁观察了他一会儿。他的脸布满皱纹，饱经风霜，头顶很光滑，长着老年斑。他的头发从脑后和两侧垂下来披在衣领上，珍妮很好奇他为什么要留这么好笑的发型。他今天穿着一件齐柏林飞艇乐队的 T 恤衫，衣服已经褪了色，上面全是小洞，黑色的紧身牛仔裤裤腿在他的脚踝处堆叠起来，脚上是一双软皮拖鞋。

"他们为什么叫你伊维萨·乔？"话一出口，她不禁觉得自己太过唐突。

他抬起头微笑着看着她，露出了破裂的染了烟渍的牙齿。珍妮记得埃德娜说过的话，说他的情绪起伏不定，想必是有些两极化。

"只是我在八十年代的一个昵称而已。在那儿过了几个夏天，尤其是各种迷幻豪斯音乐派对正兴起的那阵子。"

珍妮忍不住笑了一声，接着发现他是认真的。"你从前会去外面玩？去狂欢？"

接着乔伸开双手闭上眼睛，给她摆了几个姿势，跟随着他脑子里的节奏点着头。珍妮目不转睛地看着他，他睁开眼说道："我可是派对狂人呢！每天都看着太阳从海平面落下，看着夜幕降临后的白岛变得鲜活起来，还有各色年轻漂亮的人和美妙的音乐，我会彻夜不归，直到太阳再次升起。"他看着她的脸停了一会儿，接着又说："我知道你在想什么，像我这种老东西，狂欢作乐能有我什么事。"

"我没有！"珍妮反驳说，不过这恰好就是刚才她脑中的想法。

他耸耸肩膀。"我那时候还没那么老，也就不到四十岁。不过，我想在你眼中这也算老了。年过三十岁的人不能信，对吧？"

"我父母生下我的时候年纪也相当大了。"珍妮说着，就好像这能算作他们之间的某种共同点。"那你当时还没结婚吗？我猜应该也没有孩子吧？"

乔又低头看着那些 DVD 盒子。"我曾经结过婚，也有过孩子。"

珍妮想问问发生了什么事，可他的情绪明显起了变化，如同一片阴云遮蔽了太阳一般。他不再像之前那样兴致勃勃，之前他的脚一直随着某种听不见的节奏在地毯上打着拍子，这时那节奏似乎也停止了。

"你这儿有挺多很老但也非常不错的片子呢。"他举起其中一个盒子，封面是空白的，但正面有一张手写的贴纸。"这是什么？《冰封的心》？我觉得我好像从来没看过这一部。"

"看过的人不多。"珍妮说，"那是我外祖父拍的电影中的一部。他叫威廉·J.德雷克，他是四十年代的一位导演。他想要拍摄以伦敦为背景的美式犯罪片。"

"什么内容呢？"

"珠宝盗窃案。"珍妮说着，在脑中重新播放电影胶片，"案件发生之后，团伙成员们分崩离析，开始逐个干掉彼此。里面有个非常厉害的蛇蝎美人，是一位名叫乔伊丝·巴勒莫的女演员饰演的。我外祖父的另一部电影中也有她，不过后来她似乎就没有多少其他作品了。我挺意外的，因为她的银幕形象非常棒。"

珍妮突然意识到自己太啰唆了，只要一谈到电影就总是这样，于是她赶紧闭了嘴。不过，伊维萨·乔倒是一脸的钦佩。

"我觉得今晚我们应该看这一部。"

"啊，这我可不确定。"她说着，从他手里拿回了那张 DVD。她很奇怪地对威廉·J.德雷克的电影充满保护欲，她担心人们会不喜欢，她则不得不站出来维护他。"也许他们会想看一部更有名的。"

"我觉得能欣赏一部跟你有关联的电影,他们会感到很荣幸。"乔说道,"不过决定权在你。"他撑着身子从沙发上站起身来,抻了抻胳膊。"我打算在晚餐前先去小睡一会儿。"

走到门口时,他转身对着珍妮说:"你知道吗?有你们这些孩子在这儿真好,让我感觉自己又活过来了。我还以为最后的这些日子再也见不到年轻面孔了呢。"

关于那张被偷走的让他如此伤心的照片,她感觉自己应该说些什么。"不是我偷的。"她说,"鲁宾逊先生的奖章和你的照片,都不是我偷的。我发誓。"

他微笑着对她说:"别担心。我相信它一定会从哪儿冒出来的,常有的事。"

"一个无法解释的谜。"珍妮说。

他笑了。"我们有的人早上是怎么从床上爬起来的也是个无法解释的谜。"

"你为什么来这里?"珍妮脱口而出,"你为什么要来日落长廊生活?"

他耸耸肩。"我想,是因为我很孤独吧。我想我现在也仍然很孤独。我觉得我们所有人都是这样。但至少我们可以一起孤独。"

将DVD放好后,珍妮感觉自己应该说点什么来介绍一下这部电影。房客们都已经聚集在各个沙发和椅子上了,林戈摊开四肢坐在壁炉前的地毯上,博则聚精会神地盯着正在按手机的玲。弗洛林坐在房间后面的一把餐椅上。巴里·格兰奇也在,就站在弗洛林旁边,当然,加里是没有来的,珍妮自从来到这里就没怎么见过他。她站在电视机旁清了清嗓子。

"好的，"她说，"感谢各位的到来……"

"我们他妈又没的选，对吧？"

"闭嘴，罗伯。"

"……来到第一次，嗯……"

"第一次孤独之心电影院活动！"林戈说着，笑得直咧嘴。

巴里·格兰奇在房间后面大声地鼓着掌。

斯莱斯韦特太太瞪了他一眼，"我可不孤独，我只是一个人而已，这可是有区别的。"

"孤独之心听上去像是我们要寻找爱似的。"乔说道。

"哎呀，看在老天的面子上，直接播那该死的电影吧。我们今天看什么？"鲁宾逊先生问道。

珍妮清了清嗓子，她有点头晕，感觉自己好像犯了个严重的错误。"这部电影名叫《冰封的心》。"她飞快地说，"这是一部英国电影，上映于一九四七年。影片由乔治·斯托姆和乔伊丝·巴勒莫主演，埃迪·蒙克第一次出演男配角。蒙克之后又在《斩魔头》和《萤火虫》中饰演过主角，最后在一九五〇年死于一场空难。影片的导演是威廉·J.德雷克。"

珍妮转身用遥控器对准 DVD 播放器，这时格雷太太说道："他是什么人啊，亲爱的？这位导演，你是说，他叫德雷克？"

珍妮回头看着她。"他是我的外祖父。"说着，因为某种难以名状的原因，她的胃里一阵翻江倒海，仿佛她泄露了一个可怕的秘密。

随着音乐声渐渐响起，片名出现在屏幕上，背景刻画的是艺术效果下的伦敦，巴里·格兰奇调暗了灯光，珍妮挨着林戈在地毯上坐了下来。

屏幕上，绘制的图像变换成了这座城市的夜间航拍图。从她外祖父的文件中，珍妮了解到这张图是在圣保罗大教堂穹顶之巅的灯塔上拍摄的，在二十世纪四十年代那是首都的最高建筑。

"伦敦！"画外音明快地说，"这座在战争中支离破碎的城市，却也是座胜利之城。然而，在迷宫一般的街道上，有些人关注的不仅仅是如何重建这座城市，他们更在乎的是如何积聚自己的财富……为此，他们将不择手段。"

这个开场珍妮看过的次数多得连她自己都记不清了，她已经研究过每个镜头角度，每个声音的抑扬变化，也仔细观察过标题和演职员表所使用的字体。全神贯注的她根本就没注意到斯莱斯韦特太太已经挑衅般地大声打起了呼噜。

"这电影还真他妈不错。"演职员表全部滚动结束后，鲁宾逊先生说道。珍妮不由得骄傲地红了脸颊。

"真是太刺激了。"坎特尔太太表示赞同，"恰好证明了，小偷是没有道义可言的。"

珍妮见鲁宾逊先生和乔互相看了对方一眼。"那事还是少说为好。"乔低声说道。

"你们的东西还没出现？"斯莱斯韦特太太说。

"啊，你醒了啊，"弗洛林说，"我正要去做点热可可。"

"我没睡着，"斯莱斯韦特太太不高兴地说，"我只是让眼睛休息一下。"

"你一个醒着的女人，打呼噜的声音可真响呢。"鲁宾逊先生说，"还没有呢，我的奖章还没出现，乔的照片也一样。"他眯起眼睛朝房间里环视了一圈，"小偷还在我们中间。"

"我们还是别再为这个争吵了。"玲叹了口气说道。

"对，"乔也说，"我们都别吵了。"

"要知道，我们还没忘呢。"鲁宾逊先生说。

"啊！"博说道，"我差点忘了！"

玲瞪眼看着他，他在裤兜里摸了半天，掏出两个纸袋。"我去了趟莫克姆的商店，给你们买了这些。"他给了鲁宾逊先生和乔一人一个纸袋。

鲁宾逊先生满腹狐疑地接过去朝袋子里看了看。"这什么啊？"

乔拿出一个廉价的塑料相框，塑料片的背后卡着一张面带微笑的全家福。他皱着眉头看着博。鲁宾逊先生伸手从袋子里掏出一块金色的牌子，被透明胶带粘在了一条长长的粉色丝带上。

"我看你们丢了东西那么伤心，"博突然一脸尴尬地说，"鲁宾逊先生，我给你做了块新奖章，里面是巧克力。"

鲁宾逊先生直愣愣地看着手里的这块巧克力币。博接着说："乔先生，我觉得你可以另外放张照片在那里面。"

珍妮皱起眉头，就等着玲用她自己的语言骂他是笨蛋，可她没有说话，而是静静地拍了拍博的手臂。鲁宾逊先生张口想说点什么，可最后想了想还是改变主意闭上了嘴。他瞥了乔一眼，珍妮很确信那眼神里都是无助。

"孩子，你真善良，"乔轻柔地说，"非常……非常体贴。"他意味深长地看着鲁宾逊先生。

"嗯，是的，"鲁宾逊先生说，"非常体贴。"

玲给了博一个难得一见而且相当漂亮的微笑。

大家沉默了好一阵子，接着斯莱斯韦特太太说道："刚才是不是有人提到热可可来着？"

"我可不喝。"坎特尔太太说着，忍不住打了个哈欠，"我想我要去睡觉了。"珍妮心想，她刚才是不是和埃德娜互相使了个眼色？

在坎特尔太太走出休息室时，珍妮从播放器里取出了DVD。埃德娜对她说："珍妮，这可真是部相当了不起的电影。你外祖父是位非常有才华的导演。"

"谢谢。"她回答道。

"我想我们都很想看看他拍摄的其他电影。"

珍妮点点头。"嗯，是啊，我们得看看情况再说了。我的意思是，玲和博下个星期就走了，我也在同一栋宿舍楼里得到了一个房间……"

"哦。"埃德娜说，"那好吧。你们走了我们肯定会很遗憾的。"

"有多少人要热可可？"弗洛林一边说，一边数着举起来的手。

"我要一杯。"巴里说，"嗯，我感觉今天的活动相当顺利……"

楼上传来的一声令人毛骨悚然的尖叫打断了他的话。

林戈瞪大了双眼。"是坎特尔太太！"

珍妮、巴里和林戈从休息室朝着楼梯飞奔而去，埃德娜和斯莱斯韦特太太紧跟在他们身后。乔接过弗洛林递给他的拐杖，在他的帮助下挣扎着站起来，而鲁宾逊先生喊道："让我来对付他们！敢跟我们作对，他们会后悔的！"

林戈第一个到达了坎特尔太太的房间门口，房门开着，她坐在自己的床上，床头柜的抽屉大敞着。当珍妮和巴里也来到门前时，她抬起头来，满脸惶恐。

"我的宝石！有人偷走了我的宝石！"

巴里叹了口气。"坎特尔太太，我想你只是太累了吧。"

"我的老天，"爬到楼梯半截处的鲁宾逊先生说道，"怎么又是那该死的宝石。"

"它们刚才还在，就在我的床头柜里。"坎特尔太太坚持说。她指着空荡荡的抽屉。

"弗洛林，"巴里温和地说，"帮忙让坎特尔太太冷静下来，准备上床睡觉。别担心，坎特尔太太，明天早上一切都会好起来的。"

大家都开始转身离开，林戈朝珍妮翻了个白眼，朝着楼梯走去。弗洛林过来安抚坎特尔太太，这时，只有珍妮还留在门口。又是她那些凭空想象的宝石，她知道所有人心里都是这么想的。

可珍妮见过它们，她知道它们都是真的，而且如同鲁宾逊先生的奖章和乔的相片一样，那些宝石也被偷走了。站在楼梯平台上，珍妮突然感到一阵发冷，她看了看那些房客的房间门口那一扇扇关闭的房门，心里生出一种无法忽视的感觉——有人在盯着她。

18

《换尸疑云》

（1947年，导演：欧文·皮切尔）

　　埃德娜在公共起居室里小口喝着她的茶，透过巨大的凸窗望着暴风肆虐的大海，午后的天色已见阴沉。真是个糟糕透顶的地方，她心想。这里的雨水是不是永远不会停歇？似乎从她来到这里开始，雨就一直没有停过。感觉如同到了世界的尽头一般，她怀疑自己是否还能再见到阳光。也许等这一切结束后，她会考虑去什么地方度个假。埃德娜转身离开窗边，去观察其他房客们。鲁宾逊先生正上气不接下气地翻看着《每日邮报》。乔穿着拖鞋在壁炉前的地毯上来回走动。斯莱斯韦特太太正怒视着一本谜语杂志，这位斯莱斯韦特太太，一天到晚总是那么气冲冲的。埃德娜不止一次怀疑过她究竟来这里干什么，她显然并不喜欢他人的陪伴，事实上，她总是在不厌其烦地制造摩擦。如果你那么讨厌别人，为什么要住在这样一个地方来折磨自己，为什么整天挤在一群陌生人中间呢？

小弗洛林扶着坎特尔太太的胳膊走进房间，让她在离埃德娜最近的椅子上坐下来。坎特尔太太看上去非常难过，自从昨晚发生了她所谓的宝石事件后她就一直这样。鲁宾逊先生抬头看了弗洛林一眼然后皱起眉头。他手中的报纸的头条用醒目的大字写着"对欧盟移民寄生虫的大门即将关闭"。

"你好，玛格丽特。"埃德娜低声说道。坎特尔太太看着她眼神发亮。

"你听说我的宝石的事了吗，埃德娜？"她用颤抖的声音说道。颤抖得过了一点。姐姐，别演过头了。

"是的。太可怕了。"

鲁宾逊先生在沙发那边盯着她们俩。那家伙，耳朵跟蝙蝠的一样灵。他哼了一声。"该死的宝石。真不明白大家为什么在这傻老太婆面前总那么谨小慎微的。"他探出身子，字正腔圆、响亮而仔细地说："亲爱的，根本没有什么宝石。"他用食指点点自己的太阳穴，"都是这儿幻想出来的，对吧？你要是有一抽屉该死的宝石，就不会在老天爷的二等休息室里停步不前了，对不对？"

坎特尔太太望向窗外拍岸的巨浪。这时，潮水涌得越来越近，几乎已经到达靠近主路的岩石防波堤了。当然，称之为"主路"有点用词不当。几乎没人走过那条路。

"这是我坐过的最糟糕的邮轮。"坎特尔太太看着大海说道。

鲁宾逊先生大笑一声。"我的老天，她还以为自己在'玛丽女王号'上面呢。"

"鲁宾逊先生……"弗洛林说道。

"知道了，知道了。"他叹了口气，然后夸张地模仿弗洛林的口音说道，"介样说很不力毛。"

弗洛林面无表情地看着他。鲁宾逊先生点了点手中的报纸的正面。"看见这个了吧？你们这些人祸事临头了。他们很快就会把你们都遣返回波兰了。"

"我跟你说过了，我来自拉脱维亚。"弗洛林说道，他那了不起的克制力让埃德娜为之一震。要是鲁宾逊像那样跟她说话，她现在一定已经把那份右翼破报纸硬塞进他嘴里了。

鲁宾逊先生耸耸肩。"波兰、拉脱维亚，有什么区别？"

他的胡话被珍妮和林戈这两个学生的到来打断了。他们都怒视着鲁宾逊先生，那个小伙子林戈对他说道："鲁宾逊先生，那场战争已经是很久以前的事了。你该试着翻篇了。"

埃德娜用手指捏了捏鼻子。这可是戳到他的痛处了。鲁宾逊先生挺起胸脯，在沙发上转过身来面对着那个男孩。

"小子，你他妈怎么敢这么说？是那场战争造就了这个国家，树立了我们的声威，让所有人都看到我们决不会退让。"他怒视着弗洛林，"让他们都看到我们是不会被傻瓜给占领的。"鲁宾逊先生打量着林戈，"我想说的是，看看你那样子。头发都长及肩膀了，身上没有二两肉，肌肉软得像棉花。你知道这国家需要的是什么吗？需要再来一场该死的战争。绝对能把你们这些兔崽子好好收拾一通。它很快就能把你逼出个样子来，是吧？"

"行了，罗伯。"乔说道，然而，他的话并没有太大的力度。自从跟林戈做过那次采访之后，他就一直闷闷不乐，本来他们都要接受采访的。埃德娜很好奇他们都聊了些什么。她几乎看到鲁宾逊先生的胡子都竖了起来。他的血压上来了。他站起来，把报纸摔在了沙发上。

"别，来吧，我们好好说个明白。"

林戈哈哈笑了起来。"怎么，你是想去外面像真正的男人一样把这事解决干净还是怎么的？"

"林戈，"珍妮说，"算了。"

鲁宾逊先生嘲讽地说："哦，你当然想那样了，是吧，小子？把一个老头子推来搡去？而且还是一个有心脏病的老头。"他摇摇头，"天知道这国家沦落到什么地步了。"

鲁宾逊先生正要继续说下去，却被外面的什么东西吸引走了注意力。埃德娜看向窗外，只见一个深色头发的大块头男人，在这种恶劣的天气仍然穿着及膝短裤和短袖衬衫，正艰难地爬上通往日落长廊前方露台的石头台阶，手里抬着两个摞在一起的塑料箱子。

"是食品店的人来了。"她说。

"伯尼！"鲁宾逊先生说。

"哎呀，有那么多箱子要搬上台阶来！"弗洛林说道。

鲁宾逊先生搓了搓手。"没事，孩子，我们可以帮忙。走吧，乔。还有你，林戈，练练你的肌肉。万一哪天又发生战争了呢。"

埃德娜看见林戈朝珍妮看了一眼还耸了耸肩，然后就跟着男人们出了休息室。弗洛林挑起半边眉毛说道："好的，这可帮大忙了，谢谢你。"

当弗洛林跟着大家去签收送来的食品时，珍妮在坎特尔太太面前蹲了下来。埃德娜挪到一旁，假装对鲁宾逊先生扔下的报纸饶有兴趣，但并没有走得太远以至于听不到珍妮说话。

"坎特尔太太，"珍妮小声说道，"宝石的事他们都怎么说？"

"唉，他们都不相信我。"坎特尔太太伤心地说，"他们认为都是我凭空想象的。"

"可我看见过它们啊！"女孩压低嗓子急切地说，"我知道它们就在抽屉里。它们真的都不见了吗？会不会只是你……把它们挪到了别处，然后忘记自己放在哪里了？"

"我从没把它们从抽屉里拿出来过。"坎特尔太太说道。她愁眉苦脸地说："我得把它们留在抽屉里，这非常重要。"

珍妮点点头站了起来。"我会去跟巴里谈谈。"她说。

埃德娜目送她离开房间，然后把报纸扔在了沙发上。她转身对着坎特尔太太说："玛格丽特，我去趟洗手间。很快就回来。"

坎特尔太太点点头，又看向了溅满雨滴的窗户，"真是最糟糕的一趟邮轮。"

走廊里，埃德娜看到珍妮在办公室门外停下了脚步。紧闭的门后传来高声说话的声音，格兰奇兄弟二人又吵起来了。弗洛林在大门口签收了送来的食品，然后搬起了第一个箱子。"我把这个拿进厨房。"他说道，"你们其他人有没有愿意帮伯尼搬另外的箱子的……不过别把自己扭伤了。"

"支路不通，徒手搬这些可真够呛。"食品店的送货员说道，"我只能把车停在海滨公路上，然后把这些箱子一路扛上这些台阶来。"

"你是默西赛德郡的吗？"林戈听出了他的口音。

"圣海伦斯附近的。"伯尼出现在门口，说道，"你是利物浦的？是住进这里的学生之一吗？"

"先别忙着聊天了，"鲁宾逊先生不耐烦地说，"你还有什么'额外'的吗，伯尼？"

伯尼咧嘴直笑，然后打开了底下那个箱子的盖子。"就知道你们这些家伙可能会有点渴了。等你们帮我把其他八个箱子抬上那些台阶去，就能拿到了。这头一回，我给你们一样拿了两瓶。"

箱子里有八个两升装的百事可乐瓶子，里面装着颜色深浅不一的棕色液体。鲁宾逊先生举起一瓶对着昏暗的日光。

"家庭自酿的？"林戈说着，又取出了一瓶。

"伯尼是个天才。"乔说道，他看上去似乎之前的沮丧一扫而光，又振作了起来，"他酿的印度淡啤酒好极了。"

鲁宾逊先生深深地凝视着手中的瓶子里的深色液体。"伯尼的烈酒可不适合胆小鬼。这可是真正的男人喝的酒。来，乔，我把这些搬进去，你把钱给他。"

"有人能帮我搬一下其余的食物吗？"伯尼问道。

鲁宾逊先生朝林戈背上拍了一巴掌。"快去，小子。你该不会让一群老人家去搬重物吧？干好了回头赏你一杯啤酒。"

鲁宾逊先生扛起他的走私物品开始爬台阶，这时埃德娜的注意力又回到了珍妮身上，她仍然停在办公室外面，靠在门边专注地听着里面的对话。门突然猛地打开了，那女孩往后蹦开来，加里·格兰奇出现在门口，耳边还夹着电话。巴里徘徊在他身后，看着珍妮。

"是的，我们已经接到了报价。"加里对着电话说道。

"有事吗，珍妮？"巴里问道。

女孩朝着楼梯往后退。"没，没有，只是……"

加里用手捂住话筒，不满地低声对巴里说："他们可能愿意加价。"

埃德娜假装忙着查看公告牌上钉着的纸张。瑜伽，宾果，马恩岛一日游。她打了个寒战。她迎上巴里投来的目光，大声说道："你在跟我说话吗，亲爱的？你得大声点，我没戴助听器。没那个我跟个聋子一样。"

巴里笑了笑，显然很是满意，然后小声对加里说："跟他们说我们正在考虑。"

加里朝他做了个鬼脸。"我们总不能一直考虑下去吧？他们会对我们失去兴趣的。"

巴里用力地摇摇头。"加里，那会成为日落长廊的末日的，你是知道的。这些人是无法负担关爱网络的费用的，他们将无法再拥有现在这样的生活。天知道他们会遭遇什么。"

"稍等一下。"加里咬牙切齿地对着电话说道。接着，他再次捂住话筒，恶狠狠地低声说："你以为我不知道吗？可我们总得做点什么吧，而且得尽快。月底我们就要接受检查了……如果我们能赶在那之前签约，就不用提心吊胆地把自己折磨得疲惫不堪了。再头疼也是关爱网络去头疼了。"

"不，"巴里坚决地说，"不行！得等我们通过了这次检查，再考虑他们的报价。加里，这事你不能硬逼我就范。这件事太过重大。"

加里狠狠瞪了他几眼，然后返回了办公室，重重地摔上了门。埃德娜一直盯着公告牌，听到珍妮又沿着楼梯下来了，便额外哼起了不成调的曲子。

"格兰奇先生？我能跟你聊两句吗？我知道你有很多事情要忙，但是有件非常重要的事……"

"有人分担一个问题就解决了问题的一半。"巴里疲惫地说，"怎么了，珍妮？"

"是有关坎特尔太太的宝石的。"她说道。埃德娜一下子来了精神。来了！正如夏洛克·福尔摩斯说的，游戏要开始了。"之前我们走进房间，她在为那些宝石被盗而哭泣……"

巴里搓了搓自己的脸。"天啊，又是那些宝石。我知道我们说过我们这里不是个养老院什么的，只是提供住宿，可当人到了这个年纪，总会……总会犯犯病什么的。希望没有吓到你。"

"不，不是那样的，"珍妮连忙说，"就是，那些宝石……"

"我知道，我知道。它们根本就不存在。"

"可是……"

"是啊，不过好在她并不真的有什么宝石。"巴里点点头，"我是说，如果这是真的，你能想象吗？如果她真的有一大堆贵重物品被盗，而我们即将迎来检查，我们会受到查问的，会……哎呀，天啊！光是想想就害怕，我们本月内就会被关闭的，这一点我可以肯定。"

珍妮什么也没说，只是直直地看着他。他看着珍妮。"就这个事吗，珍妮？还有没有其他事？"

她笑了笑。"没有了，格兰奇先生，就这些。我只是想……我只是想说我们都在这里住得很开心。"

巴里亲切地笑了。"那太好了，珍妮。谢谢你。那我就先告辞了……还有一大堆文书工作，文书工作啊！什么时候是个头啊！"

巴里在珍妮面前关上了办公室的门，埃德娜转身快步走回了休息室。她找到了依然盯着窗外的坎特尔太太。"玛格丽特，"她低声说道，"我想你还是别再为那些宝石大惊小怪了为好。"

坎特尔太太朝她眨眨眼。"你确定？我是不是……"

"你做得很好，玛格丽特。"埃德娜愉快地说，"做得非常棒。不过，我想，接下来就交给我吧……"

19

《物以类聚》

（1946年，导演：弗雷德里克·德·科多瓦）

珍妮·埃伯特是个蛇蝎美人。今晚她就会证明这一点。她打开衣柜门，看着装在柜门内侧的全身穿衣镜。到目前为止，一切顺利。珍妮闭上眼睛，褪去睡袍，又睁开一只眼斜视着自己在镜中的身影。缀有蕾丝边的黑色内裤，上身是配套的胸罩。她承认，自己的胸部看着很不错。她掐住髋骨上方那两大把赘肉。这就不太好了。借着一只手掌的帮助，她收紧腹部，做了个深呼吸。也许她之前该买一条高腰裤子，也许她先前该买一件紧身内衣。她心想，埃德娜或是其他几位老太太能不能借给她一件，她们叫它们什么来着，是束腰带吗？

珍妮半转过身注视着自己的屁股。据判断，她的屁股有玲的两倍大。玲在门厅那样拥抱博的事，她还没有跟任何人提起过，她想着反正这也不关她的事。不管怎么说，她真希望自己能拥有像玲那样瘦小的屁股。

但或许弗兰更喜欢充盈的手感呢？

珍妮感到一阵兴奋。她真的要这样做吗？她能够坚持进行到底吗？她无法抗拒他向她投来的眼神，不可否认，他对她的微笑也和对其他学生不一样。她大略想了一下他左手上的那枚戒指。也许他被困在一段无爱的婚姻里了，但这也可能同样不关她的事呢。一个蛇蝎美人可不会去担心伤害到一个好女人。如果弗兰的妻子无法阻止他发生外遇，那很难说是珍妮的错。也许弗兰这样也不是一天两天了，也许他在每个班里都有个女孩。她告诉自己说她不在乎，蛇蝎美人是不屑在意那样的事的。她最后再照了照镜子。

电影《绕道》中，当汤姆·尼尔在里诺的一间餐馆里接到诡计多端的薇拉时，他是怎么说的？"请注意，她的美不是电影女演员的那种美，也不是当你跟妻子在一起时所幻想的美女的那种美，而是一种自然的美。那样的美几乎让人觉得如同在家一般舒适自在，因为它是那么真实。"

这样就够了。珍妮从衣架上取下她的黑色连衣裙，然后抬脚穿了进去。她又理了理及膝的裙摆，将裙子正面从上到下抚平整，然后去找她的高跟鞋。

弗兰会毫无防备地被击中的。

来到走廊，珍妮听到从餐厅传来了高声说话的声音。一如平常，又是鲁宾逊先生和弗洛林。她从门口探头进去看到大家都坐在里面，包括林戈、博和玲。弗洛林正用汤勺把一种黏稠的绿色的汤舀到每个人的碗里，门一开，他抬起头来。

"珍妮啊！我敲了晚餐铃的。"

"哦，我要出去。"珍妮说道。林戈抬头看了她一眼，便又低头喝汤去了。"不过，我想要一个黄油卷，可以吗？"

"丫头，你如果准备去大喝一场，肚子里可不能只垫那么一点东西。"伊维萨·乔说道。

"某人今天看着很漂亮啊。"坎特尔太太说。

"别管她了。"鲁宾逊先生生气地说，"我想知道咱们的小伙子有什么要为自己辩解的。"

"简单给你回顾一下刚才的事，"埃德娜用餐巾沾了沾嘴角，低声说道，"玲和博已经宣布了他们要离开日落长廊，到大学宿舍去住。鲁宾逊先生所表达的意见是该走的人没走。先前在报纸上读到的消息似乎让他越来越焦躁，为咱们的欧洲友人们感到心神不宁，比如我们亲爱的弗洛林。他这样做可是相当轻率的，毕竟负责每天给他提供抗心绞痛药物的人可是弗洛林呢，如果我是他，我可不会没事去惹他生气。"

"他才不敢呢！"鲁宾逊先生双臂交叉抱在胸前，说道，"而且我并不是在针对他，而是说我们现在该做的是鼓励跟中国人之类的来往，并且承认一个事实，那就是这些波兰人什么的现在没有什么能为这个国家做的。"他用勺子指着正端着汤碗的弗洛林，然后把手中的勺子当啷一声扔进了他还没盛汤的碗里。"然后他就生起气来开始骂我。他应该记住是谁给他发工资的。"

"就是，说得对。"斯莱斯韦特太太双臂交叉抱在胸前，说道。

"鲁宾逊先生，"弗洛林深吸一口气，说道，"我今天只是有一点……难过。今天是我女儿的生日。"

"孩子，我都不知道你有个女儿。"伊维萨·乔说，"要给她举办个派对吗？"

"她在里加[1]，跟她妈妈在一起。"弗洛林低声说。

"那是在威尔士吗？"坎特尔太太说，"这是什么汤啊？"

珍妮看看她的手机。她得走了，可又好奇这对话接下来会如何发展。弗洛林重重地把汤碗放在桌上。"是在拉脱维亚。我妻子伊尔玛和朱塔一起生活在那里，朱塔今天三岁了。"他悲伤地看了一圈坐在桌边的众人，"我应该跟她们在一起。"

鲁宾逊先生点点头，捋了捋他的胡须。"哦，是的，我知道是怎么回事了。你是想把她们都弄过来，对吧？让她们从后门进来。弄一套漂亮的廉租房，是吗？搞点福利？"

"等等，鲁宾逊先生，"林戈警告说，"你又过分了。"

"没关系。"弗洛林说，"我跟你们说说我的家人吧。生下朱塔之前，伊尔玛一直在工作。我们是在做同一份工作时认识的。"他又拿起了汤碗，"这是白菜汤，坎特尔太太。"

"这会对我的消化道造成严重伤害的。"斯莱斯韦特太太说着，把满满一勺绿色的汤倒回了碗里，"今晚你们不会想坐在我的下风处的。"

弗洛林一边沿着桌边移动一边说："现在在拉脱维亚很难找到工作，因为太多人离开那里去别处工作了。用你们的话说叫什么来着，恶性循环？我们从前工作的地方被迫关闭了，所以我只能来英国寻找工作。"

"那在拉脱维亚不需要给老家伙擦屁股的人？"鲁宾逊先生说。

"鲁宾逊先生！"埃德娜责备道，"别在餐桌上说这种话！"

弗洛林悲伤地笑了笑。"我和伊尔玛，我们并不是在类似这里的地方工作的。我们在一所大学上班。可是去那里上学的学生太少了，以至于

---

1 拉脱维亚共和国的首都。——译者注

她所在的部门人员缩减得厉害，她生下朱塔之后无法再回去上班，我的部门则彻底关闭了。跟英国相比，拉脱维亚的工资水平非常低。"

"亲爱的，你们是清洁工吗？"坎特尔太太和蔼地问。

弗洛林把汤碗挪到了鲁宾逊先生所在的一端。"不是的。伊尔玛是欧洲文学专业的教授，而我是粒子物理学讲师。"

一阵漫长的沉默中，鲁宾逊先生目瞪口呆地看着他，最后弗洛林说道："晚饭后有人要玩宾果吗？两只小鸭，嘎，嘎。瞧，我在练习呢。"

接着，他舀了足有一碗的汤，倒在了鲁宾逊先生的大腿上，后者一下子跳起来冲着弗洛林大喊大叫。弗洛林一个劲地道歉，但显然并没有什么诚意。趁着这个空当，珍妮赶紧撤退了。

斯玛格勒酒吧里光线昏暗，人头攒动，人们都挤在一个狭小的舞池里，DJ 播放着九十年代的印度音乐。珍妮再次抚平了自己的裙子，在入口附近的一面灰暗的镜子前照了照，然后奔向了安珀和萨伊玛，她们正用吸管喝着瓶子里的酒。两人都穿着短连衣裙，两人都比她漂亮，而且为了达到这个效果，她们所费的功夫似乎比她少多了。

"嘿！"珍妮说道，她的声音响亮，透过音乐声也能听得见。她不自在地摸了摸自己的脸，她的妆容跟她们比起来有点夸张和艳丽。

"嘿。"安珀说。

"养老院的生活怎么样？"萨伊玛问道。

"哈哈！"珍妮大笑了两声。太过了，淡定点。"哈，是啊！这个嘛，不会太久了。今天收到一封信，我可以搬进校园里的新宿舍了。"

"挺好。"安珀说。

"我们住在可卡楼。"萨伊玛说，"我想说，这算什么名字啊，对吧？"

"很显然，"安珀解释说，"宿舍楼都是根据兰开夏郡的河流命名的。不过，'可卡'确实是有点……"她摇摇头。

"挺酷的。"珍妮突然间不知道该说什么，于是应和道，"'可卡'，是啊，确实有点。哈哈！"她停了一下，看着安珀和萨伊玛小口抿着她们的酒。"好了！我去给咱们买点酒，行吗？你们喝的是什么？"

她们朝她晃了晃手中的瓶子，于是珍妮奋力挤到吧台前，拿回了三瓶同样的酒。她甚至都不知道瓶里是什么，只知道甜得要命，还带有一些气泡。珍妮把酒递给她们，说道："对了，你们觉得课程还行吗？你们感觉弗兰怎么样？"她夸张地对她们眨了眨眼。

安珀耸耸肩。"还好吧，我感觉。"

"其实有点无聊。"萨伊玛说。

"对啊，有点无聊。"安珀赞同说。她斜睐着眼睛看着珍妮。"不过，似乎你倒是挺喜欢的。你喜欢那些黑白老电影，对吧？"

萨伊玛做了个鬼脸。"不过，黑白老电影啊，呃……"

"就是说啊！"珍妮叫喊着，四处张望寻找弗兰的身影，"我是说……"她也做了个鬼脸，"呃……我怎么想的啊，对吧？你们都喜欢什么样的电影呢？"

两人又耸了耸肩。安珀说："你知道啊……随便什么上映的都行。"

"我选这门课完全是因为它看着很简单。我还以为我们可能只需要看看奈飞上的片子什么的呢。"萨伊玛说道。

"对啊。"安珀说。她突然表情一亮，"像《美少女的谎言》之类的，那还挺酷的。"她摇摇自己的酒瓶，"再来点酒？"

等她们喝完第三轮之后，珍妮感觉自己已经鼓足了勇气，于是说：

"对了，等我搬进宿舍了，兴许咱们可以一起玩？"

"行啊。"安珀说。

"一定比跟那些臭烘烘的老人家在一起好多了。"萨伊玛说道。

"哦，他们也没那么糟啦……"

"老太太的味道，"安珀皱着鼻子说，"呃……"

"还有脏老头，"萨伊玛也说，"我猜他们会从你的锁眼偷窥。"

"呃……"安珀又是一脸恶心地说。

"就是说啊！"珍妮说，"跟一群脏老头住在一起？你能想象吗？"说这话的同时，她感到了强烈的内疚感。她心想，你为什么要这么刻薄？

"我打赌那些老太太也好不到哪里去。"安珀说，"她们是不是都穿着手术袜，浑身尿臭味？"

萨伊玛弯下腰去，一只手扶在后腰上，假装拄着拐杖在走路。"他们是不是整天唠叨战争的事？哎哟，我小时候，一直到一九五几年才第一次见到香蕉。"

"他们其实挺亲切的。"珍妮小声辩解说，接着她想起了鲁宾逊先生，"大多数是这样。"

安珀和萨伊玛交换了一个眼神，珍妮想着是时候解决手头的正事了。她找借口说要去卫生间，然后用力挤到吧台，又点了一瓶刚才喝的酒，也不管那究竟是什么，再额外加了一杯龙舌兰酒。她在吧台旁仰头吞下了那杯酒，喉咙里的烧灼感让她忍不住龇牙咧嘴，接着她一转身，一下子就发现了弗兰。他身穿宽松的粉色衬衣和黑色牛仔裤，正全神贯注地听那个身穿极客 T 恤衫的大胡子男生（是叫艾伦吗？）热切地说话。珍妮抓起自己的酒瓶，左摇右晃地穿过人群朝他们走去，猛然间感到一阵眩晕。她低头看了一眼自己的乳沟，把裙子的前面往下拽了拽，一时没注意自己的方向，突然撞到了艾伦身上。

"珍妮！"弗兰说道，那语气明显有种如释重负的感觉。他见到她居然很高兴。他转回去对着艾伦。"好了，艾伦，刚才聊的实在很有意思，我一定会考虑把你的一些想法付诸实施。"

"太好了，"艾伦说，"因为我已经……"

"好了，再次感谢，"弗兰语气坚决地说，"现在我要跟珍妮聊聊她的课程作业了。"

艾伦终于明白了他的暗示，晃晃悠悠地走开，朝着吧台去了，看到安珀和萨伊玛后便疯狂地朝她们挥手，那两人试图躲到一个正排队买酒的高个子男人身后。

"嚯。"弗兰说着咧嘴一笑，整个表情亮了起来，看得珍妮心里小鹿乱撞。"可爱的家伙，可他一说起来就没完没了了。"

珍妮意识到自己正像只小狗一样用钦慕的眼神盯着他，于是赶紧把自己的面部表情调节成酷酷的又略带一丝诱惑的样子。蛇蝎美人，要有蛇蝎美人的样子，她提醒着自己。弗兰伸出手臂撑住墙壁斜靠在墙上，珍妮决定是时候放手一搏了。她轻轻敲了敲他左手无名指上的那枚金色指环。"看来你拿到外出许可了？"

弗兰挑起一边眉毛，耸了耸肩。"萨姆非常通情达理。"

珍妮朝弗兰那边挤了挤，好让一个手拿着三品脱玻璃杯的男人通过。在他走过去后，珍妮停在原处没动，紧紧贴在弗兰身上。"你结婚多久了？"她说道。

"两年了。"弗兰点点头，拿起他的拉格啤酒瓶喝了一口。他低头看了看珍妮离他有多近，然后拍了拍自己的口袋，珍妮很肯定他趁机好好瞄了瞄她的胸部。"我想出去抽根烟。"他说，"这是个糟糕的习惯，不过……谁还没有点坏毛病呢？"

说这话的时候，他跟珍妮对视的时间是不是太长了点？"是啊，"她用略带喘息的声音说道，"谁还没有点坏毛病呢？我也跟你一起去。"

毫不意外，外面又下起了倾盆大雨，一群烟民挤在门口。弗兰拉起珍妮裸露的手臂，带着她绕过了酒吧的墙角，那里有一块天棚遮住了雨水，他的触碰让珍妮感到一阵兴奋。他拿出自己的那包烟，带着询问的表情递给她。珍妮点点头接过一根，努力不去注意烟盒上那张照片里那个因患肿瘤而舌头肿大的人。她弯腰凑到弗兰的之宝打火机上点燃了她的烟，然后弗兰也点燃了他自己的。

"我挺喜欢在课堂之外跟学生们见见面的。"他深吸一口烟，说道，"明天将会是忙碌的一天，我应该早些休息的，不过……"他耸耸肩，"这个星期萨姆外出工作了，所以你知道那意味着什么吧。"

珍妮感到酒精在她的腹中打转，香烟让她的脑袋有点迷迷糊糊的，还发晕。"是啊，"她声音沙哑地说，"我知道那意味着什么。"

"我就知道你会明白的。"他大笑着，"你跟我很合拍。我可能会整晚不睡一直看老电影看到天亮。我们还真是同类啊，对吧？"

珍妮直直地盯着他的眼睛，又深吸了一口烟，然后若无其事地弹了弹烟灰。那动作看上去一定非常酷，她很是满意。"是啊，"她再次说道，"同类呢，一对独行侠，如同在夜里航行的船。"

紧接着，她靠上去，双手按住他的胸口，把他推到墙上，再把自己的嘴贴到了他的嘴上。她的嘴巴覆盖在他结实而倔强的嘴唇上。她努力想将自己的舌头送入他口中，可他紧闭的嘴唇始终无法被穿过。他轻轻地抓住她的腰，将她从身上推开。

"呃……"他说，"珍妮。"

"我注意到你看我的眼神了，"她说，"我知道你想要什么。我们回你家去吧。"

他飞快地眨着眼，咬着自己的嘴唇。"我只是在表示友好而已……我想你是误会了……"

"我不会告诉别人的，"她急切地悄声说道，"我不会让你惹上麻烦的，我……"

"珍妮！"他的语气变得严厉起来。他闭上眼睛深吸了一口气。"珍妮，听我说。即便你不是我的学生……我爱的是萨姆。"

"那是当然了。"她抚摸着他的脸，说道，"我并不想介入你们之间。"她思索着一个真正的蛇蝎美人会怎么说。"我要的不是你的永远，只是你的今夜。"

弗兰用一只手揉着自己的脸，摇了摇头。"珍妮，即使我不爱萨姆，即使我就是那种人，我也不会跟你做这种事的。"

珍妮感觉自己的脸如同火烧。她低头看着自己。"我就那么差劲吗？"

他大笑起来。"你看上去美极了。我敢打赌那个酒吧里一半的男人都拿眼睛瞄过你。"

"可你不会。"珍妮平静地说，"你绝对不会背叛她，对吧？"

弗兰亲切地点点头。"我决不会背叛萨姆。不过这个'他'不是女字旁的'她'，而是单人旁的'他'。"

酒精、香烟和突如其来的致命尴尬全都汇集到珍妮的五脏六腑中。我的天啊！她心想。我怎么会错得如此离谱？我竟然色诱了一个有妇之夫，而且他的这个"妇"还是个男人。她对一个坚决地告诉过自己他已有稳定对象的人投怀送抱，又厚颜无耻而且想当然地认为对方是异性恋，最后还被如此彻底地当众拒绝。一时间，她竟然分不出究竟哪一个情况更糟糕。就在这时，她胃里的东西突然喷涌而上，一股五颜六色的呕吐物泼在了弗兰的粉色衬衣上，与之同时洒落一地的，还有她滚烫的、羞愧的泪水。

20

《两个聪明人》

（1946年，导演：朱尔斯·达辛）

第二天上午，珍妮在床上一直蜷缩到十点多，她的脸上布满一道道混杂着睫毛膏的泪痕，眼睛也已经哭得又红又肿。愚蠢的傻丫头，傻丫头。要到下个星期才会有弗兰的课，可她不确定自己还会不会再回到他的班里了。她已经搞砸了。她都能想象到昨晚她仓皇逃离之后，浑身都是她的呕吐物的弗兰回到酒吧里，跟安珀、萨伊玛、艾伦以及其他所有人一起嘲笑她有多么愚蠢。她忍不住啜泣，把脸埋在枕头里，紧紧地抱住了自己。

珍妮站在淋浴的热水下，看着脸上残余的化妆品在水中绕着下水孔打着旋。蛇蝎美人的形象算是完蛋了，恰如眼前的景象一般付诸东流。拉夫伯勒的噩梦重演了。

珍妮来到兰开夏就是为了重塑自我，可也许有的人是无法改变的。她永远都是那么乏味。她总是会错意。她拉开窗帘，看到海滩上林戈遥远的身影，他正用石头在灰暗的大海上打着水漂。她穿上雨衣，往外走去。

"嘿。"林戈说道。他找了一堆石块和鹅卵石，正蹲在地上用它们在湿沙子上堆石塔，最先放在下面的是最大最平的一块。他仔细地看着收集来的鹅卵石，然后从中选出了下一块。"昨晚出去玩得怎么样？"

"糟糕透顶。"珍妮站在一旁，双手插在衣兜里，看着他接着堆。他并没有继续追问，可她突然间无法克制自己。"我在自己的讲师面前出尽了洋相，我班里那些人既肤浅又讨厌，而且我喝得太多还吐了。"

"正常。"林戈点点头。他终于看了她一眼。"天啊，你的脸色糟透了。"

"我谢谢你了。"她转身要走。

"等等。"林戈说道。他往石塔上再加了一块鹅卵石，石塔跟着就倒了。他从石堆里找出最大的一块重新开始。

"你在干什么？"她恼怒地问。

"跟你在做的事一样啊！努力想达成一件根本不可能的事。"

珍妮长叹一口气。"好吧，你接着说。告诉我你所指的是什么。"

林戈找到平衡放上了第二块，接着是第三块，他的手小心地扶着不断增高的石塔，直到确定塔身已经稳定。他说："你在试图为自己创造一个新的人生。试图创造一个新的珍妮·埃伯特。"

"你根本不了解我！"她气冲冲地说。

"也许你也根本不了解你自己。而且珍妮，我知道你正在经历什么。"他又加上一块石头，"还记得吗？我也经历过。"林戈站起来凝望着大海，"今天是我妈妈去世三周年的忌日。"

"哦。"珍妮说道。她真的希望他没有提起这个话题。"我很抱歉。"

"你没必要道歉。"他顿了顿,"你知道吗?我真的能明白你正在经受的一切。"

她把愤怒的驳斥咽回了肚子里。今天这日子不适合跟他争执。她换上平静的语气说:"哦?"

林戈依然凝望着大海。"你感觉是你的错,感觉他们的死是你造成的。我看得出来。"他终于转过身面对着她,"警方是不是对你进行过有关他们死因的询问?我估计有。我在网上什么也没查到。"

"你在网上查过我?"冷静,珍妮,要冷静。

"我可不是要窥探你的私事。"可他明明就是啊。"在你告诉我说他们死于一场车祸之后……我只是很好奇……"

"这听上去实在很像在窥探啊,林戈。"

他举起双手做投降状。"我只是想在跟你说话之前心里先有个底……以免牵扯到跟车祸有关的法律问题。"突然,他握住她的双手,吓了她一跳,"我可以帮上忙的。我经历过,经历过你目前的状况。我知道那是什么样的感觉。"

珍妮收回自己的手,动作比她预想的粗暴了些。"我没事。"

"你不了解自己是谁。"林戈坚持说,"你想要改变自己,我懂的,相信我。你觉得从前的自己是……都是他们的错,所以你想要抛开他们去成为一个不一样的人。正因如此你才如此以自我为中心。"

珍妮目瞪口呆。"你刚才说什么?"

他又蹲了下来,继续小心地搭建他的石塔。"以自我为中心。我说这话并不是要羞辱你。"

"哦,是啊,你这么说当然是要表示'友好'了。"她都能感觉到自己的双手渐渐攥成了拳头,她现在快要无法压制住自己不断上升的怒火了。

突然一阵冷风刮过来，她的帽子被吹得贴在了脑后，林戈的头发在风中竖起来，如同潮水中的一束束海草。"不管你信不信，我曾经也是这样。"他说，"我的意思是，你太过深信你需要重塑自我，以至于忽略了身边的人，你错过了一些东西。"

"比如呢？"

林戈耸耸肩。"玲和博，他们是兄妹。"

珍妮张了张嘴想说话，接着又闭上了。"什么？你怎么知道？"

他哈哈大笑。"因为我问他们了啊。你之前还一副'哎哟，他们俩怎么回事啊，到底有什么秘密啊，他们是什么情况啊，太古怪了'的样子，而我就直接去问他们。博算得上是个商业天才，而且他很宠爱玲。玲掌握了各种社交技巧，能说会道，还有着一副好容貌，可是跟博相比，她要付出两倍甚至三倍的努力才能取得和他同样的学习成绩。她很讨厌他这一点，也正是因为这个他们才那样跟对方说话，她才会假装跟他没有任何瓜葛。不过，他们很爱彼此，真的。"他抬头看着珍妮，"珍妮，我们身边的所有人，都有他们各自的故事。他们并不只是……不只是你的故事里多余的背景。"

珍妮怒视着他，因为她知道他是对的。"可鲁宾逊先生问起的时候，玲说他们并不是亲戚啊。"

"不对。她只是指出他们的姓是中国的第四大姓。她并没有正面回答他的问题。她只是在驳斥他的臆断。"林戈抬头看着她，头发在脸上抽打着，"有时候，人们就是表里如一的。就像你，珍妮。你可能认为你的父母死后你必须改变，不能再做从前的自己，可事实并不是这样的。有时候你就是你，改变不了的。"

165

也许她归根结底也做不了蛇蝎美人吧，毕竟昨晚之后，做蛇蝎美人这个念头已经彻底灰飞烟灭了。也许她更像是那个硬汉侦探吧，就是那个在故事中随波逐流，面对一切终究无能为力的人。你做什么都无关紧要，你就是你。珍妮·埃伯特永远都是珍妮·埃伯特。她低头看着林戈正在搭建的石塔。很快潮水就将涌来，把它们冲回原本自然的状态，让它们杂乱无序地散落在地。她朝石塔踢了一脚，石塔随之坍塌，石块摔落在湿漉漉的沙子上。她怎么做真的重要吗？无论是被她踢倒还是被潮水冲垮，最终结果都是一样的。

林戈站起来。"你给学校打电话了吗？有没有告诉他们你要再申请一间宿舍？你得快点，得赶在他们都离开之前。"

"我现在就去给那边打电话。"珍妮说道。她看着散落的石头，如同看到了她为自己创造的每一个新身份，最终都难逃坍塌的命运。接着，她转过身，踏着海滩往日落长廊走去。

珍妮绕过楼梯，从坎特尔太太敞开的房门看到她正坐在她的床上。老太太朝她挥了挥手。"你好啊，亲爱的。"

她站在门口向珍妮招手致意。在床上，她周围散落着许多异国地点的明信片，足有几十张：特内里费岛、开普敦、那不勒斯、香港、新加坡。

"有人给你寄了好多漂亮的明信片呢。"珍妮说道。

"哦，它们不是寄给我的。我是要把它们寄给我儿子。"坎特尔太太微笑着说。

"是他喜欢搜集它们吗？"

坎特尔太太皱起眉头。"不是，我想不是，亲爱的。不过，我把它们都弄乱了。我都不确定接下来要去哪儿了。"

珍妮在床上的一堆明信片中间找了个地方坐下来。"坎特尔太太……关于你的宝石。"

她的脸色突然黯下来。"是的。它们不见了，被偷走了。"

"你确定吗？"珍妮说，"也许你把它们放到其他地方了？然后你忘记了？"

坎特尔太太用力地摇摇头。她打开床头柜的抽屉。"它们之前就在这儿。它们一直都在这儿的。然后它们就不见了。埃德娜把你们说的话告诉我了，说我不能告诉格兰奇先生，因为日落长廊会被关掉的。"

"所以肯定是有人拿走了它们？这里的某个人？"

坎特尔太太耸耸肩。"我想一定是这样。"

珍妮想了想日落长廊的所有人。房客们、学生们、员工们，还有格兰奇兄弟。有可能是他们之中的任何一个人。接着她想起了什么。

"坎特尔太太，你和埃德娜是比我早两个星期来的，对吗？你们一起来的吗？你们是朋友吗？"

"对，是朋友。"坎特尔太太开心地说，"更准确地说，是邻居。来这里是埃德娜的主意，她说对我们会有好处。"她皱着眉头拿起了一张明信片——利马索尔。背面是空白的，不过上面粘贴了一张像是塞浦路斯邮票的东西。"我想，综合考虑各方面因素，我宁愿去坐邮轮。"她抬头看着珍妮，"你觉得我该不该报警呢？报告那些宝石失窃？"

"可能暂时不要吧。"珍妮慢慢地说，"让我先找几个人谈谈。"

老太太的脸色一下亮了起来。"哎呀，那可真是太好了！也许你能帮我找到它们呢。你看着就像个聪明的姑娘。"接着她又皱起了眉头，"噢，不过你已经要离开我们了，不是吗？太快了。"

珍妮停顿了一下。"坎特尔太太，你有没有试过要做一个不同的自己呢？"

"噢，我一直都在尝试啊，亲爱的。不过我想，我倒是更喜欢做原来的我。"

"可要是你不喜欢原来的你呢？"珍妮追问道，"要是你想要做新的你，可又不知道新的你应该是个什么样的人呢？"

坎特尔太太思索了一下这个问题。"那你就只能等到自己能够确定的时候了。你总得给自己一些时间，对吧，亲爱的？"

上楼时，珍妮的脑子在飞速运转。也许她终究是能够改变的，但或许林戈是对的，她用力太猛了。她太过于努力要成为一个崭新的、与过去的她全然不同的人，又被她父母留下的包袱拖得举步维艰。但或许她一直走错了方向，或许她并不需要成为一个新的珍妮·埃伯特。

也许她只需要成为一个"更好的"珍妮·埃伯特。

她一心沉浸在自己的新想法里，在绕过楼梯去往下一层平台时差点撞到了埃德娜。埃德娜穿着一条半身长裙，脚踩一双红色高跟鞋，上身是一件剪裁考究的衬衫，脖子上戴着一串珍珠。她银色的头发巧妙地盘在头上。珍妮又一次忍不住想，如果自己有一天到了埃德娜这个年纪，自己能有她一半好看就好了。

"欲速则不达哦。"埃德娜说着，珍妮往旁边让了一步防止两人撞上。埃德娜脑袋歪向一边注视着她。"你是急着去收拾行李好离开这里吗？"

"你觉得我应该离开吗？"珍妮说，"如果你是我，你会离开吗？"

埃德娜做出在思考的样子。"这个嘛，我也不确定。也许，对学生来说住在学校里比较'正常'些。也许你会很开心，可以做各种你认为理所当然的事。我想真正的问题在于，有什么东西能让你留在这里。"她看看四周，然后鬼鬼祟祟地低声说："也许是那个年轻人？"

"林戈？"珍妮说着，忍不住大笑了一声，"天啊，不可能！我是说，他是个好人，可是……"

"我想他被你深深吸引了呢，你明白吧。"

珍妮摇摇头。"不是的。"她想了想，"他可能被他心目中我应该成为的那个形象给吸引了，这倒是有可能，不过这两者是不同的。"

"完全不同。"埃德娜表示赞同，"那么，除此之外还有什么能把你留在这里呢？"

"这对我来说是个谜。"

"你是说，你并不太了解自己？"

"不。我是说……这里有个未解之谜。"就在说话的同时，她感觉到事情渐渐变得清晰起来。"有个问题需要解决。"她盯着埃德娜看了很久，"我们能聊聊吗？去你的房间，可以吗？"

埃德娜点点头，带着她进了自己的房间。房间里干净整洁，铺着丝质床单，一只花瓶里插着新鲜的野花，墙上的相框里有一张黑白照片，是一个二十岁左右的绝世美人的半身像。她身穿一件浅色的晚礼服，从身后的一扇窗户或是其他光源投来的光线在她的头部周围形成·圈光环，她的脸上带着一种阴暗的表情，神秘莫测，难以捉摸。珍妮看得愣了好一阵，接着她说道："我的天啊，那是你吗？"

埃德娜微微笑了笑。珍妮瞪大了双眼。"哇！你真是美极了！我是说，实在太令人惊叹了。"

"我曾经有很多仰慕者。"埃德娜带着放纵自满的微笑说道，"对了，你刚才提到一个未解之谜。"

珍妮把目光从照片上拉回来。"坎特尔太太，她是你的朋友，对吧？

你们是一起来这里的，就在学生们到达之前不久，对吗？"埃德娜点点头。珍妮接着说："她整天挂在嘴边的那些宝石……它们是真实存在的。"

埃德娜挑起一边眉毛。"珍妮，她是个可爱的女人，却整天沉溺于幻想中。"

珍妮摇摇头。"我见过它们，我见过那些宝石。它们是真实的，而且它确实是不见了。有人把它们偷走了，就是日落长廊里的某个人！而且有可能跟偷走鲁宾逊先生的奖章和乔的照片的是同一个人。"

"那我们应该立刻报警。"

"不，不不，不可以。因为马上就要来检查了……这地方现在命悬一线，那些补助金什么的，所有的款项都还悬而未决。加里想把这里卖给一家大型连锁护理中心。如果被嗅到一丝丑闻，如果警方牵涉其中……资金就会断流，这地方将被迫出售，我们都将被扫地出门，因为没有哪一家大公司会像巴里·格兰奇一样经营这里。"

埃德娜好奇地看着她，接着她瞪大眼睛终于明白了过来。"啊！我懂了。可你为什么要跟我说这些呢？"

"因为你是坎特尔太太的朋友，"珍妮说，"而且……我也不知道为什么你是这个地方我唯一真正信任的人。所以我觉得你也许会帮助我。"

"可是你要我帮你做什么呢，珍妮？"

"解开谜团！"珍妮说着，双眼直放光，"找到那些宝石，还有其他丢失的东西！"

埃德娜考虑了片刻，然后又看着珍妮。"可你为什么要做这些呢？"

或许我并不需要成为一个新的珍妮·埃伯特。

也许我只需要成为一个"更好的"珍妮·埃伯特。

"我想这是我必须要做的事。"珍妮说，"我也不知道究竟是为什么，只知道我没法置身事外。"

"可是……你要离开日落长廊了啊，不是吗？"

珍妮想了想校园里正在等待她入住的那个房间，想了想将要跟萨伊玛和安珀之流外出度过的那些夜晚，想了想自己计划中的激动人心的学生生活，想了想要去做一个……做一个跟别人一样的人。那是白考尔会做的事吗？她会甘于平凡吗？还是说她会做出出人意料的事？

林戈之星

鲁宾逊先生

这一切在我看来都是浪费时间，不过我想要是其他人都做了，那也行吧。必须得表达出自己是愿意的，对吧？得尽到自己的职责。但是别指望我会没完没了地等下去。你瞧，小子，我知道你要玩什么把戏。想让我们掏心掏肺地向你倾诉，是吧？要弄明白我们的言行举止为什么是现在这样？你知道，我们可不是博物馆里的展品，我们只是普普通通的人。

行吧。我小时候喜欢那些吓人的电影，那些有关外星人、怪兽和鬼魂的东西。比如，有的片子讲述了一些没有资格留在这里的玩意儿被揪出来，教训一番，然后被送回自己的老家。没错，你想怎么随意解读这其中的含义都可以。

那是一九四二年的七月，夏天漫长而炎热。从前的一切都好很多，不像如今这种糟糕的衰败局面。没错，哪怕是当时正发生一场该死的战争。

我想我本来不应该出现在那家电影院里，估计当时年龄还太小了。那是在教堂街上的帕拉迪影院。什么？哦，在普雷斯顿，就在高速公路旁边。我就是在那里长大的。不过，帕拉迪影院倒是个非常棒的地方。夏天的时候，因为天气太热，他们会把银幕背后的那扇门半敞开。等到灯光暗下来以后你可以偷偷溜进去。我就是那么干的。大多数时候你根本不知道自己会看到什么样的电影。

那部电影叫《豹人》[1]。看过吗？没有？特别精彩的电影。讲的是一个可怜的家伙娶了个诡计多端的女人。她是塞尔维亚人，我记得。东欧的，错不了。她来自山里的一个土里土气的村子，那里的人们都是巫婆什么的，他们可以变成大猫。她变成了一头该死的大黑豹，然后杀死了一个医生。什么？剧透？听我说，小子，这电影到现在都快有八十年了。如果有人到现在都还没看过，那就不是我的错了。

接着说，起初我之所以会去电影院，是因为我妈妈和姐姐在收拾家里准备迎接爸爸。他离开家很久了，一直在战场上奋战，保护世界的安全。她们用旧报纸做彩旗，说我只会妨碍她们。她们省下口粮换来了鸡蛋和其他东西，要做一个大蛋糕。我都等不及想见到我爸爸了，想听他讲讲他教训那些外国人的精彩经历。他去执行了一项任务，在苏联附近的某个地方。显然，这是不能说的，完全是保密的。必须这样，对吧？不像现在。要是我们再遇到一场战争，估计你们一个个都会在他妈的推特上把秘密给泄露出去。你们这代人，就是不懂得保守秘密。事实上，我敢打赌，你们中有一半人压根就不会参战。你们肯定都会说，啊，发生战争了吗？我没注意到呀。我太沉溺在我的电子游戏或是我的电脑之

---

1 一九四二年上映的美国电影，导演是雅克·特纳。——译者注

类的东西里了。他们能改天再来吗？

抱歉，好，我不扯题外话了。于是我连看了两场《豹人》，看那个诡计多端的塞尔维亚女人变成一只黑豹杀了那个家伙……唉，我已经剧透过一次了，对吧？现在也没什么关系了。不过，我特别着急想回家，于是第二场结束后我一路飞奔了回去。我以为到那时我爸爸应该到家了，可他没有。所有人都围坐在前厅里，一言不发。

不过，她们做了一个漂亮的蛋糕，是维多利亚海绵蛋糕。另外还有一个派、一些三明治和柠檬汁，甚至还给我爸爸准备了几瓶黑啤酒。

接着我注意到大家都在哭。我妈妈甚至说不出话来，而我的姐姐薇拉把我叫过去，给了我一个大大的拥抱。她说："爸爸回不来了。"然后就没了。

我问她："他是去执行另一项任务了吗？"

她说："不是。他的船沉没了。我们刚收到电报。"

事情就是这样。我就那么坐在那儿，看着妈妈痛哭，那些用报纸做成的彩旗还挂在壁炉上方，我心想如果现在开口问我们还能不能吃蛋糕是不是很不好。那时候我脑中唯一能想到的，就是那个该死的塞尔维亚女人变成一只黑豹见人就杀。

21

《夜黑风高》

（1946年，导演：约瑟夫·H. 刘易斯）

珍妮走进教室，在她常坐的位子上坐下来，胃里一阵阵恶心。没有听到窃窃私语，也没有偷笑声。安珀和萨伊玛正在玩手机，当她走进来时萨伊玛抬头看了一眼。"你在斯玛格勒酒吧发生什么事了？我们后来没找到你。"

"哦，我接了个电话。是急事，不得不离开了。"

萨伊玛又低头玩手机了。安珀耸耸肩膀，"反正也是没意思的一晚。我们下个星期可能会去糖果屋，你想不想一起去？"

这堂课波澜不惊地过去了。弗兰对她的态度与过去相比，既没有变得更友善，也没有更冷淡。下课后，大家鱼贯而出，她一直逗留到只剩下他们两人。弗兰整理着自己的资料，把它们塞进了一个破旧的皮包里，这时珍妮来到了他的讲台旁边。

"我非常抱歉……"她刚开口,却被他举起的一只手打断了。

"没必要道歉,都过去了。"他咧嘴露出一个坏笑,"不过,那衬衫我可是洗了两遍呢。"

"可我说的那些话……做的那些事……"

弗兰看着她。"珍妮,我真的受宠若惊。你当时喝醉了。我们都得庆幸我是同性恋,要不是因为这样,我可能就接受你的好意了,要是那样估计我们现在都已经麻烦缠身了。拜托别让这件事影响到什么。"他朝周围环视一圈以确保没有旁人,"你是我最好的学生,甩开其他人几条街。"他沉思了片刻,"实际上,应该说你是我这些年来遇到的最好的学生。你让我的工作有了价值。你的前途一片光明。我们就为这件事画个句号吧,好吗?"

她正要离开,弗兰说道:"很高兴看到你适应得这么好。我想等你离开那所老人之家搬进学生宿舍之后,你会感觉更好地融入了校园生活。能够做其他人都在做的事情,可以跟其他同学一样。"

珍妮盯着他看了好一阵子。"跟所有人一样,你觉得那会是件好事吗?"

"那你觉得呢?"

珍妮叹了口气。"那是我应该做的事,对吧?过正常的学生生活,是明智之举。"

弗兰靠到她旁边,说道:"'当你的头脑让你往东,但你的整个人生经历让你往西时,那最后输的一定是头脑。'这是亨弗莱·鲍嘉在《盖世枭雄》中说的,不过我猜你已经知道了。"

"这么说,你决定留下来了?"

珍妮用之宝打火机点燃了最后一根高卢香烟，然后把包装揉成一团，塞进了外套的口袋里。她深吸了一口，然后往寒冷的夜空中吐出一缕烟雾。她和林戈坐在日落长廊正面的墙头上，身后是房子里透出的灯光。天气很冷，但至少没有下雨。高高的头顶上，竟然能看到一闪一闪的星星和一轮满月。

"看样子是了。"她说。她扭动着靴子里的脚趾。她已经抛弃了那些紧身连衣裙和高跟鞋，不用每天早上给头发上卷然后吹干，实在是令人轻松不少。再见了，劳伦·白考尔。很高兴跟你相识一场，至少好过努力要变成你。她说："我想，只要这地方还在，我就会一直留下来吧。"

林戈手里掂着一块石头，然后用力把它高高地抛到了路对面的沙滩上。珍妮责怪了他一声："你不该那样，可能有人正在沙滩上走着呢。"

"从来没人来这里。"林戈说，"这么说，你觉得真的有那么严重？我是指这里的状况。你真的觉得这里可能会关闭？"

"我想是吧，或者会被卖掉。最终结果都是一样的。"

"那为什么还要留下来呢？你可能会错过宿舍房间的。"

她耸耸肩。"还有更多宿舍楼会完工的。我相信我们到最后都会有房间的。"她看着他，又吸了一口烟，"是因为这个谜团，这几起盗窃案。我感觉像是……我没办法拯救这所休养院，但我希望能多少帮上一些忙。这是我唯一能想到的办法了。"

"罗伯的奖章和乔的照片吗？"他大笑起来，接着却发现她并不是在说笑，于是停了下来。"呃……那好吧。我想，这的确是个未解之谜。你这是一举从蛇蝎美人变成硬汉英雄了啊！"林戈咧嘴笑着说。她也笑了笑，至少他有留意到。她望着黑色的海面和黑色的天空，那里仿佛什么也没有，只有船只或是天然气钻井平台上偶尔闪烁的灯光。她捡起一块石头，用尽全力扔了出去。石头咔嗒一声掉在了下方远处的马路上。

"喂，"林戈说，"你还叫我别那么做呢。路上说不定有车。"

"哪儿来的什么车。"她说着，把烟头放在鞋跟下面踩灭了。

"看来你不需要我来告诉你什么东西对你不好了。"

"反正这也是我的最后一根了。说实话，我根本就不喜欢烟。跟丝质连衣裙和头发一样，都是塑造形象的一部分而已。"她低头看着自己的破洞牛仔裤，"这些舒服多了。"

"我喜欢你穿裙子的样子。"林戈说道。珍妮感觉到他的肩膀碰到了自己的，只是轻轻地，隔着他们的外套。"你看起来很优雅。"

"也许吧。"珍妮说。不知为什么，她有种几乎难以克制的冲动想要把头靠在他的肩上。她强忍住，说道："不过，老实说，要一直保持优雅还挺累的。"

她一直在提醒自己，不能相信日落长廊里的任何一个人。这里的某个人就是这些盗窃案的罪魁祸首。她只能确定那个人不是她自己，但说不出为什么，她同样相信不是埃德娜·格雷。她信任林戈吗？说不上吧，她想，但也许她还不够了解他。也许是时候由侦探来进行一番调查了。

珍妮缓缓地说："你父母去世的时候你一定还很小吧？那对你来说一定很难接受。"

她能感觉到林戈在看着她，毫无疑问他很意外，接着他说："是啊！的确如此。我妈妈去世时我十五岁，爸爸心脏病发作的时候我十六岁。妈妈走后就是他在照顾我，在他死后我就去跟我的莉萨姑姑一起生活了。她就住在旁边的一条街上。不过，我有三个表兄妹，而他们家的房子和我们家一样大，所以有点拥挤。等到我一考上大学，在这里找到了住处，我就立刻搬出来了。"他望着海浪，"把这一切浓缩成简单的几句话，感觉怪怪的。那时候我感觉自己的整个世界坍塌了，简直是世界末日。"珍妮感觉到他的气息拂过她的头发。"不过你并不需要我来告诉你那是什么样的感觉。"

"不过，慢慢会好起来的。"她谨慎地说。

林戈沉思着。"会渐渐地……渐渐有些变化。直到有一天，你在夜里上床睡觉的时候，会突然意识到自己这一整天都没有想起过他们，至少是没有刻意地想起来，然后你会感到很愧疚。你会愧疚是因为这一天就这样过去你却没有感到难过，而你觉得自己不配拥有这样的生活，感到这样是对他们的不尊重。接着你又过了这样的一天，而这次你的感觉就不再像第一次那么糟糕了，因为你意识到虽然他们不在你身边……"林戈用拳头砸了一下额头，"虽然他们没有一直在你身边，但不代表他们不在这里。"不用看他珍妮也知道，此时他把拳头放在了他的心口。

"你是怎么熬过去的呢？"珍妮低声说。

"当然是靠披头士了。"林戈说道。她感到身旁的他冷得直发抖。"还有就是靠书籍。我依靠读小说来逃避一切，接着我自己也开始写小说了，这帮助我找到了回来的路。"他看着珍妮，"只有当你理解了人，才能写出小说来。所以从那以后我就觉得要一直跟人打交道。"

"我为你的遭遇感到遗憾。"珍妮说。

"不用，"林戈说，"你也正在经历这些。最终每个人都会经历这些。自从我开始做这个课题……唉，人啊！你应该听听他们告诉我的这些故事。伊维萨·乔失去了他的孩子，这让他开始放纵自己。鲁宾逊先生的爸爸在第二次世界大战期间去世了，所以他才会成了现在这个样子。就是因为这个，他才憎恨外国人。"

"很多人都在那场战争中失去了亲人，"珍妮温柔地说，"但并不是所有人都变成了反动的种族主义者。"

"嘘！"林戈说着，用手指向了珍妮的另一侧。她顺着他指的方向看到了一个身影正悄悄地走出前门，蹑手蹑脚地在房子前面的露台上朝他们的反方向走去。林戈用口型说道："是鲁宾逊先生。"

"他在干什么？"珍妮悄声说。

鲁宾逊先生裹着粗呢外套，站在露台的角上，手中的放大镜高举在面前，对着夜空。

"他在看月亮。"林戈惊讶地说。

"我们进去吧。"珍妮说，"好冷啊！"

"等等，"说着林戈站了起来，"我们去跟他聊聊。"

"我想他不会……"可这时林戈已经脚步轻快地朝鲁宾逊先生跑去，珍妮赶紧起身快速跟了上去。

"你还好吗，鲁宾逊先生？"

他的目光从放大镜上移开，转过来斜眼看着他们。"站住！谁在那儿？哦，是你们两个。什么事？"

林戈朝上方扬了扬下巴。"你在看月亮？"

"对。我猜你现在打算好好嘲笑我一番，是吧？"

林戈咧嘴一笑。"你知道吗？我的房间里有一台望远镜哟。"

鲁宾逊先生啐了一声。"你个该死的偷窥狂。我告诉你吧，在这片海滩上你可找不到什么衣着暴露的美人，即便在盛夏时节也一样。"

"我喜欢天文学。"林戈执着地说，"你呢？"

鲁宾逊先生又举起了他的放大镜。"我喜欢月亮。"他温和地说，"只不过我再也没法看清它了。你们这些孩子啊，就算别的做不好，也一定要保护好自己的眼睛。"

珍妮看着林戈在鲁宾逊先生身后转来转去，他也想透过放大镜看一看。"看，Mare Imbrium[1]。左边深色的那一片。"

"是，我知道，就是雨海。"鲁宾逊先生说着，看了林戈一眼，那眼神在珍妮看来就是一种不情愿的刮目相看。"正下方那个小白点是……"

"那是陨石坑，哥白尼。"

"真希望我能看得更清楚些。"他拿着放大镜挥了挥，"这个能有一定的帮助，但用处也不是太大。右边那里，你知道是什么吗？"

"是静海。"林戈答道。

鲁宾逊先生点点头。"一九六九年，七月二十一日。"他看着林戈和珍妮，"那天我哭了。我敢说你们肯定不知道是为什么。估计又是你们嘴里常说的那句：'哎呀，那是我出生前的事了，我怎么会知道？'"

事实上，珍妮确实不知道，可林戈淡淡地说："是人类登上月球的那一天。"

"对了，小子。"鲁宾逊先生说。一阵漫长的沉默之后，他又说："我哭得跟个孩子似的。那简直太……太令人充满希望了。个人的一小步啊！感觉如同是一种新的开端。那是人类的一大步。"他看着林戈，"那时候我以为一切都将改变，我以为……"

鲁宾逊先生放下了手中的放大镜，目光却仍然望向月亮，珍妮知道在他眼中那只是一团模糊的白光。他像是自言自语般说道："战争期间，我爸爸在家的时候，会带我去看电影。有一部讲述人类登月的，说实话，相当糟糕，可我很喜欢那一类电影，会让你暂时忘掉所有的恐惧。我说：'爸爸，人有一天能登上月球吗？'然后他对我说：'是的，孩子，希望

---

1 拉丁文，意思是"淋浴之海"或"海雨之海"。——译者注

有一天他们能登上月球，而且我希望他们能造出一支巨大的火箭，把所有该死的黑鬼和犹太人之类的全送上去，让他们彻底远离那些诚实、勤劳的人。'"

鲁宾逊先生眨眨眼，盯着林戈和珍妮，好像很惊讶他们怎么还在那儿。"而我对他说：'爸爸，如果他们都去了月球，我能跟他们一起去吗？'你们猜他是怎么做的？"

珍妮摇摇头。鲁宾逊先生看着自己的脚。"他打了我，打在我的后脑勺上。打得那么重，我摔倒在地上，鼻子在人行道上撞破了。然后他说如果再听见我说那样的话，就会加倍教训我，居然说什么跟黑鬼和犹太人去什么月球。"鲁宾逊先生抬起头最后又看了一眼月亮，"我想我该进去了。"

他们目送着他离开，然后林戈说："鲁宾逊先生？现在时间还不算太晚，我……我在想，你要不要用我的望远镜看看月亮？这么晴朗的夜晚不多，而且今天是满月，再加上……"

鲁宾逊先生用奇怪的眼神凝视着林戈。他说："这不是在玩什么鬼把戏吧？"

林戈摇摇头："那是台相当强大的望远镜。我敢保证你用它看月亮可以看得非常清楚。"

鲁宾逊先生揉了揉脸，珍妮突然觉得一震，意识到他是在偷偷摸摸地擦眼泪。他说："林戈，孩子，那可真是太好了！谢谢你。"

林戈转身对珍妮微微一笑，她很惊讶地发现自己正紧紧地握着他的手。她捏了捏他的手，然后放开了。林戈跟着鲁宾逊先生回到了房子里，她琢磨着，看样子藏在日落长廊大门后的谜团可不止那丢失的宝石和失窃的奖章。

第三幕

此刻的人生

THE LONELY
HEARTS
CINEMA CLUB

22

《孑然一身》

（1948年，导演：威廉·J. 德雷克）

对于孤独之心电影院的第二次活动，珍妮决定在《冰封的心》之后，继续播放威廉·J. 德雷克的另一部电影《孑然一身》，影片讲的是一位侦探被诬陷谋杀而遭受牢狱之灾的故事，与他一同入狱的还有一大批因他的证词而获罪的骗子和混混。

弗洛林遵照之前的承诺，为这次活动烤了一个流着奶油和果酱的维多利亚海绵蛋糕，上面撒上了糖霜如同冬日雪景一般。为了避免引起斯莱斯韦特太太不可预知的怒火，蛋糕上没有一丁点巧克力。弗洛林还用推车送了一大罐茶到休息室，这次不只是巴里·格兰奇在门边找了把椅子坐下来，就连加里也到场了。博和玲也到了，他们第二天就要离开日落长廊搬去新投用的宿舍楼了，此次来也是跟大家告别的。

珍妮决定留下来，林戈自然是很高兴的。说实话，她觉得很难读懂他。一方面，他面对任何人、任何事都热情洋溢，容易激动，活像一只蹦蹦跳跳的小狗；可另一方面，她又感觉到他对自己特别感兴趣，把他的精力都投入……投入什么中呢？她也不知道。她真的很后悔之前跟他说她的父母已经去世了，因为他似乎一直对此耿耿于怀，就好像引导她渡过这个难关是他的责任一般。昨夜，在下楼吃饭的路上，她在他的房门前停下了脚步。他当时正在一遍又一遍地播放着披头士乐队的那首《埃莉诺·里格比》。这首歌写的是那些孤独的人，那些不知自己从何而来，又不知自己应归属何处的人。

不过，他今晚看上去状态似乎还不错，他跟伊维萨·乔和鲁宾逊先生聚集在角落里，趁着 DVD 开始播放前一块喝着茶，吃着点心，有说有笑。真是一群小男孩，珍妮想着，心里突然生出一种难以言状的感觉……是幽默？骄傲？还是一点点忌妒？她假装给自己的杯子添茶，悄悄靠了过去背对着他们，偷听着他们的对话。

"是啊，那个埃德娜·格雷，可真是个漂亮的女人。"鲁宾逊先生低声说，"真漂亮。"

"没错，她的确是个美人。"伊维萨·乔也表示同意。

"对你来说老了点吧，乔。"鲁宾逊先生哈哈大笑，"你不是更喜欢跟那些岁数小得都能当你孙子孙女的人混在一起吗？"

停顿片刻后，乔柔声说道："罗伯，我从来不是为了那种目的。我去夜总会和音乐节从来不是为了那种事……我更多只是为了待在年轻人周围。"他停了一阵子没有说话，然后对鲁宾逊先生说："埃德娜不是你能配得上的。兄弟，你太不自量力了。"

"得了吧，你个该死的嬉皮士。"鲁宾逊先生反驳道。他深吸了一口气。"等等，你什么意思？你觉得在她那儿你比我机会大？"

珍妮扭头看到乔调皮地咧嘴一笑："这可是你说的，罗伯。"

"哼。"鲁宾逊先生不以为然，"要我说啊，我们来个小小的比赛吧。你，我，她。祝最佳男人获胜。"

乔面带微笑，往手上吐了口唾沫，然后把手伸向了鲁宾逊先生，后者做了个鬼脸，然后小心谨慎地把自己的手掌放到了乔的手掌中，乔说道："一言为定。别担心，我会赢的。"

珍妮端着她的茶快步回到沙发上，她该怎么办？要告诉埃德娜吗？还是让他们自己解决？她又回头看了看那群男孩，林戈注意到她在偷听，然后朝她看了过来，耸了耸肩膀，好像在说："跟我没关系啊，可你能怎么办呢？"为了成为一个更好的珍妮·埃伯特，她歪着嘴巴朝他笑了笑，他的表情一下子亮了起来。那就把这当作一个小秘密吧，一个他们两人之间的秘密。

珍妮又一次坐在了埃德娜和坎特尔太太中间。斯莱斯韦特太太坐在她的椅子上，面无表情地看着她的谜语书。珍妮不得不承认，坎特尔太太看上去并没有为她丢失的宝石表现得过于担忧。也许它们根本就没有被盗，也许她真的把它们放错了地方，放到一个口袋或是另一个抽屉里然后忘记了。如果是那样，珍妮该怎么做呢？要是连这个问题都解决不了，她怎么可能成为一个更好的人呢？蛇蝎美人的形象已经坍塌了……要是硬汉侦探再失败怎么办？她还能再换成什么样的角色呢？

她又一次看着林戈，用批判的眼光打量着他。她算得上那种好女人吗？稳定的家庭生活，那些无聊的东西？那是她父母会为她选择的生活：揣着一份漂亮的经济学文凭，像她父亲那样做几年会计，然后嫁给一个有份好工作，在郊区有栋漂亮房子的男人，生些孩子，然后运用她的经济学文凭来管理家庭预算。为什么她在想着这些的时候会看着林戈呢？

是因为他是自从她来到这里唯一一个对她表现出兴趣的男孩吗？

仿佛读到了她的心思似的，埃德娜轻轻推了推她，低声说道："我敢打赌，你决定留下来，那个年轻人一定很高兴吧。"

珍妮看着她："为什么这么说？"

"就是觉得那两个中国学生都要离开了，如果你也走，就只剩他一个人跟我们这些老家伙在这里了。"

"我相信巴里和加里会让其他学生住进这些空房间的。"珍妮说道，虽然她也不太确定，毕竟现在有了新的宿舍。她看了埃德娜一眼："你觉得会不会……那兄弟俩……"她朝着坎特尔太太点了点头。

埃德娜若有所思地噘起嘴。"你的意思是，他们有这个动机？有动机盗窃那些宝石？因为他们的经济问题？"

珍妮看了看在门边悄声说着话的巴里和加里，然后用力地点点头。"有可能。"她悄声说。

"你有没有考虑过其他人呢？是否还有其他可能存在的动机？"埃德娜说，"也许我们需要列个清单……写上每个人的名字，以及任何他们可能偷盗那些宝石的理由。"

"我来做。"珍妮兴奋地说。

"我们还看不看这部电影了？"斯莱斯韦特太太喊道。这真有点可笑，珍妮心想，毕竟看上一部电影时她可是全程睡过去的。

珍妮点点头，把DVD放入了播放器里。埃德娜碰了碰她的胳膊。"不过，我挺好奇的，亲爱的……你是怎么把这些老电影弄到那些碟片上去的？"

"哦，有很多地方可以弄这个啊。"珍妮说，"怎么了，你有想转换成DVD的东西吗？我可以帮你处理。"

"只是有这么个想法，有一些老的纪念物。"埃德娜微笑着说，"我一定能找到合适的地方的。"她朝着电视机点点头，"我们还是先开始吧。"

吵吵嚷嚷的房间安静了下来，所有人的目光都对准了珍妮。她清了清嗓子："好的。大家好，又见面了。下一部电影，我选择了我外祖父威廉·J.德雷克导演的另一部电影。这是他拍摄的第二部电影，叫作《孑然一身》。片中的主角是一名含冤入狱的侦探，德雷克选择了一位新人埃德温·莫雷尔来饰演这个角色，我们看的上一部电影的男主演乔治·斯托姆则饰演了一个小角色。根据我外祖父的笔记，我想德雷克和斯托姆之间是出现了不和，在那之后他们就没有再合作过。"

"我很好奇是什么原因。"埃德娜说。

"是因为一个女人，"坎特尔太太点点头，"那个女主角，这我一点也不觉得意外。"

"笔记里没有提到更多细节……这部电影中跟莫雷尔演对手戏的女主角依然是乔伊丝·巴勒莫……"

埃德娜挑起一边眉毛。"就是第一部电影里的那个女人？说实话，我觉得她不怎么样。"

"跟你比起来可差多了。"房间那头的鲁宾逊先生喊道。他朝乔夸张地挤了挤眼睛，用口型说："一比零。"

埃德娜盯着他："你究竟在说什么？"

"好了……"珍妮说，"能把灯光再调暗些吗？我要开始播放了。"

斯莱斯韦特太太似乎在整部电影的放映过程中一直醒着，珍妮把这视为一次胜利，可这小小的胜利被远处沙发上鲁宾逊先生轻微的鼾声给抵消了。片尾的演职员表滚动完毕后，她按停了DVD，然后说道："好的……大家有什么问题来开启今天的讨论吗？"

"我们能稍事休息一下吗？"埃德娜问道，"就五分钟。"

"对啊，我等不及要尿尿了。"斯莱斯韦特太太也说。

"非常精彩的电影。"伊维萨·乔说道。

"不过，那家伙真可怜，"坎特尔太太说，"跟那些坏蛋一起被关进监狱。而且他们把他一个人扔进那间牢房，还关掉了所有的灯……"

"我们稍等一下再继续这个话题，"珍妮说，"这是个很好的讨论切入点。趁大家短暂休息，我回房间去取我外祖父的笔记。"

珍妮和埃德娜一起走了出去，后者朝着一楼的公共卫生间走去。她说："那电影的情节可真是扣人心弦啊，亲爱的。"她歪着脑袋看着珍妮，"主持这些电影之夜活动时，你似乎很乐在其中呢！我得代表大家说一句，我们非常感谢你。"

"我的确很享受这个过程。"珍妮说，"在这个地方，我在很多时候都感觉，大家一言不合就会分崩离析。然而当我们都在看电影的时候，就好像……我也不知该怎么形容。"

"好像我们相亲相爱地在一起。至少在这一个多小时里是这样。"埃德娜面带着鼓励的微笑，"你做了件好事。好了，我真的要赶紧去洗手间了。"

珍妮跑上楼梯去了她的房间，从床底下拽出她的箱子。她把外祖父的所有剧本原稿和笔记，还有一些其他的纪念物都放在那里面。那些三十五毫米胶片的盒子还在床下的包里。她想过是不是应该把它们放到一个更安全的地方，它们有可能非常值钱。再加上那些老的硝酸基胶片极度易燃，只要有一丁点火星，威廉·J.德雷克的全部作品就可以把日落长廊烧成灰烬。她必须得非常小心。

她整理着剧本，寻找着有关《孑然一身》制作过程的手写笔记，这时，她被突然的一声咔嗒声吓了一跳。她房间的门已经关上了。她眉头紧锁。之前出现过这种情况吗？先不管了，她找到笔记了。正当珍妮把箱子推回床底下时，周围突然一片黑暗。

只是停电而已，意识到这一点，珍妮松了口气，这才找回了呼吸。在她来的第一天，巴里就告诉过她，日落长廊经常停电。他是不是还提到过一台备用发电机？珍妮蹲在床边的地毯上等了一阵子，手里还拿着那些纸张。应急发电机需要多久才能启动呢？珍妮站起来摸索着绕过床边。外面没有光照进来，她的手机也放在了楼下，所以连手机上的手电筒也没法用。她伸出双手，在黑暗中小步朝着门口挪过去，重重地撞到了木门板上，然后手指往下滑到了把手上。她确信，一旦到了楼梯平台上，她的眼睛会更适应黑暗，再加上，发电机肯定也应该……

门被锁住了。

这不可能。她从不锁门。就算是坎特尔太太的宝石被盗之后，她也从没锁过门。她又拧了拧门把手然后拉了拉门，可门还是纹丝不动。不是被卡住了，而是被关得死死的，还上了锁。

她用手指摸了摸锁眼，不出所料，钥匙没在里面。她甚至都想不起来钥匙在哪里。第一天来的时候林戈就把钥匙给了她，然后她就把钥匙扔在某个地方了……也许在斗柜上那个碗里？可如果钥匙在那里，门怎么会被锁上呢？这时她突然感到后颈一阵发凉。四周静悄悄的，漆黑一片，而她被困在了自己位于三楼的房间里。

她心想，是有人把她锁在了房间里，她知道这听起来有多么疯狂，但这个想法被眼前的黑暗给放大了。她摸索着来到斗柜前，在柜顶上的碗里摸了摸。她的手指拂过一把零钱、一个手机充电器，但没有钥匙。

要是有人把门从里面锁上了呢？要是他们趁着她在箱子里翻找的时候偷偷进来了怎么办？会不会他们此刻就在她旁边？她转着圈，凝视着眼前的黑暗，仔细听着周围的任何一丝响动，或许自带的卫生间那边会有动静。

当门把手咔嗒响起来时，珍妮忍不住尖叫起来。紧接着，灯亮了，她终于从头到脚放松下来。她拽了拽门，门一下子就弹开了，门外是坎特尔太太瘦小的身体。

"你还好吗，亲爱的？我好像听到你在喊。"

珍妮一手按着胸口，急促地喘着气。"是刚才停电，我以为……"她以为什么呢？她弯下腰从地板上捡起她外祖父的笔记，坎特尔太太走进了房间里。

"你能猜到我是什么感觉吗？我当时正坐在马桶上呢。"

"是房间的门。"珍妮无力地说。她先前的恐惧感已经在明亮的灯光下渐渐退去，现在看来都是些愚蠢的臆想。显然房门并没有被锁上，只是被卡住或是塞住了，然而在她不断升级的恐慌之下……她看着斗柜，果然，那把小小的、华丽的钥匙并不在碗里，而是在柜子上靠门那头的边缘处，紧挨着坎特尔太太所站的位置。珍妮一把抓起钥匙塞进了自己的口袋里。

"我想去休息室里喝杯好茶。"坎特尔太太说，"下楼的时候我可以抓着你的胳膊吗？以防电灯再次熄灭。"

"当然可以。"珍妮说着，在关门的时候再回头看了一眼那个斗柜。钥匙应该一直都在那里吧，她心想。然而，她非常肯定的是，事实并非如此。

23

《退休女士》

（1941年，导演：查尔斯·维多）

"大家好！"一道红绿色的身影火箭般地冲进休息室，一条条瑜伽垫在她前方铺开，仿佛在迎接她的到来。

沙发上的鲁宾逊先生丧气地缩到他的《每日邮报》后面。"我的天！瑜伽老师又来了。"

"我可不会关掉电视。"斯莱斯韦特太太宣告，"他们在拍卖会上为这栋破房子花了那么多钱，我倒要看看他们把它卖掉能得到几个钱。"

"哈哈！"疯狂莫莉喊道，"好了，我们来把这些沙发和椅子都推到后面去吧。那个好心的年轻人呢？弗洛林？"

弗洛林从门边探出头，脸一下子垮了下来。埃德娜心想，难得有一次他和鲁宾逊先生看法一致。

"弗洛林！"莫莉叫道。那女人就没有安安静静的时候吗？她的胳膊下面小心翼翼地夹着一摞 CD，突然间它们失去平衡掉下来散落得满地都是。"乖啊，帮我把沙发推到后面去。我已经晚了，我十一点还要去妇女协会上普拉提呢。"

"哎呀，来吧！"埃德娜说，"我们总不能一天到晚坐着不挪屁股吧？我们需要运动。"

鲁宾逊先生收起报纸打量着她，然后理了理自己的胡子。"我不得不说，埃德娜，你把自己保养得很好啊！"

埃德娜挑起一边眉毛。来日落长廊之前，她每个星期会去当地的健身房三次。那里的人们无疑都会很好奇她去了哪里。当然，也不是太剧烈的运动，就是在跑步机上健步走，加上一些动感单车练习，还有一些轻量的力量训练。很高兴能有人欣赏，她心想，哪怕是像鲁宾逊先生这样的人。

"舞蹈是保持身材的好方法。"乔靠在壁炉上说道，"你应该让我带你去跳舞，埃德娜。"

她忍不住脸红了起来。"哎呀，乔。我们这个年纪，估计连转几个圈都困难了吧。"当然，她只是在谦虚而已，她现在跳起摇摆舞依然不落人后，而乔没了他的拐杖连走路都难。

"胡说。"乔说道，"我们应该跟这些小鬼一起出去玩玩，让他们看看什么才叫真正的享受。"

鲁宾逊先生惊叹地摇摇头："乔，你可真是个奇人，真他妈是个奇人。"

"快快快！"疯狂莫莉拍着手喊道，"所有人都到了吗？"

"坎特尔太太不参加。"埃德娜说，"她的髋关节不好。"

"我马上就能把那髋关节的问题给解决了。"莫莉嗤之以鼻地说，"好了，我们得赶紧开始了。来吧，我们先放松一下，既然刚才说到了髋关节的问题，大家每人拿一条垫子，我们坐下来开始做鞋匠式[1]。"

"该死的鞋匠才对。"鲁宾逊先生说道，不过没人对他的话大惊小怪，因为他每个星期都会重复这样的话。

"这种体式对腹股沟也有好处。"说着，莫莉穿着莱卡瑜伽服的屁股重重地坐到了垫子上，双脚的脚底相对并拢在前方。

是埃德娜的错觉吗？莫莉说这句话的时候是不是鲁宾逊先生和乔都不约而同地看了她一眼？

"接下来……拉伸！"莫莉一边喊着，一边按下了便携式 CD 机上的播放键，只听房间里响起了危地马拉雨林的声音。

"你们今天的表现都非常不错。"半小时后，莫莉低沉而有力地说道，"我想带大家再上一个台阶。所有人趴到垫子上，我们要试试下犬式了。"

老实说，埃德娜觉得这些动作都非常轻松。她跟着莫莉的节奏缓缓地伸直膝盖，双手用力撑起身体。她环顾四周，看到其他人都很吃力，乔的膝盖都还没离地，而鲁宾逊先生的脸都发紫了。他得当心他的心脏，埃德娜心想。

"下犬式？龟孙子式还差不多吧。"鲁宾逊先生喘着粗气，又双膝着地跌回到垫子上。"这对我来说已经够了。累死我了。"

斯莱斯韦特太太刚过十分钟就已经放弃了，只有埃德娜还跟着莫莉一起保持着姿势。埃德娜眨了眨眼，看到已经投降的乔在揉着自己的背，似乎朝她挤了挤眼。

---

1 瑜伽体式的一种，有助于调节髋关节。这种体式之所以被称为鞋匠式，是因为它类似于鞋匠在工作时的坐姿，有时也被称为蝴蝶式。——译者注

"接下来放松。"莫莉发出指令。她跳起来站直身子,用手理了理她那一头乱糟糟的红头发。"这节练习完成得非常棒,尤其是格雷太太。"

"埃德娜,兴许我们可以单独做点额外的练习?"乔说道。鲁宾逊先生怒视着他,毫不掩饰自己的厌恶之情。

"我想莫莉的课程已经足够了。"埃德娜一本正经地说。大家开始卷起垫子,她又说道:"我想去看看坎特尔太太。"

真是奇怪,她一边上楼一边想着。她都快要忘记自己最初来到日落长廊的原因了。她得时不时让自己暂时停下来,提醒一下自己要做什么。你不是来玩的,她对自己说。不过,有意思的是……她在坎特尔太太敞开的房门前停下脚步,轻快地敲了敲门,打断了她的白日梦。

"你好,玛格丽特。瑜伽老师已经走了。"

坎特尔太太悲伤地笑了笑:"真希望我也能参加,玛格丽特。可是,你也知道,我的髋关节……"

"埃德娜,"埃德娜亲切地说,"我是埃德娜,你才是玛格丽特。"

坎特尔太太翻了个白眼。"哦,对。抱歉,我太傻了。"她低头看着手中的那一沓明信片,"我都忘了自己该去哪儿了。"

埃德娜在她身边坐下来。"我看看……有多久了?四个星期?那表示……"她轻轻地接过这些卡片,然后从中翻找了一下。"埃及怎么样?听起来挺合理的。"

"埃及?"坎特尔太太说,"我倒很希望能去看看埃及呢,玛格丽特。"

"是埃德娜。"

"埃德娜。我很想去看看埃及,埃德娜。"

埃德娜拍拍她的手。"会有那么一天的,玛格丽特。"

"只是……你觉得,我们会在这里待很久吗?我很想念我的小房子。"

埃德娜微笑着说："你就在这里好好玩吧。别担心你的房子了，一切都很好。"

埃德娜站起身，在门口停了下来。"你知道吗？我们应该到外面去。如果雨停了，我们应该出去，去呼吸点新鲜空气。"

坎特尔太太心不在焉地点点头，接着抬起头看着她："你在这里开心吗，玛……埃德娜？"

埃德娜沉思着。太久以来，她都是独来独往，她也喜欢这样的生活方式，她自己的房子，自己的东西，自己的日常小习惯。想见人就去见见人，不想见人就把自己关起来。把自己连同所有的那些想法一起锁起来，还有所有的回忆，所有的……她摆摆手收起自己的思绪。不必多想了，这不是现在该细想的事。她又笑了笑："说来也真是有意思，玛格丽特，我觉得我的确很开心。"

午餐后，两个中国学生要准备搬去他们的新家了。一辆大型面包车已经到了，开车的是一个模样粗野的家伙，他似乎认识那个叫珍妮的女孩。他只能把车停在山下的公路上，他和弗洛林把博和玲的行李包运到车上，而格兰奇兄弟和其他房客都站在日落长廊的门廊下避雨。

"你住得还习惯吗，亲爱的？"他一边对珍妮喊着，一边又扛起两个包。他消失在台阶下，五分钟后又再次出现来搬最后的几件行李。"我的名片你还留着呢吧？如果你和你的朋友晚上想出去，我随时可以开面包车过来。"他眯眼看着门廊下的一群人，"你们都可以去啊！年轻人和人老心不老的人，是吧？"凯文看着玲和博，"这是最后一件行李了。你们准备好就下来吧。"

伊维萨·乔和林戈互相使了个眼色。这两个人在盘算着什么。在一阵颇为尴尬的沉默中，玲站在一把黄色雨伞下，旁边的博身上渐渐湿透了。这时，巴里·格兰奇走上前去。"啊，好了，显然，看你们要走我们都很难过……"

"再伤心也比不过银行经理。"加里·格兰奇嘟囔道。

"不过……"巴里瞪了他的双胞胎兄弟一眼，说道，"你们住在这里期间我们都很快乐，希望你们在新宿舍也可以过得开心。"

又是一阵漫长的沉默。接着，那男孩博犹豫地说道："我觉得你们都是非常好的人。我会想念你们大家的。也包括你，种族主义军人先生。"

"他是在说我吗？"鲁宾逊先生大声说道。

玲清了清嗓子。"对于我哥哥的感受我恐怕没什么共鸣。"她冷冰冰地说，"住在这里太可怕了。"

接下来出现的沉默中又多了些震惊。玲依次看了看他们每一个人，眼神里都是蔑视。"在中国我们也存在老年人口问题。他们活得年岁太大，家人各奔东西，孩子们也都搬去了别处。"

"就像我们一样！"博说道。

"嘘！"玲说道，"在这里，在日落长廊这个地方，你们都非常幸运。格兰奇兄弟所做的是一件非同寻常的事。他们亏着本在经营这里，明眼人都能看出来。他们靠补助金和救济来确保你们能有舒适的生活。"玲摇摇头，"而你们只会斗嘴、争论和吵架。你们想出这个主意把年轻人接收进来好改变这里的气氛，可年轻人只会跟老年人争吵。没人懂得珍惜自己的福分。我从没见过这么多人生活在一起却如此……有如此深的隔阂。"她耸耸肩，"那你们干脆自己单独过算了。"

谁也没有说话。埃德娜轻轻抚摩着自己的下巴。这女孩说得没有错。她挨个看了看大家，伊维萨·乔、鲁宾逊先生、林戈、坎特尔太太、斯莱斯韦特太太、珍妮，还有她自己。

玲碰了碰博的胳膊。"走吧，到时间了。"她回头看了看站在门廊上的所有人。"你们的做法就好像自己在这世上还有大把的时间一样。可你们没有了。你们应该更加善待彼此。"

最先开口的是伊维萨·乔："说句公道话，亲爱的，你在这里的时候对博也不怎么友善吧？我们甚至都不知道他是你哥哥。"

"从某些方面来说，他就是个傻瓜。"玲说道，"可在另一些方面，他是个天才。我们没法选择自己的家人，只能接受他们。"

"这里的人也不是我们自己选的。"斯莱斯韦特太太说。

玲看着她。"对，不是你们选的，但你们可以选择成为朋友，或者至少不要成为敌人。你们不用自己孤单一人，尤其是在身边还有那么多人的时候。"

说完她便转身朝着台阶走去。她没有回头。博微笑着朝他们挥了挥手，就急忙跟了上去。埃德娜和其他人目送着他们离开，直到他们走下台阶消失在视线里。

"好吧，"巴里·格兰奇说道，"那可真是……"

"很引人深思的话。"林戈轻声说。

鲁宾逊先生挑起眉毛。"放屁。"他说，"跟你们这伙人住在一起就够讨厌了，还说什么跟你们成为朋友。"

斯莱斯韦特太太大笑起来。"你说得没错。"

伊维萨·乔从他的斗篷下面拿出一盒扑克牌。"有人想在午餐前玩一局拉米牌吗？"

"去他的拉米牌。"大家转身往房子里走，鲁宾逊先生嘲笑说，"赌三张，这才是男人的游戏呢。"

"哎呀，这个我喜欢。"坎特尔太太说，"还有二十一点。"

"好吧。"说着，鲁宾逊先生进了门，其他人都围在他旁边。"不过，我们的赌注可不是什么该死的火柴棍或是纽扣，只能用现金。一两便士的。谁要参加？"

"你们玩牌吧，"弗洛林说，"我去准备午餐了。"

"我们现在有两个空房间了，有些文件要处理。"加里直截了当地说完，便领着他哥哥去了办公室。

埃德娜跟着大伙进了休息室。伊维萨·乔开始洗牌，可鲁宾逊先生从他手里把牌抢了过去。"拿过来吧！你洗牌跟个姑娘似的。"

"跟你们说啊，"乔乖乖让出扑克牌，说道，"那个出租车司机……我们可以一起坐他的面包车。"

"我挺愿意出去玩一晚上的。"坎特尔太太拍着手表示同意。

"你们得到允许了吗？"珍妮问道。

伊维萨·乔笑了。"亲爱的，我们又不是犯人。我们可以随意出入。"

"我们只是不太愿意出去而已。"鲁宾逊先生一边说，一边往咖啡桌上发牌，"咱们要去哪儿呢？"

"这个嘛，"林戈鬼鬼祟祟地说，"乔和我，我们之前聊了聊，我们在考虑做点什么事，来把大家凝聚起来。可问题是，有什么是我们大家都喜欢的呢？"

"我可不去那种放着邦戈鼓音乐的地方。"鲁宾逊先生坚决地说。埃德娜倒不会采用这样的言辞，但她也不得不同意。她可不打算让自己挤到那种学生夜总会里去。

珍妮说："这个嘛，鲁宾逊先生，说句公道话，我想我和林戈也不想去那种下午茶舞会。"

他们隔着桌子盯着对方，接着，林戈拿出一张从当地报纸上裁下来的剪报。"所以我们觉得这是个不错的主意。它在一个叫作'西区工人俱乐部'的地方，所以说那儿的人不会全是学生。那里放的都是迪斯科，气氛会很活跃。"他把广告递给大家看了看。

鲁宾逊先生看着广告，带着一丝厌恶说道："万圣节迪斯科？还鼓励奇装异服？你不是在开玩笑吧？"

伊维萨·乔开心地笑了。"我觉得这棒极了！出去玩一晚吧！大家觉得怎么样？"

林戈耸耸肩。"听起来很有意思。你去吗，珍妮？"

珍妮皱起眉头。埃德娜看着她，想知道她会做何决定。那姑娘，她需要放松一下。接着珍妮说："干吗不去呢？"

"哦，埃德娜，我们俩也去吧。"坎特尔太太说，"我都好长时间没出去过了。你呢，斯莱斯韦特太太？"

斯莱斯韦特太太拿起她的牌，"没理由不去啊。"

"好吧，"鲁宾逊先生说道，就好像大家需要他的许可似的，"好吧，我们去。什么时候？"

"星期六！"林戈说。

"该死的。我们穿什么呢？我们不会真的要化妆打扮吧？"鲁宾逊先生说着，把他的牌摔了下来，"你，小姑娘，珍妮，你来找那个出租车司机订车吗？"

"找他订车做什么？"弗洛林从门口探出头来说道，"你们要去哪儿？我是来告诉你们餐厅里午餐已经准备好了。"

"就是星期六晚上出去玩。"伊维萨·乔一边回答，一边发疯似的用手肘推着林戈，"博物馆有新的艺术展。"

弗洛林点点头便消失在了门口。埃德娜说："你为什么跟他那么说？"

乔咯咯直笑。"因为假如你感觉像是在做什么坏事一样，那感觉一定会更有趣。"

鲁宾逊先生摇摇头站起身来，咄咄逼人地说："你知道吗，乔？你简直是脑子坏掉了。我们穿得跟亚当斯一家[1]似的去参观艺术展，是吗？我想知道午餐吃什么。"

弗洛林再次打开了休息室的门，让他们一一走了出去。"白菜汤！"他说。

鲁宾逊先生叹了口气："又是白菜汤。我的老天爷啊！"

"罗伯，这次尽量把汤装在碗里，别再往腿上倒了啊。"乔说道。

大家哈哈大笑起来，就连鲁宾逊为上次的事责怪弗洛林朝他嚷嚷的时候，似乎也略带了一丝自嘲的意味。埃德娜在一旁停了一阵子，看着他们慢慢往外走，然后跟了队伍后面。太阳可真是打西边出来了。

然后，当她在餐厅里挨着年轻的珍妮坐下时，她意识到，她又一次差点忘了自己来此的目的。

只差一点。

---

1 在漫画家查尔斯·亚当斯于一九三五年为《纽约客》杂志所创作的漫画中，住在黑暗大房子里的古怪家庭。——译者注

林戈之星

埃德娜·格雷

　　我在十六岁那年去电影院看了那部戴维·利恩导演的改编自《远大前程》的精彩电影。你看过吗？我想你应该没看过。我应该跟珍妮聊老电影的事。不过你应该对这个故事很熟悉吧？你读过那部小说？太好了。

　　玛蒂塔·亨特饰演了郝薇香小姐。她的表演堪称绝妙。她出生在阿根廷，演技都是在舞台上磨炼出来的，称得上最伟大的演员之一。不过，她所扮演的郝薇香小姐……让我很害怕。她坐在蛛网密布的豪宅里，随着她的家一起崩溃坍塌。我想，让我害怕的是她的年龄，我当时还是个十几岁的女孩，如果你不介意的话，林戈，我想说那时候我的样貌可是相当出众的。变成一个老太太……那看起来太可怕了，我简直无法想象。我知道那种想法很奇怪，看看我现在这样子。不过我们也不是生来就这么老的，就像你和珍妮也无法永远年轻一样。我在你这个年纪的时候，想到一个人孤零零地凋零……在我眼中那简直是世上最可怕的事了。

　　很自然，我觉得自己跟年轻的皮普更有共同点。他的人生才刚刚开始，前途一片光明。我并非生在富贵之家，而对我们这些经历过战争岁月的人来说……简单地说，我们能活着就很庆幸了，哪里还会好奇这勇敢的新世界有什么值得期待的。皮普让我看到，就算是一无所有的人也可以有伟大的成就。他给了我希望。

那个时候，我充满了希望。就在我看到那部电影的那一年，开始发生了一些事。我开始实现自己的梦想。不过，林戈，你听说过一个说法吗？说的是"不要轻易许愿，因为有可能会成真"。这确实是金玉良言。

不，不，我想还是不细说了比较好。我只想说，在过了几年梦想中的生活后，情况就开始不尽如人意了。

很久以后，我看了另一个版本的《远大前程》。这个版本是为电视制作的。里面有詹姆斯·梅森，还有迈克尔·约克。也是，我估计你对这些名字应该没什么印象。郝薇香小姐是玛格丽特·莱顿扮演的。你记得她演的《巫山风雨夜》吗？也对，你当然不记得了。

那是……一九七几年了，也许是一九七四年？我当时应该是四十五岁。还没到郝薇香小姐那个年纪，但比皮普要大，年龄介于两人之间。我的人生已不在起步阶段了，感觉就好像是人生已经走完了大半。是的，我知道，这个年龄在如今看来并不老，在当时却不一样。郝薇香小姐不再让我感到害怕了。她让我深深着迷。

你知道狄更斯本人曾说过，郝薇香小姐只有五十多岁吗？在电影中她总是被刻画得非常老，可实际上她真的没有那么老。她是因悲剧而衰老的。她并非天生就是个可怕的老巫婆。她经历了可怕的人生。她坐在自己的老宅子里，穿着一身像破布条一样挂在身上的婚纱。为什么？亲爱的，因为她在婚礼当天被抛弃了，而她始终没能从中走出来。

你不觉得那是件非常糟糕的事吗？任由你人生中的一件事为你的余

生打上记号？然而，这样的事情时有发生，不是吗？我们任凭事情发生在我们身上，而不是让我们自己去影响和改变世界。我想，那就是我们需要自己去做的决定：是要做那种被动接受人生的人，还是主动去创造人生的人。不知这样说你能不能明白。

亲爱的，我想我要说的就是，每一个经历过人生的人都会有某种故事。很抱歉我的人生故事并不十分有趣。我想我们有些人的故事跟别人的比起来，的确是有些平淡无奇。

24

《相逢》

(1951年，导演：约瑟夫·洛西)

接下来的那个星期六的晚上八点，凯文在海滨公路上等着他们，而雨竟然奇迹般地停了。当珍妮走下台阶时，天色已经晴朗到她能够看见海湾对面闪烁的灯光。走到底部，她停下来抬头看着其他人。眼前真是好一番景象。

戏服其实都是林戈的主意。他非常执着地要让每个人都穿上能反映他们各自性格的服装。弗洛林不仅厨艺欠佳，连缝纫技巧也乏善可陈，他把林戈的设计匆匆赶制了出来，用的是从日落长廊四处搜集来的零碎材料：旧床单和撤换下来的窗帘之类的。

最先走下台阶的是伊维萨·乔，他的脸上涂了大量白色油彩，嘴唇上画着红色条纹，一条镶了红边的黑色斗篷披在肩膀上，他小心翼翼，上气不接下气地慢慢走下每一级台阶。没错，他是个吸血鬼，永远年轻嘛！气喘吁吁地跟在他身后的是鲁宾逊先生，他的脖子上装饰着两颗螺钉，皮肤涂成了病态的灰绿色。"该死的科学怪人！"他说。"科学怪人是个怪物，"林戈责备说，"是按照他父亲的形象制造出来的生物。"珍妮想过鲁宾逊是否明白林戈微妙的深意，经判断，他应该是不知道的。他如果知道的话，是决不会同意的。

坎特尔太太是个黑暗的、令人生畏的仙女。（"她大多数时间都不跟他们在一起。"林戈解释说。）她戴着黑色的翅膀，眼睛还被珍妮涂上了浓浓的紫色眼影。她身后的斯莱斯韦特太太戴着一顶女巫帽，身穿用旧麻袋做成的裙子，腰间系着一条绳子，脸上闪着绿光。"哎！"她开心地说，"我就像很多年前一个儿童节目里的那个老巫婆一样，里面有个男的和一个小鸟人偶的那个节目，就是那个在修他家电视天线的时候从房顶上掉下来的家伙。"

"你为我选择了什么装扮呢？"埃德娜说。

"要特别有魅力的，"林戈若有所思地回答，"气势很强大的。"

她任由珍妮把她的头发吹得高高地盘在头顶，然后喷上了临时性的黑白颜料。"科学怪人的新娘！"看着她完成后的造型，林戈满意地说。

"埃尔莎·兰彻斯特，"埃德娜小声嘀咕说，"我曾经见过她一面。"

"真的吗？"珍妮说，"怎么会呢？"

可埃德娜摇了摇头："我已经忘了。"

殿后的是林戈。对蝙蝠侠这个角色来说，他太瘦了，可他坚持要做这个装扮。他还为珍妮选择了她的戏服。她是狼人，身穿一件破烂的衬衣，袖口钻出的一撮毛是用从先前一位房客的旧外套上拆下来的毛皮做成的，她的头发弄得乱糟糟的，一道细细的血痕从她的嘴角延伸出来。当他们在台阶顶上集合的时候，她很自然地问起了他这样选择的原因。

"你总是在变化啊。"林戈当时微笑着回答，"但你的真面目最终一定会显露出来。"

"这种心理分析也太业余了吧。"她说着，把拳头砸向了他摊开的手掌，"而你为自己选择了蝙蝠侠还真是谦虚呢……"

他抬起头，扬起坚毅的下巴，望向从苍白而模糊的月亮上缓缓掠过的云。"他也失去了父母。他决定要奉献出自己的一生来帮助别人。"

"真是崇高呢。"珍妮说，"走吧，让我们的恐怖秀上路开演吧。"

珍妮帮助坎特尔太太和斯莱斯韦特太太上了面包车，然后爬上了前排凯文旁边的位子。林戈也跟着溜上去坐在了她旁边。

"去西区，对吧？"凯文一边说，一边通过后视镜查看大家是否都已经系好了安全带，"狂欢夜吗？"

"是万圣节派对。"乔喊道，"我解释一下，免得你以为我们一直都是这种打扮。"

"我敢打赌会放那种该死的邦戈鼓音乐。"鲁宾逊先生哼哼说，"真不明白我们为什么不能找个像样的晚餐舞会。"

"鲁宾逊先生……"珍妮刚一开口，就被鲁宾逊先生举起的一只手给打断了。

"我知道，我知道。"他叹着气说。

接着所有人都插话进来："那样太不礼貌了！"

他伸出双手说："我不是已经在努力了吗？"

凯文猛地把车挂上挡，然后沿着黑暗而空无一人的海滨公路朝市里驶去。珍妮能感觉到，林戈的目光从面具的孔洞背后投向自己。她不自在地拨弄着从她的破洞牛仔裤的口子里钻出的一撮毛，然后看了他一眼。

"干吗？"

"我只是在想你的样子真好看。"他嘟囔着，把目光转向了侧窗外。

"哈哈，"她说，"你该看看我满月时候的样子。"

"我说的不只是这套戏服，"林戈说，"而是你整个人。你看上去……你以本来的面貌示人的时候似乎更加放松，就像是你不再想要做一个不同于自己的人了。"

珍妮叹了口气。"就像你说的，我只是需要放弃抵抗。如果满月说我得做一头狼，那么我想我就该乖乖地号叫。"

他摇摇头："我并没有说你要放弃抵抗。人们是有权利改变的。就拿布鲁斯·韦恩来说吧，他决定了要成为蝙蝠侠。他本可以轻轻松松地坐在他的豪宅里，不用每晚出去工作。他知道自己要去跟坏蛋战斗，但他需要等待灵感……他要等到看见一只蝙蝠飞过他的窗前，才明白自己要成为什么。有的时候，我们得先明白自己想要改变什么，才会明白该怎样去改变它。"

珍妮看着前方，他们驶入了一条灯光更加明亮的通往市区的道路，终于，一个个代表着人类文明的标记开始出现在道路两旁。日落长廊太过偏远，太与世隔绝，有时候很容易让人忘记，就在几公里之外的地方，还有着这样一片天地。她依然没有完全被林戈的话说服，她仍然认为她就是她，是西蒙·埃伯特和芭芭拉·埃伯特通过遗传和环境所创造的产物。她的血管里流着他们的血，这是她永远无法逃避的。她永远无法改变。但也许她可以给自己塑塑形，让她和自己想要成为的样子更接近些。

"大家都在为下周末的旅行兴奋不已吗？"伊维萨·乔喊道，"马恩岛之旅是吧？"

林戈斜靠在座位上。"我们也被邀请了吗？"

"当然。"乔说道，"我们每年都去，到道格拉斯玩一趟，很愉快的一天，而且费用全由格兰奇兄弟来出。"他停顿了一下，"我想这是我们的最后一趟旅行了。"

"从希舍姆坐渡船要三个半小时。"鲁宾逊先生竖起一只拇指，指着斯莱斯韦特太太小声嘟囔说，"她吐得一塌糊涂。"

"吐得船舷上到处都是，"斯莱斯韦特太太说，"胆汁都吐出来了。去的时候吐，回来的时候也照样吐。"她停了一下，两只手臂交叉抱在胸前。"话说回来，你们带喝的了吗？"

"啊，对！"鲁宾逊先生说着，伸手去面包车地板上的一只运动包里掏了掏，"该死的！忘了从弗洛林那里拿些塑料杯了。"

当他拧开百事可乐的瓶盖时，气体从瓶口钻出来发出嗞的一声。"伯尼自酿的。"他眨了眨眼说道。

"女士优先。"斯莱斯韦特太太说着，从他手里抢过瓶子喝了一大口。她喝完递给了埃德娜，后者瞪大眼睛，拿手绢擦了擦瓶口，然后做着鬼脸抿了一小口。

"好东西，对吧，埃德娜？"乔哈哈笑着，"来，挨个传。我们要在到达之前喝完这一瓶。"

当瓶子传到林戈那里时，他朝珍妮做了个有趣的表情，然后把瓶子凑到了嘴边。接下来是珍妮，她看着林戈喝了一大口。

"呃……"她擦着嘴巴说道，"真难喝。"

"拿来吧。"斯莱斯韦特太太说着，伸出一条粗壮的胳膊越过座椅靠背，"递过来，又轮到我了。"

斯莱斯韦特太太喝了一大口，又把瓶子传了下去。她打了个湿嗝，然后开心地笑了。"伯尼真是个天才。"

凯文在一片工业区边缘的一栋长条形的公寓楼外停了下来。嵌着鹅卵石的墙上有块牌子，示意这里就是西区工人俱乐部，入口处挂着一条手绘的横幅，写着"万圣节派对，来者是客"。哪怕是在面包车里，珍妮都能听到重低音砰砰的闷响。

"你能在几个小时之后来接我们吗？"珍妮问道。

凯文耸耸肩："这样吧，我就在车里等你们。我也没有其他的工作安排了，没必要回趟家再过来。"

"很好。"鲁宾逊先生说，"我可以把包留在车里，里面还有两瓶伯尼自酿的啤酒，我想他们不会允许我把它们带进去。小伙子，帮我看着点，行吗？"

"哎，"伊维萨·乔悄声说，"进去之前，我想问问有人带药了吗？"其实他本是问林戈，但林戈摇了摇头，不过坎特尔太太突然开了口。

"我的包里有些乐可舒。"她说，"你便秘了吗？"

"哎呀，那个药我吃过一次。"斯莱斯韦特太太说，"不小心误服了两剂。我只能告诉你，你是不会想在我后头进卫生间的。"

乔噘起嘴唇："啊，不要了，没事。总之还是谢谢你了，坎特尔太太。"

当他们一一聚集在面包车外时，两个看门人上下打量着他们。其中个子较高的那个说道："瞧瞧是谁来了？芒斯特一家吗？"

"住嘴，小子。"鲁宾逊说着话大步走到他们面前，"来参加派对的，一共七个人，谢谢。那个小伙子会给我们付入场费。"他转身对林戈说，"把你那助学贷款拿出来吧，林戈。"

他们穿过狭小的门厅鱼贯而入，热气和音乐声迎面袭来。所有人都穿着奇装异服，房间里四处闪烁着紫色、橙色和绿色的灯光。鲁宾逊先生朝珍妮和林戈挥了挥手。"哎，你们两个，拿点喝的进来。我要两品脱淡味啤酒。"

"我要橙汁杜松子酒。"斯莱斯韦特太太说着，用批判的眼神环视着房间，"两杯吧。不，三杯。"

鲁宾逊先生转身对着埃德娜。"格雷太太，"他庄重地说，"有幸请你跳一支舞吗？我只是个卑贱的怪物，但你是科学怪人的新娘，对吧？"

"跟着这个音乐跳舞？"听着DJ放起了节奏飞快又激烈的音乐，埃德娜皱起了眉头。

鲁宾逊先生微微欠身："我们可以跟着自己的节奏来跳，格雷太太。我们是有身份和教养的。"

珍妮看了一眼坎特尔太太，她正轻轻皱着眉头听着他们的对话。埃德娜会怎么做呢？她肯定不会⋯⋯

"我很荣幸。"埃德娜答道。坎特尔太太瞪大了双眼，"玛格丽特，你能帮我拿一下包吗？"

隔着嘈杂的音乐声，珍妮听到有人在叫自己的名字，一眼望去看到林戈在吧台正朝她挥手。她来到他旁边，端起一只装满各种酒杯的托盘，跟着他小心翼翼地穿过人群回到其他人所在的位置。

"日落军团驾到！"林戈一边喊着，一边把托盘递给大家让他们端走各自的酒，"罗伯呢？"

"在那边，"珍妮指着舞池说道，"跟埃德娜在一起呢。"

林戈咧嘴一笑用手肘推了推乔。"罗伯拿下一分。"他说。

乔只是笑了笑："孩子，我只是在等待时机，有些事情急不来的。"

"你们这些家伙在打什么主意呢？"珍妮咧嘴笑着说，"我不小心听到你们在说话……是在竞争什么吗？"

乔点点头："为了争取迷人的格雷太太的青睐。"

珍妮大笑："你们知道那实在不怎么合适吧？她又不是什么奖品。"

"唉，姑娘，我们那个年代做事的方式和现在不太一样。我很支持你们这些年轻人和你们那些性别平等与现代的行事方式，不过有的时候啊……"乔耸耸肩，"有的时候女士们是很喜欢感受到自己是很特别的。我说的对吗？"

珍妮知道林戈在看着她，不知为何，她不敢看他的眼睛。她在舞池中寻找着鲁宾逊先生和埃德娜，当她发现他们时，她不由得瞪大了双眼。

埃德娜如同一座闪耀着平静和优雅之光的灯塔。在一群蹦蹦跳跳的舞者之中，她就好像身处另一个时空中，在鲁宾逊先生娴熟（或者说是他自以为娴熟）的带领下，在人群中穿梭舞动着。表面上看是鲁宾逊先生引导着她，但显然起主导作用的是埃德娜，只是她施展了某种不易察觉的小技巧让鲁宾逊先生以为是他在领舞，实际上，是她带领着他在一群忘乎所以的舞者之中穿行。头顶的闪光球慵懒地旋转着，呼应着他们的舞蹈，让他们看起来如同老电影银幕上的影像一般。渐渐地，人们注意到了他们，人们后退一步，放慢舞步，停下来观看他们的舞蹈，在埃德娜和鲁宾逊先生周围让出了一圈空间。不知是有心还是无意，一盏聚光灯似乎照在了他们身上。埃德娜真是相当美，珍妮心想，即便她现在穿着万圣节的戏服。乐曲终了，寂静的舞池中自发地爆发出一阵热烈的掌声。埃德娜看看周围，只是微微欠了欠身；鲁宾逊先生似乎吓了一跳，面无血色地笑了笑。当 DJ 开始播放下一段音乐时，他领着埃德娜走下了舞池。

来到大家的面前时，埃德娜放开了鲁宾逊先生的手，鲁宾逊先生从林戈手上接过他那一品脱淡味啤酒，朝乔眨了眨眼："如果你愿意，现在可以投降认输了。"

埃德娜暂时离开去了洗手间，坎特尔太太说道："啊，真高兴终于能看到玛格丽特玩得这么尽兴了。"

"你是说埃德娜吧？"珍妮纠正说。

坎特尔太太一拍额头："哎哟，我真是傻。当然是埃德娜了，我才是玛格丽特啊！"

伊维萨·乔走上前来："坎特尔太太？你要不要也来跳支舞？"

她皱起鼻子摇了摇头："抱歉，亲爱的。我这髋关节可不行。或许斯莱斯韦特太太……"

大家都转身看着吧台处的斯莱斯韦特太太，她正朝酒吧招待挥舞着一张五英镑的钞票，大吼着要再来一杯橙汁杜松子酒。乔皱起眉头："还是算了吧。"

"我跟你跳。"珍妮说出的话连她自己都有些意外。

乔眨巴着眼睛："真的？亲爱的，你可能得对我多点耐心……你见过我行动起来是什么样子的，而且我要是喘不上来气了，你还得扶我坐下来。"

珍妮咧嘴一笑："一言为定！我们走吧。"

她回头看了一眼林戈，他朝她用力眨了眨眼还竖起了大拇指。她其实还乐在其中。这简直太容易了。她从前怎么就没能做到呢？

乔开始伴着音乐挪动起来，珍妮跟着他的节奏，面向他模仿着他的动作。她瞥了一眼林戈，他已经摘下了蝙蝠侠的斗篷，正朝她挥手，并再次对她竖起了大拇指。林戈曾对她说："我们得先明白自己想要改变什么，才会明白该怎样去改变它。"但也许你也同样需要看清楚自己不想改变什么，要看到那些好事，那些你喜欢的事物，还有你身上自己并不讨厌的地方。不能不分良莠一并抛弃。而此时此刻，在这间工人俱乐部里，她打扮成一只狼人，跟一个几乎没法走路的退休老人一起舞蹈，还被一个身穿章鱼戏服的男人用手肘推搡着，头顶的闪光球向房间四处投射出一道道彩色的光束。突然间，她感到了快乐。

接着，她的目光回到了伊维萨·乔身上，只见他闭上了双眼，有泪水从他的脸颊滑落。

25

《寂寞孤心》

（1958年，导演：文森特·J. 多尼休）

"布赖恩死后，"伊维萨·乔说，"你也能想象到，情况是如何急转直下。在他生命的最后几个星期里，我们一直在照料他，看着他的病情恶化，看着他……我也说不清，应该说是渐渐缩小吧。就好像生命从他身体里漏出去了一样。"乔擦擦眼睛，拿起珍妮买给他的那瓶拉格啤酒喝了一大口。他们坐在远离众人的一张桌子旁，相邻的两个位子上一边是一对僵尸正不合时宜地争论着出门前本该由谁来洗碗，另一边则是一个大块头男人，珍妮猜测他扮的应该是《权力的游戏》中的某个角色。

"在他走后……我和雪莉渐渐疏远了。我们家布赖恩，原本就是他将我们凝聚在一起的。没有了他……雪莉想要再试试，再要个孩子，可我做不到。从某种角度来说，那就像是一种背叛。我无法想象再看着一个小家伙渐渐长大，长过七岁，经历着布赖恩本该经历的一切。"他摇摇头，"我开始细数他所错过的时光，嘴上念叨着如果他还活着的话会做些什么，在学校会学些什么。他会跟我一起去踢足球，去看电影，一起办生日派对。我会说：'他今天十岁了。''我敢打赌他肯定会想要一架模型飞机，或是一只玩具船。'我想那对雪莉来说等于最后一根稻草。她说我还活在过去，可她想要朝前看。于是我们分开了。"

乔看着成群的舞者停了一会儿，又接着说："可她错了。我并不是活在过去，我是活在当下，跟布赖恩一起。只是他已经不在了。接着到了他应该十几岁的那几年了……啊，我真是怀念那房子里满是年轻人的时候。"他看着珍妮，"我自己从来没太经历过你们眼中的青少年时期。我从十五岁就开始工作，我跟雪莉也是很早就结婚了。感觉我像是刚走出校门就直接开始扮演大人了。"

"就是因为这个……"珍妮说，"你才会泡在夜总会里，还被叫作伊维萨什么的吗？"

他点点头遗憾地笑了笑。"我想我是在过自己从未有过的青春吧。派对，狂欢，嗑药，熬夜，从日落到天明。我知道年轻人都笑话我，觉得我是城里最老的赶时髦的人。可说真的，没人在乎。没人在乎你有多老。所有人都快乐地沉浸在爱里。"他盯着自己的脚，"即便只是药物的作用。至少药物还起到了作用。从某种程度上说，那感觉就好像我既是在过自己错过的人生，又是在替布赖恩过他的人生。当东方的天空渐渐泛白，我独自在某个海滩绕着篝火跳起舞……感觉好像他就在我身边。"乔抬头看着她，"听起来是不是很蠢？"

珍妮摇摇头，乔说："其实就算到现在我也还是想那样过，即便是到了这个年纪，但是因为……"他耸耸肩，"服了太多的药物，熬了太多的夜，影响到了我的大脑。我在精神病院待了一些日子，到我出来的时候，我突然就老了，而且成了孤家寡人。接着我看到了日落长廊的广告。那时候，布赖恩已经离开我的心了。不过有的时候，就像今晚一样，他还会回来。"

珍妮伸出手越过桌面握住乔的手，因为她不知该说些什么。这样的沟通感觉很好，而他似乎也从她身上获得了力量。突然，他笑了："我们还是回去找其他人吧，可不能让他们说闲话啊！"当珍妮奋力穿过人群时，乔抓住了她的手臂，"珍妮，谢谢你，谢谢你的倾听。"

"这儿可真热。"他们回来后，鲁宾逊先生说道，"我的妆是不是都花了？"

"要不要我陪你出去，呼吸下新鲜空气？"珍妮提议说。

"不，不用，我没事。我想我还是出去陪那个出租车司机待一会儿吧，免得他在计价器上做手脚。"

"你们觉得要不要大家一起走？"看着鲁宾逊先生奋力挤向门口，珍妮问道。

"啊，现在时间还早呢。"埃德娜说，她看着坎特尔太太，"你再多待一会儿没问题吧，玛格丽特？"

"哦，没问题。"坎特尔太太说，"我玩得很开心呢！你们跳舞的时候，一个好心的小伙子主动说要来帮我干点园艺活。"

"园艺？"珍妮说。

坎特尔太太皱起眉头。"我想应该是吧。说实话，我也不太确定他是什么意思。他提到叶子[1]什么的。他想卖给我一些。不过我完全不明白我为什么会想要买叶子。"

"再来点酒吧。"林戈快速说完，便朝着吧台走去。珍妮跟过去帮忙，在他点单的时候跟他站在了一起。

"天啊！乔的故事太悲伤了。"她说。

"我知道。"林戈说，"他的孩子，叫布赖恩是吧？还有他是如何变成伊维萨的这些事。"

珍妮点点头。林戈盯着她看了很久。珍妮瞪了他一眼："干吗？"

"没什么。"他说道，这下珍妮更来气了。

"说啊！"她质问道，"你是想说我终于不再自我陶醉，开始考虑其他人了，是不是？"

"你说是就是吧。"林戈一边说一边付了酒钱。珍妮正想再开口说话，却被他打断了。"帮我把这些端回去，然后你和我跳一支舞吧。"

珍妮把酒递给大家，林戈趁这个时候去了卫生间，五分钟后，珍妮突然看到他在和乐队说话。接着，当下一张唱片开始播放时，他招手叫她过去，这是首老歌，她一开始没听出来，直到唱段出来时才反应过来。

是《埃莉诺·里格比》。

林戈牵起她的手，带着她来到舞池中，把她拉进拥挤的人群里，身旁舞动着的身体将他们挤得紧紧靠在了一起。他微笑着看着她。

"你对这首歌着了魔了。"她说，"我听到你一遍又一遍地反复播放它。"

---

1 此处指大麻草叶。——译者注

"披头士，对吧？如果你来自利物浦，你就一定喜欢披头士乐队，这几乎可以算是一种法则。"

他牵着她的小臂，他们一起摇摆着。

"不过，并不只是这个原因，对吧？"珍妮追问道，"这首歌……是关于孤独的，还有绝望。埃莉诺·里格比……她死去的时候，既没有得到爱，也没有人为她感到哀伤。神父擦去了手上的尘土。没人得到拯救。"珍妮说。

她皱起眉头看着他。

"约翰－保罗·乔治，你是想拯救我吗？这就是你的目的吗，蝙蝠侠先生？你是个大英雄，你想要拯救我？"

他微微一笑，没有回答她的问题，但她停下了舞步。"林戈，真的是这样吗？你觉得我需要被拯救？你要救我逃离什么？"

"逃离你自己。"说着，他弯下腰去吻她。

"不。"珍妮说着，用放在他胸口上的双手推开了他，"不要。"

然后，她仓皇逃离了舞池。

已经十点半了，珍妮认为该走了。

"喊，"乔说道，"我才刚进入状态呢！"

"我认为珍妮说得对。"埃德娜说道。她看看四周，"鲁宾逊先生呢？"

乔耸耸肩："一直没回来，但愿他没什么事。"

他们成群结队地走出了俱乐部，来到面包车停车的地方，那里静悄悄的，漆黑一片。凯文没在前排的座位上。

"希望罗伯没出什么事。"乔说道。他拉了拉车子侧面的门，门很轻松地滑开了，一个笨重的身体跌出来摔到了马路上。

"罗伯!"

鲁宾逊先生倒在湿漉漉的地面上，仰着头睁开一只眼睛看着他们，他脸上那泛着绿光的油彩上布满了一道道汗迹。他胸前抱着一只空的百事可乐瓶。乔弯下腰去看了看。"他喝完了一整瓶伯尼自酿的啤酒。罗伯! 罗伯! 你还好吗？"

"我醉得非常、非常厉害。"鲁宾逊先生字正腔圆地吐出每一个字。

"凯文去哪儿了？"珍妮看着面包车里面问道。接着，另一个百事可乐瓶滚了出来，掉在鲁宾逊先生的胸口上弹了下来。

一颗脑袋从座椅之间探了出来，是凯文。他说："我，也，非常，非常醉。"他指着自己胳膊上的刺青，接着说："你们知道吗？我爱她——莫伊拉。没有人对一只猫的爱能超过我爱莫伊拉。"说完，他脸朝下一头栽在面包车的金属地板上，响亮地打起了呼噜。

"好极了。"珍妮说，"这下我们要怎么回去呢？"

斯莱斯韦特太太用手肘把她挤到一旁。"我来开车。帮我找钥匙。"

"你不能开车!"珍妮说，"你喝了那么多橙汁杜松子酒……"

"我可是壮得像头牛一样呢。"斯莱斯韦特太太说，"我没事。把这两个蠢货弄到后面去，然后我们就出发。"

"我可不要跟她一起坐前排。"珍妮一边钻进后座系上安全带，一边悄声对林戈说。林戈没有回应她，而是跟着斯莱斯韦特太太坐在了前排，她把钥匙塞进点火器，齿轮嘎吱响了几声后引擎便发动起来了。太好了，珍妮心想，这下他生我的气了。大家怎么就不能好好玩玩，不要把问题搞复杂呢？

"都坐好了？"说着，斯莱斯韦特太太轰了轰油门。她摘下自己的女巫帽，把它扔到了后排。接着，她挂上挡，面包车发出尖厉的声响朝前开动了起来，当她转动方向盘时，那声音如同在大声发笑。面包车滑出停车位，朝着海滨公路驶去。

"天啊，天啊，天啊！"珍妮一边摸索着自己的手机一边说，"我们还是靠边停下吧！我打电话另外叫辆车。"

"那样做的话我们可能会害好心的凯文被开除的。"埃德娜说，"毕竟只有十分钟的路程，对吧？而且斯莱斯韦特太太似乎开得挺好的。"

面包车撞到了人行道上，一个垃圾桶飞到了空中，落在车子的左侧翼子板上弹了一下，大家不由得紧紧抓住了彼此。

"或许可以放点音乐来转移大家的注意力……"说着，林戈拧了拧收音机的旋钮。

"别放那些该死的邦戈鼓音乐。"后排的鲁宾逊先生含混不清地说道。

喇叭里传出凯尔特小提琴的乐曲声，接着一阵平稳的鼓声切进来，所有人都立刻坐直了身子。

"我爱这首歌！"坎特尔太太说道。

"这才叫真正的歌。"说着，鲁宾逊先生挣扎着坐起来。

接着，钢琴声响起来，珍妮听出了这首歌，她在六年级的聚会上和学生酒吧里已经听过上百次了。乔在他的座位上蹦跳着，就连斯莱斯韦特太太也左右摇晃着脑袋。

"快来吧，艾琳。"大家异口同声地唱起来，坎特尔太太跟着节奏拍着手。

"可怜的老约翰尼·雷，"乔唱起来，嗓音竟然十分动听，"收音机里的声音有点悲伤，但他用电波感动了无数颗心。"

想不到凯文也爬了起来，接上了调子："你已长大。"

"成人了。"坎特尔太太笑了。

"成人了!"

"成人了!"

"现在我必须多说一些。"乔拍打着林戈的肩膀唱道,后者完美地和着:"快来吧,艾琳!"

接着,就连珍妮和埃德娜也都加入进来,整辆面包车里的人都一起唱起来。"嘟啦噜啦,嘟啦噜啦哎!"乔匆匆加上一段和声:"我们可以像我们的老爹一样唱起来……"

"快来吧,艾琳!"后排的鲁宾逊先生跟上节奏挥舞着空可乐瓶,大声吼道。

"噢,我发誓,他是认真的!"

林戈在座位上转身看着珍妮。

"此时此刻,我脑中只有你!"

"对不起。"他用口型说道。

"你身穿那件礼服,我承认我有点……"

"没关系。"她也用口型回答道。

"想入非非!"

可他为什么道歉呢?因为试图亲吻她吗?还是因为试图拯救她?

"啊,快来吧,艾琳!"

接着,林戈看着他所在那一侧的后视镜,说道:"糟糕!斯莱斯韦特太太,我想你最好靠边停车。"

这时候珍妮才注意到面包车内被灯光染成了蓝色,他们身后突然响起了尖厉的警笛声。

面包车摇摇晃晃地停了下来,斯莱斯韦特太太摇下了车窗。一位年轻警官的面孔出现在窗口，他先是挑起了一边眉毛，当看见车内的景象时，又不由得瞪大了双眼。林戈悄悄关掉了收音机。坎特尔太太继续忘我地唱着。

"我们那么年轻又聪明！"她兴奋不已，当发现只有她一个人还在唱时，歌声才渐渐弱了下去。

一时间，所有人都沉默了，接着鲁宾逊先生在车子的后排喊道："把那该死的音乐重新给我打开！我醉得非常、非常厉害！"

26
—

《血海仇》

（1947年，导演：约翰·克伦威尔）

巴里·格兰奇像个团长一般在休息室里踱来踱去，可惜此时的鲁宾逊先生已经没有了那样的气势，因为他现在一脸苍白如同鬼魅一般，还一副随时要吐得满地都是的架势，而且脸上还残留着奇怪的妆。他们全部站成一排，一个个盯着自己的脚。珍妮意识到，大家要挨一通臭骂了。

"我对你们已经不足以用失望来形容了。"巴里沿着这一排人走来走去，一边摇头一边说，"这么晚才回来，还大声喧哗，还招来了警察！"

"也没给我们定什么罪名。"乔说道，"不过我倒是没明白这是为什么。"

"跟你说过了，"斯莱斯韦特太太满意地说，"我可是壮得像头牛呢！就算喝很多也不会有丝毫影响。"

就连两个警官都十分困惑，他们让斯莱斯韦特太太往至少三个呼吸式酒精测试袋里吹了气，最后却不得不承认，虽然她骄傲地声称自己喝了很多橙汁杜松子酒，像担心酒快要过期了一样，可测试结果显示几乎没有检测到任何酒精。他们考虑过是否要带她回警察局做个血液测试，但最终决定，这样满满一车子穿着万圣节奇装异服的醉醺醺的退休老人和学生，不值得他们花费精力去做一大堆文书工作，何况呼吸测试又是这种结果，最后他们选择了护送这辆面包车回家，这一路倒还算顺利。挡风玻璃上有个小裂痕，是由一只不幸的海鸥的脑袋造成的，斯莱斯韦特太太本可以预见性地打个急转弯避开它，不过要想毫发无伤地回到家，还不留下任何违法记录，大家一致认为这点代价根本微不足道。

巴里停下脚步上下打量着林戈，接着又挪到乔的面前。"是你们俩的主意，对吧？你们是主谋。"

"我们都是自己愿意去的。"坎特尔太太说，"真是个愉快的夜晚。"

就连大汗淋漓的鲁宾逊先生都举起了一只手。"好了，格兰奇，没必要怪罪到某一两个人身上，是我们大家一起干的。"

珍妮沿着这一排，依次看了看他们每一个人。"是我们大家一起干的。"她从未想过有一天会在日落长廊听到这样一句话，更别提是从鲁宾逊先生的口中说出来的了。

巴里揉了揉他的脸。"我也不想这么……可我们中午就要接受检查了。"他恳求地看着他们，"弗洛林说你们是去一个……一个艺术展啊。"他瞪了弗洛林一眼，"他们怎么会穿成这样去艺术展？"

弗洛林耸了耸肩，乔咧嘴笑了。"我们那么说只是不想让你担心。"

"亲爱的，我们都不是小孩了。"埃德娜平静地说，她看了珍妮和林戈一眼，"包括这些年轻人也一样。而且我们是可以自由出入的。"

"好，好。"巴里说道。他闭上眼睛深吸了一口气，"这次检查……非常重要，是为了更新执照好让日落长廊继续作为休养院经营下去。这位检查员……她可能想跟你们中的一些人谈话。"他睁开眼用恳求的目光看着大家，"拜托不要跟他们说，你们跑出去在一个化装舞会上喝得酩酊大醉。"

鲁宾逊先生敬了个礼。"明白，格兰奇。好了，如果各位不介意，我想回床上睡上一两个小时，行吗？感觉有点不舒服。"

"好吧。"巴里叹了口气，"不过最后还有一件事……如果你们在这里还藏有那些自酿啤酒，能不能处理掉？还有，谁能去把那个出租车司机叫醒，让他把面包车从台阶下面挪走？"

"你们这些家伙还挺懂派对呢。"凯文瘫倒在面包车的后座上说道，他把珍妮从弗洛林那里讨来的一袋冻豌豆按在额头上，"老天！那自酿啤酒的劲还真大。"

"那你应该不会想要这个了吧。"珍妮说着，拿出一只手提袋，里面是她硬从乔和鲁宾逊先生手里抢过来的剩下的两瓶酒，"我们不能把这些留在这里，可能会被检查员发现的。"

凯文往袋子里看了一眼，哼哼了两声，然后说："这个嘛，我可不愿意让它白白浪费掉。谢了啊！"

"你确定你可以开车吗？"见他吃力地爬上驾驶座，珍妮问道。

他看了一眼挡风玻璃。"老天！这是怎么回事？"

"是海鸥。"至于斯莱斯韦特太太撞到垃圾桶时在侧翼子板上留下的那个大凹痕，她想了想，觉得还是不提比较好。他用不了多久就会发现的。

凯文看着她："我是不会想知道我们是怎么从城里回来的，是吧？"

珍妮皱起鼻子摇了摇头："是的。"

他看了一眼手表。"八点了。天哪！过三个小时就又要上班了。"珍妮关上了车门。他摇下车窗说："很愉快的夜晚。下次你和你那一帮人要出去的话再打电话给我。"

珍妮回到休息室时，鲁宾逊先生已经离开去打盹了，乔在咖啡桌上玩着单人纸牌游戏，斯莱斯韦特太太静静地调换着电视频道。珍妮走进来时，乔抬起头说道："总体来说，很美妙的一晚。"

"我的脑袋嗡嗡直响，"珍妮说，"我想是因为伯尼自酿的啤酒。"

"劲大得跟火箭燃料似的。"乔点点头，"你感觉还好吗，斯莱斯韦特太太？"

她耸耸肩："像我之前说的，我喝什么都不会醉。"

"你玩得开心吗？"珍妮问道。

斯莱斯韦特太太把目光转向她："我们出去过了一个还不算太糟糕的夜晚。这并不代表我们成了朋友什么的。"

"也对，我想也是。"珍妮不知所措地说。

斯莱斯韦特太太又转头去看电视了，乔冲珍妮做了个鬼脸。珍妮说："你看到林戈去哪儿了吗？"

珍妮不知道有没有人看到林戈在舞池中笨拙地想吻她的那一幕。他究竟在想什么啊？更重要的是，她究竟在想什么呢？她喜欢他吗？她自己也说不清。可以肯定的是她并不讨厌他，他长得也算可以……聪明，有趣……也许有时候有点太过热情，不过这也可以看作相当有魅力的特质……珍妮摇摇头。她是想说服自己什么吗？

珍妮决定去冲个澡，思考一下乔昨晚对她说的话。他们都有各自的不幸，也都有各自的成就。各种各样的故事，放在一起组成了一段人生。

可珍妮·埃伯特的人生是由什么样的故事组成的呢？

是发现了她外祖父的电影作品，是那场车祸，还是观看《马耳他之鹰》？可这些似乎都不足以造就珍妮，它们更像是一个个火花，推动她朝着一个或另一个方向前进。它们并不是某种基础，不是建造一座高塔的基石，就像林戈在海滩上造的那些石塔一样。

在这之前是否存在过一个珍妮·埃伯特呢？还是说只有一团混沌，一种困惑，一些支离破碎的故事？感觉珍妮·埃伯特是来到日落长廊后才真正存在的，似乎直到现在她的经历和故事才开始堆叠起来，渐渐有了脉络。

当她不再试图去决定珍妮·埃伯特应该是什么模样之后，她才开始感觉到自己就是珍妮·埃伯特。

之前没有胃口吃早餐，此时珍妮饿得肚子疼，于是下楼来到休息室想看看能否找弗洛林要点零食。坎特尔太太在阅读一本用大号字排版的爱情小说。斯莱斯韦特太太依然在看电视，而鲁宾逊先生看起来精神好多了，正躲在《每日邮报》背后干咳。鲁宾逊先生一直用锐利的目光时不时地看一眼乔，他正靠着壁炉自顾自地吹着口哨，而埃德娜坐在靠窗的座位上，看倾盆大雨冲刷着窗格。

珍妮走过去坐在埃德娜旁边，埃德娜看了她一眼，低声说道："你对我们的'调查'有什么新想法吗？"

珍妮悄声说："我在想会不会坎特尔太太只是把那些宝石放错了地方，也许我们可以问问是否能仔细搜查一下她的房间。"

埃德娜点点头，转回头看着窗户。接着，她说道："我想到了另外一件事，关于之前的那次停电，就是你被锁在房间里那次。"

珍妮笑了。"我没有被锁起来，肯定是门被卡住了。"她停顿了一下，"不过之前从来没有发生过，之后也没有。也可能是门自己关上了。"

"嗯。"埃德娜说，"你看啊，我想起一件事……玛格丽特的宝石丢失的时间刚好是我们看完你外祖父的第一部电影之后，对吧？"

"应该是吧……可我不觉得这……"

"电影是叫《冰封的心》，对吧？讲的是——"

"钻石盗窃案！"珍妮瞪大双眼，说道。

"而你房间里的那件事是紧接在看完第二部电影之后发生的，那部叫《孑然一身》……"

珍妮飞快地用手捂住了嘴巴。"讲的是有人被关押进了监狱！"她压低嗓子激动地说。

埃德娜点了点头："像我所说的，我就是突然想起了一些事……"

珍妮环视着房间。乔，鲁宾逊先生，坎特尔太太。最后，她的目光落在了斯莱斯韦特太太身上，她正用近乎蔑视的眼神看着她和埃德娜。林戈给她看过他因为课题对斯莱斯韦特太太进行采访的笔录，还有她所说的那些话。

"你根本就不明白，对吧？你让我很难过。我难过是因为你惹我生气，就这么简单。你现在可以走开了吗？"

就是她干的，珍妮心想，就是斯莱斯韦特太太。她偷走了宝石，还把我锁在房间里。她个子够高，也够强壮。她能够在门外抓住门把手。她想要吓唬我。可她为什么会偷坎特尔太太的宝石呢？仅仅是闹着玩吗？还是说……要是斯莱斯韦特太太看到坎特尔太太拿宝石给我看了呢？要是她知道我是日落长廊里唯一一个知道它们存在的人呢？

要是她想用某种办法诬陷我、除掉我该怎么办？难道就因为她不喜欢我？

好像听到了珍妮心里的话似的，斯莱斯韦特太太靠在椅背上，头仰躺在椅背的罩子上，壮硕的胳膊交叉在胸前，脸上带着沾沾自喜的微笑。

"我要睡觉了。"她宣告说，"别因为你们那些无聊的唠叨把我吵醒了。"

"真是其乐融融呢。"鲁宾逊先生嘟囔着。

珍妮看了一眼她的手机，已经十一点半了。她说："你们觉得，检查员来的时候，我们是不是应该做点什么……做点什么建设性的事？"

鲁宾逊先生看着她："比如呢？别跟我提把疯狂莫莉找回来啊！去他妈的下犬式。"

乔抬起头来："不过，这主意倒还不错。不要疯狂莫莉，换点别的。昨晚我们被警察给送回来，我现在都还对巴里感到有些抱歉呢。"

"哎呀，鲁宾逊先生，你当时看上去的确很好笑。"坎特尔太太窃笑着说，"你一脸的绿色妆容，连路都走不直。"

"该有人拦着我啊！"鲁宾逊先生说，"你们知道，我有心绞痛的。你们就不应该让我去，还喝那么多自酿啤酒。"他看看四周，"一点责任心都没有，尤其是你们这些年轻人。"

"罗伯，你就喝不了啤酒。"乔说道。

珍妮能感觉到大家都渐渐重新回到了平时争吵不休的状态，于是站起来调停："检查员很快就要来了，我想我们也该做一些努力，这是我们欠格兰奇兄弟的。"

"希望那个该死的拉脱维亚人也努努力，午餐别再热些白菜汤上来了。"鲁宾逊先生嘟囔着。

"来玩牌吧！"珍妮说着，从咖啡桌上抓起了那一摞扑克牌，"之前我们玩得挺开心的。我们来玩玩牌吧！那个玩法叫什么来着？就是你凑齐三张一样花色的，然后四张另一种花色的……"

"拉米牌。"乔说道，"好主意，珍妮。"

"该死的拉米牌。"鲁宾逊先生嘲讽道。他折起手中的报纸，塞在了沙发侧面。"也好，只要能让你们安静点就行。"

这时候，门铃叮当响起来，珍妮跑到休息室门口去看弗洛林开门，一个一脸严肃的女人拎着一只公文包跨过门槛，在门厅四处张望着。

"她来了。"珍妮压低嗓子着急地说，"是那个检查员！大家都围到桌边来。"

乔开始发牌，并朝斯莱斯韦特太太点了点头："叫醒她。"

"我们是不是让她继续睡比较好？"埃德娜提议说。

"万一她开始放屁和打呼噜呢？"鲁宾逊先生说，"乔说得没错，把她叫醒，让她要么来玩牌，要么回她的房间躲起来。"

珍妮蹑手蹑脚地走过去，低声说道："斯莱斯韦特太太？斯莱斯韦特太太？检查员来了。你要跟我们一起玩牌吗？"

斯莱斯韦特太太仰着脑袋坐在椅子上，闭着眼睛，嘴巴大张着。珍妮推了推她的胳膊。"斯莱斯韦特太太！"她加大音量说道。这一次，她更用力地摇了摇她，生气地低声说道："老天啊！我知道你不喜欢我，可是能不能请你起来？"

斯莱斯韦特太太的脑袋朝前耷拉下来，下巴抵在了胸口上。珍妮赶紧把手缩回来，好像被烫着了似的，接着，又冒险再次用力摇了摇她的肩膀。

"斯莱斯韦特太太……"

珍妮转过身来面对着其他人，大家正整理着手中的牌，鲁宾逊先生气冲冲地看着自己的一手牌。乔招手喊她过去："亲爱的，别管她了。过来看看你的牌吧。"

"是斯莱斯韦特太太。"珍妮木然地说，"我想她是死了。"

林戈之星

斯莱斯韦特太太

我听说过你做的一些采访。到处乱戳乱捅，好像我们是动物园里的动物似的。我不知道我有什么理由要做这个采访。我得问问你，是要我帮你做那该死的作业吗？算了，只要能让我清净，怎么都行。

我知道你玩的是什么把戏。幻想你自己是个作家，是吧？你觉得我们每个人都多少有点什么故事，有点什么悲惨遭遇，是吗？我听到伊维萨·乔哭哭啼啼地说他死去的孩子的事。还有鲁宾逊先生，去看了场电影，回到家发现他爸爸死在了战争中。他妈的哭哭啼啼的。

你猜怎么着，小子？对你来说我们都一样。我们都老了。我们曾经也像你一样，而有一天你也会像我们一样。我不喜欢你，你们这些小孩我一个也不喜欢。我可不是伊维萨·乔，总想着重新过一次自己从来没真正经历过的青春。我只想一个人待着。我们都是。正因如此我们才会来到这里。

什么？你问我要是想自己待着，干吗还要来这里跟其他人住在一起？这就更显示出你什么也不懂了。因为最适合自己待着的地方，就是那里的所有人都想要自己待着的地方。就像今年那则新闻里的那个家伙一样，就是上火星的那个，汤姆少校。他的脾气可是相当暴躁。不过他做得对，去了一个什么人也没有的地方。要是可以的话我也愿意去。

瞧见了吧，我们本来都快乐地痛苦着，结果你们这伙人出现了。那个叫格雷的女人和坎特尔太太比你们早几个星期来了，这本来就已经够糟糕了，但至少她们还跟我们一样。但是，你们这伙人……

你别以为我是在忌妒，别觉得我希望再年轻一次，别以为我看到你们会伤心，因为我又老又胖，头发也掉光了。我讨厌变老，但同样讨厌年轻。你想知道为什么吗？你想要故事？好吧，我就给你一个故事。我还记得我曾经去看过这样一部电影。

就是《E.T. 外星人》。你记得吗？又矮又胖的棕色小外星人，他在地球上迷了路，被一个爱发牢骚的小孩发现了。政府的人出现了，然后追得他们到处跑。我带着我的孩子们去的，他们好几个星期一直说"妈妈，妈妈"，缠着我要去。我自己是从来不喜欢这类电影的，什么外星人之类的。愚蠢！不可能发生的事，对吧？那拍这样的电影又有什么意义呢？言归正传。我当时想，要是换了我，我就把那怪物交给政府，而不是帮他逃跑。那可是个外星人啊，对吧？根本就不该出现在这里。可怕的皱巴巴的小东西。

到了结尾的地方，其他的外星人回来找他了，可能是他的妈妈和爸爸……说实话，我并没太在意。接着大家都哭了起来，那个小外星人告诉那个爱抱怨的小孩要乖，然后就完了。我不明白为什么周围的人一个个都哭哭啼啼的，就连我自己的孩子也是。"真是谢天谢地！"我喊道，"把那个棕色的小粪球送回老家去吧！"

接着，我止不住地哈哈大笑起来。只有我一个人这样。我的孩子们跑出去，说我毁了他们和所有人心目中的这部电影。我才不在乎！那只是个该死的人偶，一个棕色的皱巴巴的粪球人偶。

所以说不要评判我。在我们生活的这个世界里，人们会为一个外星人人偶痛哭流涕，那我还有什么理由要去关心真正的人呢？

不，这并不会让我难过。你根本就不明白，对吧？你让我很难过。我难过是因为你惹我生气，就这么简单。你现在可以走开了吗？

27

《遮掩》

（1949年，导演：艾尔弗雷德·E. 格林）

大家坐在那里沉默了片刻，接着，所有人都七嘴八舌地说了起来。

"嘘!"珍妮说道，不过她自己也不知道为什么。她搓了搓自己的手，这只手先前触碰过斯莱斯韦特太太裸露的胳膊，她已经死掉的裸露的胳膊。

"让我过去，"鲁宾逊先生说道，"让我看看，也许她根本就没死。"

他弯下腰认真地听她的呼吸声，然后拿起她松松垮垮的胳膊，三根手指按在了她的手腕内侧。

"死得透透的。"他把她的胳膊放回到椅子上，向大家宣告说。

"我们最好去找一位格兰奇先生来，"坎特尔太太说，"或者是弗洛林，他会知道该怎么做的。"

"已经没什么能做的了。"鲁宾逊先生说，"她死了。"

"我的天啊！"珍妮说。

乔站起身来："可怜的老太婆。不过，至少她是快乐地死去的。"

埃德娜抬起一边眉毛："真的吗？"

乔耸了耸肩："这个嘛，我所说的快乐指的是痛苦。毕竟她只有在发脾气的时候才真正快乐，对吧？"

接待厅里有说话声，乔准备过去开门。

"等等！"珍妮压着嗓门喊道。大家都看向她。她回头看着斯莱斯韦特太太。她看起来很安详，就像只是睡着了一样。"等一下。这会不会让检查员产生不好的印象？"

鲁宾逊先生抬了抬眉毛："亲爱的，这儿可是休养院。人们来这儿就是等死的。"

"我知道，可是……"

埃德娜点点头："我觉得，珍妮说得有些道理。格兰奇兄弟通常可不太善于应对巨大的压力，而弗洛林那孩子发现牛奶送错了都会急得像只没头苍蝇似的。要是我们宣布说斯莱斯韦特太太刚刚死了，你能想象会发生什么事吗？"

"老天！你觉得会不会是伯尼的自酿啤酒造成的啊？"

鲁宾逊先生看着他。"我的天啊！乔，我们可都喝了，而我们现在还好好地站在这儿呢。而且你也亲眼看到了，她可是灌下了足够放倒一头大象那么多的橙汁杜松子酒，结果在呼吸测醉仪上完全没有显示。"他耸耸肩，"她就是时候到了而已。"

他们所有人盯着斯莱斯韦特太太看了很久。乔慢慢说道："我们要是再多等一会儿……等到检查员走了……再告诉别人，应该也不会有什么关系吧……"

鲁宾逊先生用力地搓了搓他的胡子："你们知道吗？这可能是违法的。"

"要是检查员进来了怎么办？"乔说道。

"我们就说她睡着了。"珍妮说，"我们就说她经常打瞌睡。"

门被打开的时候，他们全都吓了一跳，结果发现是弗洛林。"五分钟后吃午饭。"他说道。

珍妮看着乔。如果他们都去了餐厅，那弗洛林就会试图叫醒斯莱斯韦特太太，他会崩溃的。乔说道："弗洛林，我们今天想在这里吃饭。"

他挨个看了看其他人，然后大家缓缓点了点头。"对，"坎特尔太太说，"这样挺不错的。"

弗洛林皱起眉头："为什么呢？"

珍妮眉开眼笑地说："今天是我的生日！"

鲁宾逊先生点点头："对，今天是这姑娘的生日。我们要在这里吃午餐来庆祝。"

弗洛林满脸笑容："生日啊！我今天早上才做了个蛋糕！我去去就回！"

他走后，珍妮一下子跌坐进沙发里。乔拍拍她的肩膀："没事的，亲爱的，你刚才那可真是神来之笔。我们只需要等上一个小时，然后就可以假装成没法叫醒她的样子。"

五分钟后，门再次打开，弗洛林端着一个燃着熊熊烛光的巧克力大蛋糕进来了。"我不知道寿星多少岁，所以把蜡烛全插上去了。"弗洛林骄傲地说。

"哎呀！"坎特尔太太说，"不过，这可是巧克力蛋糕。斯莱斯韦特太太不会喜欢的。"

"就这一次，我想她不会介意的。"鲁宾逊先生咬牙切齿地说。

弗洛林把蛋糕放在咖啡桌上，然后从口袋里变戏法似的拿出一卷纸王冠。"这是圣诞节剩下的！每人一个！乔先生、珍妮、坎特尔太太……"

"我来发吧。"珍妮说着，把剩下的抢了过去。她轻轻笑了两声："终于到我的生日了。"

"还有喇叭！"说着，弗洛林摊开了桌上的塑料派对喇叭，"现在大家把帽子戴上，我们可以唱歌了！"

鲁宾逊先生翻了个白眼，把他的绿色纸帽子打开来。珍妮转过身，愁眉苦脸地往斯莱斯韦特太太的头上也戴了一顶。她站在那具尸体和弗洛林中间，把埃德娜和坎特尔太太往自己的两侧拉近了些。

"好，我们一起唱！"弗洛林开心地说，"祝你生日快乐！祝你生日快乐……"

乔开始用一个塑料喇叭伴奏，弗洛林绕过珍妮往她身后看了看。"一起来吧，斯莱斯韦特太太，一起唱！祝你生日快乐，亲爱的珍妮！"

这时候，门开了，格兰奇兄弟往两旁一让，眉头紧锁的检查员走进了房间。

"祝你生日快乐！"弗洛林唱完最后一句，乔的伴奏声也渐渐弱了下去。

巴里紧张地微笑着："啊，大家好啊！这位是卡尔文女士，她今天要对我们进行检查。呃……弗洛林，我不知道今天有人过生日啊……"

"是我的生日。"珍妮说。

"这是其中一个学生吧。"卡尔文女士说道。

"是的，另一个叫林戈，今天去学校了。"珍妮说。

巴里上前一步，说道："那正好我们就来介绍一下吧，这位是乔，这是坎特尔太太，还有格雷太太、鲁宾逊先生，椅子上那个是斯莱斯韦特太太。你还好吗，斯莱斯韦特太太？"

乔竖起一根手指放在嘴唇上："嘘！她在打盹呢。"

卡尔文抬了抬眉毛："你们这么唱她还能睡得着？"

"这个嘛，她耳朵聋了，对吧？"鲁宾逊先生说。

巴里皱起眉头："是吗？"

"她聋得什么也听不见。"埃德娜说，"我觉得她是不想让你知道，这件事让她有些难堪。"

"不过我们一直在帮助她！"珍妮说，"在日落长廊大家都是快乐的一家人！"

她看到格兰奇兄弟一脸疑惑地互相使了个眼色。珍妮感觉到有什么东西打了她的大腿后侧一下，低头一看，是斯莱斯韦特太太的胳膊垂到了椅子旁边。

"啊，她醒了。"坎特尔太太也低头看了一眼，说道。珍妮看着斯莱斯韦特太太，心里暗暗叫苦，然后抬起她的胳膊放在了她的胸前。

"不，她没醒，坎特尔太太。"珍妮说着，虽然面带微笑，眼睛却在瞪她，"她睡得像婴儿一样香呢。"

她们站在那儿一声不吭地看着对方，房间的一侧是房客们，另一侧则站着检查员、格兰奇兄弟和弗洛林。沉默被一声又长又响的放屁声给打破了，那声音显然来自斯莱斯韦特太太。

"妈呀！"珍妮叫道，她第一次真正明白了人们所说的吓得灵魂出窍是什么意思。

"瞧，她还在睡呢！"坎特尔太太说。

检查员皱起鼻子。"行吧，好了。很高兴看到你们大家在一起这么开心。两位格兰奇先生，你们的工作做得很出色。结束参观之前，我想去看一下厨房，不知现在是否方便……"

等他们一一走出房间时，珍妮转过身来。斯莱斯韦特太太已经死了，确认无误。

"尸体是有可能会放屁的，"鲁宾逊先生说，"我之前听说过。"

珍妮瘫倒在沙发上，盯着斯莱斯韦特太太安详的脸，那顶蓝色纸王冠歪在她头上。埃德娜在窗边往外看："看样子检查员要走了。"

"谢天谢地！"鲁宾逊先生说道，"等格兰奇兄弟进来了，立刻把他们叫过来，跟他们说我们是刚发现她这个样子的。"

"再等五分钟，罗伯。"乔说着，一勺子挖进了一大块蛋糕里，"我们一通知他们，立刻就会出大乱子的。至少让我们赶在那之前先享用完这个。"

半小时后，他们一个个大声地假装对无法叫醒斯莱斯韦特太太感到担忧，接着，格兰奇兄弟和弗洛林在她周围忙得团团转并宣称她已经死了的时候，他们又装出一副悲痛的样子。只有珍妮例外，她猛然意识到自己是真的感到难过。他们全都被领出了休息室，弗洛林把尸体盖了起来，格兰奇兄弟打了几通必要的电话。

"我该把她的纸王冠留在头上吗？"他们离开时，弗洛林问道。

加里·格兰奇瞪着他："你究竟有什么理由要这么做？"

弗洛林耸耸肩。"她看着那么开心，"他说，"难得一见啊！"

他们聚集到门厅里时，大门开了，林戈走了进来，他看着大家问："我是错过什么了吗？"

"我们吃了很美味的巧克力蛋糕。"乔说道，接着他控制好自己，又说，"啊，对了，还有个坏消息。"

珍妮感觉到自己的脸部拧成了一团。"斯莱斯韦特太太去世了。"说完，她突然忍不住大哭起来。

林戈皱着眉头走上前去，珍妮欣然接受了他的拥抱。

"这些年轻人啊，"坎特尔太太评论道，"就是没法像我们一样正视死亡。"

林戈摇摇头："我们中有些人对死亡有着更深的理解。在去年夏天的一场车祸中，珍妮失去了她的父母。"

珍妮停了一下。她无法相信他刚刚说了什么，就那么大声地对着所有人说了出来。

"你这个白痴！"她尖叫着，不停用拳头砸向他的胸口，直到他放开了她。她用手擦了擦鼻涕，然后瞪着一脸不解的林戈。"你这个白痴！"

接着，她突然转身，朝楼上跑去。

珍妮躺在床上，盯着自己的手机，这时，门口响起一阵急促的敲门声。不是林戈，他会直接进来的。"门没锁，"她把脸埋在枕头里含混不清地说道，"除非又有人把我锁在里面了。"

来的是埃德娜。珍妮撑着自己的身体坐起来，双膝抱在胸前。埃德娜说："我能进来吗？"

珍妮点点头，用衣袖擦了擦眼睛。埃德娜在床尾坐了下来，环视着房间。地上摆着一摞摞DVD，那件狼人戏服还在昨晚珍妮脱下它的地方。"抱歉，房间里太乱了，"她说，"我没想过会有人来。"

埃德娜的目光停留在了床底下包里撒落出来的胶片盒子上。珍妮蹲下来拉上了绿包的拉链，她实在需要更小心地照看这些东西。

埃德娜说："林戈把发生的事情都告诉我们了，就是有关你父母的事。"

"他没权利这么做，"珍妮说，"轮不到他来说。"

"我想他并没有恶意，事实上，可以说我很确定这一点。他……"埃德娜停顿了一下，寻找着合适的措辞，"那孩子，他很看重你。"

珍妮闷闷不乐地点点头，盯着自己的脚趾："我……我碰到她了，我碰到斯莱斯韦特太太了。我碰到了她，她死了。"

埃德娜犹豫地伸出一只手放在珍妮的手臂上。"我知道，那感觉肯定不好受。"她好奇地看着珍妮，"在车祸之后……你没有见到过你的父母吗？"

珍妮摇摇头。她都想杀了林戈。她真的不想进行这样的对话，现在不想，一点也不想。

埃德娜接着说："林戈觉得，这事才发生没多久……而我也赞同他的看法啊，觉得你可能还没有缓过来……我们认为他们出事后所产生的一系列影响可能还没有真正触及你……"

珍妮看着她："我已经完全接受了所发生的一切，接受了自己所做的事。你不用担心我，我只是不想讨论这件事而已，永远也不想。我宁愿你们大家都假装对此毫不知情。求你们了。"

埃德娜停顿了一会儿，似乎在整理自己的思绪，接着她又说："这是你的选择，我会尊重你。我也会告诉其他人的。不过，我只想让你知道，我们都曾经以这样或那样的方式经历过失去亲人的痛苦。我们都能理解。"

珍妮盯着她看了很久，想要对着她放声大叫，想要告诉她究竟发生了什么事，告诉她全部的真相。可那样一来埃德娜会怎样看待她，会怎样看待珍妮的所作所为呢？于是，她最终还是说："理解并不一定能有什么帮助。"

埃德娜微微一笑："当然不能，至少一开始是没太大帮助的。可是最终，你会找到那个能够理解你的人……而那个人，会如同天使一般。"

"埃德娜……你失去了什么人呢？"

埃德娜没有说话，只是又笑了笑，拍拍珍妮的手臂，然后站起身离开了房间，轻轻地关上了身后的门。

28

《女人的秘密》

（1949年，导演：尼古拉斯·雷）

到了第二天早上，有关斯莱斯韦特太太的所有痕迹都已经被从日落长廊里清除了，就好像她从未到过这里一般。只剩下她平时总爱坐的那把椅子，坐垫上的凹痕还能看出她臀部的形状，还有那个电视遥控器，其他人甚至在换过频道之后，还会不自觉地放回到椅子的扶手上。斯莱斯韦特太太的尸体是在她去世当天被殡葬人员挪走的。第二天，她的女儿就来到日落长廊，带走了她的物品，并在相关文件上签了字。

在弗洛林把斯莱斯韦特太太的遗物搬下楼梯时，珍妮刚好在接待厅里遇到了那个女儿，是个四十多岁的丰满的女人。珍妮觉得有必要说点什么，于是含混不清地说道："对你失去亲人我感到很难过。"

那个女儿转眼用疲惫的目光看着珍妮："谢谢，不必难过。你真好心，不过我知道你并不是真心的。"

珍妮刚想开口象征性地辩解两句，可那女人摇了摇头："没关系。我知道她是个讨人厌的老太婆。"

那个女人低头看了看斯莱斯韦特太太的东西。"她有三个孩子，可在这些东西里面，连一张我们任何一个人的照片都没有，孙子孙女的也一样。对于她不喜欢我们这件事，她丝毫没有遮掩。说真的，她谁也不喜欢。正因如此她才会搬来这里。她并不是不得已才来的，其实我们都是愿意让她跟我们住的。"

珍妮把林戈所做的采访，以及斯莱斯韦特太太是如何不配合的，告诉了那个女人。那女人笑了笑，那笑容虽然并不开心，但很和善。珍妮说："我想他只是想了解她的故事……了解是什么让她变成了现在的样子。"

"亲爱的，有时候人并不一定有故事，有时候他们纯粹就只是不友好而已。并不是因为他们年老，我们就要为他们找理由。作为她的女儿，我并不愿意这样说，可她一直都是个糟糕的人，而这背后没有什么谜团，也没有什么不幸。她就是喜欢这么恶毒，还乐在其中，仅此而已。"

巴里带着所有的必要文件从办公室走出来，询问斯莱斯韦特太太的女儿是否将举办葬礼。那女人叹了口气。"这个问题我们自然是已经讨论过了，难得赶上她能开尊口跟她的家人说几句话。她总说她最开心的时候就是你们去马恩岛旅行的时候，说她想要把骨灰撒在那里。"她摇摇头，"我知道这听起来一定很糟糕，可我想家里面没人有兴趣做这件事。"

巴里犹豫了一下，然后说："我们马上就要去马恩岛旅行了，但说实话，我们的经费……"

"我来付钱。"斯莱斯韦特太太的女儿连忙说道，"你们去旅行，把她的骨灰撒到那里，就当是帮我们的忙了。"

巴里严肃地点点头："好吧，能否请你来办公室，我们安排一下？珍妮，能不能麻烦你在我们结束前先照看一下斯莱斯韦特太太的遗物？"

巴里他们进入办公室关上门之后，珍妮注视着那三个纸箱子和装着斯莱斯韦特太太衣物的包。如果那些宝石和奖章还有照片都在这些箱子里……那谜团就解开了。斯莱斯韦特太太绝对有盗窃的动机，对于所引起的各种麻烦和冲突她肯定会感到很开心。迅速看了看四周之后，珍妮蹲下来开始在这些箱子里翻找，接着是那些装衣服的包。什么也没有，只有斯莱斯韦特太太的一些小玩意儿，几本卷了边的平装版医生护士爱情小说、一些零钱、一个微型威士忌酒瓶。当弗洛林拿着一个被尖角顶得鼓鼓的黑色垃圾袋走下楼时，珍妮站起身来，巴里也和斯莱斯韦特太太的女儿一起走出了办公室。

"我在她的床底下找到了这些。"弗洛林打开袋子，说道，"都是整盒的太妃糖，有很多很多。"

那女儿一脸愁容。"这些都是她孙子孙女送她的礼物。她总说她很喜欢那些太妃糖。"她看了看袋子里，"有些她甚至连包装纸都没有拆开。"

"需要我把它们放到你车里吗？"弗洛林问道。

那女儿摇摇头："不用了。那样只会让孩子们难过。如果还在保质期内，你们就留着吧。如果不麻烦的话，替我扔掉也行。"

弗洛林搬起纸箱跟跟跄跄地走出门去，斯莱斯韦特太太的女儿在门廊停住了脚步，回头看着珍妮："友善一点并不难，对吧？又不用花费什么代价。"

"你昨晚究竟去哪儿了？"

珍妮站在林戈的卧室敞开的房门前，他此时正躺在床上，看着一本破旧的平装书。他抬头看着她，眨了眨眼。

"怎么了？"

珍妮交叉双臂抱在胸前。"我一直等着你，你没有回来。"

林戈把书扣在床上，坐起身来。"抱歉，是我忘了我们什么时候结婚了吗？"

珍妮大步走进他的房间，四下看了看。这是她第一次进来。墙上有一张披头士的专辑《救命！》的海报。他可真够喜欢他的披头士的，珍妮心想，她觉得这可真够陈词滥调的。他注意到她在看什么，然后模仿着封面上乐队成员的手臂的动作。"旗语，是吧？"他说。

他的观星望远镜放在窗边，对着外面的大雨。估计他就是在这里跟鲁宾逊先生共赏满月，联络感情的吧。她瞪着他："我可不管什么旗语。我关心的是……"

"情况就是，我出去喝了点酒，跟一些朋友一起。你也知道，我来这里已经一年了。"

"我根本不关心这个！"珍妮说。

"你们班里的一些人也在，萨伊玛和……安珀？"

"哦。"珍妮皱起眉头，"你跟我的朋友一起出去干什么？"

林戈投降似的举起手，然后伸手去拿他的书。"她们刚好在那儿。我跟她们聊了聊。结果，我发现她们其实有点无趣，我是指对你来说。"

"我是不是可以理解为你也跟她们说了……说了我告诉过你的事？就是车祸的事？就像你对着埃德娜倾诉那样？"

林戈缓缓点了点头："啊，好吧，我明白了。你就是为这个生气啊？"

"没错！"珍妮说着，一巴掌拍上自己的额头，"你为什么要告诉她？"

"我并不知道这是个秘密！"

"这轮不到你来说！"

他们站在房间的对角怒视着对方。林戈叹了口气，再次举起了双手："好吧！对不起！"

珍妮坐在他的床沿上。"听我说，我知道你是好意，可是……我就是不想谈论它，无论跟谁。答应我你不会再告诉其他人，行吗？"

林戈耸耸肩："一言为定。"他盯着她看了一会儿，"刚才楼下那个女人是谁？"

"是斯莱斯韦特太太的女儿。"珍妮站起来，去查看从林戈窗口探出去的望远镜，"她说斯莱斯韦特太太并没有什么背后的故事，也没有什么特别的原因让她变成一个坏脾气的老太太。没有任何原因让她变成那样。你觉得这是真的吗？"珍妮透过望远镜的目镜看了看，只看到一片灰色。

林戈合上书，翻身躺在床上，脑袋垂在床尾，倒过来看着珍妮："如果她这么说，那我想应该是真的。你和我，我们都喜欢故事。你喜欢你的老电影，我喜欢我的书。故事从来都是被层层包裹起来的，对吧？不会有松散的情节。只有在真实的生活中才会有斯莱斯韦特太太这样的人，因为在电影里，她会是个垃圾角色。她只会无缘无故地摔烂蛋糕。你听说过契诃夫之枪吗？"

珍妮从望远镜上移开视线抬起头来："没有，是部电影吗？"

林戈笑了起来："不是。安东·契诃夫，俄国人，写戏剧和短篇小说的。他说过，如果你在故事的开头提到了挂在墙上的一把枪，那么在故事中的某个时刻那枪一定会打响，否则就没有提到那把枪的必要了。"

珍妮又回头继续去看望远镜。她还是什么也看不到。林戈说："构成一个精彩故事的各种元素，在真实的生活中并不一定都会存在。斯莱斯韦特太太的女儿说得没错，有时候人就是会莫名其妙地惹人厌。"他从床上翻下来，"来，你要想看到东西的话，得对焦才行。只不过，现在没什么东西可看，只有云层、大海和雨。"

珍妮透过取景器向外望去。林戈迟疑地说："那你是原谅我了？"

珍妮没有抬头，说道："友善一点又花费不了什么，对吧？"

他重重地叹了口气："你可真是宽宏大量啊！"

珍妮终于从望远镜上移开了视线，皱着眉头看着他："我是在说你呢！友善一点又花费不了什么。所以不要到处谈论别人，除非是人家要求的，行吗？"

她站起身来。看样子，在日落长廊的犯罪浪潮中，斯莱斯韦特太太已经谢幕了，而这意味着那个坏蛋还在逍遥法外。她是时候要开展真正的调查了。

"你去哪儿？"林戈问道，"我可以跟你一起吗？"

她用手点了点自己的鼻子，朝他眨了眨眼。"这是秘密。"说完，她关上了身后的门。

29

《萤火虫》

（1949年，导演：威廉·J. 德雷克）

在孤独之心电影院的第三次聚会那天，坎特尔太太到访了珍妮的房间，和平时相比，她有些心烦意乱。"你还好吗？"珍妮问道。

坎特尔太太微微笑了笑，但那笑容似乎有些疏远。她说："你好，亲爱的，我是在想……你有手机吗？"

"当然了，"珍妮一边说一边拿出手机，"你有什么需要吗？"

"能借用一下吗？我想打个电话。"

"当然可以。你没有手机吗，坎特尔太太？"

她皱起眉头："我本来是有的。我想一定是被我忘在家里了。"

珍妮递过手机："给，我得解一下锁。你知道吗？接待处有部电话的。我很愿意借给你，不过我也可以教你怎么用那部总机。"

"我需要点私人空间。"坎特尔太太说道，看着手机，"我能把它拿回我的房间去吗？几分钟就好。"

珍妮点点头："来，你先给我一下。我把锁彻底解开，以免它再次锁定。键盘在这里，输入你要拨打的号码之后按这个绿色键就行。"

坎特尔太太笑了笑："谢谢你，亲爱的。我一会儿就回来。"

珍妮回过神来继续看她拟出的名单。这是张嫌疑人名单。一共发生了四起犯罪案件，这是把她被锁在房间那次也算进去了，她认为那一定与其他几起有所关联，包括丢失的坎特尔太太的宝石、乔的照片和鲁宾逊先生的奖章。她在那张纸的一侧写下了所有人的名字。她没有写她自己，因为她知道自己是清白的，而在添上埃德娜的名字前，她犹豫了一下，不过所有人都有嫌疑。然后她把纸张分成两栏，在右侧那栏的上方写上了"动机"两个字。

她原本希望丢失的物品会在斯莱斯韦特太太的遗物中，可是并没有，而且在她房间里的任何地方也没有找到。她也不可能把它们送出去，因为她从未离开过日落长廊。假如说斯莱斯韦特太太之前是珍妮的头号嫌疑人，那她现在应该洗脱嫌疑了，毕竟她已经死了，而且也没有发现任何确凿的证据。在书桌上那盏台灯的明亮的灯光下，那张纸泛着光，珍妮用手中的铅笔在纸上敲打着。对于斯莱斯韦特太太的动机，她写下了"讨厌所有人"。案子原本可以干脆利落地解决的。她一笔画掉了斯莱斯韦特太太的名字。

珍妮继续梳理着名单。鲁宾逊先生，他有什么可能的动机呢？也许是要败坏弗洛林的名声？他讨厌外国人。要是给弗洛林安上盗窃的罪名，一定会让他被开除的。

再来是伊维萨·乔。这个人让她有些纠结。乔为什么要假装他亲爱的布赖恩的照片被盗呢？唯一的理由是要转移自身的嫌疑，同样的解释也适用于鲁宾逊先生，他也可以假装是奖章失窃的受害者。鲁宾逊先生想栽赃给别人这很容易理解，但或许乔只是为了钱？不过，他要钱做什么呢？她望着窗外渐暗的天色，望着雨水和云层。也许，是为了逃走，逃去伊维萨？去那个在他失去孩子之后过得最快乐的地方度过余生？

接着是弗洛林。他能够进入所有的房间，他可以轻而易举地偷走那些物品。但是如果最值钱的东西（无疑就是坎特尔太太的宝石了）已经到手了，他为什么还要留在这里等着被发现，为什么还要费力气拿走其他东西呢？有一个再明显不过的动机：他无论如何都会失去工作，不是因为日落长廊关闭就是因为英国"脱欧"，这意味着他的生活将会非常艰难。也许他只是为他在拉脱维亚的家人做一些储备。可为什么要把她锁在房间里呢？珍妮又敲了敲笔。也许是因为他怀疑她盯上他了，不想让她妨碍自己实施另一起目前还未曝光的盗窃案？她写了一条备注，要让所有人检查自己的房间，以免没有留意到有东西丢失了。

巴里和加里自然也在名单上。日落长廊已经岌岌可危了，他们需要钱。这简直太易如反掌了。但也并非一定是很复杂的理由。有时候最简单的解释就是最有可能的解释。那林戈呢？他会有什么动机呢？也许，是为了接近她？她暗暗责怪自己。"你可没那么大的魅力，珍妮·埃伯特。"

接下来轮到坎特尔太太和埃德娜·格雷了。坎特尔太太比较难分析，为什么要偷自己的宝石呢？是为了把罪名栽赃到某个人身上，还是为了某种原因要毁坏他的名声呢？又或许那些宝石根本没有被偷，她只是把它们放到了别处，然后忘记了。也许他们都是把所谓的失窃物品放错了地方，根本就没有什么犯罪，没有什么需要解开的谜团。珍妮叹了口气，扔下了手中的铅笔。她拿起名单，把它揉成一团扔进了废纸篓，同时也放弃了再尝试去解开这个谜团，这个有关十几个纸团的谜团。

也许她应该开始着手安排今晚的电影了。

这次的电影之夜观众明显少了许多……博和玲自然是已经离开了，现在连斯莱斯韦特太太也走了。一时间，珍妮想起了某些电影，里面的角色一个个被杀掉，剩下的人物越来越少……像是《无人生还》[1]那类的。她一边放着 DVD 一边漫不经心地说出了这个念头。

"当然了，你知道那本书原本的书名叫什么吧，"鲁宾逊先生说，"我并不是有意要冒犯……"

"我知道，不过，我觉得我们没必要扯上这个话题。"珍妮赶紧说。

"整天讲政治正确都要发疯了。"鲁宾逊先生嘟囔说，"话说回来，我们今晚要看什么呢？还是你外祖父的电影？"

"他的四部电影中的第三部。"珍妮说道。她停顿了一下："看这些你们都没问题吧？我还有很多其他的……我只是想着，这些电影看过的人不多……"

"我们都很爱看。"埃德娜微笑着说，"我个人认为它们非常有意思。"

"好吧……好了，这一部的名字叫作《萤火虫》，是一九四九年上映的。你们还记得埃迪·蒙克吧？第一部电影《冰封的心》里面也有他。他后来成了我外祖父最爱用的演员，这是他第一次演主角。电影讲的是一伙骗子放火烧掉了一些快要垮掉的商店，这样店主就能找保险公司索赔，而这伙坏蛋都能从里面分一杯羹。"

"可别给格兰奇兄弟提供点子了。"鲁宾逊先生哈哈大笑，"这地方现

---

1 英国推理小说作家阿加莎·克里斯蒂的著名长篇小说，一九三九年最初发行时名为《十个小黑人》(*Ten Little Niggers*)。——译者注

在经济拮据，可别让他们做出那样的事来。"

"鲁宾逊先生！"坐在门边的椅子上的弗洛林警告地说。

"我知道。"他叹了口气，"这么说很不礼貌。对了，半斤和八两他们人呢？"

"他们在忙着处理补助申请和提交拨款需求。"弗洛林说，"都是为了让你们保持现在习惯的生活，鲁宾逊先生。"

"说到这个，我希望伯尼能快点再来一趟。"乔说道，"我们现在一滴自酿啤酒都不剩了。"

"是啊！"鲁宾逊先生瞪着珍妮，说道，"尤其这位还把最后的一点都转手给了那个出租车司机。"

"我以为你和他相处得很融洽呢。"埃德娜温和地说。

乔哈哈大笑。"对啊，罗伯！是怎么说来着？"

"我醉得非常、非常厉害！"所有人都异口同声地学道，就连林戈和珍妮也都笑得七歪八倒的。

甚至弗洛林都憋不住露出了被逗笑的表情。"下次你们去参加艺术展，请叫上我。"他说，"听起来真有意思。"

他们友好地默默看完了电影，结束后，所有人都一致认为这是他们目前最喜欢的一部。"哎呀，"坎特尔太太说，"他们绑架了男主角的女朋友，还在房子被烧毁的时候把她绑在暖气片上，那一段真是太刺激了。"

"对啊！"埃德娜说，"又是乔伊丝·巴勒莫，对吧？"她双手交叠放在大腿上，"我很好奇，珍妮，你外祖父身边围绕着这么些漂亮的女演员……他有没有娶了其中一个呢？"

"没有，"珍妮说，"他没有。他没有跟电影圈里的任何人结婚。"她把 DVD 弹了出来，"这就是他没落的原因。"

"是我妈妈把你外祖父从毁灭中拯救出来的。"芭芭拉·埃伯特站在他们家的厨房里说道，她和珍妮之间的松木桌上散落着威廉·J. 德雷克的电影、纪念物和收藏品。"你只需要记住这一点，珍妮。没有她，你根本没有机会在这里跟我们进行这毫无意义的愚蠢的争执。"

"谢天谢地，感谢琼。"西蒙·埃伯特一边往烧水壶里灌水一边说道。

珍妮厌恶地看着他。晚上这个时候了居然还要喝杯茶。你就不能给自己来杯波旁或苏格兰威士忌吗？至少让自己显露出一丁点有意思的一面，不行吗？

"他当时已经拍摄了四部电影，正处在破产的边缘。"芭芭拉说，"这是在……大概一九五一年的时候吧？还是五二年？我妈妈在他的电影的其中一家发行公司的财会部工作。她其实算得上是个理财天才，可在当时那个年代，一个女人所能期望的最好的工作就是秘书了。"

"所以你继续经济学的学业才尤为重要。"西蒙·埃伯特一边搅动着他的茶一边说，"琼和威廉建立起了友谊。她看得出他作为一个电影制作人是没有未来的，可她依然在他身上看到了闪光点。"

"她的父亲是伦敦的一家大型金融公司的经理。"芭芭拉接着说，"她让威廉和她父亲聊了聊。一开始是为了给他的电影提供可能的资金支持，可后来可以很明显地看出他在这一行里难以获得成功，所以他们开始更多地谈论在公司里给他安排一个职位，一份体面的工作。"

"稳定的工作。"西蒙说。

"与此同时……我妈妈和威廉之间的友谊开花结果，升华到了另一个层面。"

"时机也刚刚好。"西蒙说着，把一杯茶放在了芭芭拉面前。杯子正好放在了威廉·J. 德雷克的一部剧本上面。珍妮气冲冲地把它拿了下来。"他当时不是马上要跟一个名不见经传的女演员结婚了吗？想象一下那会是什么结果吧。"西蒙·埃伯特自豪地环顾着他的厨房，"如果是那样，我们今天都无法站在这里了。"

"拍完第四部电影之后，他就彻底离开了电影行业。"珍妮一边把DVD放回盒子里，一边对大家说，"别人劝他说他的未来不在电影上，他相信了。面对别人承诺的一份稳定的工作，他改变了主意。他结了婚，有了孩子。结局就是这样了。"

"他为什么会放弃这一切呢？"乔说道，"听起来他像是马上要干一番大事呢！"

珍妮点点头："没错。他当时正在筹备第五部电影，大家都说这将是让他声名大噪的一部作品。可他就那样放弃了。"

"唉，好吧，有的时候人不得不做更明智的事。"鲁宾逊先生看着周围，说道，"追逐梦想当然是好事，可人必须得现实一点。有人看到我的放大镜了吗？"

"好吧，我觉得挺可惜的。"坎特尔太太说，"这些都是很棒的电影，非常精彩。你刚才是不是说我们只剩下一部还没看了？"

"你最后一次把它放在哪里了，罗伯？"乔说道。

"我一直都是把它跟《每日邮报》放在一起的。"鲁宾逊先生说，"我就放在那边了，电视机旁边。"

珍妮点点头。"威廉·J. 德雷克的电影还有最后一部——《斩魔头》。"她咧嘴一笑，"我保证，你们一定会喜欢的。他这谢幕真的是轰轰烈烈呢！"

30

《火光之夜》

（1939年，导演：布赖恩·德斯蒙德·赫斯特）

格兰奇兄弟又吵起来了。埃德娜站在他们的办公室门外，假装在浏览接待桌背后的公告牌，听着他们的声音越来越大。

他们实在是不够谨慎，她心想。

"该发生的最终一定会发生的，你只是在拖延时间罢了。"这是加里的声音。

"最终的决定非常有可能符合我们的期望啊！"巴里说，"至少我们还有从现在到这周末的时间。你为什么这么消极呢？"

"因为我们死抓着这地方不放，每多一天我们都在大量地赔钱。"

两人停顿了一会儿，接着巴里又说了一句话，这次声音轻得埃德娜都几乎听不见了。"妈妈的遗愿对你来说有任何意义吗？"

加里的语气也没有那么咄咄逼人了："当然有啊！你怎么能那么想

呢？不过我们必须权衡一下利弊：是把日落长廊交到一个既专业又有能力让它长期经营下去的组织手里，还是承认失败，看着它垮掉。如果是她面临这样的抉择，我知道她会怎么做。"

"可那些房客……"巴里争辩说。

"我们不能再为他们操那么多心了。我们得考虑考虑自己。我们也已经不年轻了。"

门开了，埃德娜笑容甜美地看着他们。"你们好，两位格兰奇先生。"她说道。

加里对着她皱了皱眉头，然后快步离开了。那个人，总是那么匆匆忙忙的。巴里站在门口。他一脸疲惫，但还是勉强挤出一个笑容。"格雷太太，你今早状态还不错吧？"

"是的，谢谢你。格兰奇先生，我在想……坎特尔太太和我相对来说算是新来的，其他的房客们一直在说着什么一日游……"

巴里拍了一下脑门。"对啊！就是去马恩岛，我们每年都去。是我们免费请大家去的。呃……通常是这样。不过今年是斯莱斯韦特太太的女儿资助的，我们要把斯莱斯韦特太太的骨灰撒在拉克西水车那里。"他皱起眉头，无疑是在回想之前跟他弟弟的对话，"你应该能去，对吧？"

"听起来是对她的合理致敬。"埃德娜鼓励地说。

"你之前去过吗？没有？那将会是非常美妙的一天。我们要搭渡轮，所以一早就要出发，到那里我们会去参观拉克西水车，然后去坐一趟蒸汽火车，再吃一顿美味的炸鱼薯条当午餐。"

"那些学生也被邀请了吗？"埃德娜问道。

"林戈和珍妮吗？当然了！我们都去。我弟弟和我，还有弗洛林。这对于把大家凝聚在一起应该会很有帮助，尤其是在发生了这些事情之后。"巴里停顿了一下，"格雷太太，大家相处得如何？我是说，在斯莱斯韦特太太不幸去世之后，出现一些小的分裂也在所难免，但总体来说呢？"

埃德娜笑了笑。"我们相处得相当不错，格兰奇先生。"她若有所指地看了他一眼，"我想在今后的一段日子里，我们也会在日落长廊过得很快乐。"

巴里呼了一口气，揉了揉脖颈："是啊！好吧，我也希望如此。好了，格雷太太，我得继续去忙了……"

埃德娜跟他告别后，便朝着休息室走去。她对巴里·格兰奇说的话非常诚实。在经过最初的摩擦之后，大家相处得很好。她赶紧让自己打住，不让自己继续想下去，你已经六年没有这样快乐过了。她可经不起这种多愁善感，她内心苦笑着。现在还不行。在如此临近结局的时候，不可以。

夜色一片朦胧，远处有模糊的篝火，内陆的天空上永远泛着淡淡的微光，远处有烟火在漆黑的夜空中噼啪炸裂。埃德娜裹着她的外套和围巾，和其他人一起站在日落长廊后面长长的花园里，看着巴里·格兰奇往浸过汽油的一撂木柴上扔了一根火柴，火呼呼地着了起来。

"差点把他的眉毛烧没了。"鲁宾逊先生说道。那些木柴，包括拆散的草垫和从花园里的树木上掉落的枝条，底下还垫了些从棚子里拿来的旧木料，它们熊熊燃烧了起来，开始往空中掀起黄色的火焰。

"我挺喜欢篝火的。"乔一边搓着手一边说，"在伊维萨的时候，人们会在海滩上生起这样的篝火，然后绕着它一直跳舞直到天亮……"

鲁宾逊先生瞪着他："该死的，乔。他妈的听起来像是《人猿泰山》

里的情节。"

"你想来根烟花棒吗，埃德娜？"坎特尔太太问道。埃德娜从她手中接过一根，挥动着燃烧的那一头，在冷风中写下了自己的名字。"啊，你真聪明！"坎特尔太太说。

"你穿得够暖和吧，玛格丽特？"埃德娜低声说。

"嗯，我戴着手套呢。"

"不，玛格丽特。你穿得够暖和吗？"

坎特尔太太微笑着点点头。"哦，对啊，"她清了清嗓子，"我想我还是去把我的围巾拿来吧。这天气真是冷得要命。"

在玛格丽特缓缓走回房子之后，埃德娜挪向了珍妮和林戈那边，那两人站在一起，篝火映出了他们的轮廓。她能感觉到这对年轻人之间产生了某种化学反应，虽然他们自己可能还没有注意到。她很好奇，在一切结束之前，如果还有时间的话，他们会不会在一起。当她靠近时，珍妮转过身来笑了笑。这姑娘，明显放松了许多，只是暂且放松一下而已。

"来点篝火太妃糖吗，格雷太太？"林戈说着，端出一只锡纸盘，上面是一团黑色的黏稠物。"弗洛林已经尽了他最大的努力，不过……我想它已经把鲁宾逊先生的假牙给粘死在一起了。"

"我就算了。"埃德娜拒绝说。她压低了音量："不过得祝贺弗洛林那孩子，他找到了能让鲁宾逊先生的嘴闭上几分钟的办法。你觉得能不能说服他再做一批？"

"你期待去马恩岛吗？"珍妮说。

埃德娜耸耸肩："出去玩一天也挺好的。不过，我很好奇，你们不觉得吗，斯莱斯韦特太太的家人竟然不想参与这个过程？"

"家人并不一定都能相处得好。"珍妮注视着篝火，说道，"仅仅是因为你们有血缘关系，并不代表你们必须喜欢对方。"

林戈有些目瞪口呆地看着她，就好像她发表了什么异端邪说似的。自从这个女孩对林戈大发雷霆，怪他把她父母去世的事告诉所有人之后，埃德娜就再也没有提起过此事。这是她的权利，必须受到尊重。况且，她说得也有道理。

"只是……"林戈谨慎地说，"就像斯莱斯韦特太太一样，人总是不知道什么时候就到了大限之日。当然是趁时间还不晚，跟大家和平相处比较好吧？"

大家安静了好一阵子，当坎特尔太太再次出现时，沉默才被打破。她拽了拽一条长羊毛围巾的一头。"看，埃德娜，我记住了。"

"那你所有事都记住了吗？"埃德娜静静地说。

"我记住了！"坎特尔太太说，"一切都进展得非常顺利。我就知道在女童子军的那些年绝不会白费。"她看着珍妮，"你参加过女童子军吗，亲爱的？非常棒的组织。我们过去常去露营，还唱好听的歌。我们学会了如何生火，就像这样。"

"玛格丽特，"埃德娜说，"你想来点弗洛林做的篝火太妃糖吗？看起来相当有嚼劲呢！"

坎特尔太太考虑了一下，正要做决定，突然被室内传来的一阵刺耳的尖锐声给打断了。正在用园艺叉捅着篝火堆底部的巴里抬起头来。"是烟雾警报！"

"可能只是从篝火堆飘过去的烟吧。"大家跟着格兰奇兄弟进入房子时，林戈说道。

加里·格兰奇从墙上的托架上拿起一只灭火器，开始上楼。"我想，应该是在三楼。"

林戈和珍妮看着对方。"是我们在的那一层！"

埃德娜紧跟在两个年轻人后面到达了三楼，他们已经来到了珍妮的房间门口。白色的烟雾从敞开的门里飘出来，加里正在里面用灭火器朝废纸篓里喷洒，白色的泡沫将最后的一点火舌给扑灭了。巴里用一条茶巾在烟雾报警器上扇动着，直到它停止了鸣叫，加里走出来，冷冰冰地朝珍妮摇了摇头。

"废纸篓里一大堆揉成团的纸。"他说，"你一定扔了烟头在里面。"

"我得再提醒一下各位，日落长廊是禁烟环境。"巴里厉声喊道，这时，乔和鲁宾逊先生终于爬到了顶楼，坎特尔太太慢慢地跟在后面。

"可是我没有！"珍妮辩解说。

"我见过你抽烟。"加里用指责的口吻说，"你差点把这里整个付之一炬。"

"可是我没有！"珍妮说道。她一副快要哭出来的样子。"我的意思是，我抽过烟，但我已经不再抽了！很多天以前就没有了！对不对，林戈？"

"我想是吧。"他有些不确定地说，"我是说，没错，你说过那是你最后的一根烟，当时我们在外面，跟鲁宾逊先生在一起……"

"好了，也没造成什么损失。"巴里说道，他的双胞胎弟弟从他们中间挤过去，怒气冲冲地下楼去了。"我们要不要再回到外面去？我想弗洛林正忙着准备一锅黑豌豆……点上一点醋会非常美味……"

大家开始下楼，埃德娜在旁边等着，她看着珍妮坐在床上，呆呆地看着已经烧焦的废纸篓。接着，珍妮看看书桌，又看着埃德娜。

"看这个。"她轻声说道。

埃德娜视这为一种邀请，于是走进了房间，去看珍妮所指的地方。

"那是鲁宾逊先生丢失的放大镜吗？"

那放大镜靠在一本书上，台灯开着，角度正对着凸透镜。

"它正对着废纸篓。"珍妮看着她木木地说，"就是这个引燃了火。"

"我见过在日光下用这种方法，可是用台灯也可以吗？"埃德娜怀疑地说。

"显然是可以的啊！"珍妮发起脾气来。

埃德娜点点头："可是……你拿鲁宾逊先生的放大镜做什么？"

"它之前没在那儿！是有人故意这么做的！"她双眼圆睁，"是《萤火虫》。我的天啊！你说得对。有人在复制我外祖父的电影里的情节。那些宝石，把我锁在房间里，还有这一次。"珍妮咽了咽口水，"这里有人要对付我。"

那女孩抓起放大镜朝着埃德娜挥舞了几下。"这放大镜的事别告诉任何人。我要把它放回楼下去。如果鲁宾逊先生知道它曾经出现在我的房间里，会引发一些令人尴尬的问题的，我们要把其他情况都告诉他们。"

埃德娜不确定地点点头："这个……好吧，可为什么有人要对你做这些事呢？他能从中得到什么？更重要的是，这个人是谁？"

珍妮站起身，把放大镜塞进了牛仔裤的后袋里。"对于前两个问题，我一无所知。至于说这个人是谁……"她看着埃德娜，"这个答案你不会喜欢的，我想，是坎特尔太太。"

林戈之星

坎特尔太太

　　说真的，我记得最清楚的一部电影既快乐又悲伤。之所以说快乐，是因为那是哈里第一次约我出去的时候看的电影。哈里是我的丈夫，亲爱的。我当时才十七岁，而他才刚从军队里回来。他前一个星期才退伍。你知道吗？我跟他从上学时就认识了，战争开始前我就知道他对我有意。他比我大几岁，年满十八岁后，他在军队里服役了一年。他们派他去了缅甸。我完全不知道那是哪里。我在地图上查过，太远太远了。出发前，他对我说："你能等我吗？等战争结束。到时候我会约你出去，好吗？"

　　我对他说："我会等你的，哈里，但你得答应我，不能让自己死掉。"

　　于是我们达成了约定，我一直等着他，他也没有让自己死掉。后来他回到家，就有了我们的第一次约会。我们去看了电影，看的是《平步青云》。

　　你看过这部吗，亲爱的？哦，那是部不错的电影，让你感觉内心整个都暖暖的。电影讲的是战争中的一位飞行员，他被击落了，临死前，他通过无线电跟一个女孩通了话，他们相爱了。戴维·尼文，就是他饰演了那个飞行员。可是已经太晚了，对吧？因为他的飞机即将坠毁，然后他会死。然而他没有死，因为出现了某种问题。可是在天堂里，他们说一切都是个错误，他必须死。你会以为就这样结束了吧？可接着，他来到天堂，说："你们看，我跟这个女孩相爱了，我不应该死。"于是他们举行了一场大审判，来决定他是否可以回到生活中，跟这个女孩在一起。很棒的电影。结尾的时候，哈里握住了我的手。

看完电影之后，哈里带我去吃了炸鱼薯条，然后他在卡特莫尔街角商店的门口吻了我。一年之后，我们结婚了。啊！我们真的很幸福。

是啊，很美好的记忆，对吧，亲爱的？可你看，这才说了没一半呢。哈里死了……哎呀，到现在得有三十年了吧。他中风了。到最后，看到他那个样子让人很难过。他一直不停地说着各种各样的胡话。说他在缅甸杀了一个人。他以前从未谈论过在那里发生的事，可他躺在那里，半边脸垮在一旁，双目混浊，然后一遍又一遍地说着那个被他射杀的男人。他用一双古怪的眼睛看着我，说他在杀死那个人之后，自己也很想死。只是因为想到我，他才能一直坚持下去。哈里真的很多愁善感。他说就像我们第一次约会时看的那部电影一样，他全心全意地深爱着我，可他知道如果他死了，就不可能再回来了，因为这是现实生活而不是电影，所以为了我，他必须坚持下去。

到了最后的时刻，他回到了家里。我们从楼上搬了一张床放进前屋。其实，大家都知道他是回到家来等着咽下最后一口气的。他们也没有什么能为他做的了。我告诉他，别再傻傻地、不停地说我是怎样拯救了他，然后我打开了电视。我有些伤心，因为如果射杀那个人让他感到那么内疚，也许我的确曾经拯救了他。而现在，我已经无法再救他了。可你知道电视里在放什么吗？没错，是《平步青云》。

又到了电影的结尾，当戴维·尼文被允许复活的时候，哈里就像第一次在电影院里那样握住了我的手。片尾的演职员表滚动完之后，他也走了。我陪着他等了一个小时，才拨通了我儿子的电话，我是想着万一哈里在天堂里跟他们争论说他不能死呢？因为他爱我，我也需要他。不过当然，他没有回来。就像我刚才说的，很遗憾，现实生活可不像电影。

抱歉，林戈。我很少这样难过。我儿子会不会来看望我，你知道吗？不知道？哦，说了这么多我的嘴都干了。我们聊完了吗？要不我们去喝杯茶，好吗？

31

《毒药与老妇》

（1944年，导演：弗兰克·卡普拉）

"他妈的在这儿啊！"鲁宾逊先生说着，从昨天的《每日邮报》上抓起了他的放大镜，就在电视机旁的那摞报纸上。他拿着它挥了挥："是谁拿了？"

"哦，兴许一直就在那儿呢，"乔说道，"你找的时候没看到吧。"

"是啊，好吧，"他显然有些不满意，"也许我的奖章和你的照片也会奇迹般地出现呢。"

珍妮感觉到埃德娜的目光落在自己身上，当她转身朝着窗边这位老太太所坐的位置看去，看夜空中落下的雨滴拍打着玻璃时，埃德娜把脸转了过去。也许她认为是我拿的，珍妮心想。毕竟它出现在了我的房间里。她可能觉得其他东西也是我拿的。她已经不再相信我了。

不过，珍妮心想，我现在又能相信谁呢？

当珍妮在脑中将线索和坎特尔太太联系起来时，一切都立刻变得如此清晰。第一，篝火燃烧时那个老太太消失过一阵子；第二，珍妮被锁在房间里时，是她打开了门；第三，珍妮是唯一一个真正见过坎特尔太太的宝石的人，是唯一一个知道它们真实存在的人。珍妮心想，这位和善的老太太就是这一切的幕后黑手，同时，她也意识到这听起来有多么疯狂。一切都合乎情理了。只剩下最后一个问题：为什么？

坎特尔太太一直对她非常友善，不管是这些事情发生之前、之中还是之后。难道都是障眼法吗？她似乎没有能力完成这种级别的骗术，她看上去并没有那么好的演技。大多时候她似乎都不知道自己在哪儿或是自己的名字叫什么。但也许她的演技真的很高超，也许这种糊里糊涂的样子全都是在演戏。

但是，问题还是要归结到"为什么"三个字。珍妮有做过什么对不起坎特尔太太的事吗？

过去的二十四个小时里，她一直在做着各种权衡。如果不是坎特尔太太，那就意味着是其他人。珍妮不知道哪一个更让她感到害怕，是知道坎特尔太太因为某种原因要对付她，还是知道日落长廊里的另一个人要针对她，却不知道这个人是谁。

在篝火活动之后，她就想起了坎特尔太太曾经借她的手机打过电话。珍妮已经从头到尾翻看过最近的通话记录。记录表顶部有个号码她不认识，就是坎特尔太太在借用她的手机的时候拨打的。珍妮上网搜索了这个号码却一无所获，于是她决定再拨过去。她不知道电话接通后自己要说些什么，但结果是她也没必要说什么。电话那头是答录机。

"你好，我是龙尼·格雷。如果你知道我的手机号码，试着打我的手机吧，否则只能等我稍后回复你了。不过先提个醒，你可能得等到十月中旬。"

　　嘀声响起时，珍妮挂掉了电话。是个男人，一个成熟的中年男人，也许年龄还要更大些。你还能从答录机的问候语中判断出多少呢？她并没取得任何进展。当她躺到床上时，才突然想起了什么。

　　龙尼·格雷。

　　格雷！

　　可坎特尔太太为什么会打电话给埃德娜的……丈夫？儿子？还是兄弟？

　　也许并没有任何关联。格雷并不是什么少见的姓氏。拨通这个电话并没有解答任何问题，反而引出了更多的疑问。

　　珍妮挪过去挨着埃德娜坐在窗边。"希望马恩岛的天气有所好转。"她说。

　　埃德娜点点头。珍妮感觉得出她有些烦躁，听到珍妮提出这些事件的幕后黑手可能是坎特尔太太，她甚至可能有些伤心。毕竟她们是朋友，从来日落长廊之前就已经是了。珍妮说："埃德娜，你有儿子吗？"

　　埃德娜露出一个好奇的微笑："什么？没有，我没有孩子。"

　　"兄弟呢？"

　　这次埃德娜皱起了眉头："我是独生女。"

　　"你结过婚吗？"

　　"珍妮，怎么回事？我感觉好像自己在被……被审问。告诉你吧，我没有结过婚，我没有丈夫。我差一点就结婚了……就差那么一丁点……可我没有。没有丈夫，没有儿子，也没有兄弟，"她眯起眼睛，"没有任何男性亲属。你问这个做什么？"

珍妮叹了口气："没什么，抱歉。"她盯着窗外的大雨看了一会儿，然后说："你和坎特尔太太，你们为什么来这里呢？你们是朋友，对吧？"

埃德娜点点头："我们住得很近，我指的是以前。在伦敦北部，温奇莫尔山。你知道那里吗？"珍妮摇摇头。埃德娜接着说："我们都老了，而家附近已经变得我们都不认识了。朋友们也死了，或是搬去了养老院，还有的去和他们的家人一起生活了。我们决定要跟一群志趣相投的人一起度过最后的人生。"

"可是，你们之前是住在伦敦啊，"珍妮追问，"为什么要到这里，到兰开夏这种荒凉的地方来呢？"

"玛格丽特年轻的时候曾经在这样的地方生活过，搬去伦敦是为了……为了离她儿子近些，是在她丈夫去世之后。"

"所以说她真的有个儿子。"珍妮沉思着，"我很好奇他为什么从不来探望她。她整天都在念叨他要来的事。"

埃德娜盯着她看了一会儿："人们就算是有血缘关系，也并不意味着就会喜欢彼此，这不是你说的吗？"

真是一针见血，珍妮心想。

坎特尔太太走进房间，在壁炉前的地毯上停了下来。"你们觉得，要是坐在斯莱斯韦特太太的椅子上，会不会显得很不敬？"她思索着。

"她已经没法抱怨了。"鲁宾逊先生说，"除非她的鬼魂回来缠着我们。我的天！想象一下那会是什么情形。"

听了他们的对话，埃德娜笑了笑，然后转回头对珍妮说："你是不是后悔自己从前没能好好跟你父母相处？"

珍妮眨了眨眼。她有些意外。她从未料到对于她父母有人会提出这样的问题。她不得不逼迫自己去回想先前所发生的事，回想包括那起车祸在内的一切。"我不知道。我想是吧。"

"是什么原因让你没能跟他们好好相处呢？"埃德娜好奇地说。这下，轮到珍妮感觉自己像在被审问了。"不可能仅仅因为代沟吧？我是说，你瞧瞧我们现在。你似乎跟日落长廊的大部分房客都相处得相当不错呢，我想可以说比大部分跟你同龄的年轻人要好。所以，不会是这个原因。那究竟是什么原因呢？你为什么不喜欢他们？"

"他们很无趣。"珍妮静静地说。

埃德娜耸耸肩："大部分人都是如此，除非你真正了解了他们。"她朝房间里摆了摆手，"我敢打赌，你刚来的时候也觉得我们都很无趣吧。一群没意思的退休老人。现在，你跟我们相处过一些时日了，你已经知道了我们的故事，或者至少知道了一部分。你现在还会这么认为吗？"

珍妮笑了笑："不会。你们这伙人，可一点也不无趣。"

"那么究竟是因为什么呢？还有什么别的原因？"

珍妮思考着这个问题。"他们想让我也变得无趣。"她终于开口说道，"想让我学习经济学，这样我就能像我爸爸一样做个会计。他们想让我留在一所我讨厌的大学，因为那是所好学校，而且离家很近。他们甚至没有告诉我我外祖父的事。我是偶然发现的，从阁楼里找到了所有的剧本、笔记和那些胶片盒子。他们明知道我从很小的时候起就对老电影非常感兴趣，可他们竟然没有告诉我！"

"就是那些很棒的电影胶片啊！"埃德娜点点头，"威廉·J.德雷克留在世上的最后一丝痕迹。我能想象到那会让你多么生气。"她停顿了一下，"但也许他们是想保护你呢？"

"用把我变得跟他们一样善良、随和的这种方式来保护我？"

埃德娜点点头："是的，不过在他们眼中并不是这样的。他们会说一切都是为你好，想让你的人生有个好的开头，不想让你去追逐什么愚蠢又毫无裨益的梦想。"

"梦想从来不会是愚蠢的。"珍妮说。

埃德娜又转头看着窗户，望向夜空，她的脸被映在玻璃上，看起来很悲伤。"当然不会，"她说，"可有时候它们的确无法成就什么，这是事实。"

休息室的门开了，林戈走了进来，他挡住门，把端着托盘的弗洛林让进来。"热可可来了！"他大声宣告，"还有蛋糕！另外还有些剩下的篝火太妃糖！"

"让那玩意儿离我远点。"鲁宾逊先生说，"它可比伯尼的自酿啤酒还致命呢。"

林戈帮助弗洛林把饮料端出来放在咖啡桌上，然后乔说道："谁有兴趣睡觉前玩会儿牌？"

"好呀！"坎特尔太太拍着手说。

"我来洗牌。"说着，鲁宾逊先生伸出手去拿牌，"谁要参加？"

"我。"林戈说，"我喜欢玩拉米牌。"他看着珍妮，"你玩吗？"

她一一看了看正聚集起来玩牌的人们。埃德娜朝她笑了笑："我们一起去？"

珍妮摇摇头："我就算了。我想我还是回房间去吧。"

她走的时候，林戈朝她露出了一个疑问的表情。可她怎么能够跟他们一起坐在休息室里呢，还玩牌？那个坏蛋就在他们之中不是吗？走到门口，她停顿了一下，再次看了看所有人，最后目光落在了坎特尔太太身上。

老太太朝她笑了笑。珍妮不由得打了个寒战，之后便离开了。

32

《迷魂记》

（1958年，导演：艾尔弗雷德·希区柯克）

马恩岛蒸汽渡船缓缓地翻过灰蓝色的海浪，十一月的寒风从爱尔兰海吹来，凛冽刺骨。珍妮裹着她的防风衣站在甲板上，目光望向他们前方的目的地。保暖的餐厅里，其他人都聚集在一张桌子周围，喝着饮料，吃着零食，和珍妮欣赏着同样的景色，只不过是隔着厚厚的滴着海水的窗户。

珍妮更愿意一个人待着。一股咸咸的水雾迎面扑来，她闭上眼睛，陶醉在这清新的感觉中。她差点就没来，但觉得那样会对其他人很不公平，尤其是对林戈。对于她突然在日落长廊里过起了隐居生活，他似乎相当烦恼不安。

道格拉斯渐渐出现在他们的前方，沿着新月一般的海湾，白色的建筑排成一排如同一面墙壁，后面是绵延起伏的绿色山丘。珍妮留在甲板上，看着小岛离她越来越近，思考着自己要怎么做。林戈从渡船的船舱内走出来，朝她挥了挥手。

"巴里想让我们都聚集到一起。他担心我们有人会走丢。"

之前，是凯文用他的面包车把他们送到了希舍姆港口，接下来他们会换乘马恩岛当地的长途汽车去道格拉斯参观游览。珍妮对此并没有太多期待。她突然感觉自己跟大家隔绝开来，疑心重重，甚至有些害怕。前一天夜里，她在脑中反复琢磨的那些罪状，随着渐渐明亮的天色显得有些荒谬，可她仍然非常不安。

到了渡船码头，巴里自告奋勇地担任起了领队的角色，对此，正全神贯注地在手机上处理邮件的加里非常乐意。坎特尔太太戴着一顶亮黄色的防雨帽，重重地倚靠在她的拐杖上。埃德娜还是一如既往的一身时髦打扮，她脚蹬一双长筒皮靴，身穿一件上过蜡的短风衣，系着一条羊毛格子围巾。伊维萨·乔则照例穿着他的斗篷，垂在他光秃秃的脑袋两侧的头发被绑成了一条松垮垮的马尾。鲁宾逊先生穿着他的全套军团制服，甚至还完整地配上了上装和领带。

真是奇特的一伙人，不过倒也都不是坏人，珍妮心想。她越看他们越觉得自己在犯傻。

"过完海大家感觉都还好吗？"其他乘客绕开他们上了岸，巴里说道，"这一路还挺平稳的，对吧？"

"都有点怀念斯莱斯韦特太太把她的早餐吐到船舷外面的日子了。"乔说道。

所有人都对斯莱斯韦特太太略微表达了一下同情，接着鲁宾逊先生说："说到吃的，我他妈快饿死了。午餐还要等多久？"

巴里查了一下他的旅行日程表。"我们直接去拉克西水车抛撒斯莱斯韦特太太的骨灰，然后在回道格拉斯的路上停下来找点吃的。"他抬起头来，"景点附近有个临时露天市场，我们去那里看看。不过，可别用热狗和棉花糖把肚子塞满了，否则你们就吃不下炸鱼薯条了。"

"又不是什么学校旅行。"当巴里领着大家爬上等着他们的长途汽车时，鲁宾逊先生嘟囔着说。大家都坐下后，巴里有点多余地清点了一下人数，就好像这真的是一趟学校旅行似的。接着他拿起一支麦克风，站在车厢前面，拿着一本有关他们此行目的地的小册子读了起来。

乔越过他座位的椅背看着坐在林戈旁边的珍妮。"维多利亚时代工程建造的一大壮举，"他眨眨眼低声说道，"是世界上现存的最大的水车。这个啦，那个啦，废话一大堆。有谁想要溜走去找家酒吧？"

这可真是相当壮观，到达之后，珍妮心想。一座巨大的红色水车固定在下方矿井的白墙上，陡峭的山壁上横跨着一座高架桥将它连通起来。控制室下方的一片空地上是一个流动露天市场，那里有华尔兹舞者在跳舞，小节目在上演，寒冷的空气中回荡着汽笛风琴的乐曲声。

"从高架桥上撒下去吧，我想这样比较合适。"说着，巴里带着大家走了上去。林戈让乔扶着自己的胳膊，帮助他走过这段路。最后，大家站在了这座横跨山间的建筑上，遥望着波光粼粼的大海。至少现在没有下雨。巴里伸手从一只塑料手提袋里拿出一个小纸箱，里面是斯莱斯韦特太太的骨灰。

"好了，"大风在他们周围呼啸着，他提高了音量，"我想还是应该说几句吧。"他停了停，整理了一下思绪。"斯莱斯韦特太太也许算不上世上最好相处的人。"

"对，没错。"鲁宾逊先生说。

巴里瞪了他一眼。"可她毕竟曾是日落长廊的房客。她曾是我们之中的一员。她跟她家人的关系并不好。"他直直地看着加里,"人们总说血浓于水,还说你无法选择自己的家人。严格说来,这些说法都不对。斯莱斯韦特太太以她自己的方式选择了我们。我想那意味着我们就是她的家人。也许你所选择的家人和你出生时的家人同样重要。也许我们相处得不如和血亲相处得那么好,但那只是因为我们没有选择好好相处而已。"巴里抱着纸箱,目光越过绵延的山丘望向大海,"或许我们只需要记住,只要我们愿意,我们所有人都可以选择跟大家好好相处。"

鲁宾逊先生用手肘推了推乔,大声耳语道:"这种方法叫什么来着?就是他表面上在说一件事,其实表达的是另一件事。"

"类比?"林戈提示说。

"就是这个。"鲁宾逊先生点点头,"就是为了欧盟的事,是吧?乔,他是在批评我们投票支持脱欧呢。"

巴里没有理会他。"好了,就说这么多了。唯一还要说的是,斯莱斯韦特太太希望把她的骨灰撒在这里,撒在马恩岛上,因为这里是她生前过得最开心的地方。"

"甚至包括她晕船呕吐的时候!"鲁宾逊先生说。

"我想我们得庆幸她跟我们在一起的时候是快乐的。"巴里说道。他取下纸箱的盖子,解开了里面的透明塑料袋。那看起来就像细沙砾似的,珍妮心想,这就是我们最后的归宿。巴里说:"斯莱斯韦特太太将会永远伴随我们。"

接着,他将袋子里的东西全都倒在了高架桥外面。海面上吹来的风裹着斯莱斯韦特太太的骨灰爬上山丘,翻过旷野,在空中飘散开来如同一朵小小的坏脾气的云。

风带着她的骨灰又朝他们吹回来，刚好扑在了他们的脸上。

"我的天！"鲁宾逊先生一边叫嚷着，一边大声地将满嘴的斯莱斯韦特太太的骨灰吐出来。

"呃！"乔擦去脸上的灰色尘土，说道。

"她钻进我眼睛里了。"坎特尔太太抱怨说。

"她进我嘴里了！"乔说道。

"啊，"巴里说，"或许我们应该把她的骨灰撒在另一个方向的……"

弗洛林拿出一瓶瓶水快速递给大家，林戈接过一瓶喝了一大口。珍妮往嘴里倒了半瓶，然后吐在了桥外面。

"你个白痴！"鲁宾逊先生对着巴里·格兰奇摇摇头，说道，"不过，有句话你倒是说对了。这下，斯莱斯韦特太太将会永远伴随我们了。"

"好了，"巴里说，"谁要去参观矿井？"

"埃德娜，想不想让我去钓鸭子游戏那边给你赢只泰迪熊？"乔说道。

"你得了吧，"鲁宾逊先生啐道，"跟个十几岁的小孩似的。"

"我想要根棉花糖。"坎特尔太太说，"我都好些年没吃过了。"

"但愿你没有糖尿病，那玩意儿会让你精神错乱的。"鲁宾逊先生说。

"看！"埃德娜对珍妮说，"摩天轮。"露天市场的中央的确有一座高耸的摩天轮，比坐落在山坡上的拉克西水车还要高，不过在珍妮看来，其结实程度却相差太多。埃德娜说："很像《第三人》，对吧？"

为摩天轮提供动力的发电机隐藏在金属平台下方突突作响，他们经过平台，去排队乘坐。操作员放慢转动速度，让成对的乘客爬上微微晃动的座位。被无数只手抓握过的安全杆已经磨得光滑发亮，人造革坐垫也破损严重，用胶带打满了补丁。巴里和坎特尔太太同乘，乔和林戈一起，珍妮和埃德娜一起，剩下鲁宾逊先生，当弗洛林笑嘻嘻地坐到他身旁时，他大声地嘟囔说："真倒霉！"加里举着手机朝他们挥了挥，他有公事要办，不能为这些没用的玩意儿分心。接着，摩天轮上坐满了人，操作员拨动操纵杆，它开始忽快忽慢地转动起来。

座位令人担忧地微微摇摆着，随着摩天轮的转动在前后荡来荡去。来到顶部，珍妮朝山下看去，望向爱尔兰海。她对埃德娜说："人们相互友爱，因此享受了五百年的民主和平。但是，产生了什么？"[1]

"布谷鸟钟而已。"埃德娜微笑着说，"非常好。"

开始转到第二圈时，珍妮说："在那部电影《第三人》中……霍利·马丁斯坚信他的朋友哈瑞·莱姆不可能是众人口中所说的那个罪犯。"

"然而事实证明他就是。"埃德娜说。

"是的。有时候就连被我们看作朋友的人……我们并没有自己想象中的那么了解他们。"

"不会吧，"埃德娜一边看着风景一边说，"你还是觉得玛格丽特能做出之前的那些事来？"

"老实说，我也不知道。可此时此刻我感觉……感觉对所有人都充满怀疑，仿佛我在等待着下一件坏事的发生，就好像我无法相信任何人。"她看着埃德娜，"我感觉自己很想要重拾对于人性的信心。"

埃德娜说："你听上去更像是'需要'重拾对于人性的信心。"说完，她又继续看风景了。珍妮听到身后的座位上有高声说话的声音。她转过

---

1 珍妮此处的问题和埃德娜的回答均出自卡罗尔·里德导演的黑色电影《第三人》（又译作《黑狱亡魂》）中的经典台词。——译者注

身，看到弗洛林把头埋在双手中，而鲁宾逊先生满脸通红，怒不可遏。

"我真的不明白！"弗洛林哀号道，"你为什么那么恨我，鲁宾逊先生？我从没对你做过任何事啊！"

"这他妈就是问题所在！"鲁宾逊先生吼道，"没有一丁点责任感。没有负罪感。"

"我都不知道这个词是什么意思。"

"意思是指对自己的过错感到悔恨。"鲁宾逊先生说，"意思是适时地承担起罪责。"

弗洛林摇摇头："我要为什么事承担罪责？"

鲁宾逊先生别过脸去："为杀死我的父亲。"

在一阵漫长的沉默中，风呼啸着从摩天轮的金属支架间穿过。弗洛林一脸茫然地看着鲁宾逊先生，后者厌恶地怒视着他。

"很显然，不是你做的，不是你本人干的。我并不傻。我指的是你们这伙人，你们这些东欧人。哦，别误会我的意思。我父亲履行了他的职责，再给他一次机会他也还是会这样做。我为他骄傲。我骄傲！可他本来不用死的，不用那样死去。"

"他是怎么死的？"弗洛林问道。

鲁宾逊先生凝望着大海。"你听说过北极舰队吗？一九四二年的时候，他们出征去支援苏联人。我父亲是人们所说的PQ17舰队的一员。舰队一共有三十五艘舰艇，从冰岛出发前往阿尔汉格尔斯克，主要是运送军需弹药。"他看着弗洛林，"在潜艇和轰炸机长达一个星期的袭击中，其中二十四艘沉没了。我父亲就在其中一艘上。"

"我很抱歉。"弗洛林痛苦地说，"可我还是不……"

鲁宾逊先生摇摇头："你当然不明白。你不明白，为了你们这些人，我们将自己的生命置于危险之中。我们是为你们而死的。而如今你们跑来这里,对待我们的态度就好像……好像我们是一家银行,可以让你们从中拿钱一样。然后你们把这些钱寄回天知道什么地方去,完全不顾我们现在的状况已经火烧眉毛了!你们根本就不在乎我们!你们会榨干我们的最后一滴血,然后就拍拍屁股去找下一群该死的笨蛋!"

"鲁宾逊先生?"弗洛林远远地俯视着脚下的地面。

"干什么?"

"我们怎么停下来了?"

来自海面的微风爬上山坡,吹得座位轻轻摇晃着。珍妮也向下看去,摩天轮的底部开始有人聚集起来,驱动摩天轮的发动机似乎喷出了大量的黑烟。珍妮和埃德娜刚刚越过顶点开始下降,她们后面的弗洛林和鲁宾逊先生正位于摩天轮的最高点。

她看到加里·格兰奇正手舞足蹈地跟摩天轮的操作员说话,接着,他把双手放在嘴边做出喇叭的形状,对他们喊道:

"别慌。出了点小问题。有什么东西卡住了。不过这个小伙子估计,他在十分钟之内就能让它重新转起来。你们待着别动。"

"好吧,反正我们也没地方可去,对吧?"埃德娜说道。

"一贯都是这个样子!"鲁宾逊先生在上面喊道,"他妈的一贯都是这样!下面那家伙,他是什么人?吉卜赛人吗?差不多那样的吧?我跟你说什么来着,小子?这不就是我刚才所说的吗?"

"鲁宾逊先生,你得冷静下来。"弗洛林说。

"冷静,冷静个屁!"鲁宾逊先生吼道,"我跟你被困在这上面……而且……"

"鲁宾逊先生！"弗洛林大喊道，那语气听上去如此苦恼，令珍妮都不得不再次转身回头向上看去，想看看究竟出了什么事。

鲁宾逊先生通红的脸痛苦地扭曲着。他用拳头捶击着自己的胸口，另一只手用力地抓住安全杆，力道之大令指关节都发白了。

"我的胸口……我的胸口……"他喘着粗气，"心绞痛犯了……"

"鲁宾逊先生！"弗洛林哭喊道。

"药片……"鲁宾逊先生声音沙哑地说，"药……我需要我的药。"

弗洛林发疯似的四处寻找着，座位危险地摇晃起来。这时，他突然用双手抱住了自己的头，因为他看到远处接近地面的座位上，坐在坎特尔太太旁边的巴里，正朝他挥舞着一个黑色的小塑料袋。

"啊！"弗洛林说，"药片在格兰奇先生那里！"

"该死的。"说完，鲁宾逊先生急促地深吸了一口气，然后重重地瘫倒在座位上，失去了意识。

33

《至死不渝》

（1947年，导演：约翰·莱因哈特）

珍妮在座位上转身去看，使得座位危险地晃动起来。"当心，亲爱的。"埃德娜抓住珍妮的手臂，说道，"你会把我们弄翻的。"

"弗洛林！"珍妮喊道，"出什么事了？"

"是鲁宾逊先生，我想他是心绞痛发作了。"

珍妮转身对埃德娜说："那很严重吗？我猜应该很严重吧。"

"如果他身上带着药的话……"说着，埃德娜低头看着远处接近地面的巴里·格兰奇，"那他就不会有事。要是没有药，那他可能会出现心脏停搏的情况。"

"天啊！"珍妮说。她把双手放在嘴边围成圆筒状，对着巴里喊道："我们要不要叫辆救护车？"

巴里拿着装有鲁宾逊先生药片的黑色袋子绝望地挥了挥，然后点点头拿出了他的手机。珍妮转过身想告诉弗洛林，只见他斜趴在鲁宾逊先生身上，想轻轻地摇醒他。

"没事的，鲁宾逊先生，救护车很快就到。"弗洛林说道。

"告诉他们把那该死的消防队也带来，"鲁宾逊先生喘着气，转了转眼珠，有些晕乎乎地醒了过来，"还有他们最长的梯子。我不会有事的，孩子，只要有药片就行。"

弗洛林尽可能地从座位里探出身子，然后喊道："格兰奇先生！你能不能把袋子扔给我？"

巴里估测了一下距离，然后摇了摇头。弗洛林一巴掌拍在安全杆上，然后说："鲁宾逊先生！鲁宾逊先生！"

"我……我没事，孩子……只是想睡一会儿……"

"我想你现在不能睡，鲁宾逊先生……"

鲁宾逊先生无力地拍了拍弗洛林的手臂："只是打个盹……我脖子疼，还有肩膀。"

珍妮看了看从山谷间蜿蜒而出穿过山坡的那条小路，可目前还没有看到一丁点蓝色警灯的影子。她从侧面看到摩天轮操作员靠在引擎上，掏出了一些油乎乎的零部件和一块块变黑的金属。看起来摩天轮不像是很快能重新转动起来的样子。

这时，聚集在下面的人群齐刷刷地发出一阵尖叫声，珍妮抬头一看，发现弗洛林正小心翼翼地从他和鲁宾逊先生大腿上方的安全杆下面钻出来。

"弗洛林！"珍妮叫道，"你在干什么？"

可弗洛林没时间解释。他抓住座位的侧面，小心地蹲了下来，然后开始试图站起来，结果座位剧烈晃动起来，他只好又迅速蹲了回去。第二次尝试的时候，他放慢了动作，终于成功站起来之后，他像走钢索的演员一样伸开双臂，猛地扑到了摩天轮粗大的金属外框上。弗洛林紧闭双眼站在那里，喘着粗气，双脚蹬在座位上，手臂环抱着外框。

"何不先救自己，是吧？"鲁宾逊先生无力地说。

弗洛林先将一条腿绕在外框上，接着是另一条腿，他抱住了冰冷的金属框，开始向下滑。珍妮尖叫起来。接着，他的脚触到了连接外框和轴心的一条轮辐，然后他往下挪，直到一只手和双脚都落在了轮辐上。

接着，他掉了下去。聚集的人群不由得倒抽了一口气，那声音在珍妮的座位上都能听得见。不过弗洛林双手抓住了轮辐，双脚稳稳地落在了下面那根轮辐上。他重复着这几个动作，目前已经来到了珍妮和埃德娜的座位旁边，再往下落一次，他就会来到一个几乎水平的位置了。

"我真的觉得他是要去拿鲁宾逊先生的药。"埃德娜说道。

她说的没错。再翻下两条轮辐，他就能到达巴里和坎特尔太太所在的位置了。看到他在做什么之后，巴里把塑料袋握成一捆，尽可能地伸出手递给正一点点挪向他的弗洛林。

"我用牙齿咬住。"弗洛林喊道，于是巴里点点头，把袋子的一头放到了他的嘴里。弗洛林朝他眨了眨眼，然后抬头判断返回的路径。坎特尔太太不禁鼓起掌来。

珍妮听到远处传来了微弱的警笛声。这时，她感觉到一滴雨落在了额头上，接着又是一滴。弗洛林正开始向上爬。此时他最不需要的就是雨了。

弗洛林用牙齿咬着塑料袋向上攀爬着。因为有地心引力作对，向上这一路更加艰难，他不得不拖拽着自己从一根轮辐爬向另一根。不过他正在努力，眼下又来到了埃德娜和珍妮所在的高度。

当他站在下一根轮辐上，伸手去够上面那一根时，踩在金属杆上的脚突然打滑了，一瞬间，他整个人悬在半空，双脚踢打着，紧咬在牙齿间的袋子来回摆荡着。终于，他重新找到了落脚点，开始继续往上爬，渐渐到达了摩天轮的顶部，并吃力地爬到了座位上。

当弗洛林从安全杆下钻进去时，下面的人群爆发出热烈的欢呼声和掌声。他从他挂在座位背后的包里拿出了一瓶水，开始将药片灌进鲁宾逊先生的嘴里。

鲁宾逊先生用手背擦了擦嘴。弗洛林看着他，查看着他脸上的反应。"鲁宾逊先生？鲁宾逊先生？我赶上了吗？"

在一阵漫长的沉默中，鲁宾逊先生按着胸口，重重地喘着粗气。接着，他用衣袖擦了擦脸，说道："你知道吗？我他妈快饿死了。但愿我们没有错过炸鱼薯条。"

弗洛林又把手伸进他的帆布包里，拿出了一个格子呢的保温瓶。"那你可走运了，鲁宾逊先生。"

"这是什么？"

"白菜汤！"弗洛林咧嘴一笑。这时，救护车终于来到了空地上，摩天轮也突然颠簸了两下，重新开始朝前转动，所有人都欢呼起来。

鲁宾逊先生不停地咆哮着，抗议着，在救护车车厢里由急救医生草草检查了一番，眉开眼笑的弗洛林则被淹没在朋友和陌生人的祝贺声中。从摩天轮上下来时，埃德娜说："哎呀！真是一出精彩好戏啊！"

"而且现在还没完结呢。"说着，珍妮指向鲁宾逊先生，他正被发着牢骚的急救医生搀扶到一辆轮椅上（或者说是被硬按到轮椅上），开始发疯似的朝弗洛林挥手。

"我的天！"埃德娜说，"希望他别惹什么麻烦。"

"我们走近些吧，以防万一。"说着，珍妮扶着埃德娜的手肘领着她朝救护车走近了些。

"弗洛林，孩子。"当这位年轻的护理员走过来时，鲁宾逊先生扣上了衬衣的扣子，把领带握在手里看了很久，"弗洛林，你刚才所做的……我父亲会为你感到骄傲的。"

"换作他，他也会这么做的。换作你，你也同样会这么做。"

鲁宾逊先生摇摇头："我不会的，孩子，我不行的。我有些事要告诉你。"

"鲁宾逊先生，我觉得你不能激动。你需要保持平静。"

"我从未参过军。"鲁宾逊先生说，"从来没能当上军人。我从来都不是什么少尉，那是我父亲的军衔。"他揉了揉肩膀，伸了伸脖子，"我一直跟所有人都那么说，因为我知道他会希望我成为那样的人。可我忍受不了。我参加了两个星期的基础训练，但是失败了。"他低头看着自己的手，"这件夹克，这条军团领带，根本就不是我的，不是我自己赢得的，是很多年前在慈善商店买来的。孩子，我是个失败者。"

"这不重要，鲁宾逊先生。"弗洛林说道。

然而鲁宾逊先生抓住了弗洛林的外套。"我爸爸……他要是看到了你，看到了你刚才所做的，他会为你感到骄傲的。可他自己的儿子确实是个失败者。"

"我想，这就意味着你现在更加讨厌我了吧？"弗洛林痛苦地说。

鲁宾逊先生重重地靠在轮椅的椅背上。"我从未讨厌过你，孩子，从未真正讨厌过你。那只是另一个我渴望成为的形象而已。"他深吸一口气，"我爸爸……他年轻些的时候，曾经看过奥斯瓦尔德·莫斯利演讲。

你知道他是谁吧，弗洛林？英国法西斯主义者。当年，很多人听过他演讲，而且还喜欢他所宣扬的东西，喜欢那些关于犹太人和黑人的论调。我爸爸也是其中的一个。接着战争爆发了，我爸爸也离家出征了。我记得我在很小的时候，曾经问他为什么要去跟希特勒先生打仗，希特勒先生跟莫斯利先生说的是同样的话啊！"

鲁宾逊先生停顿了一下。"我以为自己其实是个相当早熟的小男孩，可我实在想不明白。"他看着弗洛林，"我爸爸狠狠地给了我一巴掌，直直地打在脸上。他说他不是去打希特勒，而是去打外国人，这是有区别的。他不是为了某些理念而战斗，而是去跟莫斯利先生预测的将会发生的事做斗争，为了不让英国变成外来人的天下而战斗。我父亲认为战争是一种力量的展示，是在宣告我们不会被任何人愚弄。而我如果知道什么对自己好，就该明白无论他在战争中遭遇什么，我都得照顾好我妈妈，还要尽我所能去抗击那些跑来这里破坏我们英国人的生活方式的外国人，因为他就是在为了我和我的未来做着这些抗争时死去的，我得永远记住这一点。"

"他的确是死在了那场战争中。"弗洛林说，"那你照他说的做了吗？你有照顾好你的妈妈吗？"

鲁宾逊先生望向大海，望着上空飞快移动着的厚厚的灰色雨云。"没有这个必要，孩子。我爸爸去世五年之后，她再婚了。"他转身对着弗洛林，"我当时十五岁。我离家出走了。"弗洛林张了张嘴刚要说话，可鲁宾逊先生抬起一只手制止了他，"她嫁了个波兰人。一九四七年那会儿因为那项波兰移民法案，有一大堆波兰人跑来这里。人人都说他是个好男人。他是个工程师。我妹妹去参加了婚礼。我从没跟他说过话，在我妈妈的后半辈子里，我也一句话都没跟她说过。我知道她这么做就是为了恶心爸爸，恶心我们父子俩。"

突然，鲁宾逊先生的脸拧成一团，他紧紧抓住胸口。弗洛林弯下腰担心地问道："你需要再叫一下急救医生吗？"

鲁宾逊先生摇摇头。"这次不是我的心脏，孩子。不过，我想也可以说是。这么些年……所有人都背叛了他，背叛了我的父亲。大家都朝前看了，过着幸福快乐的生活。可我没有。我是唯一一个即便在他死后，也仍然对他坚定不移的人。我是唯一一个继续为了这项重要的使命而战斗的人。"他终于迎上了弗洛林的目光，"蠢货，蠢货！看看我，被困在养老院里，孤身一人，没有人喜欢我。"弗洛林刚要反驳，可鲁宾逊先生举起了双手阻止了他，"没有任何人喜欢我！孩子，我可不是傻子。大多数时候，连我都不喜欢我自己。在我还根本没有能力理解之前，我就一直在努力守护着我爸那该死的仇恨的火焰，让它继续燃烧。然后是你，你本来完全有权利坐在那儿笑着看我死在你面前，但你毫不犹豫地做了刚才那一切。你将自己的生命置于危险之中。你竟然为了我而这样做！"

接着，鲁宾逊先生开始难看地大声哭泣起来，他的脸扭曲着，眼泪混杂着鼻涕挂在下巴上。珍妮推测，数十年来积压已久的沮丧一下子都从他心里爆发了出来。他用夹克的衣袖擦了擦鼻子，然后伸出舌头。"呃……我能喝口水吗？"

"你头晕吗？"弗洛林一边说，一边朝着正把设备装上救护车的急救医生挥了挥手。

鲁宾逊先生摇摇头："不是，孩子。我想我的假牙里还卡着点斯莱斯韦特太太呢。"

埃德娜小声对珍妮说："好了，你对人性的信心有没有恢复一点？"

他们已经从包围着弗洛林的人群里走出来，聚集到了甜甜圈的摊位旁。巴里·格兰奇拍着弗洛林的肩膀，而乔和坎特尔太太正朝着救护车的方向走去，那边的鲁宾逊先生已经对在他身上戳来戳去的急救医生不耐烦起来。

"那是我见过的最了不起的事情。"珍妮表示赞同，"弗洛林可能救了鲁宾逊先生的命呢！我想知道他会不会心存感激。"她看着埃德娜，"你觉得他会改变自己的态度吗？像他那个样子的人会有可能改变吗？"

"我也不知道。"埃德娜答道，"也许那些成见在他心里已经太根深蒂固，又或许他只是在等待一个改变的机会。"

珍妮若有所思地点点头："也许他需要得到允许，允许自己放下那些愚蠢的老观念。"

"我们老了，固执而且不懂变通，"埃德娜叹着气，"但那并不代表我们是坏人。只是我们成长的环境不同于你们如今所处的世界罢了。"

"这话我可不信。你们跟我们生活在同样的世界。偏见是没有借口的。人没有理由不能改变，不管他有多么老。"

两人都盯着救护车看了一会儿，然后看向了坎特尔太太。埃德娜轻声说："你竟然觉得是玛格丽特做下了之前的那些事，这看起来不荒谬吗？"

在寒冷的天光之下，在她目睹的这场最真实的危机的余波中，珍妮突然觉得，这样似乎也挺好。她的脸上露出了微笑，连她自己也颇感意外。这感觉真好。"跟你说吧，"她说，"威廉·J.德雷克的第四部也是最后一部电影名叫《斩魔头》，讲的是一起走私案。侦探通过多具尸体的痕迹调查到了一个有组织的犯罪集团，他们企图在缉私人员的眼皮底下把酒偷运进来。"

"这么说，按照你的逻辑，接下来会发生一起有关这部电影的犯罪案件。"埃德娜说，"你推测会发生什么呢？"

"我们还是拭目以待吧。"珍妮说，"不过这是我外祖父的最后一部电影了。要么就是坏蛋会现身……"

"不然呢？"

"不然就是我不得不承认自己错了，更甚至可能还疯了。"珍妮嗅了嗅，转身面对着食物摊位，"咱们要不要来个甜甜圈？"

"好，来一个吧。不过我很好奇……你为什么坚持认为一定存在一起神秘事件呢？"

"我想是因为我心里希望如此吧。"珍妮说，"因为除此之外，我找不出什么理由不离开日落长廊搬去校园里住。"

埃德娜噘起嘴唇："这么说，你的大脑告诉你要离开，你的内心却叫你留下。我很好奇这是为什么？"

珍妮看着她，然后看看正扶着乔通过一片凹凸不平的石头路面的林戈，再看看坐在救护车后车厢里的鲁宾逊先生。她看了看正在仔细阅读着一封信，并低声争吵着的巴里·格兰奇和加里·格兰奇兄弟俩，最后又看向用她纤细的胳膊拥抱着弗洛林的坎特尔太太。

"我也不明白。"她说，"这也同样是个谜。"

34

《死亡之吻》

（1955年，导演：罗伯特·奥尔德里奇）

"我想这值得庆祝一下吧。"当大家全部安然无恙地回到日落长廊的休息室里坐下来时，鲁宾逊先生说道。他先前已经从房间里取来了一个手提袋，从中拿出了两个两升装的百事可乐瓶，里面的深色液体满到了瓶口。

"伯尼的自酿啤酒！"乔开心地说道，"我还以为在检查之前你已经把它们都清理掉了。"

"想得美。"鲁宾逊先生不以为然地说，"弗洛林，孩子，给我们拿些杯子来，可以吗？"

"你确定你可以喝酒吗，鲁宾逊先生？"巴里·格兰奇小心翼翼地说，"我的意思是，刚才发生的那些事……"他停顿了一下，皱起眉头，"等等，我们这里允许饮酒吗？"

"胡说八道，我身体好得很。"鲁宾逊先生说，"那些急救医生也是这么说的。说真的，我要是不喝一杯可能感觉还更差些。"他瞪着巴里，"所以从某种程度上说，这就是药。你不会阻拦我们的，对吧？我要是出了什么事，你的良心能安稳吗？"

巴里叹了口气，笑了笑："去拿杯子吧，弗洛林。给每个人都拿一个。我想我也是时候亲口尝尝伯尼的自酿啤酒了。"

珍妮感觉到，日落长廊的形势似乎发生了某种转变。她对坎特尔太太的怀疑如今看来更像是她自己的轻度癔症，她甚至开始觉得自己有些傻。即使真的是那位老太太放的火，即便真的是她把珍妮锁在了房间里……有时候她有些糊涂，可那其实也真的不会造成什么伤害。不值得为此耿耿于怀。她弄丢了自己的宝石，并且心不在焉地拿了鲁宾逊先生的奖章和乔的照片，仅此而已。

当珍妮容许自己相信这一点时，那一刻，她的肩上如同卸下了千斤重担。她不必再扮演侦探，就如同她并不需要扮演蛇蝎美人一样。她心想，这是她人生中第一次没有竭力想成为某个人，或者不去成为某个人。她只是在做自己，做珍妮·埃伯特。这感觉真好。

当每个人的杯子里都倒上了伯尼的自酿啤酒之后，巴里站起来清了清嗓子。"好了，"他环顾着房间，说道，"我们这一天过得可真是精彩充实呢，对吧？我只是想说……我相信我们大家都对弗洛林今天的英勇行为充满了感激。"

周围响起一片掌声，鲁宾逊先生也站了起来。"是啊，是啊！没有人比我更感激了。"他看着站在门边的弗洛林，举起了手中的杯子，"多亏了这位年轻人，否则我此刻可能已经无法站在这里了。"鲁宾逊先生喝下一大口啤酒，"听我说啊，我知道我们可能不是在所有事情上都看法一致，我也不希望任何人觉得我的态度突然缓和了。我有我的观点，老实讲，我并不能说这些观点有多大改变，但是，"他环视着房间，"但是……有时候你得慢慢去了解认识别人。我总是会……怎么说呢？我想你们会称之为先入为主地对人下判断，依据的是他们从哪里来或是长什么样。不过，我认为，无论你是谁，身上总会有优点和缺点……"

他的话音渐渐落了下去："就说这么多了。"他举起酒杯，"敬弗洛林。"

"敬弗洛林！"大家都应和着，然后端起自己的杯子豪饮了一口。珍妮的脸拧作一团，这东西真的很难喝，她实在想不通大家兴奋个什么劲。她看了一眼挨着她坐在沙发上的林戈，然后越过他望向长方形的窗户，窗帘还敞开着，窗外的夜空一片晴朗。

"哇，看那边！我看见星星了。"她说。

"也许是个好兆头。"坐在林戈另一侧的埃德娜说道。她打量了两人一阵子。"也许，这夜晚很适合你的天文学观测呢，林戈？"

他看看珍妮，然后看了一眼被自己的双手捧着放在大腿上的酒。"是啊，我可以去做点……"林戈抬头再次看着珍妮，"我在想，你愿不愿意？"

房间里的其他人各自闲聊起来，加里拿着手机里的照片四处给人看，这些照片记录了弗洛林在摩天轮上那段戏剧性的攀爬。"哎哟！"坎特尔太太说，"那张照片里都能看到我的裙底了！"

"我很愿意。"珍妮悄悄对林戈说道。

他的脸上绽放出一个明朗的笑容。"太好了！我去把望远镜准备好。五分钟后楼上见。"

"这是台八英寸孔径的牛顿望远镜。"当珍妮查看着这台摆在他窗边的望远镜时，林戈骄傲地说道。

"我就喜欢你讲话头头是道的样子。"说完，她立刻红了脸。林戈瞪大了眼睛，片刻之后才盯着自己的脚，短促而尴尬地笑了一声。

"其实，这是台入门级的望远镜。"他说，"不过它能够充分满足我的需要。我可以聚焦在恒星和行星上，月球看起来也美极了。"他看着珍妮，"我用它给鲁宾逊先生看月球的时候，他就像个小男孩一样。他都差点流泪了。你知道吗，珍妮？我觉得他从没过过好日子。"

"不过，这不能作为他态度恶劣的理由。"

林戈耸耸肩："这多少能解释他为什么会是这样的态度。"

"嗯。"珍妮说道，她指着望远镜的主体——那个粗大圆筒——上方伸出来的一个较小的望远镜，"那是什么？"

"那是聚焦器，就是通过那里来观察的。"林戈说道，"来试试吧。"

珍妮闭上一只眼睛靠在了取景器上。突然间，天空变成了一条嵌满宝石的黑色挂毯。"哇！"她说道。

"看到那颗非常明亮的星星了吗？那是位于天琴座的织女星。往它的左边一点点看……看到什么了？"

"有两颗挨得很近的星星……"珍妮说，"等等，每一颗都是两颗星星……"

"是'双双星'，"林戈满意地说，"就是织女二。那是个双星系统，但每颗星实际上又都是双星，相当罕见。现在是最佳观测时间。你真幸运。"

"是啊！"说着，珍妮直起身，在黑暗中看着林戈，"我想我的确很幸运。"

这是她第一次真正感觉到自己很幸运。很幸运她能来到这里，来到日落长廊；很幸运她能拥有这些经历，能遇到这些不同寻常的朋友；很幸运她能够认识林戈。她说："你是怎么懂得这么多东西的？"

他不屑一顾地摆了摆手。"我想，是因为我一直都对太空和天文学很感兴趣吧。"他耸耸肩，然后说，"在我妈妈……在她走到生命尽头的时候……她对我说我应该选择一颗星星，随便哪一颗都可以，在她走后，如果我需要她，就可以随时抬头看着那颗星星，然后知道她就在那上面。"他轻轻笑了一声，"挺傻的，真的。真不知道我干吗跟你说这个。"

"这很美好。"珍妮说着，感觉嗓子突然哽住了，"是哪颗星呢？"

林戈看着聚焦器，然后调整了望远镜的位置。"来看看吧。"

有颗明亮的星星，闪烁的光芒几乎接近橙色。"是天鹅座 β 星。"林戈温柔地说道，"它在一个叫作北十字的星座里，也叫作天鹅座。天鹅座 β 星组成了天鹅的头部。"

珍妮盯着那颗星看了很久，然后又回头看着林戈。他正凝望着窗外，在看……看什么呢？她不知道。"我在小的时候曾说她像只天鹅，因为她有着纤细优雅的脖子。"他看着珍妮，"后来，等我长大一点之后，我听到一个说法，说天鹅在水面上那么优雅安详，但在水下看不见的地方，脚掌在拼命地划水。就像妈妈那样。"

珍妮伸出一只手试探性地放在了林戈的肩上。

"话说回来，"他爽朗地说，"有件特别有意思的事。当我们看着太阳的时候，我们看到的其实是它八分钟之前的样子，是的，因为太阳光要花八分钟才能到达我们这里。"

"上学的时候我就讨厌物理。"珍妮嘟囔着。

"听我说，"林戈责备道，"有趣的事在这儿呢。离我们第二近的恒星位于半人马座阿尔法星系，它的光要花四年多才能到达我们这儿。"他伸出手，朝着从他们上方一直延伸到遥远的海面的夜空挥了挥，"看到那上面用的星星了吗？那光芒用了数千年才照进了我们的眼球。有时候，甚至要用数万年之久。"林戈看着珍妮，"要是其中的一颗星星现在死掉了，在一千年之内，我们根本无法知晓。我们正看着遥远的过去。这就是时间旅行，对吧？"

珍妮思考着他的话。她谨慎地说："从某种程度上说，这就像我的老电影一样。那些电影中的光影……是已经死去的光影。电影里的人都死了，电影本身也几乎已经被人遗忘。我们在通过一个窗口回看过去。"

林戈不自然地笑了笑："我们两个都为很久以前的东西而痴迷呢。我们都专注于过去。"

珍妮意识到自己的手还在他的肩上。她伸出另一只手也放到他的肩上，轻轻地将他转过来面对着自己。"也许我们应该多想想此时此刻。"

接着，她将他拉近些，把自己的嘴唇印在了他的唇上，同时掀起他的T恤衫从头顶脱了下来。他把T恤衫甩落在地板上，然后挪过去打算合上窗帘。

"别。"她轻声说着，牵着他的手走向他的床。两人一边走一边一件件脱去了身上的衣物，等到他们躺下时，身体已经完全赤裸，只裹着一层银色的星光。

当珍妮在一阵低沉的隆隆雷声和远处传来的高声的说话声中醒来时，

时间已经过了九点。雨水抽打着窗户，天空如此灰暗，亮度甚至不比昨夜。只不过没有星星而已。她一丝不挂，林戈也一样，他的四肢搭在她身上，冰凉的皮肤触碰在一起。

我的天啊，她心想。然后，她又咧开嘴笑了。紧接着，她又红了脸。

"早啊，你。"他的声音吓了她一跳。

"你醒来多久了？"她说道。

他拨开她脸上的头发。"大概半个小时吧，就一直在看着你。"他停顿了一下，"那样会很奇怪吗？"

珍妮想再亲吻他，可她的嘴唇又干又起皮，因为那杯自酿啤酒，嘴里还一股酸味。"不奇怪。"她思索着，说道，"也许有一点吧。"她闭着嘴巴，单纯地亲了亲他的脸颊，"我感觉好不舒服，我真的需要洗个澡，然后清洁一下我的牙齿。"

"你今天有课吗？"

珍妮的牛仔裤皱巴巴地躺在地板上，她从裤袋里取出了手机。"天啊！我有课。只有几个小时了。"

珍妮从乱糟糟的一团衣物里拽出她的内裤，然后躲在羽绒被下面尴尬地穿上，接着又用同样的方式穿上了她的胸罩和 T 恤衫，只在最后从被子里钻出来一小会儿飞快地穿上了牛仔裤。她不想匆匆离开，表现得残酷而冷漠，但出于同样的原因，她也不希望做得太夸张，表现得太黏人。林戈在床上坐起来，瘦长的胳膊枕在脑后。

"那么，"他说，"现在该怎么办呢？"

她看着他："你觉得现在该怎么办？"

"我觉得我们应该结婚！"他开心地说道。

珍妮瞪大了眼睛："你在开玩笑吧？"

"是啊。"他咧嘴一笑,"这样吧,我们就顺其自然好了。专注于此时此刻,对吧?"

她笑了:"听上去是个不错的计划。晚些见了,好吗?"

"我哪儿也不会去的。"林戈说道。他像只瘦猫一样伸了伸懒腰。"说真的,我真的可能哪里也不去。我兴许会在这里待上一整天。"

珍妮小心翼翼地走出他的房间,在走廊里左右看了看,以确保在从他的房间冲回自己的房间这短短的路程中没有人看见她,然而这时,她听到楼下传来一阵骚动。

"如果大家都能安静下来,我会详细解释的。"巴里·格兰奇喊道,"对于这件事,我们需要所有人都在场。有人看到林戈了吗?珍妮呢?"

她飞快地冲回自己的房间关上房门,刚把整洁的床单和被子弄乱了,弗洛林就敲响了她的房门。

"珍妮,"他一脸严肃地说,"我们要在休息室里开个院内会议,就现在。"

"我他妈连早餐都还没怎么吃呢。"说着,鲁宾逊先生折起报纸,把它夹在了胳膊下面,"你们也知道,我身体可不好,我可受不得惊吓。出什么事了?"

巴里·格兰奇和加里·格兰奇一同站在电视机前,电视机的屏幕上一片空白。加里开口说道:"我们有重要消息要告诉你们,这关系到你们所有人。"

"是我们所有人。"巴里瞪着他,说道,"今天早上,你们中有些人可能听到了我弟弟和我进行了一场……一场激烈的讨论……"

"是大吵一架吧。"乔用手肘推了推林戈,装作说悄悄话一样大声说道，"真是意外，竟然没把你吵醒。"

"我们收到了一些消息。"加里说。

"是关于检查的吗？"坎特尔太太问道，"就是可怜的斯莱斯韦特太太从头到尾睡过去的那次检查？"

巴里眨眨眼："哦，那个？那个我们昨天就收到消息了。我们非常成功地通过了。对于我们的老年房客和学生们之间的融合情况，检查员感到非常满意。"

"哪怕是持续不了多久。"加里嘟囔说。

埃德娜明显有些不耐烦了："你那么说是什么意思？到底有没有人能告诉我们发生什么事了？"

加里说道："你们都知道，日落长廊的经营模式不同寻常，甚至可以说是独特的。我们向你们收取的费用一直保持在最低水平，我们能够做到这样，依靠的是各种不同来源的补助和拨款。大多数款项都是来自在欧盟设立的一些基金，这些基金是专门为老年人的护理提供资金支持的，尤其是通过一些非传统或者是创新的途径。"

所有人都看着鲁宾逊先生，他瞪着众人："干吗？我可从没说过欧洲全都不好，对吧？"

"不对，你说过很多次呢。"乔温和地说。

巴里叹了口气，捏了捏鼻子。"今天早上，我们和主管其中大部分补助资金的部门进行了沟通，结果……不是太好。"

加里接着说："我哥哥支支吾吾地想告诉你们的是，我们的资金被切断了，就现在。"

珍妮盯着他："全部吗？"

"已经足够产生影响了，"加里说，"很大的影响。大体上来说，我们已经无法再继续经营日落长廊了。我们从他们那儿再也得不到一分钱了。"

鲁宾逊先生把报纸摔在地毯上："我就知道，你们要涨价了，对吧？"

"要是这么简单就好了。"巴里轻声说道，"没有了这些钱……没错，我们还有你们交的那些钱，我们自然也有一些积蓄，可经营这样一个地方花费太高，而且除非我们能证明我们具备债务偿还能力……否则，无论检查结果是好是坏，我们都会失去执照的。"

"如你们所知，日落长廊已经完了。"加里干脆地说，"我们面前没有太多选择。要么趁还能正常经营卖给关爱网络，你们中的很多人也知道我提议这样做已经有一阵子了，不然就……"

"不然就什么，亲爱的？"坎特尔太太说。

巴里和加里看了看对方，然后巴里说道："不然我们就只能关闭日落长廊，彻底关闭。"

房间里一片寂静和沉重。终于，埃德娜打破了沉默："如果你们真的把日落长廊卖给了另外那家公司，对房客来讲意味着什么呢？"

巴里已经一脸苍白。"这个嘛，他们会按现行价格收取住宿费用。根据他们目前的价目表……"他咽了咽口水，接着说道，"费用会是每人每年四万五千英镑以上。"

震惊之下，房间里闹哄哄地吵嚷起来，巴里举起手示意大家安静。"除此之外，"他说，"如果我们被收购，那就意味着加里和我将不再跟日落长廊有任何关系。而弗洛林如果被留用的话，他的工资也会被削减……大约百分之五十。但这种可能性不大，毕竟关爱网络会更倾向于任用他们自己的员工。"

"有没有什么我们能做的？"乔无助地说。

"除非你们在银行里有一笔秘密资产可以给我们。"巴里干笑了两声，"那样还能支撑我们一阵子。除此之外……无论是你们这伙人还是你们那些荒唐的计划都救不了日落长廊。"

第四幕

落幕与重生

THE LONELY
HEARTS
CINEMA CLUB

35

《斩魔头》

（1950年，导演：威廉·J. 德雷克）

珍妮提议孤独之心电影院再举行最后一次聚会，观看她外祖父的最后一部电影《斩魔头》，这也许会显得像是种毫无诚意的姿态，但珍妮不知道还能做些什么。

"这样也好。"乔无精打采地说，"要是我们还没看完整个系列这地方就关掉了，那也太可惜了。"

所有人都已经接受了他们将不得不离开日洛长廊这一事头，并且在考虑替代方案。鉴于他们的经济状况，房客们的选择看来很有限。巴里已经安排了社会福利部门的人来，为他们说明可能出现的情况。他们还有一些疗养院可以去，但它们分散在兰开夏各处，由于房客们全都没有资产或是积蓄，所以他们基本上只能被安排到哪里就去哪里。他们会被分开，这一点是可以肯定的。

"我感觉非常难过。"珍妮对林戈吐露着心事，"我们至少还能去新的宿舍楼。我打算去宿舍管理办公室看看还有没有空房间。"

"我不去。"林戈说，"我要留在这里坚持到最后。"他看着珍妮，"你不觉得自己也是这里的一分子吗？我感觉就这样逃走是不对的。"

"我们迟早都得离开的。"珍妮说着，感觉有些被刺痛了，"我们如果要不到宿舍该怎么办？"

"专注此时此刻，还记得吗？"林戈说道，"不到最后一刻就不算结束，兴许会有转机呢。"

对于他的乐观，她笑了笑，但心里知道什么也不会发生。至少，不会是什么好事。昨晚……他们二人……那突然间仿佛是很久以前的事了。她当时所感受到的快乐已经不复存在。焦躁不安的她走在日落长廊的楼梯和平台上，触摸着木质栏杆，用手指抚摩着被雨水冲刷过的一块块窗玻璃，要把这地方存进自己的记忆里。最后，她来到了接待处，公告牌上还留着当地报纸上的那篇文章，打印的纸张已经发黄打卷，文章用鲜活的词句叙述着日落长廊将老年人和学生融合在一起这一项绝妙的创新举措，描绘着它的前景将会多么美好。

通往办公室的门敞开着，她看到巴里·格兰奇在办公桌后面一脸忧虑地仔细阅读着摊开在他面前的文件。他抬眼看到了珍妮，悲伤地笑了笑："无论我反复计算多少次这些数字，都始终无法让它们达到我想要的数目。"

巴里招手让珍妮进去，她坐在他的办公桌旁边的椅子上，他则靠在椅背上伸了伸懒腰。巴里的蓝色领结歪歪扭扭有些松散。他看上去很疲惫。

"我想你应该有所安慰了，毕竟你们已经按照自己想要的方式经营了这么长的时间，"珍妮慢慢说道，"这已经是种成就了，对吧？"

巴里绕过办公桌来到门口，朝走廊里看了看。"现在这些都结束了。二十年过去，终于走到了尽头。"他转过身来面对着珍妮，眼里有泪水，"但我希望我们做了件好事。你觉得是吗？"

"对，我觉得是这样。我认为你们做了件非常了不起的事。真希望有什么办法能帮得上忙。"

巴里笑了笑："你能留在这里就已经帮了大忙了。你已经帮他们意识到，虽然他们老了，但他们也是人。我想你和林戈也很快就要离开我们了吧？希望在那之前你们能继续和老人们多交流。"

"他们不是老人，"说着，珍妮站起身来，"他们就是人。"她在门口停了一下，"他们是我的朋友。"

"欢迎各位来参加今天的聚会，我想这应该是我们在孤独之心电影院的最后一次聚会了。"珍妮站在电视机旁说道。周围的嘘声、口哨声和欢呼声响成一片。"我们要看的最后一部电影也是威廉·J.德雷克的最后一部作品，这似乎还挺应景。我们没有选择大家更为熟知的电影，希望你们不会失望。"

"亲爱的，这些都是非常棒的电影。"乔说道，"而且等你到了我们这个年龄，能看看从未看过的东西也挺好，会让你感觉自己还活着。"

"这部电影名叫《斩魔头》。"珍妮说道，"它之所以合适，不仅是因为它是我外祖父的最后一部电影，更是因为它散发着一种沿海风情。电影讲的是走私和集团犯罪。它是在康沃尔郡和德文郡拍摄的，上映时间是一九五〇年。"

"这为什么是他的最后一部电影呢？"埃德娜问道，"他发生什么事了？"

珍妮僵硬地笑了笑："有人告诉他说他的梦想很愚蠢，于是他选择了一条更安全、更稳妥的路。"她看着林戈，"有一段时间，他真的非常闪耀，就像天空中的一颗星星一样……那叫什么来着，林戈，是超新星吗？但是超新星就是一颗星星将要死去的阶段，我说得对吗？有时候它们会爆炸，有时候它们也会就此消逝。这两者威廉·J.德雷克都经历过了。"

珍妮挨个看了看所有人，看了看埃德娜和坎特尔太太，然后是乔、鲁宾逊先生和林戈。她看了看弗洛林，接着是格兰奇兄弟。最后还有那张还留有斯莱斯韦特太太印记的空椅子。珍妮说："我担心我也会那样消逝。可是我想，如果我们愿意，我们可以有个精彩的退场。"

一阵自发的掌声响起来，让珍妮颇为尴尬，她赶紧开始播放电影，弗洛林调暗了灯光，她在沙发上挨着林戈和埃德娜坐了下来。黑暗中，林戈悄悄地握住了她的手，这令她感到一阵兴奋。在孤独之心电影院播放的最后一部电影就这样开演了。

聚会结束后，她带着林戈来到她的房间。在幽暗的光线中，他们腿部缠绕着躺在一起。突然，她感到很悲伤，仿佛这是一段假日恋情的终点。她很想知道，她和林戈，他们接下来会怎样。他们会搬到校园的宿舍里吗？他们会继续在一起吗？他们究竟算不算是在一起了？在日落长廊这纯净的世界里，生活染上了一层不真实的色彩。可到了外面，在真实的世界里……一切还能保持不变吗？

林戈把脸埋在她的发丝里开始轻柔地唱起歌来。一开始她忍不住直笑，因为他声音的颤动惹得她耳朵直痒，然后，她闭上了眼睛，静静听他唱着。他的嗓音还不错。他唱的是《埃莉诺·里格比》。她轻声说道：

"所以说，你究竟有没有拯救我呢？"

"我想我并不需要。"他说道，"我想是你救了你自己。"

黑暗中，她露出了微笑："的确如此，对吧？"

他们静静地躺了一会儿，接着，他说道："不过，你从未谈论过你的妈妈和爸爸。"

她感觉自己一下子紧绷了起来。她真希望他没有说出这句话。"我不想说。"

林戈吻了吻她的头发。"你知道的，等你想说的时候，我就在这儿。"

"我知道。"她说道。她躺在那里，眼睛盯着黑暗的天花板，直到林戈的呼吸变得均匀而深沉。她知道，他已经睡着了。

"你们，他妈的，竟敢，这么做。"她低声说道，不过，这话并不是对林戈说的。她是在重复数月前她坐在她父亲的车后座上所说的话。

"珍妮！"她爸爸发火了，"不准在你妈妈面前这样说话！"

"掉头，"珍妮平静地说，"我才不去拉夫伯勒。"

"小姐，让你去你就去。你要做对自己有益的事。"

"珍妮，"芭芭拉说，"我们全都是为你好……"

"掉头！"珍妮大叫着扑向前排座椅间的空隙，却被安全带牢牢绑住了。她父亲想用左手臂把她推开，可手臂被她抓住了，她大喊着："掉头！掉头！掉头！"

"西蒙！"芭芭拉尖叫道，珍妮的父亲用力甩开她，把她推回到后座上，他的右手却向下拉动了方向盘，车子打着转离开马路，冲上了路边种着一排行道树的草坪。之后的事情，除了一声尖锐的刹车声、一股发热的橡胶味和一种突然的金属挤压感，珍妮·埃伯特就什么都不记得了。

第二天早上，珍妮乘公共汽车前往莫克姆，然后径直去了宿舍管理办公室。下一栋宿舍楼很快就要开放了，珍妮心情沉重，仿佛她所做的事是某种奇特的背叛行为，她写下自己的名字申请了一个房间。

　　"宿舍楼二期还有几个星期就能投用了。"宿舍管理员说道，"所以在这学期结束前你一定能搬进来。"她面带着鼓励的微笑，"刚好能赶得上圣诞派对，对吧？可以比那老人之家多些生气了。我打赌你会很开心能再次回到活人中间。"

　　走出办公室，她看到了安珀和萨伊玛，两人共撑一把伞，聚精会神地看着各自的手机，快速走了过去。珍妮笑了笑，可她们没有停下来，急匆匆地走掉了。她们不是有意无视她的，珍妮告诉自己，她们只是忙着过自己的生活罢了。她很想知道，等到了圣诞节，她会不会也变成那样，会不会变成一个普通的学生。也许她离开得越久，关于日落长廊的回忆就会越来越淡直到消失；也许等到若干年后她再回头看时，会几乎想不起来；也许这只是她人生中奇异的几个星期而已，几乎不值一提。

　　珍妮去餐厅喝了杯咖啡，去看了看她的同龄人。不久之前，她还那么渴望成为他们之中的一员，那么迫切地想要被接纳，被欢迎。而现在，她很怀疑自己是否真的有融入的可能。在从前想要成为一个全新的珍妮·埃伯特的时候，面对这些与她同龄的人，她总是谨慎又羞涩；可如今她已经坦然接受了珍妮·埃伯特本来的面貌，却仍然感到与他们格格不入。

　　珍妮深深地凝视着杯中的咖啡，意识到林戈提起她的父母影响到了她的情绪。西蒙·埃伯特和芭芭拉·埃伯特，他们仍然像鬼魂一般缠绕着她，就好像在说："趁你还有机会，好好享受吧珍妮，因为你的血管里依然流淌着我们的血，你身体里的每一条染色体都是我们给的，我们就是你的将来。"

可话又说回来，威廉·J.德雷克的血液也在她的血管里流淌着，虽然是稀释过的血，但也许她仍然还有希望。

"也许他是个失败者，但至少他努力尝试过了。"珍妮记得自己曾对父亲这样说过。

"他谁也不在乎！就跟你一样！看样子他最糟糕的一面隔代遗传了！"几个月前，西蒙·埃伯特曾经这样喊叫着回敬她说。

可他错了，她的父亲错了，不是吗？她是在乎别人的。她已经证明了这一点。也许她的妈妈才是那个异类，也许威廉和珍妮的性格才是家族的本色。想到这个，她不禁露出了些许笑容，接着她朝着教室走去，到了那里，她看到安珀和萨伊玛躲在伞下站在大厅外。

"你很快就要搬进宿舍了吗？"萨伊玛问道。

珍妮不置可否地嗯了一声："我刚去了宿舍管理办公室，所以说应该是吧。"

"也不用说得那么欣喜若狂吧。"安珀轻蔑地说。

"对了，之前有个老太太来这儿找过你。"萨伊玛说道。

"我们跟她说了你在宿舍管理办公室。"安珀说道。

所以说，她们之前看到珍妮了，她们只是懒得跟她打招呼罢了。不过……老太太？

"她多大年龄？"珍妮问道。她唯一能想到的人就是埃德娜或是……或是坎特尔太太。

安珀耸了耸肩："就是很老啊。"

"你感觉，她是不是……是不是明艳动人？"珍妮追问道，"比如说，有一头白金色的头发？打扮讲究？"

萨伊玛轻蔑地哼了一声："我可不觉得。"

珍妮重重地呼了一口气。看样子，不是埃德娜。那她认识的老太太就只剩下一位了——坎特尔太太。这儿离日落长廊那么远，她跑来干什么呢？她是为什么而来的？

这时，所有的怀疑、所有的臆想如同潮水一般涌了回来。那些宝石，她被锁在房间里，那起火灾，都发生在看完每部电影之后。现在第四部也是最后一部电影放映完了，又一次，坎特尔太太出现在了这里。

坎特尔太太究竟想干什么？

她想到了《斩魔头》中的埃迪·蒙克，他在调查康沃尔海岸的走私犯时，在某一天的午夜时分，被引诱到了位于偏僻海滩上的一间破旧的渔人小屋里。

"你把我带到这里来干什么？"蒙克问道。

"为了让你闭嘴。"那个坏人说，"为了阻止你问太多问题。"

"那你究竟打算怎么做呢？"

"用我们知道的唯一办法。"坏蛋说，"我们要杀了你。"

36

《幻影女郎》

（1944年，导演：罗伯特·西奥德马克）

　　珍妮在雨中飞奔向宿舍管理办公室，她一门心思想着要赶往目的地，竟直直地跟对面来的人撞了个满怀，直到对方摘下黑色外套的帽子她才注意到，那人正是林戈。

　　"哎，慢点，你去哪儿？"

　　"跟我来！"她情绪激动地说，"我得让你看看！是她，她来了！这下大家总得相信我了！"

　　"谁来了？"说着，林戈用一只手扶住她的手臂，却被她用力地甩开了，"出什么事了？"

　　"是坎特尔太太。"珍妮说，"自从我来到这里……我不知道为什么，可她……"接下来，她将一切和盘托出：那些宝石，被锁上的房间，那只放大镜。竹筒倒豆子一般说完之后，珍妮已经筋疲力尽了。"我告诉过埃德娜，可我想她并不相信我。"

林戈凝视着她。"珍妮，"他温柔地说，"想想看你在说什么……究竟为什么？"

"这个问题我打从事情刚发生后就一直在问自己。"她打断林戈说道，"她绝对不怀好意，虽然我还不知道她的目的是什么。现在你跟我一起去，我们自己来揭开谜底。"

林戈鼓起腮帮子，重重地呼了一口气："我会跟你去的，我当然会。可你知道这听起来有多荒唐，对吧？"

她没有理会他，气冲冲地朝着办公室走去，林戈尾随在她身后。她快速接近目的地，这时，她看到一个身影，灰白的头发，穿着一件驼色雨衣，正背对着他们躲在一把蓝色雨伞下。珍妮开始放慢了脚步。

林戈追了上来，说道："她在哪儿？"

那女人转过身来，看着林戈，挑起了一边的眉毛。

"你好，珍妮。"她说道。

珍妮停下脚步，突然站定。她的手臂耷拉在两侧。她就如同一艘船，突然停航了。她几乎能感觉到林戈充满疑问的目光沉沉地落在她身上。

珍妮说道："你好，妈妈。"

林戈惊讶得下巴都快掉了，如果不是有芭芭拉·埃伯特那张消瘦干瘪的脸在对着他，珍妮会觉得他那样子滑稽得可爱。他木木地说："我还以为你父母已经死了。"

芭芭拉的一边眉毛仍旧上挑着，除此之外她始终面无表情。她说："你就是这么跟所有人说的吗，珍妮弗，说我们死了？"

珍妮闭上了眼睛。她小声地说："林戈，这件事我回头再跟你说。"

"可是那场车祸……"他不肯罢休。

芭芭拉的嘴角抽动了一下："你说我们死在了一场车祸里？就是之前的那场车祸？"

当安全带勒进她的肩膀和胸口时，珍妮被弹回到椅背上撞到了头，那一刻发生的事在她的记忆中，只剩下刺耳的刹车声和橡胶的焦臭味，还有突然的一阵金属被挤压的感觉。她觉得有一瞬间自己可能晕了过去，当她再次睁开眼睛时，看到西蒙·埃伯特已经下了车，他双手抱着头站在一旁，查看着撞到树上变了形的车头，烟雾和蒸汽不断从弯折的引擎盖下冒出来。

"你还好吗？"芭芭拉·埃伯特一边喊一边解开安全带，转身去看后座，"珍妮？你还好吗？"

"我没事。"她含混不清地回答着，然后按下安全带锁扣爬到了车外。车子损毁得非常严重。芭芭拉也来到西蒙身旁，两人惊恐地盯着被撞扁的车头。

"天啊！"他终于出声喊道，"天啊！我的天啊！看看啊！这肯定报废了！我敢打赌保险公司不会赔的。我敢肯定这种情况绝对不在赔付范围内，这种……这种……"他转身怒视着珍妮，"这种该死的愚蠢小丫头的任性行为！"

这是珍妮第一次听到她父亲像这样叫骂。她不知该说什么。接着，车子突然塌了下去，靠近西蒙·埃伯特的那只前轮掉了下来，经过他面前朝着路边的草坡滚了下去。他转过身，带着一脸难以置信的表情，看着轮胎一路向下滚去，直到它轻轻地撞上树篱倒了下来。

珍妮突然大笑起来。

芭芭拉对她皱起眉头，西蒙在强烈的怒火中瞪大了双眼。"她还在笑。"他自言自语地说道。

"看样子我们去不了拉夫伯勒了。"珍妮一边说，一边难以克制自己发疯似的大笑着。

"想干什么随便你！"西蒙·埃伯特怒视着她，"就算去廷巴克图我也不管。"

"西蒙，"芭芭拉温和地说，"或许你该给汽车协会[1]打个电话？"

他不屑地哼了一声，拿出手机来开始一阵猛戳。珍妮把手伸到车里，取出了那一箱子DVD，接着就开始沿着他们来的方向往回走。

"她这是要去哪儿？"西蒙吼道。

"珍妮！"芭芭拉喊道，"珍妮弗！你没法走路回家！有好几英里远呢！现在立刻过来，在这儿等着汽车协会的人。"

可珍妮继续走着，她和她父母之间的距离每拉开一步，都让她感觉更加轻松，仿佛她终于甩掉了他们自她出生起就套在她身上的枷锁。然而，她还需要走多远才能彻底摆脱他们，摆脱他们用于创造她的那些无聊而乏味的基因呢？在这世界上，甚至在整个宇宙中，会有足够遥远的地方吗？

"珍妮弗·埃伯特！"芭芭拉喊道，那声音已越来越远，"你这是要去哪儿？"

"去他妈的廷巴克图！"她一边叫喊着，一边将那一箱子珍贵的威廉·J.德雷克的DVD紧紧抱在胸前，开始迈开步子以她最快的速度沿着这条乡间道路跑去。

---

1 这里指英国汽车协会，它会为车辆提供道路救援服务。——译者注

"天啊！"林戈说道。他一脸的不解。老天保佑他吧，珍妮心想。她伸出一只手放在他脸上。

"我晚点再跟你说。我保证。"

他看着她。"你骗了我。"他小声说道。

"晚一点再说。"她坚决地说，吻了吻他倔强的嘴唇，"回家吧，我很快就回去。"

他摇了摇头看着芭芭拉，就好像实在无法相信她就站在他面前一般。"你说他们都死了。多混账的人才能说出那样的话？"

"回，家。"珍妮目光尖锐地盯着林戈。

他点了点头，神情似乎有些恍惚。"是啊！我想我是该回去了。"他犹豫地朝芭芭拉伸出一只手，紧接着又收了回来，仿佛在担心她其实真的已经死了。"那个，很高兴见到你。我，那个，我很高兴你还活着。"

"很显然，至少比某些人要高兴。"

林戈摇摇头，再次看了珍妮一眼。他那陌生的眼神让她的心沉了下去。那眼神像是愤怒中夹杂着悲伤。

"话说回来，你说的'家'在哪里？"林戈犹豫不决地走开后，芭芭拉说道，"我一直在整个校园里到处找你。"

"日落长廊。"珍妮说道，"我之所以选择那里，就是因为你绝对找不到我。他们把我写进了本地报纸的一篇报道里，我为此很不高兴，但他们把我的名字拼错了。所以说就算你费心去网上搜索我的信息，你也找不到。"她好奇地看着芭芭拉·埃伯特，"可你为什么来？你来做什么？"

芭芭拉说："因为你是我们的女儿，珍妮。因为我们是一家人，我们想你。"

珍妮带芭芭拉去了市里的一家咖啡店，从学校一路冒雨走了很久。她们坐在了店铺靠后面的一个卡座上，把被雨淋湿的外套挂在了墙上的挂钩上，芭芭拉把撑开的伞靠在桌边让它晾干。珍妮点了一杯拿铁，芭芭拉要了一杯茶——典型的乏味无聊的选择。

"好了，"珍妮说，"你干什么来了？"

芭芭拉凝视着杯中的茶。她隔了很久都没说话。接着，她抬头看看珍妮："我在小时候，曾经想当个画家。"

珍妮朝她皱起眉头。这有什么关联吗？不过她没有说话，而她的沉默仿佛是在邀请她妈妈继续说下去。

"我在上学时就很擅长美术，不只擅长，还非常出色。我的所有老师都这么说。他们想让我去上艺术院校，我自己也想去。"她迎上珍妮的目光，"我父亲也想让我去，就是你的外祖父，威廉·J. 德雷克。可我妈妈劝我说追求艺术是没有未来的，就像她当年让他远离他的电影制作事业一样。"芭芭拉朝她女儿淡淡一笑，"而我听了她的话，就像我父亲当年听从她的劝说一样。而我也根本没有上过大学。我放弃了美术。我做过一些平淡无奇的工作，直到我认识了你父亲，然后我们就结婚了。不必说，我妈妈对西蒙是打心眼里满意。"

"你记得爸爸是怎么跟我说的吗？"珍妮平静地说，"他说威廉·J. 德雷克最糟糕的一面隔代遗传了。他的意思是，他的缺点跳过你，传给了我。"

芭芭拉的双眼闪烁着湿润的光。"是，他的确那么说过。他错了，而且那不是你外祖父最糟糕的一面，那是他身上最闪耀的一面——他的梦想和他的抱负。这些怎么会是一个人最糟糕的一面呢？"

"他们让你丧失了理想。"

芭芭拉点点头："对，是的，而我也打算让你放弃理想。因为我的生活很幸福，珍妮。我很满足。你知道吗？过一种……一种平淡无奇的生活并没有什么过错。无数的人都过着平淡无奇的生活。"

珍妮抿了一口咖啡。咖啡已经冷了。她说："你为什么要对我隐瞒我外祖父的电影？"

"因为那是他自己藏起来的，"她说，"在他娶了我妈妈，娶了琼之后。她不想让那些东西出现在家里，不想因为它们而让他回想起自己所放弃的人生。之前我并不知道他年轻时曾做过什么。我以为……我很担心……"她停了一下，整理着自己的情绪，"我以为你如果知道了它们的存在，那就没有什么能阻挡你追寻自己的道路了。"

珍妮盯着她："那是件坏事吗？"

"不，"芭芭拉终于说道，"不是。当你发现它们的时候，我其实暗暗感到高兴。威廉·J.德雷克放弃了他的梦想，我也是。而我想我也开始相信有抱负是件坏事，威廉的人生总体来说并没有不快乐，我的人生也没有不快乐，那么它们的存在也许只会成为障碍。"

珍妮往前探出身子："没有不快乐的人生并不等于快乐的人生。"

芭芭拉点点头："这就是我来这里的原因。我们很担心你，珍妮。你父亲说要给你些空间，说你会回心转意的。而我也的确给过你空间。但现在我来这里是要告诉你……告诉你不要担心，没关系的。我要告诉你我同意了，告诉你我想让你去追随你的梦想之星。"

"那爸爸呢？他是怎么想的？"

芭芭拉笑了笑："他还是认为你应该学经济学。不过说实话，他已经勉强有些接受了。"她伸手从提包里拿出她的钱包，"另外还有一件事……你父亲在他的高尔夫球俱乐部里认识一个人。他们聊到了我父亲的电影，然后……看样子那些三十五毫米的胶片非常珍贵。事实上，它们非常值钱。你父亲的这个朋友认识一位专门收藏这些东西的收藏家，他跟他谈过了，然后……"芭芭拉从桌子对面推过来一张名片，"这是他的电话。背面写了他愿意为关于威廉·J.德雷克的那些藏品所支付的价钱，包括那些电影胶片、剧本和笔记。不过我猜那只是个最低价，他兴许还能出得更高些。"

珍妮接过名片将它翻了过来，她一下子瞪大了眼睛。"这……哇！这数额够支付我所有的大学学费了。两倍都多，还不止。哇！"她眯起了眼睛，"你跟他说那些都归他了？"

"我跟你父亲说它们已经不再是我的了，它们是你的。"芭芭拉说，"他自然是发了一阵牢骚的，不过我可是相当坚决。它们是你的，珍妮。另外，我也说了我很怀疑你会不会卖掉它们。"她朝着名片点了点头，"不过这完全取决于你。他还想谈谈购买或者租借版权将它们刻制成DVD来发行，或是授权在电视上播放的事情。顺便说一下，我查过了，它们的版权是归我父亲所有的。现在它们都是你的了。不过版权的问题还需要单独进行协商。显然，如今老电影相当有市场，尤其是那些大家还从未看过的老电影。"

珍妮又看了看名片，然后把它放进了口袋里。她的杯子已经空了。她说："很抱歉我之前说你们已经死了。"

芭芭拉耸耸肩："很抱歉，是我们给了你那样说的理由。"

"这么说你不打算劝我回家，劝我回拉夫伯勒？"

"回拉夫伯勒就不用了。如果你在这里很快乐，那么我希望你留下来。"她站起身，穿上自己的外套，"至于说回家……那仍然是你的家，珍妮。"

芭芭拉收拾好自己的东西，然后说："珍妮，我以为我知道自己想成为什么样的人，而我任由别人指挥我去走别的道路。这不会再发生在你身上。"

珍妮感觉到一滴泪水滑下她的脸颊。"可我连自己想成为什么样的人都不确定。"

芭芭拉拍拍她的手："你还年轻。你有的是时间去确认。"

接着，珍妮伸开双臂抱住了她的妈妈，将她抱得紧些，再紧些，她感受到芭芭拉的手臂也在抱着她，她很好奇这是种什么样的感觉，竟让她既温暖又有些颤抖。她不明白，为什么自己竟不记得妈妈曾如此紧紧地拥抱过她，她希望自己的余生不会再也没有这样一个来自她的拥抱。她把脸埋在她妈妈的肩膀上，就那样一直哭，一直哭，一直哭。令她最为惊讶的是，她竟出乎意料地感到如此快乐。

37

《夺命温柔》

（1957年，导演：查尔斯·桑德斯）

珍妮其实不太记得自己是怎么回到日落长廊的，她整个人都处在恍惚之中。她站在门厅，浑身都湿透了，鞋子踩在地上扑哧直响，脚下渐渐积起了一摊水。她感觉肚子十分饱胀，像要吐了似的。埃德娜从休息室走出来，面无表情地看着她："你都湿透了。"

"我会得重感冒的。"说着，珍妮咯咯傻笑起来，把自己都吓着了。她低头看着自己湿透的衣服。"你见到林戈了吗？"

埃德娜点点头："嗯。不光见到了，我还跟他说过话。那可怜的孩子受了惊吓。"

珍妮盯着她："他都跟你说了？"

"哦，别担心，他没有跑进来到处揭人隐私。我是在客厅里遇到他的，他那样子就像被火车撞了似的。他本来不想告诉我，可还是被我诱骗着说了出来。他说他今天见到你母亲了，就是你跟他说的死在了一场车祸中的母亲。"

"他在哪儿？"珍妮不耐烦地说。

"他要是愿意跟你说话，我才觉得奇怪呢。"埃德娜冷冰冰地说。

"麻烦你不要来评判我。"珍妮的声音有些颤抖，"我自己今天也受了惊。"

埃德娜扬起一边眉毛，请她继续说下去。

"我妈妈……我妈妈跟我想的不一样。"

埃德娜耸了耸肩。"我觉得你会发现很多人都跟你想的不一样。"她尖锐地说，"你要是真的想见林戈，他可能在下面的沙滩上。"

"嘿，"珍妮说，"在建石塔吗？"

林戈好一阵子都没说话，只是远远凝望着大海。接着，他说道："建塔是因为你希望创造一些永恒不变的东西，或者至少是能延续下去的东西。"他手臂往后一拉，丢出去一块扁平的石头，石头在黑暗的水面上跳跃，一下，两下，三下。"拿石头打水漂则表示想要逃离。"

"这就是你想要的，是吗？要逃离？"

林戈弯下腰，从他的石头堆里又选出一块，在两手之间抛来抛去。"也许吧。"

珍妮看着他掷出石头，然后将一只手放在了他的胳膊上。他耸耸肩甩开了她。她静静地说："听我解释。"

"说吧。"他依旧没有看她。

她好奇地看着他："你为什么这么生气？"

终于，他转过身迎上她的目光。"你骗了我，珍妮，而且还是这么严肃的事情。你说你父母都死了。"

她叹了口气："我不是故意的。那只是个故事而已，那是……"她寻找着合适的词，"是一副铠甲，是一块盾牌，用来防止别人问太多关于我的问题。这样我就不必谈论我无聊的人生，能让我听起来更……更有意思。"

他的眼睛里有种东西让她很不安。可能是憎恨，又或许是怜悯。"所以你就编个故事说你父母死在了一场车祸里？你知道这有多离谱吗？"

"我一说出口，就不知道怎么收回了。"她牵强地说道，"都是劳伦·白考尔那档子事害的，就是要做蛇蝎美人那事……"她意识到这听起来有多么愚蠢，于是闭上了嘴。

林戈沉默了一阵子，用手指摩挲着一块扁平的石头。他把它丢进了水里。

"我还以为我们之间有点什么。"他又扔出一块，石头在水面上跳跃了四下。

"我们的确有过啊！我们现在也有，不是吗？有点什么？"她停顿了一下，"还是说你指的是你以为我们之间有些共同点？有死去的父母？就是这个让我吸引了你？又是《埃莉诺·里格比》那一出？"她瞪大了眼睛，"你是不是觉得如果你拯救了我，从某种程度上就等于拯救了你自己？原来这一切都是因为这个？"

"不是！"林戈激动地说，"根本不是那样！事实上，我想我可能……可能已经……"

"什么？"她说着，她想要他说出那句话，那句"已经爱上了你"。"已经什么？"

"算了。"他说话就像个任性的孩子。他又扔出一块石头。"话说回来，你那个死去的妈妈，她想干什么？"

珍妮望向大海："我想她是来提醒我她还活着。"

等到她讲完她的故事，林戈已经没再扔石头打水漂了，而是在她面前心不在焉地用大大小小的石头堆起了一座新的石塔。她不知道这意味着什么，或者说究竟是否有什么含义。

"哇！"他终于开口说道，"我想，这恰恰证明了那句话：人最真实的一面你永远也看不透。"

珍妮笑了笑。这话感觉很古怪，让人觉得似乎一针见血，却又仿佛错误百出。"我想是的。"

他将一块石头放在石堆顶上，石头微微晃动着。"那你打算怎么做呢？要卖掉你外祖父的东西吗？"

"我也不知道。我还在慢慢消化这些信息呢。换作你，你会怎么做呢？"

他长嘘了一口气："我也不知道。你会变得富有，相对来说。这取决于这一切在你眼里的重要程度。"他又放上一块石头。石塔坍塌了。

珍妮思考着这个问题。"我想，这对我来说很重要。"她在她那个特立独行的电影制作人外祖父身上寄托了那么多，将他当作了自己所追求的理想。她从未了解过自己的妈妈的梦想，也从未想过要问起。

他们头顶的天色渐渐变暗。"我们该回去了，"林戈说，"可不能被困在这儿。"

"这是在退潮呢。"珍妮反驳道。她停了一下，然后接着说道："你还在生我的气吗？"

林戈点点头："对，没错，我生气。我不管是什么原因，总之你骗了我。你骗了我，而且并非是不得已而为之。要说我有什么讨厌的事情，那就是说谎。"他看着珍妮，"你知道吗？我妈妈曾经跟我说她永远不会离开我，即便她知道自己已经生命垂危。"

他转过身，开始沿着潮湿的沙滩往回走。珍妮感觉自己很想牵住他的手，却不知道他会做何反应，不知道他们之间的关系是否已经发生了很大的改变，以至于这样做会显得很奇怪又令人反感。她看着他走了一阵子，然后跟了上去，在马路边追上了他。

"真想知道晚餐吃什么。"他们穿过马路，走上通往日落长廊的石头台阶时，林戈说道。

珍妮一脸痛苦的表情。光是想到吃她的胃肠就拧作了一团。"我想我就不吃了吧。我去把这些衣服换掉，洗个澡。"她停顿了一下，口中想要说出的话语如同千斤巨石一般，"如果你愿意的话……也许晚些时候你能来我的房间？"

他们一言不发地爬着石阶。到了门口，林戈转过身面对着她。"也许你需要自己待上一阵子。你有很多事情要考虑。也许我也一样。"

他一动不动地站了一会儿，然后再次转身对着她："珍妮，我想你没有意识到自己做了件多么混账的事。不只是对你的父母，不过天知道他们是怎么想的。对我，对这里的所有人也一样。珍妮，我们都失去过亲人，可你没有。看着自己所爱的人在面前死去……那可不是什么用来掩护自己的故事。如果你放任自流，那样的经历是会吞噬你整个人生的。就像坎特尔太太对我说的那样，真实的生活可不同于电影。当坏事发生时，那就真的是彻彻底底的坏事。你把死亡当作微不足道又省事的办法，然而事实全然相反。"

珍妮看着他抖搂外套上的雨滴，朝着餐厅走去。独自待着是她此时此刻最不愿意做的事。她一边爬着楼梯，一边思索着：为什么她的生活中有如此多的人存在，她却感觉那么孤独。

泡在浴缸里，她身上那蚀骨的寒冷得到了彻底的温暖，她在想，校园里的新宿舍楼是否也有浴缸？可能性不大。她甚至都不确定宿舍里是否会有自带的淋浴间。这一切都正在消失，她心想，包括她周围的日落长廊里的一切，这一切正在坍塌，像林戈的鹅卵石堆一样。一切都将消失在滚滚浪潮之下。

她憋住气，紧闭眼睛，浸入了水中。她已经在浴缸里泡了一个小时，现在的水最多只能算是还有些温热。珍妮查看着自己像西梅干一样皱巴巴的手指尖，心中好奇：当皮肤像这样被水泡得沟壑纵横、起伏不平时，指纹是否也会发生同样的变化。

珍妮终于感觉有些饿了，可她无法面对大家。她擦干身体，抹上润肤乳，把湿漉漉的头发绑成一条马尾，再裹上了睡袍。她蹑手蹑脚地走下楼梯，进入晚餐过后空无一人的餐厅，然后走进餐厅另一头的大厨房。她在冰箱里找到了一盘盖着保鲜膜的冷鸡肉。考虑到制作三明治太麻烦，她直接狼吞虎咽地吃下了三片鸡肉，然后就着包装盒喝了一大口橙汁把鸡肉顺了下去。

回到走廊，她在休息室门口停了一会儿。她听到了林戈的声音。他们在玩牌。即便在巴里丢下那颗炸弹之后，日落长廊的生活还是在继续。

爬上楼梯时，珍妮思索着有关林戈的事。他很生气，而他完全有权这样。天啊！说到这个，她妈妈应该更加生气吧？毕竟珍妮跟所有人说他们已经死了啊！她想要一个全新的开始，想要变得不同于从前在拉夫伯勒的那个珍妮·埃伯特，这是事实。无忧无虑的美好家庭生活可不符合她想要打造的蛇蝎美人的形象。可她真的有必要做到这个地步吗？吞下的鸡肉突然在她的肚子里变得有如千斤般沉重，让她觉得自己快吐了。她说他们都死了。林戈说得没错，什么样的人能做出这种事情来？

珍妮试着想看会儿书，然后听听音乐，再放上一盘 DVD 看看《夜长梦多》中的亨弗莱·鲍嘉，希望至少能从片名中获得一丝睡意。可她一时半会儿没有丝毫困劲。她一直看到了电影片尾的演职员表放完，然后看了看她的手机。十点。她听到楼梯上的脚步声、日落长廊里的说话声渐渐融入了夜色，大家都上床睡觉了。

珍妮熄了灯关了电视，在黑暗中躺了一会儿。她没有合上窗帘，希望夜色能晴朗起来，让她能看见星星。那些如此遥远的存在，竟能让她感觉与走廊外几扇门之隔的某个人心心相通，这还真是有趣。她很好奇林戈此刻是否也正望着窗外，守着云开。

她听到她门外的地板上有嘎吱嘎吱的脚步声。

珍妮屏住了呼吸。

有人在转动门把手，动作非常轻。她听着门发出吱呀一声，然后就恢复了寂静。

进来吧，进来，她用意念呼唤着他。看在老天的分上，林戈，进来呀！

珍妮平躺着闭上了眼睛。想到林戈，想到他就站在她的门外思考着该怎么办，她的肌肤如同着火了一般。她想要冲他大叫，想要一把拽开房门把他拖进来。可周围什么动静也没有。

珍妮的床突然变得非常宽大又非常空旷。她将睡裙的正面抚平，揉了揉自己的肚子。你究竟是哪里需要他呢？她问自己。是这里吗？她摸摸自己的心。还是这里？那是她的头。或者是这里？这真的重要吗？

这时，她又听到了地板的响动声。终于要进来了，谢天谢地！她心想，他要是再不动，她就该爆炸了。门把手又动了动，发出了咔嗒一声，接着，沿着门框出现了一丝亮光。

珍妮闭上眼睛等待着。她听到门被推开，然后又关上了。她微笑着，听他轻手轻脚小步走过她的地毯，来到她所躺的那一侧的床边。珍妮憋着笑。她能听到林戈的呼吸声。

"来吧。"她用低沉、沙哑的嗓音说道。

什么动静也没有。珍妮睁开眼睛，借着从突然破开的云层中透过窗户投进来的微弱月光，看到了林戈的轮廓。

那不是林戈。

可她知道那是谁。

"坎特尔太太！"说着，珍妮突然有些喘不上气，"你干什么？"

坎特尔太太消瘦的双手拎着一个枕头，她拿起枕头，她那朦胧的、黑色的身影说道："你觉得我要干什么，亲爱的？我要杀了你。"

接着，坎特尔太太将枕头死死地盖在了珍妮的脸上。

38

《爱人谋杀》

（1944年，导演：爱德华·德米特里克）

过了好一阵子，珍妮说道："坎特尔太太？我想现在我们其中一个人应该挪开枕头了。"

坎特尔太太叹了口气，拿开了先前其实只是放在珍妮脸上的那个枕头。"你说得很对，亲爱的。"说着，她瘦小的身子坐到了书桌旁的椅子上。

珍妮坐起身，打开了床头灯。坎特尔太太一脸悲伤，还有些困惑，但很奇怪的是……似乎还有些释然？

"出什么事了，坎特尔太太？"

"说真的，我想这一切都只是场游戏。就这样了吗，现在？都结束了？"

"一直以来真的都是你干的吗？"珍妮说，"是你把你的宝石藏起来了？是你把我锁在了房间里吗？我的废纸篓里起的火也是你放的？"

"我想是的，基本上都是。"坎特尔太太点点头。她热情地微笑着。"你瞧，都是根据那些电影。"她开始掰着手指头数起来，"宝石，坐牢，还有纵火和谋杀！"

"原来只是场游戏啊！"珍妮茫然地说。她没法逼自己对坎特尔太太生气，而她也不再对这位老太太感到畏惧了。她只是感觉到一种无比强烈的悲伤。

"我很高兴现在这些都结束了。"她说，"你瞧，这相当不符合我的本性。我宁愿去坐邮轮。"她看着手中的枕头，"我想我要去睡觉了。"

珍妮从被子下面钻出来，陪着坎特尔太太下楼回了她自己的房间。在门口，老太太说道："谢谢你，亲爱的。如果给你造成了什么不便，我很抱歉。"

"你不会再想办法杀死我或做此类的事了吧？"珍妮警告说，"我不必把你锁在你的房间里吧？"

坎特尔太太伸了个懒腰，摇了摇头。"我头一沾枕头就睡得死死的了。"她表情一亮，"亲爱的，就像你刚才本来该变成的那样。"

等坎特尔太太关上了门，珍妮在门口站了很久，她思索着，然后摇了摇头，转身又上楼去了。她在自己的房间外面停下了脚步，接着继续沿着走廊往前走，然后敲了敲林戈的门。

"你现在方便吗？"她低声问道，"是我。"说完她径自打开了门。林戈正坐在床上，他那瘦弱的如同小鸟一般的胸口裸露着。

"珍妮？"他说，"我实在觉得你不应该来这里。我想了很多，我真的不确定经过这次之后我们还能否重新在一起。"

她关上门，走到了床边。"挪过去点。"她说，"在你开口之前，请你别说了。坎特尔太太刚才想杀了我，而且在发生了今天的所有事情之后，我真的不想一个人待着。"

在她钻进被子下面时，林戈瞪大了眼睛，消化着她刚才所说的话。"坎特尔太太想杀了你？"

"我晚点再解释。"珍妮说，"很抱歉我跟你说我父母死了。这样做太过分了，也非常错误，我真的觉得很内疚。现在，告诉我你原谅我了，然后闭上嘴吻我。"

第二天早上，站在她房间的配套浴室里，珍妮一边冲着热水淋浴，一边思考着她如今该怎么办。她是不是应该去找格兰奇兄弟，把一切都告诉他们？打从一开始，她之所以暂且压下有关那些所谓的丢失的宝石的事，就是因为担心那可能会让日落长廊面临危险，可现在这地方无论如何都会被卖掉，那么这些顾虑也就没有必要了。她那样做究竟能得到什么？坎特尔太太显然脑子已经非常糊涂了。可是那就能代表她不会惹麻烦吗？要是珍妮当时睡着了呢？要是坎特尔太太再强壮些呢？她是真的打算杀掉珍妮吗？

这样一来，我们又回到了原点。这一切都是真的，她所有的怀疑都是真的。坎特尔太太一直在针对她。珍妮认为她所干的事真的都是她干的。用浴巾擦干身体之后，珍妮又用手擦去了镜子上凝结的水珠。她凝视着镜中的自己。她应该觉得开心才对，应该觉得自己的嫌疑得到了洗刷。可她只是觉得想吐，就好像她用来包裹自己的那个泡泡破掉了，不管是林戈，还是她那略微显露出一丝人情味的妈妈，或是威廉·J.德雷克作品主体的价值，还有在这间休养院里开出的友谊之花。虽然一切即将终结，虽然日落长廊的关闭之日已在地平线上若隐若现，可这感觉仍然像是一切都在走向一个不尽如人意的结局。这就好像一部电影中喜忧参半的结尾，有些悲伤，却也算是一个了结。主要角色一个也没有受伤或者死去，新的一天会像往常一样到来，留下已经改变的人们，但这样或许更好。

坎特尔太太的一番坦白又为一切增添了一层疑云。第三幕一片混乱。结局不应该是这个样子。

珍妮再次擦去了镜子上重新凝结的水珠，然后刷净了自己的牙齿。也许是因为事情并没有结束，她心想，也许是因为真实的生活并不是电影，也许是因为生活中并不存在简单的三幕式结构。事情是可以继续发生的，不管是好事还是坏事，甚至也有不好不坏、枯燥乏味的事。这一切都只是一位糊涂的老太太的行为罢了。

她不打算告诉其他人。那样有什么意义呢？日落长廊本就已经处在深渊的边缘摇摇欲坠了，还要加速它的灭亡吗？又或者是为了让坎特尔太太惹上麻烦？还是为了在房客们中间播撒怀疑和恐惧的种子？

当然，她已经告诉了林戈，并请他在她决定怎么做之前什么也别说。他是相信她的，珍妮心想。或者至少他是这么说的。这也算是个开始吧。她一边用梳子梳着湿漉漉的头发，一边打定了主意，这就是她接下来要做的事：她要下楼去吃早餐，她要跟林戈坐在一起，并对坎特尔太太的事只字不提。他们会一起度过在日落长廊的最后时光，然后大家各奔东西。但愿所有人都能找到一些快乐，或者说至少不会不快乐。然而，没有不快乐并不等于快乐，这是事实，但珍妮也只能希望乔和鲁宾逊先生，还有埃德娜和坎特尔太太，以及弗洛林和格兰奇兄弟……她只能希望他们能够尽可能各自安好。

在她的床底下，她外祖父的临终遗物——他的电影仅存的副本——

在台灯灯光的照射下，似乎在朝她闪着光。珍妮瞪着它们。"干吗？"她质问道。

当然，它们什么也没说。毕竟它们只是些硝酸盐基纤维素，它们的故事被困在它们的身体里，只有借助光和动态才能得到释放。尽管如此，它们仍然像在对她说话。

可珍妮没有理会它们，而是插上了电吹风的插头。归根结底，她又能做什么呢？

等穿好衣服，又借着窗外灰蒙蒙的天色下阴暗的光线化好妆，珍妮朝楼下走去吃早餐，然后接着思考。当她来到一楼时，她听见前门有人在不停地敲门。可能是伯尼又来送日用品了。看到这地方被卖掉，房客们都离开，他会很伤心的。她无法想象一家大型护理机构的所有者会考虑接受他那些装满自酿啤酒的百事可乐瓶。

看来弗洛林和格兰奇兄弟都没在附近，于是珍妮自己去开了门。然而，来人却不是伯尼。那是个年近六十、皮肤黝黑、身材健壮的男人，他身穿一件粉色马球衫和一条斜纹棉布裤，脸上带着生气的表情。

"让我进去。"他要求说，"你是这里的员工吗？我要见经理。我是来接人的。"

珍妮后退几步，他推开她，朝接待厅里四下看了看，然后摇摇头。"他妈的。我可以告诉你，在这地方不会有好日子过的。"

"我不是这里的员工，但我住在这儿。"珍妮说。

那男人皱起眉头，上下打量了她一番。"什么？"

"没什么，我去找个人来。"她说道，"你叫什么名字来着？"

"格雷。"说着，他交叉双臂抱在胸前，"罗纳德·格雷。还有，我想

· 336 ·

知道我妈妈埃德娜为什么会被关在这儿。"

珍妮的大脑飞速运转着，她跑到厨房找到了弗洛林，他用手机给巴里·格兰奇打了电话。五分钟不到，巴里就来了，他一边听罗纳德·格雷说着话，一边皱着眉头直点头。

"这可相当……相当不合常理，格雷先生。"

"这还用你说。"罗纳德说道，"我经常出差……过去两个月我一直在中东，我昨晚半夜回到家，才在答录机上收到一条我妈妈的留言，说她在这儿，还说她想回家。"他揉了揉后颈，"我以为她应该和她那个朋友玛格丽特·坎特尔一起在一艘邮轮上呢，"他看看四周，"可她在兰开夏海岸上的一所护理中心。这就像一出超现实的闹剧。"

"这里更偏向休养院，而不是护理中心。"巴里说道，"可我明白你的意思。弗洛林，我想你还是去把格雷太太请过来比较好。"

"不用了，她就在这儿。"说着，罗纳德·格雷朝着楼梯看去，"妈妈！"

"罗纳德！"

当罗纳德·格雷的妈妈走下楼梯时，巴里看了看弗洛林，弗洛林看了看珍妮，她又反过来看着弗洛林。珍妮最先开了口。

"那不是埃德娜·格雷。"她缓缓地说道，"那是坎特尔太太。"

39

《易容奇谭》

（1946年，导演：安东尼·曼）

第二个说话的是弗洛林："那么如果坎特尔太太才是埃德娜·格雷……那埃德娜·格雷又是谁呢？"

坎特尔太太（或者说是原先大家以为是坎特尔太太的这个女人）大笑起来。"哎呀，弗洛林，那是玛格丽特·坎特尔。说真的，其实这一切都相当简单。我其实是埃德娜·格雷，但我假装自己是玛格丽特·坎特尔，而玛格丽特·坎特尔装作我，埃德娜·格雷。"她停顿了一下，"我想就是这样了。"

巴里决定这件事最好还是到办公室私底下解决，尤其是这会儿罗纳德·格雷一直在宣称他跟哪些律师关系很熟。来到办公室门口，巴里微笑着对珍妮说："谢谢你，后面就交给我吧。"

"哎呀，让她留下来吧。"坎特尔太太（或者该说是格雷太太，珍妮有些茫然地想着）说道，"毕竟啊，这一切其实都是因她而起的。"

"有没有人能告诉我究竟是怎么回事？"弗洛林用托盘端来几杯咖啡，罗纳德强烈要求道。

巴里刚要开口却被珍妮打断了，于是只好闭上嘴眨巴着眼睛。珍妮问道："格雷先生，能否告诉我们你原本以为现在应该是什么情况？"

罗纳德深吸了一口气："我住在伦敦，在温奇莫尔山。几年前我离婚后，就在房子旁边建了一栋配楼，让妈妈过来住。我是个航空工程师，我的工作需要我经常长期出差，我刚在沙特阿拉伯待了两个月。说实话，我对妈妈开始感到有些担心……"他朝那位老太太笑了笑，她现在应该是埃德娜·格雷，可珍妮还是忍不住把她想成坎特尔太太，"你已经有些糊涂了，对吧？"

"别当我是个小孩子似的跟我说话，罗纳德。"埃德娜责备道。

"要离开她我很不放心，不过这时候坎特尔太太赶来增援了。"

"所以说你是认识埃德——认识另一位坎特尔太太的。"巴里说道。

罗纳德点点头："那位是真正的坎特尔太太，也是唯一的坎特尔太太。她已经在我家附近住了很多年，比我住的时间要长得多。"他轻轻吹了个口哨，"她和妈妈最近交上了朋友，当坎特尔太太提出，在我出差期间，她们可以一起去参加一趟为期三个月的环球邮轮旅行，而且费用全部由坎特尔太太来支付时，那看来简直是最完美的解决办法了。"

"两个人的邮轮旅行费用都是她出的？"巴里皱着眉头说道，"她在温奇莫尔山有栋房子？这么说她很有钱？"

罗纳德耸耸肩："反正她不穷，这是肯定的。"

"等等！"珍妮打了个响指，说道，"你刚才说邮轮？那些明信片！"

罗纳德点点头："这就是我无法理解的地方。昨晚我回到家的时候，门垫上有一摞明信片。有埃及、塞浦路斯、埃拉特……上面说什么玩得很开心之类的，什么天气有些热啊，今天看到海豚啦。"

"那是玛格丽特的主意。"埃德娜骄傲地说，"她真的把所有的事都考虑得很周全。她从网上买了些外国的邮票什么的。"

罗纳德说："接着我收到了答录机上的留言。"

"那是用我的电话打的。"珍妮说，"你妈妈找我借的。我并不知道原因。"

罗纳德摇摇头："我一整晚没睡觉就是在努力想办法找出这地方在哪儿，然后尽快赶过来。"他指着巴里，"我没带警察来算你运气好。现在轮到你了。说吧！"

巴里摊开双手："我不知道该说什么。有个我以为是格雷太太的女人联系上我，说她和她朋友想搬到这里来，还说她听说了一些关于我们的好评。我们确实又有空房间……坎特尔太太，我是说另一个坎特尔太太预付了头三个月的钱，用的是现金。"

"你们就没查过吗？"罗纳德难以置信地说。

"我们要求她们出示了所有的常规身份证明文件，"巴里反驳说，"包括出生证明、养老金单据簿之类的。文件都很齐全。"他停顿了一下，"至少我是这么认为的。"

"我们只是把资料交换了而已！"埃德娜开心地说，"那简直太容易了。你也知道，没人会那么仔细地去看老太太们。然后玛格丽特就假装是我，我则假装是她。我不得不去记住很多东西，有时候还挺困难的。"

办公室里出现一阵长长的沉默，接着罗纳德摇了摇头："可是为什么呢？"

埃德娜指着珍妮："都是因为她。玛格丽特始终没有把全部的细节告诉我。"埃德娜一脸严肃地环视着房间,"是关于很久以前发生的一件事。玛格丽特想要报复。"她眯起眼睛,"显然我必须假装成坎特尔太太,以防万一珍妮想起这个名字来。要是事情败露,也不会牵扯到玛格丽特身上。"

罗纳德推开他的咖啡杯:"妈妈,收拾好你的东西。我已经听够了。我要带你回家。"他看着巴里,"我跟你还不算完。"

"哎呀!他又没做错什么。"埃德娜说。

巴里用力点点头:"没错。事实上,我也是受害者。"

珍妮站起身来:"格雷先生,先别着急。这件事让我来处理。让我跟玛格丽特·坎特尔说个清楚。虽然不知道是什么原因,但毕竟一切都是因我而起。"

罗纳德耸耸肩:"我还是要带我妈妈回家。"

埃德娜也站了起来,伸手在她的提包里翻找着。她拿出了鲁宾逊先生的奖章和乔的照片,把它们交给了巴里。"请你一定要把这些交给它们各自的主人,好吗?并代我向他们表达歉意。你瞧,这些都是这场游戏的一部分。"然后,她伸开双臂去拥抱珍妮,"很高兴认识你,亲爱的。对于先前的一切我十分抱歉,尤其是试图谋杀你那件事。"

珍妮飞快地跑出了办公室,罗纳德和巴里瞠目结舌地看着彼此。"谋杀?"罗纳德茫然地说。

"回家的路上我再跟你解释。"埃德娜说,"但总之,眼下还是不要自找麻烦为好。"

珍妮在外面找到了那个如今应该叫玛格丽特·坎特尔的女人,她站在那个被警戒线拦起来的深坑旁,那深坑在这一切发生前,在那条支路被冲毁的时候就出现了，到现在也还没有被填平。她身穿一件长雨衣，不过那天早些时候的那场倾盆大雨已经停了，云层似乎在渐渐变薄。她背对着日落长廊站在那里，注视着下方远处潮湿的沙滩和岩石。在她的手中攥着一个长方形的纸袋。

"你好，珍妮。"她说着，却并未转身。

"你好，坎特尔太太。"珍妮说。

终于，她转过身来。"啊！看样子一切都暴露了，是吧？"

"埃德娜的儿子出现了，来接她了。"珍妮说，"她之前借我的手机的时候，我就在想她为什么要打电话给那个我以为是你儿子的人。很庆幸我从未对你提起过这件事，否则你可能会先找到他，那样我们就谁都没法察觉到了。"

玛格丽特淡淡一笑："你还真是个厉害的小侦探呢！"

"都是你干的，对吧？你怂恿可怜的格雷太太做下了一切。包括制造那些盗窃案，把我锁在房间里，还有让废纸篓起火，都是为了要对付我。可是为什么呢？"

玛格丽特思考着她的问题："你会告发我吗？"

珍妮盯着她："你昨晚可是让她把一个枕头盖在我脸上啊！那可是……那至少算得上教唆犯罪。她本可以杀了我！"

玛格丽特转身看着大海。海面如同地平线上一条几乎隐形的灰线，大片潮湿的沙滩将那条灰线和她们隔离开来。"埃德娜是个脑子非常糊涂的老太太。"她说，"我不确定她的证词的可信度能有多高。而且，枕头的事纯粹是她自己干的。她决定要独断专行。我恐怕，她是有点忘乎所以了。"

"可是为什么呢？"珍妮不知所措地说着，"为什么要对付我呢？我究竟哪里得罪你了？"

玛格丽特将那个纸袋递给珍妮，里面是一个 DVD 盒子。她说："你来做个选择。要么现在就去格兰奇兄弟那里告发我，我会老实待着等待自己的命运；要么拿着这个，看完之后再来找我。"

"你会逃跑的！"

玛格丽特摇摇头："我不会的，亲爱的。我会在这里，就在附近。你要是知道该去哪里找，就一定能找到我。"

珍妮盯着那个 DVD 盒子，然后打开了它。里面有一张碟片，没有任何标记。她看着玛格丽特："这是什么？"

"那个，"玛格丽特·坎特尔说道，"那里面是《神秘报复》的样片，是世上仅存的片段。"

"是部电影？"珍妮说，"我从没听说过。"

"你当然没听过。它从未完成。它要是拍完了……就会成为威廉·J. 德雷克一生最大的荣耀。它原本将会是你外祖父的第五部电影，也是最优秀的一部。"

珍妮看着那张碟片："你怎么会有这个？我甚至都不知道它的存在。"

"它在我手里已经很久了。原本是三十五毫米的胶片。多亏你的建议，说可以把它转录成 DVD，我在离这儿不远处找了个能转录的地方。我想着这样能让事情变得简单些。"

珍妮看着自己手中那个 DVD 盒子。威廉·J. 德雷克的第五部电影！她感觉自己的心脏在狂跳，手臂上的汗毛都竖了起来。这是她外祖父丢失的、尚未完成的电影，也是最后一部电影。她看着玛格丽特·坎特尔："你知道我无法拒绝这个。"

玛格丽特说："等你看完再来找我吧。首先，把你的手机给我。"

珍妮犹豫了："为什么？"

"手机拿来。"

珍妮皱起眉头。玛格丽特挑战性地挑起一边眉毛。珍妮耸了耸肩："好吧，拿去。我会去看看这个。我当然会看。我没法不看，对吧？不过到时候你就得告诉我究竟是怎么一回事。"

那是些相当粗糙的片段，而且大多数毫无顺序可言，总时长大约只有半个小时，但简直精彩绝伦。片尾有一些临时性的字幕，上面写着"乔治·斯托姆主演"，还有"埃德加·蒂格参演"以及"隆重介绍：玛吉·洛尔莱"。

屏幕变成空白后，珍妮一直盯着屏幕看了很久。接着她飞快地跑去了玛格丽特的房间，不出所料，房间里空无一人。休息室里不见她的踪影，餐厅和厨房里也是一样。珍妮回到自己的房间，这时她才发现，她放在床底下那个绿包的提手耷拉在了地毯上。她把它拽出来，发现包没了。那些胶片盒子全都不见了，还有那些剧本、笔记本和DVD。一切有关她外祖父的东西，全都不见了。她知道是谁拿走了。这是最终的盗窃案，最后的犯罪。

恶人已经凶相毕露。

珍妮冲下楼来到露台，然后望向大海。就在海岸线上，有个小黑点般的人影。

你要是知道该去哪里找，就一定能找到我。

珍妮返回房子里，用力捶打着林戈的房门，她冲进门去，看到他正坐在床上敲打着笔记本电脑的键盘。

"出什么事了？"他说，"坎特尔太太的儿子来了，只不过坎特尔太太并不是坎特尔太太，而是格雷太太。大概是这样，对吧？"

"回头再说。"说着，珍妮朝着望远镜走去，"你能把这对准海滩吗？"

林戈耸耸肩，仔细看着聚焦器调整着望远镜的焦点。"你要找什么？"

珍妮用肩膀挤开他，将自己的眼睛对准望远镜，她沿着海岸线左右移动着镜头，终于找到了那个站在水边、背对着海滩和日落长廊的身影。那是玛格丽特。

"抓到你了。"珍妮低声说道。

"你不打算跟我说说发生什么事了吗？"林戈说道。

她快速吻了一下他的嘴唇："我会告诉你的，我保证！但不是现在。"

接着，她跑出了房间。林戈摇摇头，将自己的眼睛对准了聚焦器，想看看究竟是什么让珍妮如此兴奋。

40

《春闺怨》

（1947年，导演：文森特·舍曼）

从破开的云层缝隙中透出一丝蓝天。天气不错，站在湿漉漉的沙滩上，玛格丽特·坎特尔心想着。海水拍打着她的靴子，一寸一寸爬上海滩。玛格丽特，玛吉，她对自己说，不用再做埃德娜·格雷感觉真是太好了，就好像终于脱下了一件破旧不堪又不合身的裙子。她感觉她又像她自己了。这一刻早就该来了。

她转身避开从海面吹来的冷风，看着珍妮独自一人穿过海滩朝她走来。从马路走过来足有半英里远，不过玛吉很有耐心。她必须耐心，为了这一刻她已经等待了六十多年，再等上几分钟她也完全等得起。她把那个绿色的大运动包高高地扛在了肩上。

珍妮终于来到了她的面前，她停下脚步，双手揣在防风衣的口袋里看着埃德娜。"你拿了我的东西。"她说，"我的电影，还有那些笔记。所有的一切。"

"是的。"玛吉说道，"那张 DVD，你看过了？"

"玛吉·洛尔莱，"珍妮说，"就是你吧。天啊！你当年太美了。"

玛吉微微歪歪脑袋："谢谢你。"

"而且你那么才华横溢。样片中的你简直光芒四射。你太惊艳了！发生了什么事呢？玛吉·洛尔莱发生了什么事？她本该成为一个巨星的。"

"她又变回了那个平凡的玛格丽特·坎特尔。"

珍妮摇摇头："可是为什么呢？究竟出了什么事？"

玛吉直直地盯着面前的这个女孩："是你的外祖父出现了，威廉·J.德雷克出现了。或者更应该说，他再也没有出现。"

珍妮上前一步："快告诉我。"

玛吉叹了口气："说来话长，这一切都是太久以前的事了。你确定要听？"

珍妮看着大海："告诉我。"

"我一开始是个舞者。"玛吉说，"那时我还很年轻，才十六岁。我在伦敦获得了查尔斯·布莱克·科克伦[1]歌舞杂耍秀的演出机会，包括的剧目有《大本钟》《祝福新娘》《象牙塔》……"她停顿了一下，整理着自己的思绪，收集着那些并未因时光消逝而变得灰暗，仍旧如同电影银幕上的画面一般鲜活的记忆，"我有个大计划，打算去上戏剧学院，可我家里没钱。我爸爸是比林斯门的一个鱼贩，我妈妈在邮局工作。所以我做过一些零碎的工作，后来在这些歌舞杂耍剧里得到了一个群舞演员的角

---

[1] 查尔斯·布莱克·科克伦，英国著名的戏剧经理，曾在二十世纪二三十年代打造了多部非常成功的音乐歌舞剧、音乐剧及戏剧。——译者注

色，我省下每一分钱，好支持自己上完学。

"然而攒钱所花费的时间比我预计的要长。人们怎么说来着？人生中计划总是赶不上变化。一开始是我爸爸死了，不久之后我妈妈也去世了。我是家里的独生女，也是唯一一个手头还有些钱的人，所以我首先要支付他的葬礼费用，然后照顾我的妈妈，最后再付钱为她办葬礼。"

玛吉看着沙滩，"做歌舞秀工作的日子一片忙乱。我也曾经纵情饮酒作乐过。后来我怀孕了，事情就不再好玩了。"

"是我外祖父的？"珍妮问道。

玛吉摇摇头："那时我还不认识他。我甚至连那家伙的名字和长相都不记得，都是之前那一轮又一轮的派对造成的。"她喘了口气，"堕胎是违法的，所以我不得不去了一个人们所说的非法从业者那里。我花了一大笔钱，可那地方根本没什么卫生可言。我被感染了，一连好几个月无法工作。

"做歌舞剧巡回演出的工作有个好处，就是你会认识很多演员、制作人之类的。现在回想起来，让我怀孕的那个男人兴许就是个导演或者制作人，或者至少他是这么说的。那个年代那种事情多了去了。姑娘们怀揣着能一夜成名的梦想，真是什么都能豁得出去。她们之中很多人都落得跟我一样的下场。"

"那你是怎么认识威廉·J.德雷克的呢？"珍妮说。

"是在一次葬礼上，"玛吉难过地说，"埃迪·蒙克的葬礼。他从前时不时会来看歌舞秀，所以我才认识了他，可能还跟他上过床。那是很久以前的事了。当时他已经演过几部电影，算是个大明星了。他是在一九五〇年去世的。"

"是那次空难。"珍妮点点头,"当时飞机才刚从肖勒姆机场起飞,对吧?是飞往巴黎?"

"可怜的埃迪。不过,他的葬礼可是相当宏大,完全是一场超大型的派对。所有人都到场了。乔伊丝·巴勒莫穿着一身专门定制的黑色迪奥连衣裙,抢了所有人的风头。杰基也去了。"

"杰基?"

"就是你的外祖父。当时大家都那样叫他。那是他的中名[1]。威廉·J.德雷克只用于他作为导演时的官方署名上,因为他觉得那样听起来更令人印象深刻。"

"杰基。"珍妮玩味般地念着这个名字,"然后你们就在一起了?"

"后来他说,在葬礼上他就一直无法将视线从我身上移开。"玛吉微笑着,"我自然是没有穿什么定制的迪奥连衣裙了。我只穿了件自己缝制的衣服。可杰基他……他说他像着了魔一样。他说我的身上有巨星的潜质。"

"在那些样片里,"珍妮轻柔地说,"你的确有。"

玛吉摇摇头,说:"在那个年代我们这些姑娘总能听到这样的话。那通常只是一条把你哄上床的捷径罢了。但我知道杰基,这是当然的,他那时才刚推出了他的第四部电影,《斩魔头》。"玛吉微笑着,"当然,用不着我来跟你说有关这部电影的事了。他正要开始为他的下一部片子编写剧本,片子叫《神秘报复》。一开始他叫我去为主角试戏,然后他请我吃饭,再然后我得到了那个角色……后来,电影拍到一半,他向我求婚了。"

---

1 英语国家,在姓和名之间的名字叫作中名,在全名中通常用首字母代替。——译者注

珍妮的眼睛直发光。"天啊！太浪漫了！"

"确实如此。"玛吉赞同说，"他说他爱我，我也相信了他。因为我也爱他，全心全意地爱着他。"

珍妮飞快地用双手捂住了嘴。"我刚想起来，我跟爸爸吵架的时候，他说过一句话，他说杰基认识我外祖母的时候，正准备要结婚……"

玛吉的脸色一下子黯淡了下去："是的。你知道我们离结婚有多近了吗？"

珍妮摇摇头。

玛吉脑海中的放映员更换了胶片，她在下一幕换上了更忧郁的语气："他把我抛弃在了圣坛上。当天所有人都到场了，我不得不开着车绕着教堂转了两圈，当我终于忍不住要求知道发生了什么事的时候，他们才告诉了我。他们跟我说杰基没有出现，说他不会来了。"

"我的天啊！"

"是啊！我骂过天骂过地，我非常、非常深地诅咒过杰基。"她沉默了一阵子，努力回想着，"我穿着婚纱直接去了他的公寓。我带了把枪。"

"枪！"

玛吉轻轻苦笑了一声。"只是从片场拿的一把道具枪而已，可我想杰基并不知道这一点。我把枪对准他的脑袋要求知道发生了什么事。我想，我当时也有点疯狂了。他把一切都告诉了我。他跟我说他几乎要破产了，说他欠了债主一大笔钱，还说他甚至都不确定还有没有钱把《神秘报复》拍完。他的前四部电影的票房都还不错，可杰基管钱的水平太差劲了。但凡是他能想得到的人，他都会卑躬屈膝地去找他们求助，在他打过交道的一家发行公司，他认识了一个女孩，名叫琼，她在会计部门工作。他并没有获得他想要的资助，却转变了思想。并不仅仅是被她，更是被她的父亲给转变了，如果他能彻底放弃电影事业，她的父亲就会给他提供一份体面而稳定的工作。于是他就那样做了。他抛弃了《神秘报复》，也抛弃了我，更抛弃了他的事业。他这样做，也等于毁了我的事业。"

"可是为什么呢？"珍妮终于开口问道，"为什么也会毁掉你的事业呢？他是个傻瓜，他比那还要糟糕。可我看过那些样片了……你本来有机会成功的。"

玛吉摇了摇头："我心里的火焰熄灭了。我除了把自己锁起来独自忧伤之外，别的什么也不想做。我太过羞耻，无法在任何认识的人面前露面。我可是被抛弃在了圣坛上啊，珍妮。我要是有足够的勇气，我想我会了结自己的。"

"那你是怎么做的呢？"

玛吉耸耸肩："我一直哭到人都瘪得跟干豆荚似的了。我把自己锁在了我用拍这部电影挣的钱买的房子里，虽然电影最终没能拍完。我洗去脸上的妆容，把头发放下来梳直，尽量让自己显得单纯无害些。我在一家乏味的公司找了份乏味的工作，过着乏味的生活。"

她看着珍妮："简直就是郝薇香小姐，对吧？然后，在多年以后，我终于策划好了自己的复仇计划。"

突然，女孩什么都明白了。她看了看大海，又看了看那个装满了威廉·J.德雷克遗物的包，然后看了看玛吉。"你的复仇计划。这所有的一切，我身上所发生的一切……都是你对我外祖父的所作所为的复仇。"

玛吉感觉到潮水冲刷着她的靴子，于是往沙滩上挪了一步。"是的。很久、很久以来，我并不知道自己的复仇要采用什么样的形式。所以我采取了你们所谓的从长计议的办法。真的是非常长。我得挑选好时机。杰基还活着的时候，什么好机会也没有出现，在他死后不久，他老婆也死了。我观察了他女儿一阵子，也就是你妈妈。你可能会称之为密切监视。"玛吉微笑着说，"我去参加了她和你父亲的婚礼。"

"你当时打算干什么？"珍妮说。

玛吉耸耸肩："反正不是什么坏事。我并不打算伤害任何人。说实话，这么多年过去，我几乎要放弃。就在这个时候，我看到了点东西，是在你的推特上。"

珍妮眨了眨眼："你在推特上关注我了？"

"没有，不过我会时不时地去看看。只是看看杰基的家人在干些什么。"她望着灰色的海水，"或许就像是隔着窗户在看着一段本该属于我的人生。"

"我在推特上说什么了？"

玛吉拍了拍肩上的包："你在上面放了些你刚发现的东西的照片，就是杰基的那些电影，是仅存的副本，还有他的笔记。然后我就想，既然我报复不了他，或许我可以毁了他的遗物，把他从人们的记忆中抹去。可我想不出有什么办法能接触到你的东西。直到夏天的时候，我在网上看到了点东西，上面提到了日落长廊，还有你的名字。这些年来，我已经能非常熟练地运用电脑，通过它来监视你的家庭，等待出手的时机。就在这时，机会来了。"

珍妮只是直直地盯着她："你一直心怀这样的……这样的仇恨，自从……自从什么时候开始，一九五二年吗？这么多年一直这样？"

"它一直在啃噬消耗着我。"玛吉悲伤地说。

珍妮摇摇头："可是在那篇关于我搬进日落长廊的文章里，他们连我的名字都没写对啊。"

玛吉微微一笑："我跟你说过了，我已经成了相当厉害的侦探了。我设置了搜索、提醒，只要有你的姓氏出现我就会知道。另外，由于我知道人们有时候会有多粗心，所以我同时还搜索了其他的变体写法，艾伯特、赫伯特、希伯特……"

"你简直是疯了！"珍妮说。

"你可能会这么认为，"玛吉淡淡地说，"但我可以向你保证，一个疯女人是策划不了这些的，更别提手把手地教会可怜的埃德娜·格雷如何假扮我了。当然，要扮成她对我来说很简单，我可是个演员。不过，有很多次我都觉得她会搞砸。"

"这我就不明白了。"珍妮坦白说，"为什么要把她牵扯进来？"

玛吉耸耸肩："为了有人来背黑锅啊。"她用食指点了点太阳穴，"埃德娜的精神健康状况不太好。让她来做这一切意味着不会明确指向我，全部都只是个糊涂老太太做出来的事。我本打算让她偷走那些胶片盒，把它们毁掉。我会装作和大家一样震惊。万一你外祖父在日记里面某个地方提到了我的名字……那你也不会怀疑到我。"

珍妮皱起眉头："可那几起盗窃案……还有我房间里起的火呢？你知道老胶片有多易燃吗？她可能会把日落长廊烧成灰烬。"

玛吉做了个鬼脸。"埃德娜的确有点……有点忘乎所以了。她进入角色的程度比我预想的更好。可额外的副作用也是我没有预见到的。"她停顿了一下，"告诉我，珍妮，当你认为自己成了目标，被盯上，被追捕，被单独挑出来对付的时候，你有什么样的感觉？"

"害怕，"珍妮说，"还有愤怒。就好像我不知该去找谁，好像我无法相信身边的任何一个人。"

"这种感觉你经历了几个星期，"玛吉面带着满意的笑容说道，"这只是叫你尝尝我这漫长的六十五年尝到的是什么滋味。在我被杰基抛弃在教堂之后，我成了一个笑柄。你没法想象，在那个年代，那是多么大的耻辱。我成了社会的弃儿。没人愿意跟我说话，就好像我的悲剧能传染似的。我不能在公共场合露面，更别提电影圈了。我的整个事业毁于一旦，我的梦想也彻底坍塌了。"玛吉拍拍肩上的包，"我需要一个了结。我需要复仇。对于杰基对我做出的事，我没法伤害到他，但我能毁了他的遗产。如今，这遗产看样子也只有你在乎了，"她耸耸肩，"所以我想这等于也伤害了你。"

珍妮后退了一步，她的鞋子踩进了一摊海水里。她看了看周围湿漉漉的沙滩，然后又看着玛吉。"接下来又如何呢？你要把所有的东西扔进海里？把它们毁了？"

"我想是的。"玛吉说。

珍妮看着她："我很抱歉。我很抱歉杰基那样对你。那样做简直太烂、太糟糕了！我真希望他娶的是你，不知这能否对你有些许的安慰。那样你就会成为一个大明星。我敢肯定事情会有个好结果。"

"是啊，我也敢肯定。我乞求他重新考虑。可杰基已经选择了另一条路，选择了更安稳的生活。而那样的人生里不会有我。"她思索了一阵子，"你会怎么做呢，珍妮？你要告发我吗？你会说我干了些什么呢？"

"那些宝石……"

"它们原本就是我的，所以说没有任何东西被偷。我只是把它们交给了埃德娜保管，直到我确认你已经看过它们了。"

"那把我锁在房间里……"

"没有证据。"玛吉说，"充其量只是个糊涂老太太的行为。"

"还有那场火。"

玛吉耸了耸肩膀："没什么线索能直接联系到我的身上。"

珍妮后退几步想离她远点，脚踩在水里哗啦啦直响。潮水已经包围了她们。她说："还有昨晚，埃德娜·格雷试图杀了我。"

"就像我先前说的，她有点忘乎所以了。"玛吉叹了口气，"居然还真往你脸上盖了个枕头。"

"这甚至都不符合主题啊！"珍妮说，"在我们看完《斩魔头》之后，我以为……"她看看周围，话音渐渐弱了下去，"哦，好吧。这就是你的高招，把一切毁灭在大海里。"

在玛吉说话期间，潮水一直在她们周围缓慢上涨。海水像长了触手一般悄悄爬上海滩，然后又盘旋着退回去。她们站在一块被海水围绕着的略微隆起的沙洲上。玛吉说："周围这些潮水，还真是奇妙。"

"潮水上涨来势汹汹甚至可以快过马蹄。"珍妮说道，看着玛吉，"你是在等着我来阻止你吗？"

"我想你会的。"说着，玛吉让包从她的肩上滑落下来，"但我唯一需要做的，就是放手把这个扔进水里，这样一切就都毁了。"

珍妮盯着她看了很久，然后说道："好吧，动手吧。我已经不在乎了。"

玛吉皱起眉头，这可不在她的意料之中。"什么？"

珍妮耸耸肩："动手吧。它们只是些不起眼的东西而已，又不重要。"

玛吉诧异地看着她："真的？我还以为这些是你的宝贝呢！是你跟你亲爱的外祖父唯一的一点联系了。"

珍妮沉默了一阵子，然后说："我曾经很崇拜我的外祖父。我想成为他，想要拥有他的才华，他的创造力。可现在呢……他就跟其他人一样。他任由别人夺走了他的梦想，还把别人当成垃圾一样对待，把你当成垃圾一样对待。他也没有任何特别之处。他就跟其他人一样无趣、贪婪和平庸。所以你就做你想做的事吧。我要回日落长廊了。"

珍妮一脚踩进环绕着她们的那条壕沟，冰冷的海水没过了她的脚踝，然后她停了下来。她使劲拽了拽一条腿，然后又试了试另一条，当她转过身时，眼睛里出现了真正的恐惧。玛吉皱起了眉头。

"我动不了了。"珍妮说。

41

《流沙》

（1950年，导演：欧文·皮切尔）

"这很严重，你知道吧？"珍妮说道。现在海水已经涨到了她的小腿处，还在继续迅速地朝海滩上翻涌。她的嗓子都已经喊哑了，可不管她往哪个方向看，沙滩上连一个人影都没有，她的前方只有日落长廊的轮廓，那些空洞洞的窗户正茫然地望着大海。她被困住这期间，上方的公路上一辆车也没有出现。有那么一刻，她灵光一现伸手去口袋里掏她的手机，紧接着却意识到她已经把它交给了玛吉。"我的手机在你那儿吗？"

玛吉摇摇头："我把它放在我的房间里了。我只是不想分心。"珍妮用力拉了拉一条腿，然后又拉了拉另一条。玛吉说："没用的，这是流沙。这片海湾就因这个而臭名昭著。"她试着动了动她自己的双腿，海水已经包围了她的裙摆，"我也卡住了。"

珍妮哭了起来，这让她自己更加愤怒了。"天啊！我们会死的。"她转身看着玛吉，玛吉此时位于珍妮身后，所以珍妮的姿势有些别扭。"这也在你的计划之中？"

玛吉似乎有些犹豫："啊，不是。这不在计划之内，只是倒霉而已。"

珍妮瞪着她："倒霉？在你看来就只是这样而已？倒霉？"她仰头看着天空。云层在渐渐散去。好在现在没下雨。突然，她生出一个荒唐的念头，不禁哈哈大笑起来："真是个适合淹死的好天气！"

"水很冷。"玛吉说道。

"天啊！"珍妮哀号道，"我才十九岁啊！我不能死在这儿。"她再次转身对着玛吉，"我其实已经采取了一些办法跟我的父母和解了。"

"我很抱歉。"

"还有林戈！我想我人生中终于第一次有了一个像样的男朋友！"

"我真的很抱歉。"

"你听起来一点也没有抱歉的意思！"珍妮叫喊着，"你真的想死在这儿吗？"

"我一无所有，珍妮。自从杰基抛弃了我，我就什么都没了。我一直没结婚，也从没有过孩子。我有栋大房子，也有很多好东西，可这些都是那么……那么空洞。"玛吉说道，"老实说，我真的以为自己会痛苦而孤独地死去。"她越过沙滩望着对面，"我从没想过自己会在日落长廊过得如此快乐。"

珍妮眯起眼睛回头看着玛吉："你知道吗？你现在听起来的确有些抱歉了。"当冰冷的海水冲过她的皮肤，她猛地倒抽了一口气，"你听起来好像在对所有的一切感到后悔。"

玛吉紧锁着眉头："你知道吗……我想我是真的后悔了。"

珍妮盯着她，然后做了个深呼吸。"这样啊，那可真他妈好极了！"

她大喊道。

玛吉眨眨眼，略微往后避了避。

珍妮摇着头。"太好了！"她缓慢而讽刺地鼓起掌来，"简直妙极了！在这六十五年左右的时间里，你一直心怀着这说实话有些疯狂的复仇欲望，还精心策划了这一切……这一切的疯狂行为，就只是为了找出杰基的电影的下落并把它们毁掉，然后你又把我们困在流沙里，眼见潮水就要涨上来了，而……"珍妮一巴掌拍在脑门上，"而你现在才说你真的后悔了。"

玛吉恳求地伸出双手："我……我想是因为我之前没想过……"

"你有那么多的时间，可以什么也不做只是思考！"珍妮喊道，"你浪费了你的人生啊，你意识到了吗？这么些年来，你本来可以过得很快乐，你本可以利用你的时间来做一个好人，来帮助别人。可你任由自己沉溺在自怨自艾中。"

珍妮双臂交叉抱在胸前，又回头望着海滩："你们这些老年人还说我们以自我为中心。我们对你们可没那些偏见。"她停顿了一下，眯起眼睛看着公路，发现了一个小小的黑影。

"是辆车！"珍妮说道。她开始在空中用力挥动双手。"救命！救命！这边！"

突然间，她发觉玛吉也在疯狂地挥着手。"救命啊！"玛吉哭喊道，"救命！"

可那辆车径直往前开了过去，最后消失在了转弯处。珍妮又转身恶狠狠地看着玛吉："你怎么就不能在一小时前意识到你很抱歉，怎么就不能早点意识到你还没想清楚？你就不能在那该死的花园里见我吗，非要来这片该死的海滩？你拥有着一切，可你根本没有意识到。你有朋友，大家那么敬重你，你在这儿还有个美好的家……"

"我以为我已经来不及再拥有这一切了。"玛吉静静地说。

"哪有什么来不及这回事！"珍妮声色俱厉地说道。海水在她的膝盖周围打着转。"我本打算要去见妈妈爸爸。我还要和林戈在一起，还要去欣赏他所喜爱的一切，听他爱的音乐，陪他一起看星星，还有他的……他的……"

她停了下来。她瞪大双眼："林戈！他或许还在他的房间里！还在用他的望远镜！"

玛吉把那包胶片盒子高举在肩上，也跟珍妮一起疯狂地朝远处的日落长廊打着手势。五分钟后，珍妮叹了叹气，停了下来。"就算他能看到我们，多半也以为我们只是在闹着玩。他可能就躺在床上，听他那些愚蠢的披头士专辑……"她停顿了一下，突然想起了他墙上的海报，不由得瞪大了眼睛。"玛吉，"她着急地说，"我想到一个主意，这是最后一搏了。不过我想跟你做笔交易。"

海水冲刷着玛吉的腹部，她难受得龇牙咧嘴。"什么交易？"

"你的房子在温奇莫尔山。那肯定得值几个钱，对吧？"

"我想是的。"玛吉说道。

"那些宝石呢？它们都是真的吗？"

"当然了！其中大多数都是你外祖父送我的礼物，他花起钱来可是相当大方。他最终落得个破产的结局一点也不奇怪。"

"所以它们很值钱了？它们值多少？"

玛吉耸耸肩："我的确不知道。我想，应该是个可观的数目。"

珍妮用手拍了拍脸，眼睛里闪着光。"我们可以拯救日落长廊！你可以卖掉你的房子，卖掉你的宝石，而我可以卖掉我外祖父的电影。有人出了一大笔钱要买它们。我们可以把所有的钱都交给格兰奇兄弟。"

玛吉扬起了一边眉毛:"那我怎么办?住臭水沟里去吗?"

"不是!你就住在日落长廊,一辈子住在这里!就作为……作为一个合伙人,一个投资人,你想做什么都可以!你可以跟大家在一起,你不会再孤单一人了。你永远不必再那样孤独,那样愤怒或是痛苦。"

"可是……可这一切,"说着,玛吉用手拍了拍翻涌的海浪,"我所做的这一切。"

"这就是我跟你交易的条件。"珍妮说,"如果你那样做了,你救了日落长廊,那些事就不会再有另一个人知道。"

玛吉深吸一口气,然后点了点头。

"好的,"珍妮说道,"照我的样子做。我也不确定这样能不能行,但这是我们唯一的机会了。"

她面朝着日落长廊,海水几乎已经没到了她的大腿,她将两只手臂向侧面伸展开,略微朝向下方。她扭头去确认玛吉是否在跟着做,然后,她将手臂抬高到略高于肩膀的位置。接着,她将右手直直举向天空,左手则平举在侧面。最后,她的右手保持不变,左手指向了下方。

"再来!"她说,"再做一次,一直重复不要停!"

林戈坐在他的床上,第无数次拿起他的手机。珍妮已经去了两个小时了,他仍然没有接到她的电话。她的手机响过,他循着铃声找了过去,结果很意外地来到了真正的玛格丽特·坎特尔的房间,珍妮的手机就躺在她的书桌上。很久以来,大家都以为这个女人是埃德娜·格雷。他在自己的房间里踱来踱去,也在整个日落长廊里寻找过她,并从巴里·格兰奇那里了解了有关坎特尔太太和格雷太太的完整故事。又或许至少是他能理解的那部分。他内心深处有种奇怪的、发痒的感觉，就好像有什么事要发生，而且是非常严重的事。

他站在床边，眺望着大海。潮水正势不可当地涌上来。天色在渐渐放晴。他看着天空。如果这样的天气持续下去，兴许晚些时候能好好地观测下星星。林戈再次拿起了珍妮的手机。珍妮在哪里？她先前为什么要跑来这里找他的望远镜？她去了哪里？

他盯着望远镜看了一会儿，它还保持在珍妮刚才调整的位置上没有动。林戈将眼睛对准聚焦器，将画面调整得清晰可见。他抬起头，眨了眨眼睛，然后再看了一次。是珍妮，还有格雷太太……或者应该说是坎特尔太太，他心想着。这可真是令人不解。不过她们在做什么？这个时节在海里划水吗？

珍妮的手臂在比画着什么。她们两个都是。也许是疯狂莫莉让她们做的什么新的水上体操之类的。林戈看了一阵子，然后皱起了眉头。双臂侧伸，双臂举起……他抬头看看窗户，然后看向了墙上那张披头士乐队的海报。

救命！

"该死的，她们有麻烦了。"林戈一边低声说着，一边扑到他的床上去拿手机。

"玛吉，你还好吗？"珍妮说道。

"很冷，"玛吉说，"非常冷。"

"该死。"说着，珍妮继续疯狂地打着手势。也许林戈不在房间里，也许他出去了，也许这一切都是徒劳的。

"珍妮。"说着话，玛吉的牙齿咯咯直响。现在，海水已经涨到了她的腰部，那个运动包还被她扛在肩上。"珍妮。"

"别说话。"珍妮说，"省点力气。"

玛吉摇摇头："珍妮，你一直把我当真正的朋友来对待，到最后也没变。在你的身上我能看到很多杰基的影子。"

"别那么说。"珍妮说道，"他是个浑蛋。"

"珍妮，"玛吉说道，"你看！"

海水溅到了珍妮的脸上，她擦了擦眼睛。这时，她看到一个竹竿似的身影冲过马路，在仅剩的海滩上上下跳动着。

"是林戈！"她说，"谢天谢地！"

然而，会不会已经太迟了？这时候，玛吉说："他在指什么？"

珍妮转向左侧，林戈正远远地打着手势指着那里。当听到微风中传来舷外马达的声音时，筋疲力尽的珍妮终于松了口气，一个橙色的影子劈开灰色的海浪，上下摇动着朝她们奔来。

"那是近海救生船。"说着，珍妮用力地将双臂举向头顶。

几秒钟的工夫，救生船就来到了她们旁边，挨着她们停了下来。那是张熟悉的面孔，那人身穿救生衣，戴着一顶白色安全帽，眉开眼笑地看着她："亲爱的，你在这儿可叫不到出租车啊。"

"凯文！"珍妮惊呼，"你不会相信我看到你有多高兴！你在这里干什么？"

"有意思，大家怎么都这么说？"他哈哈笑着，"我可是救生船的志愿船员呢！我们还是赶紧把你俩从泥里弄出来，回到干沙滩上去吧，啊？"

"好在那边那个年轻人发出了警报。"凯文的一个同事说道，"照潮水上涨的速度，我估计再有十分钟你们就要被淹没了。话说回来，你们俩在这儿干什么？"

　　他们轻轻将玛吉从淤泥和海水里拉起来，扶到了船上，珍妮疲惫地笑了笑："啊，你们懂的。只是两个闺密跑到海滩上来玩罢了。另外，那个绿包拜托你们拿的时候小心些，好吗？别让它沾到水。"

　　"里面是什么？"说着，凯文把包拖进了船里，"啊，我想起来了。我之前说过，传家宝，对吧？"

　　珍妮点点头，几只强壮的手臂抓住她，将她从流沙中拉了出来。"只不过，那个时候我还不知道自己会找到一个多么大的家庭。"

42

《重生》

（1947年，导演：詹姆斯·提林）

巴里·格兰奇和加里·格兰奇坐在办公桌前，都在仔细查看着面前的那些打印出来的文件。两人不约而同地皱起眉头，调整一下眼镜，拨弄他们的领结，然后看着对方。

接着，两人突然咧开嘴笑了。

"坎特尔太太，埃伯特小姐，"加里说道，"看样子全都没问题了。"

珍妮开心地笑着，看着玛吉。玛吉说道："当然，我还给自己留了一小点，用来买衣服和化妆品什么的，兴许偶尔还要去度个假。不过其余的我打算都用来投资这个生意。"

"还有珍妮……你这样做真的是无比慷慨。你真的确定要把出售你外祖父的这些物品所得的收益捐出来吗？"

"是的。"珍妮斩钉截铁地说，"它们只是些物品而已。人更重要些。"

"好的，"加里说道，"既然如此……我想你们的这笔交易算是达成了。"

珍妮忍不住鼓起掌来："我们做到了！我们救了日落长廊。"

巴里拿出一直躺在他办公桌抽屉里的那张关爱网络的合同，开心地把它撕成碎片，像彩纸屑一样抛到了空中。

"这是一大笔钱，"加里说，"不过我们还是得非常节俭，要合理地利用。"

"我们对你们充满信心。"玛吉微笑着说。

在凯文和救生船的其他志愿者们将她们从沙滩上救起之后，玛吉和珍妮被送到了兰开斯特的医院。迅速进行完一番体检之后，珍妮就出院了，玛吉因患轻度低体温症被留院治疗了三天。警方也介入了，不过珍妮坚守自己的承诺，对于之前发生的事情只字未提。

"我会立刻通知我的律师。"玛吉接着说道，"我会把那些宝石拿去估价和拍卖。我的房子也会尽快挂牌出售。那房子所在的地段很抢手，所以我想应该不用等太久。"

"倒不是我想把事情搞复杂啊，"巴里说道，"可我还是想问，你不会舍不得吗？不会舍不得你自己的家吗？"

玛吉摇摇头："如果要说在日落长廊的这段日子教会了我什么的话，那就是，没什么事比好朋友更加重要。而我似乎真的在这里拥有一些非常可爱的朋友呢！"

"好。"说着，巴里拍了拍手，"我们一起去告诉大家好吗？"

他们陆续走出办公室，经过了珍妮堆在接待厅里的那些包，然后走进了休息室。大家全都聚集在那里：弗洛林、鲁宾逊先生，还有伊维萨·乔和林戈。他们全都用满怀期待的眼神看向他们。当然，大家都知道了这次救援的事，至于为什么坎特尔太太现在成了格雷太太，而后者又变成了前者，这其中的细节仍然是大家讨论和疑惑的问题。

"我们有消息要告诉大家。"巴里说道，"坎特尔太太……"

玛吉举起一只手打断了他："其实，在说这件事之前，我有个请求。很久以前，我还有另一个名字。"

"该死的，"鲁宾逊先生嘟囔着，"还嫌事情不够复杂啊？"

"我从前叫作玛吉·洛尔莱。"她看了珍妮一眼，珍妮咧嘴一笑，然后她又接着说道，"这个名字已经被我连同从前那个我一起埋葬了。可我越是想，越是觉得我想要再次变成从前的那个自己。所以，如果你们现在能开始称我为洛尔莱小姐，我将感激不尽……"她停顿了一下，"不过，其实，我想叫我玛吉就可以了。"

巴里点点头："好的。那个，洛尔莱小姐……玛吉……简单来说，她已经将我们从水深火热中解救了出来。她向日落长廊注入了资金，成为一名理事及永久居民，而你们大家都能保住你们的工作和你们的家了。"

震惊之下，大家都沉默了一会儿，紧接着又爆发出一阵叽叽喳喳的说话声和掌声。巴里举起手示意大家安静。"还有别的消息呢。弗洛林……他来找过我们。考虑到英国'脱欧'及其他各种因素，他很担心自己的未来，而且他非常想念他的家人，你们一定也都能理解。他已经向我们表明了他想返回拉脱维亚的意愿。"

"啊，别啊！"乔说道。

"孩子，"鲁宾逊先生说，"你确定吗？我是说啊，你回到那边还能有工作吗？"

"没有。"弗洛林说道，"不过两位格兰奇先生有个主意……"

"我们打算把他的妻子和女儿接到这里。"巴里说道，"我们打算雇用伊尔玛跟弗洛林一起担任护理员。你们看，我们准备将空房间全部填满，而且目前已经有人表示了兴趣。我们各方面的情况都可能会有好转。我们并不知道未来会发生什么，不知道他们是否能被允许留下来，但是……"巴里耸耸肩，"我们会尽我们的所能，好吗？"

"真他妈了不起！"鲁宾逊先生说，"弗洛林，孩子，我的房间里有几瓶伯尼的啤酒……你能去帮我们拿来吗？"

弗洛林正要离开，门铃响了起来。"我先去开门。"他开心地说道。

林戈从沙发上跳起来，来到了珍妮旁边。"你都准备妥当了？"

她点点头："我想是的。"

"有什么打算？"

"回家，去看我的父母。"

林戈温柔地拨开她脸上的一缕乱发："不过，我希望你会回到日落长廊。"

她皱起鼻子："从某种程度上说，我也是。不过我想我最好还是搬到宿舍楼的房间去住。你住在这里……我必须得说，我觉得你太疯狂了……要是我也在这里……我也说不清。如果整天形影不离，也许我们会厌倦彼此的。"

"绝对不会。"说着，他在她的脸颊上印上了一个吻，"不过我尊重你的意愿。我只是担心，虽然现在我找到了你，但我可能会再次失去你。"

珍妮摸摸他的脸："我们不要去过多地担心什么有可能会发生的事，好吗？关注此时此刻，还记得吗？此时，此刻。"

他笑了笑："对了，我把我的课题交上去了。'林戈之星'，还记得吗？我的导师可喜欢了。"

珍妮露出一副钦佩的表情。"这么说，你还真的时不时去上个课啊？"

他开玩笑地打了她一下。"我的确会去上课啊，而且我还见到了玲和博。他们已经住进了新的宿舍楼。等你搬进校园里，兴许会见到他们呢。他们要来日落长廊，圣诞节的前一个星期我们准备举行个小小的派对。你会回来参加吧？"

"只要你让伯尼的自酿啤酒离我远远的。"接着，她凑近些悄声说道，"我叫的出租车还要一个小时才能到呢，想不想去我的房间里好好道个别？"

他们还没来得及溜出去，房门就开了。弗洛林走进来，身后跟着那个皮肤黝黑、皱着眉头的罗纳德·格雷。他环顾着房间，朝玛吉做了个鬼脸，然后转身对着格兰奇兄弟。

"啊，"巴里说道，"格雷先生。我以为我们已经消除了误会……"

"跟你们说了我跟你们还不算完。"罗纳德说道，"对于这里的状况，我仍然难以理解，而我也试过想通过我妈妈来弄明白，可我越听越觉得一切都很虚幻。"

"或许我们得去办公室谈谈。"巴里说道。

罗纳德摇摇头："不必了，用不了太长时间。我带了个人来，想要跟你们聊聊。"

"是律师吗？"巴里的声音有些颤抖。

"不，亲爱的，是我！"这声音来自罗纳德高大的身躯后，出现在眼前的正是从前叫作坎特尔太太的那个女人，也就是埃德娜·格雷。

罗纳德摇摇头："我有一栋漂亮的房子，位于伦敦最热门的区域，还带有一座定制的配楼。可她还是决定要回到这里来住。我们能谈谈具体的事项吗？"

"玛格丽特！"埃德娜拥抱着她的老朋友，"真高兴我们终于能用自己的真名了。"

"她他妈现在叫洛尔莱还是什么的了。"鲁宾逊先生抱怨说，"这地方啊，永远也没法变得稍微正常点，是吧？"

当弗洛林带着两瓶伯尼的自酿啤酒走进房间时，珍妮朝林戈眨了眨眼，然后牵起他的手，悄悄地带着他走到了门口。

"好了。"玛吉说道。珍妮已经跟大家道完别，现在只剩她们两个站在了日落长廊前方的露台上。一阵冷风从海面吹来，珍妮把脖子上的围巾系紧了些。下方的海滨公路上，凯文的阿斯特拉在等着送珍妮和她的行李去火车站。

"好了。"珍妮也说道。她把头歪向一侧。"你是我在日落长廊见到的第一个人，那天你对着我引述了《爱丽丝漫游仙境》中的句子。"

"现在回想起来，感觉仿佛是很久很久以前的事了。"

"我会想念你们大家的。"珍妮说道。

"我们也会想念你的。不过我想我们很快就会再见到你吧？不然林戈会非常失落的。"

"别想阻止我回来。"珍妮微笑着说，"我只是有些事情要处理，然后我会搬到学校去住。我想这是最好的安排。"

"如果是命中注定的，那就一定会在一起。"玛吉说道，"我是指你和林戈。"

珍妮眯起眼睛："你相信这个？真的吗？"

"不是的。有时候你可以创造自己的命运，但有时候事情的发生并不在你的掌控之内。没必要耿耿于怀，让它吞噬你。你只需要让生活继续下去。”

“我敢打赌，几天前的你可不会这么说。”珍妮笑着说。

玛吉清了清嗓子，然后说：“‘我可以告诉你们我的故事——从今天早晨开始，’爱丽丝有点胆怯地说，‘咱们不必从昨天开始，因为从那以后，我已经变成另一个人啦。’”[1]

“我还是不确定我应该成为什么样的人。”珍妮说。

“选择你要成为什么样的人是没有对错的。”玛吉说道，“没有哪个人的人生是像铁轨一样设定好的。为自己创造最好的自我是一个年轻女孩的特权。”她停顿了一下，“等你清楚地知道她是个什么样的人时，才能去成为她。你有充足的时间去寻找。重要的是，你要奔向自己想要成为的那个人，而不是逃离你不想成为的那个人。”

珍妮点点头：“这是个不错的建议。何况，这建议还来自她那个年代最好的女演员之一。”

“你太会说话了。不过，从某种程度上说，我们都是演员。我们都扮演着各自的角色。珍妮，你只需要确定，无论发生什么，在你自己的这部电影里，你始终是女主角。”

珍妮笑了，然后弯腰亲吻了玛吉的脸颊。“我很快就会回来的。出了这次事，学校批给我几个星期的假。马上就要到圣诞节了，这是你在日落长廊的第一个圣诞节。”她走到台阶边上，朝凯文挥了挥手，他快步跑上来帮她把包拿下去。“这是我长大后第一次跟妈妈爸爸一起过圣诞节，其实我还挺期待的。”

“对你的父母好点，珍妮。”玛吉说道，“他们都是为你好，虽然他们

---

1 此段引自《爱丽丝漫游仙境》。——译者注

之前可能用错了方式。"

珍妮点点头："我敢肯定，等到节礼日的时候，我们就已经想杀了对方了，不过呢……那个，就像斯莱斯韦特太太的女儿所说的，友善一点并不难，又不用花费什么代价。"

"准备好了吗，亲爱的？"凯文说道。

珍妮点点头，再次拥抱了玛吉。"再见了。"

之后，她跟在凯文身后走下了台阶，她在车旁停下了脚步，最后看了一眼日落长廊。她爬进副驾驶座，系好了安全带。

"去火车站，是吧？"说着，凯文发动了车子，在荒无人烟的海滨公路上做了个三点转向将车子掉了个头。行驶中，他们都没有说话，珍妮一直望着远处的大海和淡蓝色的十一月的天空。最后，凯文说道："要回爸妈身边了？经历了这一番惊险刺激的生活，需要稍稍休息一下了吧？我估计，经历过这一切之后，其他的事都会显得相当无聊吧？"

"我想是吧。"珍妮说道。他们转弯离开了海滨公路，朝着城里驶去。她能看到前方埃里克·莫克姆的雕像的轮廓映衬在天空下。"不过年纪大并不代表就会很乏味，对吧？"

"我妈妈就是个特别无趣的老太太。"凯文说道，"不过，我老爹嘛，几杯黄汤给他灌下去，家里就好像上演了你自己的滑稽剧似的。可话说回来，你又没法选择自己的家人，对吧？"

不能，珍妮心想，你无法选择自己的家人。可你能选择自己的朋友，而且你也许可以选择跟你的家人成为朋友，只是也许。当他们经过雕像时，凯文唱起歌来："带给我阳光，嗒嘀嗒，带给我阳光，嘟嘀嗒……"他用胳膊推了推她，"你知道吗？我不得不说啊，你看上去可比我最初带你来这儿的时候轻松多了。"

"揽镜自照并非真正的对生活的研究。"她说道。

"听起来像是什么人的名言啊！是谁说的？"

是劳拉·白考尔，但珍妮并没有告诉他。她说："只是我在认识真正的自己之前，曾经努力想要成为的某个人。"

"真正的你又是谁呢？"说着，凯文转弯进入了火车站。

"珍妮·埃伯特。"她说，"不论她最终会成为什么样的人。"

<完>

致　谢

　　大约在我开始进行《孤独之心电影院》的写作时，我跟许多为老年人提供帮助和服务的机构与组织有过大量接触。不为研究，只为了家人。这给我带来了许多启发，尤其是这些人所做的奉献和付出的辛劳，尤其是战斗在一线的人们，而我同样也直观地看到了国家医疗服务体系[1]每天所面临的压力。如果有一天我也有这样的需要，我希望自己能有足够的好运去到一个像日落长廊一样的地方，但我怀疑这样的可能性微乎其微。我热切地期望，在不久的将来，国家医疗服务体系与社会保障预算能够从某个有远见的政府那里，获得它们所应得的，也是我们所应得的资金支持。这个愿望不应只是一个想象力过剩的作家的痴心妄想，它需要变成现实。

　　虽然一个作家的生活必然要被大量的单独工作时间所占据，但和往常一样，这样一本书的诞生仍然离不开一个庞大的团队。我要感谢Trapeze 和 Orion 的各位为实现这一切所付出的努力，尤其是（但不限

---

1 即英国国家医疗服务体系，它为英国全民公费医疗保健提供保障，遵行救济贫民的
　选择性原则，并提倡普遍性原则，其经费主要来源于税收。——译者注

于）我的编辑萨姆·伊兹，以及她这个蝙蝠侠身边的罗宾、她的好搭档米雷列·哈珀；感谢克里斯蒂娜·库贾温斯卡和她的超级人权团队；感谢活着的超新星理查德·金；感谢营销与公关之王亚历克斯·莱特；感谢马克·斯戴，等到机器人入侵的那一天，希望他会站在我这一边；感谢所有让这场奇迹得以发生的人。

同时，我还要感谢我的经纪人约翰·贾罗德，感谢这一路走来他所给予我的无限热情和无穷无尽的支持。

最后，一个巨大的感谢要给我的妻子克莱尔，感谢她一直以来的信任，哪怕是在似乎看不到希望的时候。还有我们的孩子查利和艾丽斯，感谢他们在我每次完成一本新书时，都能稍微表现出一丝钦佩。家里有十几岁孩子的人都明白，这其实已经是非常高的评价了。

戴维·巴尼特，西约克郡，二〇一八年

First published in Great Britain in 2018 by Trapeze
an imprint of The Orion Publishing Group Ltd
Carmelite House, 50 Victoria Embankment
London EC4Y 0DZ
An Hachette UK company
Copyright © David M. Barnett 2018
The Simplified Chinese edition published by arrangement with Orion Publishing Group via The
Grayhawk Agency Ltd

著作权合同登记号：图字 18-2019-181

图书在版编目（CIP）数据

孤独之心电影院 /（英）戴维·M. 巴尼特
（David M. Barnett）著；赵莹译 . -- 长沙：湖南文艺
出版社，2021.6
书名原文：the Lonely Hearts Cinema Club
ISBN 978-7-5726-0160-6

Ⅰ.①孤… Ⅱ.①戴… ②赵… Ⅲ.①长篇小说—英
国—现代 Ⅳ.① I561.45

中国版本图书馆 CIP 数据核字（2021）第 083478 号

上架建议：外国文学

GUDU ZHI XIN DIANYINGYUAN
孤独之心电影院

作　　者：［英］戴维·M. 巴尼特（David M. Barnett）
译　　者：赵　莹
出 版 人：曾赛丰
责任编辑：匡杨乐
监　　制：邢越超
策划编辑：刘　筝　李美怡
特约编辑：尹　晶
版权编辑：姚珊珊
营销支持：周　茜
版式设计：梁秋晨
封面设计：瓜田李下 Design
内文排版：百朗文化
出　　版：湖南文艺出版社
　　　　　（长沙市雨花区东二环一段 508 号　邮编：410014）
网　　址：www.hnwy.net
印　　刷：北京天宇万达印刷有限公司
经　　销：新华书店
开　　本：880mm×1230mm　1/32
字　　数：290 千字
印　　张：12
版　　次：2021 年 6 月第 1 版
印　　次：2021 年 6 月第 1 次印刷
书　　号：ISBN 978-7-5726-0160-6
定　　价：49.80 元

若有质量问题，请致电质量监督电话：010-59096394
团购电话：010-59320018